GUDRUN GRÄGEL

Bardolino Criminale

FATALE GEHEIMNISSE Gourmetköchin und Hobby-Detektivin Doro Ritter aus München ist unterwegs zu einem Undercover-Einsatz ins wunderschöne Bardolino am Gardasee und fragt sich bereits jetzt, worauf sie sich da nur eingelassen hat. Enzo, Hausherr des Weinguts Buccelli, leidet darunter, dass sich seine Frau Paola seit geraumer Zeit von ihm distanziert und hinter seinem Rücken regelmäßig große Summen vom Familienkonto abgehoben hat. Er will endlich wissen, was dahintersteckt, und hat Doro engagiert, um ihm zu helfen. Getarnt als »kulinarische Unterstützung« für seine Weinproben soll sie herausfinden, was Paola zu verbergen hat. Aber heiligt der Zweck alle Mittel? Lügen, ein Toter und unter jedem Stein ein weiteres Geheimnis drängen Doros moralisches Dilemma in den Hintergrund. Sie stürzt sich in die Detektivarbeit, doch schon bald scheint es, als hätte sie ihre Gegner unterschätzt – höchste Zeit, dass ihr Freund Vinc aus Deutschland Doro zu Hilfe eilt ...

© Martin Grägel

Gudrun Grägel lebt und schreibt im bayerisch-schwäbischen Königsbrunn. Ihre Tätigkeit in einer Apotheke sowie eine pädagogisch-psychologische Ausbildung schärfen ihren Blick für seelische Abgründe und die Anatomie von Tätern und Opfern. Außerdem liebt sie Italien und Dolce Vita – was läge da näher, als ihre Leser:innen auf Krimi-Reisen an den Gardasee zu schicken? »Bardolino Criminale« ist bereits der vierte Band ihrer beliebten Reihe um die Münchner Spitzenköchin Doro Ritter und ihren sympathischen Freund Vinc.

GUDRUN GRÄGEL

Bardolino Criminale

GARDASEE-KRIMI

GMEINER

Personen und Handlung sind frei erfunden.
Ähnlichkeiten mit lebenden oder toten Personen
sind rein zufällig und nicht beabsichtigt.

Immer informiert

Spannung pur – mit unserem Newsletter informieren wir Sie
regelmäßig über Wissenswertes aus unserer Bücherwelt.

Gefällt mir!

Facebook: @Gmeiner.Verlag
Instagram: @gmeinerverlag
Twitter: @GmeinerVerlag

Besuchen Sie uns im Internet:
www.gmeiner-verlag.de

© 2023 – Gmeiner-Verlag GmbH
Im Ehnried 5, 88605 Meßkirch
Telefon 07575 / 2095-0
info@gmeiner-verlag.de
Alle Rechte vorbehalten
1. Auflage 2023

Lektorat: Susanne Tachlinski
Herstellung/Kartengestaltung: Julia Franze
Umschlaggestaltung: U.O.R.G. Lutz Eberle, Stuttgart
unter Verwendung eines Fotos von: © giumas / stock.adobe.com
Druck: GGP Media GmbH, Pößneck
Printed in Germany
ISBN 978-3-8392-0328-6

Für
Martin und Flo
Mama
Brigitte, Claudia, Christine und Wolfgang

Keine Worte drücken die Anmut dieser so reich bewohnten Gegend aus.

Früh um zehn Uhr landete ich in Bardolino, lud mein Gepäck auf ein Maultier und mich auf ein anderes. Nun ging der Weg über einen Rücken, der das Tal der Etsch von der Seevertiefung scheidet.

(Goethe, Italienische Reise, September 1786)

PERSONEN

Doro Ritter, 27 Jahre, für sie ist das Glas nie halb leer, sondern immer halb voll
Vincent Wolkenberg, genannt Vinc, der Mann an Doros Seite
Sascha Ritter, Doros Vater, der mal wieder eine Aufgabe für sein Töchterchen hat
Valeria Malvaldi, Cousine von Enzo Buccelli und Freundin von Sascha Ritter

Paola Buccelli, 38 Jahre, führt mit ihrem Ehemann Enzo das Familienweingut der Buccellis
Enzo Buccelli, 41 Jahre, Paolas Ehemann, hat den Namen seiner Frau angenommen, der Name hat Tradition
Laura Buccelli, 14 Jahre, ihre pubertierende Tochter
Pietro Buccelli, 16 Jahre, ihr Sohn, eifert den politischen Ambitionen seines Onkels nach
Ugo Buccelli, 48 Jahre, Paolas älterer Bruder, ist nicht zum Weinbauer geboren
Fabrizio Buccelli, 26 Jahre, Ugos Sohn, hat Weinbau/Önologie studiert
Verstorben: **Giovanni Buccelli,** Vater von Paola und Ugo
Verstorben: **Elisabetta Buccelli,** Mutter von Paola
Signora Brasi, arbeitet im Büro auf dem Buccelli'schen Weingut

Frieder Bachmann, genannt Jacko, aber nur von Doro

Und wie immer:
Rambo, Doros stattlicher Kater, König des Viktualienmarkts, würde auch hier den Fall schnell lösen – wenn man ihn mitgenommen hätte

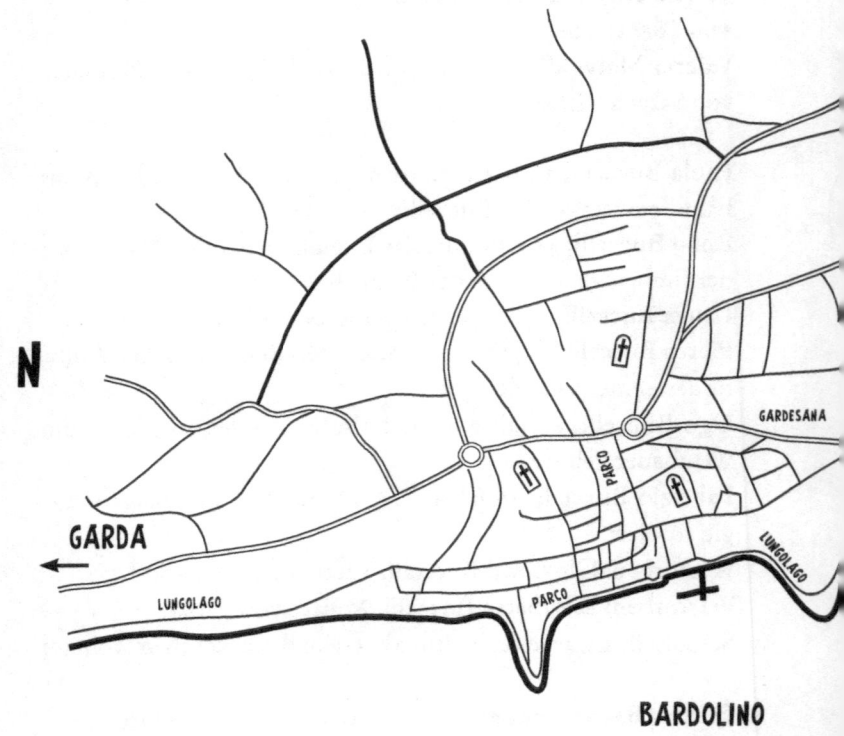

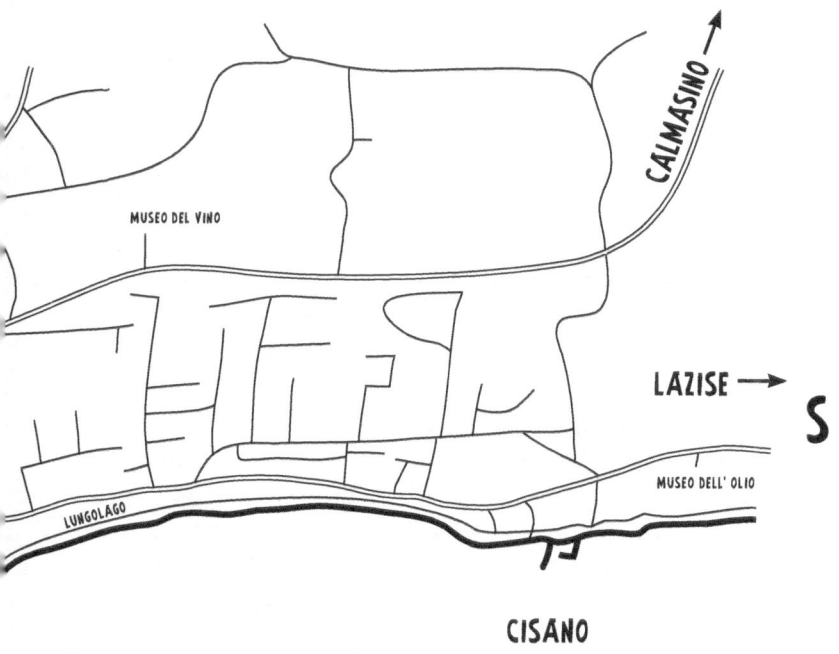

PROLOG

Schwarz und verlassen liegt der See in seinem Bett. Die frühen Fischer werden bald kommen, doch noch gehört der See sich selbst und der Nacht. Das Paket ist schwer. Er entzündet den Docht der Öllampe. Das funzelige Licht wirft zuckende Schatten. Bedächtig löst er das Tau, schiebt das Boot vom Steg aus in die Dunkelheit. Sachte Wellen schwappen leise an die Planken des Bootsschuppens. Kein Motor, nur die Ruder in seinen Händen tragen das Boot und ihn hinaus in die Finsternis. Sanft spiegelt sich das Mondlicht auf der schwarzen Wasseroberfläche. Er schwitzt jetzt trotz der Kühle, zieht die Ruder ein und verharrt für einen Augenblick. Stille. Dann hievt er das Paket über den Bootsrand. Mit einem leisen Gurgeln gleitet es in die Tiefe. Grabestiefe. Gut so. Er atmet auf.

Ein Platschen. Ein Fisch holt sich stumm ein Maul voll kühler Nachtluft. Noch einmal. Nein, kein Fisch. Ein … Paddel. Platsch. Wieder und wieder. Er hat Besuch. Schnell entfernt sich das Geräusch. Ein hektisches, aus dem Takt gekommenes Platschen. Angstvoll. Die Gewissheit des Gesehenen im Rhythmus. Der Motor zerreißt die Stille. Laut und kraftvoll schießt das Boot voran. Er hat eine ziemlich genaue Vorstellung davon, wohin der unvermutete Zeuge will. Ein hässliches Knirschen, als das Kajak sich dem ungebremsten Stoß des Fischerbootes nicht widersetzen kann. David gegen Goliath. Der Schrei verschwindet im See. Taucht wieder auf, bis das Boot für Ruhe sorgt. Der Mond zieht sich als stummer Zeuge hinter die Wolkendecke zurück. Beobachter, kein Richter.

An der östlichen Gardesana blitzen von Zeit zu Zeit Autoscheinwerfer auf und lösen sich dann wieder in der Dunkelheit auf. Er nähert sich dem Ufer, orientiert sich an dem flackernden Licht der Öllampe, das die Wasseroberfläche um das offen stehende Bootshaus schwach orange färbt. Bald liegt das Boot wieder vertäut und unschuldig im Schutz seiner Behausung.

KAPITEL 1

UNA PROPOSTA INASPETTATA – EIN UNERWARTETER VORSCHLAG

Venerdì (Freitag) – 15. Oktober
München

Heißer Dampf schlägt mir entgegen, als ich die Spülmaschine öffne, um die letzte Ladung Teller und Besteck in die vorgesehenen Schränke und Schubladen zu verräumen.

»Bitte schön, Paps, gern geschehen«, murmle ich vor mich hin, fröne dem Selbstmitleid, weil alle anderen schon weg sind und die restliche Arbeit an mir hängen bleibt. Als Tochter des Chefs habe ich halt nicht nur Privilegien, sondern auch ein paar Sonderpflichten.

Die mir aber, ehrlich gesagt, nichts ausmachen. Meistens zumindest.

Die Wasserflecken an der Edelstahlablage entgehen meinem prüfenden Blick nicht. Zur abschließenden Politur lasse ich das Baumwolltuch über die Fläche gleiten.

Die feuchten Lappen werfe ich zu den gebrauchten Tischdecken und Servietten in die Wäschebox. Hier, im »Macis«, wacht mein Vater nicht nur über die Qualität der Speisen und deren Zubereitung, sondern auch mit Argusaugen über Sauberkeit und Hygiene.

»In einem Sternerestaurant muss alles stimmen«, sagt er immer, »vom streifenfreien Weinglas bis zur sauberen Klobürste.«

Auf meine Frage, wie er das meine, hat er nur minimal seine rechte Augenbraue gehoben. Er muss auch nichts sagen, ich kenne ihn seit 27 Jahren, wir haben das beste Verhältnis und ich arbeite gerne mit ihm zusammen, auch wenn wir nicht immer einer Meinung sind.

Ich kann's mir nicht verkneifen und lasse ein paar Gewürzdosen auf der Ablage stehen ... Ich sehe förmlich vor mir, wie er bei seinem täglichen Abschlussrundgang durch seinen Gourmettempel eilt und die Dosen ins richtige Regal stellt, kopfschüttelnd wahrscheinlich, weil er mich genauso gut kennt wie ich ihn. Ist spät geworden heute, die letzten Gäste haben den Abend und den Abschlusswein sichtlich genossen und so soll es auch sein. Ich wickle das schwarze Schürzentuch von meinen Hüften und stopfe es in die Wäschebox.

Aus dem Gastraum dringen Stimmen zu mir herüber. Hat Paps Besuch bekommen? Eigentlich wollte er ja noch was mit mir besprechen. Ich lehne mich in den Türrahmen und stelle meine Lauschantennen auf Empfang. Oh, oh, das klingt nach Ärger. Da drücke ich mich lieber noch ein bisschen in der Küche herum, denn ich will nicht zwischen die Fronten geraten. Es ist bereits nach Mitternacht, der tägliche Abreißkalender hinkt mittlerweile 14 Minuten hinterher. Keine Küchenweisheiten, sondern kluge Sprüche von weisen Leuten. Gestern war's: »Zufall ist ein Wort ohne Sinn; nichts kann ohne Ursache existieren.« Bin mir nicht sicher, ob ich hier mit Voltaire übereinstimme. Ich reiße das Blatt ab. Eher schon mit dem Spruch für heute, von Johann Peter Hebel: »Merke: Es gibt Untaten, über welche kein Gras wächst.« Definitiv. Nach einer kleinen Weile verzieht sich das Gewitter drüben, es war »Tief Lollo«, wie ich an der Frauenstimme erkennen konnte.

Ich setze mich zu Paps an den Tisch und schenke mir ein Glas Rotwein ein.

Er stöhnt. Stress wegen einer TV-Kochshow. Er soll als Juror an einer Sendung teilnehmen, was er auch gerne möchte, aber wie immer hat er ein Zeitproblem. Und jetzt auch noch das. Er hat ein schlechtes Gewissen.

»Was war los?«

»Lollo«, seufzt Paps und reibt über sein Gesicht.

»Ja, das war nicht zu überhören, aber ich denke, ihr habt Schluss gemacht?«

»Haben wir auch. Schon vor Monaten. Aber sie ist davon überzeugt, dass wir das ideale Paar sind und ich der ideale Vater für ihre Kinder.«

»Ich lach mich schlapp.«

»Das ist nicht lustig«, schnappt Paps beleidigt. »Ich habe eine erwachsene Tochter – zumindest wenn es nach dem Alter geht.«

»Vorsicht«, warne ich.

»Mal ehrlich, Doro, ich bin zu alt für solche Ideen.«

»Da könntest du recht haben. Vielleicht solltest du dir mal eine Freundin zulegen, die älter ist als deine Tochter. Ich meine, eine Frau in deinem Alter …«

»Hab ich ja. Valeria ist fast so alt wie ich oder, besser gesagt, so jung wie ich.« Seine Kummerfalten wandeln sich zu feinen Lachfältchen.

»Na, immerhin kannst du über dich selbst lachen.«

»So wie du, mein liebes Töchterlein.«

Stimmt, manchmal fällt uns durchaus auf, dass wir, sagen wir mal, etwas speziell sind.

Ich mag Valeria. Sie ist Italienerin mit eigenem Lokal in Valeggio am südlichen Gardasee und macht die weltbesten Tortellini, die Nodi d'Amore. Ich habe sie im Juni kennengelernt und Paps' freundschaftliche Beziehung zu ihr hat sich zu einer Liebesbeziehung entwickelt. Aber er hat sich nicht deshalb von Lollo getrennt, sondern schon vorher. Ich glaube, Lollos familiäre Anwandlungen haben ihm Angst gemacht. Das Kinn in die Hand gestützt, mustere ich Paps. Der sinniert vor sich hin. Ich schau auf die Uhr.

»Okay, wird langsam Zeit. Ich hab zwar morgen frei, aber mir langt's für heute. Dein Liebesleben musst du selber auf die Reihe bringen, aber wolltest du nicht noch etwas mit mir besprechen? Ich vermute, dass es nicht um die Frage geht, wen ich an deiner Seite sehen will.«

»Tochter, wer hat dich nur erzogen?«, fragt Paps gespielt entsetzt.

»Hm, mal überlegen ...«

»Schnickschnack – rundheraus: Könntest du dir vorstellen, für einige Zeit nach Italien zu gehen? Nach Bardolino?«

»Was? Schon wieder? Ich war doch erst im Juni dort. Oder zumindest in der Nähe. Nicht, dass mir so eine spontane Idee nicht gefallen würde, aber ich habe schließlich auch Pläne.«

»Und die wären?«, fragt Paps leicht beunruhigt.

»Wie auch immer, erzähl erst mal, welchen Spezialauftrag du für mich in der Tasche hast.« Ich nippe am Wein und lehne mich mit verschränkten Armen zurück.

»Wie du das sagst ... Als ob ich jemals Unmögliches von dir verlangt hätte.«

»Los jetzt, raus mit der Sprache. Lass dir nicht jedes Wort einzeln aus der Nase ziehen«, fordere ich und setze ein sattes Gähnen hinterher. »Ein bisschen mehr will ich schon wissen.«

»Schon angebissen? Ich seh's dir an«, triumphiert Paps.

»Also?«, lasse ich nicht locker.

»Valeria hat angerufen«, sagt Paps, als würde das alles erklären.

»Und was hat das mit mir zu tun?«

»Ja, also ... Valeria hat einen Cousin. Und dem liegt etwas schwer auf der Seele. Valeria meint, du könntest vielleicht ...«

»Den Seelendoktor spielen? Seid ihr komplett verrückt? Ich kenne den Mann nicht mal.«

»Schmarrn, hör zu: Enzo vermutet, dass seine Frau ihn betrügt. Und du sollst einfach ein wenig die Augen offen halten.«

»Enzo also. Und warum engagiert dieser Enzo keinen Privatdetektiv? Solche Menschen gibt es nämlich. Das wäre wesentlich einfacher.«

»Hat Valeria ihm vorgeschlagen, aber das möchte er nicht. Das ist ihm zu indiskret.«

»Seltsame Logik. Versteh ich nicht. Ein Privatdetektiv verursacht ihm ein schlechtes Gewissen, aber dass ich seiner Frau hinterherschnüffeln soll, ist dann besser, oder was? Wie soll das überhaupt gehen? Ich meine, ich bin ja nicht unsichtbar. Und außerdem, egal, was dieser Enzo über seine Frau denkt, erstens weiß ich gar nicht, ob das überhaupt stimmt, und zweitens muss ich dann seiner Frau ins Gesicht lügen.« Zugegeben, ich bin ein bisschen laut geworden, aber es ist wirklich der Hammer, was Paps mir da zumutet. Ich bin doch keine Spionin!

»Beruhig dich, Doro«, beschwichtigt Paps. »Valeria ist halt auf dich gekommen, weil du ja im Sommer recht aktiv zu Polizeiermittlungen beigetragen hast.«

»Das ist doch was völlig anderes. Wenn ich mitkriege, dass ein Verbrechen geschieht, und versuche, den Täter oder die Täterin aufzuspüren, dann kann man das vielleicht als etwas übereifrig bezeichnen, aber das, was Valeria und du von mir wollt, ist eine ganz andere Schiene! Da hätte ich die absolute A-Karte.«

»Ich versteh deine Bedenken, aber überleg es dir doch wenigstens noch einmal. Valeria hat ein sehr inniges Verhältnis zu ihrem Cousin, schon von Kindesbeinen an, und jetzt hat er sich in seiner Verzweiflung an sie gewandt und sie möchte ihm helfen, weiß aber nicht, wie. Da ist ihr eingefallen, dass du einen aufmerksamen Blick für gewisse Dinge hast.«

»Sei ehrlich, Paps, hat sie nicht eher gesagt, dass ich meine Nase in Dinge stecke, die mich nichts angehen?« Trotz meiner Empörung zucken meine Mundwinkel verräterisch.

»Also, so hat sie es jetzt nicht direkt ...«

»Schon gut, du brauchst dich nicht so zu winden, ich verstehe die Lage und ich mag Valeria. Nur das, was ihr da von mir verlangt, ist ziemlich heavy.«

»Ich weiß.« Paps knetet seine Hände und zieht die Brauen in einer dermaßen verzweifelten Geste zusammen, dass der härteste Stein weich werden würde.

»Okay, mal angenommen, nur rein hypothetisch, falls ich das mache, dann habe ich zwei Bedingungen.«

»Lass hören«, seufzt mein Vater mit einem erleichterten Lächeln.

»Ich sag mal so, das wären die Grundvoraussetzungen. Erstens: Vinc muss mit. Und zweitens: Valeria muss mich in die Kunst der Tortellini-Herstellung einweisen, inklusive des Originalrezepts für ihre persönlichen Nodi d'Amore.«

Paps kratzt sich am Kopf. »Vinc geht klar, aber das mit dem Rezept ... Schatz, du weißt, wie Profiköche da ticken.«

»Eben deshalb. Ich bin selber Köchin. Und das Rezept will ich haben. Bis auf die letzte Prise Muskat, um es mit deinem Lieblingsgewürz auszudrücken.«

Mein Handy klingelt. Vinc.

»Hallo, Schatz, bist du noch im ›Macis‹? Soll ich dich abholen?«

Ich weiß, dass er es nicht so gerne hat, wenn ich so spät nachts noch vom »Macis« nach Hause laufe, aber es ist nicht weit vom Sebastiansplatz bis zu unserer Wohnung am Marienplatz und für mich kein Problem. »Ja, bin noch da. Mach dir keine Sorgen, Paps hat 'ne Superüberraschung für uns.«

»Aha. Klingt gefährlich.«

»Könnte man so sagen. Willst du auf ein Glas rüberkommen? Er versucht hier, mich mit einem edlen Tröpfchen zu bestechen. Musst du aber nicht, ist schon spät und ich bin eh gleich daheim.«

»Auf einen Wein komm ich nicht mehr rein, aber ich hab noch Lust auf ein paar Schritte an der frischen Luft, bin heute den ganzen Tag vor dem PC gehockt. Ich hol dich ab. Sag Sascha 'nen schönen Gruß von mir.«

»Klar, mach ich. Ich komm dann gleich raus. Bussi.«

Nicht ganz so liebevoll wende ich mich wieder meinem Vater zu. »Ich rede mit Vinc und schlafe eine Nacht drüber. Das heißt noch gar nix, klaro? Und morgen komm ich bei dir vorbei, damit du mir alles genauer erklären kannst, und dann schauen wir weiter. Buona notte, Paps.« Ich drücke ihm einen Kuss auf die Wange und erhebe mich. Auf dem Weg zur Tür drehe ich mich noch mal um. »Wann wäre das denn überhaupt?«

»Besser heute als morgen. Valeria macht sich wirklich Sorgen.«

Wortlos verlasse ich den Gourmettempel meines Vaters. Jedenfalls ist klar, von wem ich meine Spontanität habe.

Draußen setze ich mich auf den Rand eines Blumenkastens und atme tief die klare Nachtluft ein. Nach acht Stunden fensterloser, klimatisierter Küche ein herbstkühler Genuss für Körper und Geist. Ich hole mein Smartphone heraus und scrolle mich durch die Website unseres Restaurants. Müsste mal aufgepeppt werden. Vinc hat versprochen, das zu übernehmen, nachdem sich unser bisheriger Mann für diese Zwecke aus gesundheitlichen Gründen völlig von der Arbeit zurückgezogen hat. Ich fahre erschrocken hoch, als mir etwas Warmes um meine Beine streicht.

»Rambo, schleich dich doch nicht so an! Da kriegt man ja 'nen Herzinfarkt.« Liebevoll streichle ich unserem Kater über sein dunkelgraues Fell. In der Nacht schaut er fast schwarz aus, nur wenn das Licht im richtigen Winkel auf sein Fell scheint, wird sein getigerter Vorfahre sichtbar.

»Hab unser verfressenes Dickerchen am Viktualienmarkt aufgegabelt und er hat es sich nicht nehmen lassen, mich zu begleiten. Hat vermutlich auf ein Leckerli bei Sascha spekuliert«, sagt Vinc, der gerade um die Ecke biegt.

»Tut mir leid, Rambo«, nehme ich unserem Kater die Hoffnung, »schon geschlossen.«

Ich stehe auf, strecke mich und schlinge meine Arme um Vinc. Meine Nase versinkt dabei in seiner Halskuhle und ich sauge meinen Lieblingsduft ein, mein allgemeines Begrüßungsritual. Natürlich nur bei Vinc.

Eng umschlungen laufen wir Richtung Viktualienmarkt. Rambo verlässt uns hier, er dreht seine Inspektionsrunde, markiert sein Revier, wobei es ihm seit seiner Kastration wohl eher um Futterspenden der Marktständler für wohnungslose Katzen geht als um die Damenwelt.

»Und was ist das jetzt für 'ne Superüberraschung?« Vinc' Stimmlage ist eine gewisse Vorsicht anzuhören.

»Paps will mich nach Italien schicken. Ich soll an den Gardasee, nach Bardolino. Irgendwas Persönliches mit Valerias Cousin. Bezahlter Urlaub und ich hab ausgehandelt, dass du mitkannst.«

»Aha. Und wo ist der Haken?«

»Ich soll für Valerias Cousin dessen Frau beschatten.«

»Wie bitte?« Vinc schaut genauso irritiert, wie ich mich vorhin gefühlt habe. Ich weihe ihn in die Interna ein.

Ein paar Sekunden lang sagt er nichts. »Starker Tobak«, fasst er dann seine Skepsis zusammen. Ich vermute, ihn plagen dieselben Skrupel wie mich.

»Tja, was soll ich jetzt tun? Annehmen oder ablehnen?«

»Wozu tendierst du denn?«, fragt er mit neutraler Miene.

»Noch gar nirgendwohin. Erst mal eine Nacht drüber schlafen. Und du?«

»Sagen wir mal so – was wäre meine Rolle in dem Ganzen?«

»Inkognito. Du wärst dort als normaler Gast. Nur Valerias Cousin wüsste Bescheid. Das Gleiche gilt auch für mich, meine Rolle müssen wir noch genauer besprechen. Auf jeden Fall habe ich mir gedacht, es wäre gut, wenn wir unabhängig voneinander dort auftreten würden, dann könnten wir mehr erfahren. Außerdem wohnst du natürlich kostenlos und Essen ist inbegriffen, samt üppigem Taschengeld. Schließlich musst du mich ja ausführen.«

»Ich dachte, wir kennen uns nicht.«

»Ja, aber wir könnten uns doch dort kennenlernen. So mit Herzklopfen und weichen Knien und dem vollen Programm.« Ich merke, Paps hat recht, ich habe angebissen.

»Doro, du spinnst.«

»Sei doch nicht so negativ, ich stell mir das richtig romantisch vor.«

»Schatz, du machst mir Angst.«

»Deshalb liebst du mich ja.«

»Stimmt.« Wir küssen uns mitten auf dem menschenleeren Viktualienmarkt. Wenn man von dem Security-Mann absieht, der uns aus der Ferne beäugt.

»Du riechst nach Zwiebeln«, murmelt Vinc und wie auf Kommando knurrt sein Magen.

»Die Küche hat aber heute geschlossen.«

»Alles andere auch?«

Ich lache leise.

Nach einer Weile gehen wir weiter und biegen in den Hinterhof gegenüber dem Alten Peter ein.

»Du hast dir ja alles schon ziemlich genau ausgedacht. Willst du echt dieser Frau hinterherspionieren? Das kannst du nicht bringen.«

»Wieso? Ich schau mich ein bisschen um, ist auch nichts anderes, als wenn ein Privatdetektiv ermittelt. Paps will wohl bei Valeria punkten und ihr diese Bitte erfüllen.«

»Und du sollst es ausbaden. Eins sag ich dir, ich spioniere keinem hinterher. Nicht so. Davon abgesehen, dass ich es auch total mies fände, dem Partner einen Detektiv auf den Hals zu hetzen, täuschen wir alle und spielen ein falsches Spiel. Nee, da kannst du nicht mit mir rechnen.«

Ich nage an meiner Unterlippe. Vinc hat recht. Schmeckt mir

auch nicht. »Also, soll ich absagen?« Ist eigentlich die einzig logische Konsequenz.

Vinc sperrt unsere Wohnungstür auf. »Entscheiden musst du. Ich sag mal so: Ich würde es lieber nicht machen, aber wenn du fährst, komme ich mit und dann sehen wir weiter.«

»Vielen Dank! Du schiebst also mir den Schwarzen Peter zu.«

Vinc zuckt mit den Schultern. »Es ist dein Auftrag. Aber reden wir gerne morgen noch mal darüber. Und am besten rufst du auch Valeria an und lässt dir von ihr selbst erklären, worum es genau geht. Über mehrere Ecken ist es immer schwierig. Jeder interpretiert für sich was rein und am Ende haben wir eine Staatsaffäre.«

»Gute Idee, das mach ich gleich morgen. Und ich google schon mal die Zugverbindungen nach Bardolino. Oder willst du lieber mit dem Auto fahren? Allerdings müssten wir sowieso separat anreisen, weil wir uns ja nicht kennen.«

»Jetzt sprich doch erst mal mit Valeria. Ich schau morgen, wie's mit meinen Terminen geht, und rede mit Ulli.«

»Du kannst doch locker Urlaubsoffice machen«, blocke ich vorsorglich etwaige Ausreden ab.

»Schon klar, aber ein paar Dinge muss ich hier noch erledigen, und zwar nicht online, sondern in Präsenz. Du weißt ja, unsere Firma steht erst in den Startlöchern, da kann ich Ulli nicht einfach mit allem allein lassen. Aber wenn's möglich ist, komme ich natürlich mit. Mit dem Auto. Und du? Wann sollst du antreten?«

»Gestern«, bringe ich Paps' Dringlichkeitsgesuch auf den Punkt.

KAPITEL 2

IL DADO È TRATTO – DIE WÜRFEL SIND GEFALLEN

Drei Tage später – Lunedì (Montag) – Tag 1 in Bardolino
Auf den Schienen nach Verona

Die Würfel sind gefallen. Soll heißen, ich sitze im Zug nach Verona. In zwei Stunden bin ich da und Enzo Buccelli will mich vom Bahnhof abholen. Erspart mir das Umsteigen in Verona nach Peschiera. Von Verona nach Bardolino ist es an sich keine weite Strecke, so um die 30 Kilometer, allerdings gibt es keine direkte Verbindung. Weshalb ich mit dem Zug nach Peschiera reisen und von dort die restlichen zehn oder 15 Kilometer weiter mit dem Bus nach Bardolino und dann mit dem Taxi zum Weingut fahren müsste. Einfacher für mich ist es, wenn mich Enzo abholt, davon abgesehen kann ich mir den angeblich betrogenen Ehemann auf der Fahrt näher anschauen. Wir können uns beschnuppern und über die Lage reden, bevor ich dem Rest der Familie in meiner unrühmlichen Rolle gegenübertreten muss.

Natürlich habe ich Vinc' Rat befolgt und Valeria angerufen. Die hat mich überredet zu fahren, Enzo solle mir persönlich alles erzählen, hat sie gesagt. Sie hat meine Bedenken bezüglich der moralischen Fragwürdigkeit der Aktion vom Tisch gefegt und mir versichert, dass ich anders denken würde, sobald ich mit Enzo gesprochen hätte. Ich halte Valeria für eine vernünftige Frau und kann mir nicht vorstellen, dass sie diesen Vorschlag leichtfertig in die Welt setzen würde, allein schon der Aufwand und die Kosten, die meine und Vinc' Anwesenheit verursachen, sprechen dafür, dass sie von der Notwendigkeit überzeugt ist.

Ankunft am Bahnhof Verona Porta Nuova wird um kurz vor 13 Uhr sein. Ich bin früh aufgebrochen, fahre gern tagsüber mit dem Zug, weil es so ganz anders ist als mit dem Auto. Eigentlich eine komfortable Art zu reisen. Gerade präsentiert sich die Südtiroler Bergwelt im vormittäglichen Sonnenlicht und weckt Wanderträume in mir. Mitte Oktober ist das Wetter noch ideal dafür. Nach der Wandersaison gibt's eine kleine Verschnaufpause, dann rüstet sich die Region für die Skisaison. Was die Natur nicht schafft, übernehmen die Schneekanonen. Tja, je schöner die Region, desto größer das Interesse der Touristen und die Gier nach Genuss und Profit. Ich nehme mich da nicht aus, bin Skifahrerin, obwohl ich die Ausbeutung der Natur mit Skepsis sehe, und gehe wandern, obwohl mir die Überflutung mancher Regionen durch Touristen Sorgen bereitet. Ich seufze.

Meine Gedanken wandern zu Enzo. Bin gespannt, wie der so ist. Ganz ehrlich, wenn der Sympathiefunke nicht überspringt, sitze ich schnell wieder im Zug Richtung München. Klar, ich fahre ins wunderschöne Italien und bekomme sogar Geld dafür, dass ich mich als angehende Jungunternehmerin im Gastrobereich des Weinguts Buccelli um die kulinarischen Speiseangebote bei den Weinproben kümmere – das ist die Rolle, die wir uns für mich ausgedacht haben. Ich muss nur nebenbei ein bisschen Enzos Frau auf die Finger schauen. *Nur.* Genau das ist es, was mir wie ein Stachel unter der Haut sitzt. Was, wenn Paola Buccelli die Nette ist und Enzo der Widerling? Wenn sie Grund hat fremdzugehen? Oder er unter Kontrollzwang leidet? Mir gruselt es bei den Szenarien, die mir durch den Kopf schwirren. Ich fahre mir mit beiden Händen durch die Haare, wie um die düsteren Gedanken abzustreifen. Es geht um mich, gestehe ich mir ein. Um meine Rolle. Dieses Mal gerate ich nicht zufällig in eine verdächtige Situation, sondern spiele bewusst und von Anfang an ein falsches Spiel – oder zumindest ein doppeltes. Dass ich mich dazu habe überreden lassen, verursacht eine innere Unruhe in mir, die mich irgendwie lähmt. Vielleicht hätte ich doch besser auf mein Bauchgefühl hören sollen und die Sache absagen. Nützt mir jetzt aber nix mehr, ich habe Paps und Valeria versprochen, wenigstens einen Blick auf die Situation zu werfen. Also Schluss mit der Grübelei!

Ich stecke mir Kopfhörer in die Ohren, höre etwas Musik, lehne mich im Sitz zurück und stelle fest, dass wir bereits mitten durch die hügelige Schönheit des Veneto rattern: Weinberge, Olivenhaine, weite Blicke und malerische Hügel im Hinterland des Gardasees Richtung Verona und Venedig. Bin ja immer sehr auf Wasser fixiert, das heißt See oder Meer oder mindestens Fluss, aber mittlerweile liebe ich diese typische Landschaft im Hinterland genauso. Wobei der Gedanke, dass westlich von mir, irgendwo hinter dem Bergmassiv des Monte Baldo, der Gardasee liegt, schon ein extremes Glücksgefühl in mir auslöst.

»Verona Porta Nuova«, die Stimme bestätigt, was das Display im Zug anzeigt und die ersten Häuser draußen vor den Fenstern ankündigen. Ich bin da und gleich werde ich mir endlich ein Bild von Enzo machen können.

Die Tür geht auf und die kühle Bahnhofshallenluft verströmt erst mal wenig italienisches Flair. Die bunt bemalten Wände schon eher. Die große Bahnhofsuhr zeigt 12.59 Uhr. Pünktlich.

Ich trete durchs Eingangsportal und schau mich nach Enzo um. Erstaunlicherweise bin ich entspannter als eben noch. Die Tatsache, dass es jetzt kein Zurück mehr gibt, lässt ein neugieriges Kribbeln durch meinen Bauch flattern, ähnlich der ungewissen Vorfreude auf einen Abenteuerurlaub. Der Piazzale XXV Aprile – ein Platz für ein denkwürdiges Datum, den Tag der Befreiung Italiens von der faschistischen Diktatur Mussolinis und der deutschen Nazi-Besetzung – empfängt alle Zugreisenden in dieser wunderbaren Stadt. Eine völlig neue Perspektive für mich, bis jetzt bin ich immer mit dem Auto angereist.

Vielleicht hundert Meter links von mir, am Haltestreifen, lehnt ein Mann an seinem weißen Wagen. Jetzt wendet er sich erwartungsvoll in meine Richtung und schaut mir entgegen. Ich ziehe meinen Koffer am Griff hinter mir her und gehe auf ihn zu.

»Signorina Ritter?«, stellt er mehr fest, als dass er fragt.

Das also ist Enzo. Enzo Buccelli, um die 40 und circa 1,80 groß, volles schwarzes Haar, Bartschatten, starke Augenbrauen, männliche Ausstrahlung. Er lächelt. Ich starre ihn an und bemerke erst mit Verspätung seine ausgestreckte Hand.

»Oh, buon giorno, signor Buccelli, mi scusi«, stottere ich und drücke seine Hand. Muss dann aber lachen, weil die Situation einfach irgendwie komisch ist. Enzos Lächeln wird noch ein wenig breiter, ich glaube, er empfindet es genauso. Macht ihn sympathisch.

Er schiebt den Teleskopgriff des Koffers zusammen und hievt ihn in den Kofferraum, verkneift sich jeglichen Kommentar zum Gewicht desselben. Klar ist der schwer. Es ist Herbst und da ist es auch hier am Gardasee nicht mehr nur sommerlich warm, also habe ich Klamotten für jedes Wetter dabei. Ich wuchte meinen Rucksack hinterher, meine Handtasche nehme ich mit nach vorne.

Enzo steigt auf der Fahrerseite ein und fährt los. Das amüsierte Lächeln ist längst verschwunden, er umklammert das Lenkrad wie einen Rettungsring, schweigt und blickt stur geradeaus auf die Straße. Bleibt mir wohl nichts anderes übrig, als selbst die Initiative zu ergreifen.

Ich fasse die Situation, so wie ich sie kenne, zusammen. Ganz automatisch verfalle ich dabei ins Italienische, greife nur ab und zu in die deutsche Wortschatzkiste, wenn mir ein bestimmter Begriff nicht einfällt und ich ihn nicht umschreiben kann. Dank meines sizilianischen Kollegen im »Macis« und der Tatsache, dass Paps sich wegen seiner italienischen Freundin auch ständig im Italienisch-Parlieren übt, werde ich immer sicherer im Umgang mit dieser Sprache und Vinc zieht ebenfalls mit. Enzo Buccelli taut langsam auf, hilft mit dem einen oder anderen Wort in seiner Muttersprache aus. Ein silbernes Kreuz baumelt am Autospiegel.

»Signor Buccelli«, schließe ich, »Sie wollten mir auf der Fahrt Details zur aktuellen Lage geben. Bis jetzt weiß ich ja noch nicht allzu viel, wie Sie gemerkt haben. Valeria meinte, es sei besser, wenn Sie mir die Situation schildern und mir erklären, was Sie überhaupt von mir erwarten. Vielleicht hat sie auch meine Skepsis gegenüber diesem ... wie soll ich sagen, diesem Projekt erwähnt?«

Enzo schnauft hörbar aus. »Signorina, ich bin mir nicht sicher, ob das so eine gute Idee war ... Jetzt, wo Sie da sind, kommt mir das Ganze absurd vor. Wir kennen uns nicht und ... Sie könnten meine Tochter sein ... Es ... es ... mi dispiace, ich kann das nicht.« Er schluckt und starrt weiter geradeaus. Soll er ja auch, auf die Straße achten, meine ich, aber irgendwie müssen wir die Lage klären, bevor wir am Buccelli-Weingut ankommen.

Genau das sage ich ihm auch.

Auf seinem Gesicht spiegeln sich die widersprüchlichsten Emotionen, ich sehe, wie er mit sich ringt. »Mit allem Nachdruck, Signorina, ich will meiner Frau nichts unterschieben oder ihr irgendwie schaden, im Gegenteil, ich will meine Ehe nicht aufgeben, ohne zu kämpfen. Meine Familie, meine Kinder, ja auch das Weingut. Es gehört zwar meiner Frau, aber ich arbeite seit 20 Jahren dafür, habe bei der Heirat sogar den Familiennamen der Buccellis angenommen. Und jetzt ... Geld verschwindet von unseren Konten ...«

Er blinzelt heftig. Mann, der wird doch jetzt nicht ... Ich tu so, als würde ich nichts merken, die ganze Situation ist schon unangenehm genug für ihn. Für mich auch, aber auf eine andere Art.

»Okay, aber das kann man doch nachverfolgen. Wann und

von wem das Geld abgehoben wurde, meine ich. Dazu muss man kein Banker sein.«

»Certo. Es sind ja gemeinsame Konten, da ist es nicht schwer zu erraten, dass Paola das Geld abgehoben hat – weil *ich* es *nicht* war. Auf dem Kontoauszug steht aber ja nicht, wofür meine Frau das Geld verwendet hat. Natürlich habe ich sie danach gefragt, aber ...« Er verstummt.

Ich schlucke. War das zu indiskret? Aber bitte, *er* wollte ja schließlich, dass ich in seinem Privatleben herumschnüffele.

Enzo lenkt den Wagen in eine kleine Parklücke neben der Fahrbahn und macht den Motor aus. Er wischt sich die Hände an den Jeans ab, trotz der angenehmen Temperatur im Wagen schwitzt er. »Glauben Sie nicht, dass mir die Entscheidung leichtgefallen ist«, sagt er ernst, »aber ich weiß keinen anderen Ausweg. Paola hat sich total verändert, ich kann nicht mehr mit ihr reden. Erst dachte ich, sie sei krank. Ich habe mir die größten Sorgen gemacht, aber sie hat mir geschworen, dass sie völlig gesund sei. Mehr war nicht aus ihr herauszubekommen. So stur und abweisend kenne ich meine Frau gar nicht, wir besprechen immer alle Probleme miteinander. Und jetzt verbittet sie sich meine Einmischung in ihr Privatleben. Dann habe ich zufällig entdeckt, dass sie größere Abhebungen von unseren gemeinsamen Konten gemacht hat. Noch so ein Punkt. Wir haben immer alle größeren Ausgaben miteinander besprochen.«

»Ja und? Was sagt sie dazu? Zumindest das mit dem Geld muss sie doch irgendwie erklären«, lege ich den Finger in die Wunde.

Er lacht bitter. »Sie sagt, ich solle nicht so misstrauisch sein, es gehe um eine todsichere Geldanlage. Zehn Prozent Rendite, mehr wolle sie nicht sagen, sie sei schließlich die Finanzexpertin in unserer Beziehung.«

»Und? Stimmt das?«

»Sì, in qualche modo ...«

»Was heißt ›irgendwie‹? Wer ist denn bei Ihnen für die Finanzen zuständig?«

»Paola. Aber größere Anschaffungen oder Ausgaben besprechen wir immer gemeinsam. Ich vertraue ihr voll und ganz.«

»Wirklich? Wozu brauchen Sie mich dann?« Ich provoziere absichtlich, weil ich ihn aus der Reserve locken will.

»Bisher jedenfalls. Aber jetzt ... Das mit dem Geld ist nur der letzte Tropfen, der das Fass zum Überlaufen gebracht hat. Hauptsächlich beunruhigt mich ihre Art mir gegenüber. Ihre Abweisung, ihre Distanz. Ich glaube nicht, dass es ums Geld geht. Es steckt ein anderer Mann dahinter, da bin ich mir mittlerweile sicher. Meine Cousine Valeria hält das auch für wahrscheinlich, deshalb hat sie den Detektiv vorgeschlagen – oder eben Sie.«

Enzo schaut mich nicht an, er reibt unentwegt seine Hände über die Oberschenkel. Sieht so ein Mann aus, der zu seiner Entscheidung steht?

»Enzo, Sie sollten sich das noch mal überlegen. Ich selber bin hin- und hergerissen. Wenn ich mir vorstelle, mein Freund würde mich so ausspionieren lassen ... das wäre das Ende unserer Beziehung. Er sieht das übrigens genauso.«

Enzo runzelt die Stirn. »Es ist Ihre Entscheidung. Sie müssen das nicht machen. Aber warum sind Sie dann eigentlich gekommen?«

»Weil mein Vater seiner Freundin und Ihrer Cousine Valeria den Gefallen tun wollte. Und ich wollte meinem Vater die Bitte nicht abschlagen. Italien zieht bei mir außerdem immer. Jetzt bin ich da und wir sollten das Beste daraus machen.«

»D'accordo, signorina.«

»Doro«, sage ich und strecke ihm die Hand hin.

»Enzo.« Er zwinkert.

»Ich weiß.«

Wir lächeln beide und spüren, dass das etwas werden könnte.

Ich werde wieder ernst. »Wie soll ich überhaupt auftreten? Valeria und ich haben zwar einen groben Plan skizziert, aber Genaueres müssten wir beide noch festlegen, damit es keine Widersprüche gibt.«

»Ich habe mich mit Valeria besprochen. Es muss mit Essen und Kochen zu tun haben. Da bist du glaubwürdig. Also habe ich meiner Familie erklärt, dass eine junge Frau aus Bayern zu uns kommt, die hier für ihr eigenes kleines Eventunternehmen Erfahrungen sammeln will. Du willst Anfang des neuen Jahres eröffnen, willst Weinproben mit Menü und Weinverkostung anbieten und bei uns ein bisschen üben. Das ist natürlich nur ein Vorwand, damit du dich unauffällig umsehen kannst. Du sollst hier die Speisen zu den Weinproben organisieren und zubereiten. Meine Frau hält das für überflüssig, aber ich habe gesagt, dass ich einem Freund einen Gefallen schuldig bin.«

»Hat Valeria mit dir auch über Vinc gesprochen? Meinen Freund?«

»Sì, certo. Wir haben im Gästehaus ein Zimmer für ihn reserviert. Paola hat sich breitschlagen lassen, dich im Haupthaus unterzubringen. Sie weiß ja nicht, dass Vinc zu dir gehört, das haben wir doch so ausgemacht, oder? Für dich wäre es natürlich praktisch, wenn du bei uns im Haus wohnen würdest, deshalb habe ich … Ist das ein Problem für dich?« Er zwinkert schon wieder. Macht er anscheinend gerne.

»Nein, kein Problem, ich rede eh nicht mit fremden Männern«, sage ich, ohne eine Miene zu verziehen.

Enzo schaut verwirrt.

»War nur Spaß«, kläre ich ihn auf.

»Gut zu wissen«, sagt Enzo, und als er den Motor startet, sehe ich es wieder, das Enzo-Lächeln von vorhin. Na bitte, geht doch.

Die Landschaft Richtung Bardolino verändert sich, wird hügeliger. Die Weinberge sind abgeerntet, ein herbstliches Gelb-Braun hat die Regie übernommen.

»Dann habt ihr es geschafft für diese Saison«, stelle ich fest.
»So kann man das nicht sagen. Im Weinberg gibt es immer etwas zu tun. Nach der Lese werden die Trauben verarbeitet und der Saft wird zum Gären in Tanks oder Fässern gelagert. Dann wird geprüft und gekostet, bis der Inhalt reif für die Abfüllung ist. Außerdem müssen die Rebstöcke für den Winter geschnitten werden, und dann ist da noch der Verkauf, die Buchhaltung, Renovierungsarbeiten – glaub mir, wir haben keine Winterpause«, widerspricht Enzo. »Du wirst einiges lernen, wenn du hier bist. Ich finde es im Übrigen sehr hilfreich, wenn man als Koch die Speisen nicht nur zubereiten kann, sondern auch ein wenig von der Entstehung der Lebensmittel – oder eben der dazu servierten Weine – kennenlernt.«

»Du hast absolut recht, Enzo, und das ist auch ein fester Bestandteil unserer Ausbildung. Aber ein Liveerlebnis wie hier ist natürlich noch viel besser. Du siehst, ich bin nicht nur wegen dir hier.«

Enzo wirft einen gespielt besorgten Blick zu mir rüber.

»Keine Panik. Du stehst ganz oben auf meiner Liste.«

»Promesso?«

»Versprochen.« Ich lächle amüsiert.

»Weißt du, Doro«, sagt Enzo ernst, »ich habe keine Ahnung, was bei der Geschichte rauskommt, aber so oder so, es bewegt sich etwas, und das ist besser als dieser ungewisse Stillstand. Ich bin sicher, dass Paola etwas sehr belastet. Sie hat sich in den letzten Wochen radikal verändert und ich habe wahnsinnige Angst, sie zu verlieren. Aber ignorieren ist nicht so mein Ding. Und da ich mit der direkten Konfrontation nicht weitergekommen bin ...« Er seufzt.

»Verstehe ich gut. Ich würde auch wissen wollen, woran ich bin.«

Wir schweigen und nicht das erste Mal wundere mich, dass

die Menschen in einer so schönen Landschaft dieselben Sorgen haben wie in der tristen Großstadt.

Wir nähern uns dem Lago di Garda, meinem Lieblingssee. Wenn ich auswandern würde, dann hierher. Oder nach ... Nee, ich will gar nicht auswandern. Aber für eine begrenzte Zeit ins Ausland gehen – jederzeit.

Trotz des klimatisierten Innenraums lasse ich die Beifahrerscheibe halb runter. Bewölkte 23 Grad hat es laut Thermometer. Ich schließe die Augen und atme tief durch. Enzo lässt mich in Ruhe.

Nach einer Weile schau ich rüber zu ihm. »Das brauche ich zum Ankommen«, erkläre ich. »Jeder Ort und jede Gegend hat einen eigenen Geruch. Und es riecht im Herbst anders als im Frühjahr oder Sommer.«

»Musst dich nicht rechtfertigen, Doro. Mir geht es mit dem Wein so, der berührt mich besonders durch die Nase. Natürlich auch durch den Geschmack, aber diese feinen Nuancen der unterschiedlichen Duftnoten, die ein Laie niemals erwarten würde ... einzigartig. Pfirsich, Zimt, Melone, Mandel ... ein unendliches Feld, und jeder Wein hat seine spezielle Note. Mir tun die Menschen leid, die das nicht schätzen oder, noch schlimmer, nicht riechen können.« Konzentriert lenkt er den Wagen durch Lazise.

Immer wieder blitzt der See durch die Lücken zwischen den Häusern und Bäumen.

Aber ja, genau das ist es, was ich beim Kochen empfinde, beim Essen, beim Wein. Klar schmecke ich selten die gesamte Bandbreite eines Weines, dazu müsste ich Nase und Gaumen mehr sensibilisieren, aber ich bin nicht schlecht. Immerhin habe ich als Köchin eine ganze Menge mit Gerüchen zu tun. In diesem Augenblick entfaltet sich die Kombi in mir, die mich hier ankommen lässt. Der Hauch des Sees in der Luft, der Duft des Spätsommers, eine Schar Stare, die von den abgeernteten

Reben hochfliegt. Wir sind auf der Gardesana angekommen, der Ringstraße, die rund um den See führt. Hier auf der östlichen Seeseite wird sie »Gardesana Orientale« genannt, auf der westlichen Seite »Gardesana Occidentale«. Eine wunderschöne Straße, wenn sie nicht gerade durch Touristenmassen zu einer träge dahinfließenden Masse aus Pkw, Wohnmobilen und Wohnwagen wird. Das ist für dieses Jahr überstanden, die Tage hier sind jetzt wesentlicher ruhiger. Bin gespannt, wie es auf dem Weingut wird. Enzo sagt, sie haben fast alle Zimmer und Appartements vermietet. An Wanderer und Gäste für Weinproben. Oder beides. Nachdem ich jetzt weiß, dass Enzo kein Widerling ist – wenn, dann hat er es meisterlich versteckt –, bin ich neugierig auf Paola.

Ortsschild Cisano. Kenne ich, da war ich vor drei Monaten mit Vinc, liegt kurz vor Bardolino, die Orte sind im Laufe der Zeit zusammengewachsen. Enzo biegt rechts ab, ins hügelige Hinterland von Bardolino. Mehrere Schilder verweisen auf Weingüter, Weinverkauf, ein Weinmuseum. Unverkennbar, wir sind mitten im Anbaugebiet des berühmten Bardolino. Enzo lenkt den Wagen geschickt durch Engstellen, holprige Straßenabschnitte und scharfe Kurven, er kennt die Strecke im Schlaf. Die Fliehkraft drückt mich nach links, hin zu Enzo. Als ich mich wieder aufgerichtet habe, kann ich gerade noch die Aufschrift »Buccelli« auf einem der Schilder entziffern. In schnörkeliger Schreibschrift, das Logo der Buccelli-Weine und das Familienwappen darunter. Im Vergleich zu dem schmalen, mangelhaft geteerten Zufahrtsweg, auf dem wir uns mittlerweile bewegen, waren die Straßen bisher Autobahnen. Hoffentlich kommt uns keiner entgegen. Rechts von uns säumt den Weg eine mannshohe Mauer, aus der die gesamte italienische Flora zu wuchern scheint, links wechseln sich Zäune, Buschwerk und niedere Mäuerchen ab, welche die Olivenhaine von der Straße – die ich ausdrücklich nicht als solche bezeichnen möchte – abgrenzen. Eine Bodenwelle ist kein Anlass für Enzo, den Fuß vom Gaspedal zu nehmen, weshalb ich mich verkrampft am Türgriff festklammere, um mir nicht am Autodach eine Gehirnerschütterung zu holen. Danke, das hatte ich vor nicht allzu langer Zeit erst.

Enzo wirft einen kurzen Blick zu mir rüber und lacht. »Entspann dich, Doro, die Straße ist frei. E il tempo è denaro.«

»›Zeit ist Geld‹, sehr originell. Wenn du an der Mauer klebst, dann brauchst du kein Geld mehr«, bemerke ich trocken. »Und wenn es nur der Außenspiegel ist, der an der Mauer hängt«, setze ich nach.

»Turisti.«

Ja klar. Es sind mal wieder die Touristen, die sich in die Hose machen.

»Da vorne ist es«, deutet Enzo nach rechts oben.

Na toll, jetzt lässt er auch noch das Lenkrad los. Ich ergebe mich meinem Schicksal, aber immerhin hat Enzo bis jetzt ja offensichtlich überlebt.

Eine letzte Steigung und dann sind wir da. Ich tauche ein in eine andere Welt, in der nicht alles Gold ist, was glänzt, wie ich weiß.

KAPITEL 3

BARDOLINO – BORGO E VINO – ORT UND WEIN

Lunedì (Montag) – Tag 1 in Bardolino
Auf dem Weingut der Buccellis

Das alte Wohnhaus strahlt mit seinen ockerfarbenen Mauern und den ziegelroten Malereien ein warmes »Benvenuto« aus, die gemalten Weinreben leuchten wie in abendlich weiches Sonnenlicht getaucht, und das mitten am Tag. Wer sich hier nicht willkommen fühlt, dem kann man nicht helfen, denke ich, obwohl ein leichtes Bauchgrummeln mich an die Schattenseite dieses Paradieses erinnert.

Enzo zeigt zu einem einstöckigen Bau im östlichen Teil des Hofs, schlichter, moderner und bei Weitem nicht so imposant wie das Haupthaus. »Da drüben ist unsere Pension, das Gästehaus, appartamenti e camere. Im Erdgeschoss befinden sich der Frühstücksraum, die Küche und zwei Wohnungen mit jeweils einer kleinen Terrasse. Im ersten Stock sind Zimmer mit Balkon.«

Wir parken vor dem Haupthaus. Das ist kein normales Wohnhaus, das ist ein Gutshaus. Und erst die Anlagen drum herum! Zwar kein riesiger Hof, aber geschmackvoll, authentisch, romantisch … einfach beeindruckend.

»Ich schlafe also hier bei euch«, sage ich. Mir wär's fast lieber im Gästebereich, dann hätte ich einen Rückzugsort.

Enzo nickt. »Wie gesagt, ich würde dich gerne hier im Wohnhaus unterbringen. Früher haben wir dort auch Zimmer vermietet, aber seit wir das neue Gästegebäude haben, wird unser Haus nur noch privat genutzt. Hier übernachten höchstens Freunde, wenn der Abend lang geworden ist.«

»Du meinst weinselig«, präzisiere ich.

Er lächelt.

»Aber was heißt, dass *du* mich gerne im Haus unterbringen würdest?«, frage ich, weil mir seine Formulierung durchaus aufgefallen ist.

»Paola wäre es lieber, wenn du im Gästebereich wohnen würdest. Sie meint, da hättest du deine Ruhe, und Angestellte haben bei uns normalerweise drüben die Möglichkeit, kostengünstig zu wohnen. Oder auch umsonst, je nach Absprache. Das betrifft nicht die Erntehelfer, die wohnen woanders.«

»Hm ... Und Vinc? Was wäre denn strategisch klüger? Wenn wir beide im Gästehaus wohnen würden? Mehr mitkriegen würde ich natürlich bei euch im Wohnhaus und dann könnte ich unauffälliger mit Paola in Kontakt treten.«

»Eben. Deshalb solltest du hier bei uns wohnen und dein Vinc im Gästehaus.« Enzo schaut entschuldigend, dabei werden Vinc und mich gerade mal ein paar Meter trennen, und das auch nur für kurze Zeit.

»Enzo, ich glaube, unsere Beziehung wird diesen Härtefall verkraften«, beruhige ich ihn.

»Ich weiß, aber ...«

»Mach dir keinen Kopf deswegen. Stell mir lieber deine Frau vor.«

Zuerst läuft uns dann aber ein Mädchen über den Weg, hübsch und sehr zierlich. »Meine Tochter Laura«, verkündet Enzo stolz.

Das Mädchen fühlt sich offensichtlich nicht bemüßigt, mich zu begrüßen, geschweige denn, mich kennenzulernen.

»Das ist gerade typisch für sie. Maulig und unfreundlich und wegen jeder Kleinigkeit beleidigt. Sie ist 14«, sagt er schulterzuckend, als würde das alles erklären. »Laura, weißt du, wo deine Mutter ist?«

»Woher soll ich das wissen? Bin ich ihr Kindermädchen?«, kommt es rotzig retour.

Oha, da steckt jemand mächtig in der Pubertät. Ich möchte nicht mit Enzo tauschen.

Laura dreht uns den Rücken zu und geht in die Hocke. Auf einmal gibt sie lockende, zärtliche Geräusche von sich. Neugierig schau ich ihr über die Schulter. Ziel ihres Werbens ist ein winziges, struppiges Etwas, das nicht viel auf den Rippen hat, und sofort schmilzt mein Herz als Katzenmama. Ich bleibe stehen, will das scheue Tier nicht erschrecken, während Laura ihm ihre Hand entgegenstreckt, mit einem Leckerli als Bestechungsangebot. Rambo würde sich die Gaumenfreude mit steil aufgerichtetem Schwanz und verächtlicher Miene abholen – und damit klarstellen, dass er nicht irgendein Straßenkater ist, sondern Herr des Viktualienmarktes. Seines Zeichens Herrscher, der zwar erwarten könne, dass man das Leckerli zu ihm bringt, aber ausnahmsweise mal nicht so sein wolle. Dieses kleine Fellknäuel dagegen sitzt zitternd da, den dünnen Schwanz ängstlich zwischen die Hinterbeine geklemmt, steht halb auf, traut sich dann aber doch nicht.

»Meine Frau ist vermutlich im Büro. Komm mit ins Haus, dein Gepäck lassen wir erst mal im Auto, bis wir sicher sind, dass sie dein Zimmer auch wirklich im Haupthaus hergerichtet hat.

Bevor ich Enzo folge, sauge ich hier draußen erst noch alle Eindrücke auf und speichere sie sozusagen in den grauen Zellen meiner Vergleichsdatenbank ab. Nicht nur ein Haus sagt nämlich viel über die Menschen aus, die in ihm leben, sondern auch der Garten oder in diesem Fall das Weingut. Gepflegt, aber nicht geschleckt. Das ist mir schon mal sympathisch.

Enzo drückt die schmiedeeiserne Klinke der imposanten, mit Schnitzereien verzierten Eingangstür nach unten und wir betreten das Gebäude.

»Das Büro liegt dahinten.« Er deutet den langen, dunklen Flur entlang, an dessen Ende sich eine Glastür von allen anderen Türen abhebt, die ebenso wie die am Eingang aus schwerem Holz bestehen. Jede von ihnen zeigt geschnitzte Motive rund um das Thema Wein.

Durch die Glastür fällt Licht, was dem Flur etwas Freundlich-Geheimnisvolles gibt.

»Die Büroräume haben wir kürzlich vollständig renoviert und einen direkten Durchgang vom Haus dorthin geschaffen. Das hat zwar unseren Architekten aufheulen lassen, von wegen Zerstörung eines wunderbaren traditionellen Familiensitzes, aber ehrlich gesagt ist uns die Bequemlichkeit in diesem Fall wichtiger. Da sind wir wetterunabhängig und gelangen direkt vom Wohnhaus ins Bürogebäude. Geschäftskunden parken sowieso hinterm Haus und gehen von dort aus in den Verwaltungsbereich. Außerdem war dieser Flur immer ein ewig düsterer Schlauch, jetzt nutzen wir das Licht von drüben.«

»Gut gelungen, finde ich. Die Kombination aus modern und alt ist doch sowieso voll im Trend und der Mix hier hat was. Optisch und auch funktionell. Es ist toll, euer altes Haus – wäre ewig schade, es nicht zu erhalten, aber ich bin auch für Bequemlichkeit. Wer will schließlich noch die ›Zentralheizung‹ der alten Römer oder Griechen, giusto?«

»Du hättest bei den Verhandlungen mit dem Architekten dabei sein sollen, Doro. Der hat weit mehr herumgezickt als alle Behörden zusammen«, sagt Enzo lachend. »Wir waren nahe dran, uns einen anderen zu suchen, aber das konnte er dann doch nicht zulassen. So könne er den Schaden möglichst gering halten, hat er behauptet.«

»Kann ich mir lebhaft vorstellen. Und am Ende ist er dann geplatzt vor Stolz auf seine geniale Lösung, stimmt's?«

»Trifft es recht gut. Außerdem vermute ich stark, dass seine finanziellen Interessen letztendlich über sein Engagement für alte Häuser gesiegt haben«, interpretiert Enzo den Sinneswandel des Architekten. »Aber jetzt komm, das Haus zeige ich dir später, suchen wir erst mal Paola.«

Er hält mir die schwere, gut isolierte Glastür auf und wir betreten eine völlig andere Welt. Hell, weit, freundlich, große neue Fenster. Kommt mir vor, als würde ich von einem alten Bauernhof mitten im Allgäu in ein Münchner Bürohaus gehen.

Enzo schreitet zielstrebig voraus. Ein breiter Gang zieht sich an den beiden Büroräumen vorbei bis zum gläsernen Ausgang.

»Hier, das ist unser Büro.« Enzo zeigt auf den ersten Raum. »Na ja, wohl eher Paolas Büro. Sie macht fast alles Schriftliche, Bank, Verträge und was sonst noch so anfällt«, schränkt er ein. »Nebenan sitzt dann unsere Signora Brasi, la nostra segretaria. Und Fabrizio, il nipote di Paola, der Sohn ihres Bruders.«

Die beiden großen Räume sind bis zum Boden verglast, wenn man hier ungestört sein will, muss man die weißen Lamellenvorhänge schließen, was in Paolas Büro der Fall ist.

»Meine Frau hat anscheinend eine Besprechung, bei der sie nicht gestört werden will«, erklärt Enzo.

»Hitzige Verhandlungen«, kommentiere ich die lauten Stimmen, die zu uns in den Flur dringen. Leider versteht man nichts.

Enzo zuckt mit den Schultern. »Manche Kunden sind schwierig«, sagt er knapp.

»Willst du deine Frau nicht unterstützen? Du musst dir wegen mir keine Gedanken machen, ich warte draußen auf dich.«

»Danke, Doro, Paola ist geschickter alleine, ich bin zu emotional, sagt sie immer. Sie rührt sich schon, wenn es kritisch wird, aber bis jetzt ist sie noch mit jedem fertiggeworden. Und wie ich eben höre, ist es sowieso ihr Bruder Ugo, mit dem sie sich da drinnen duelliert. La famiglia«, entschuldigt er sich für das lautstarke Temperament seiner Frau.

»Ihr Bruder? Ist das der Vater von eurem Neffen Fabrizio? Der hier bei euch arbeitet?«, zähle ich eins und eins zusammen und deute auf das zweite Büro.

»Sì, seit ein paar Jahren. Fabrizio hat studiert, Weinbau und Wirtschaft wie Paola. Ich habe nur eine Ausbildung gemacht und meine Erfahrungen auf diversen Weingütern gesammelt. Bis ich Paola kennengelernt habe. Seitdem lebe ich hier mit ihr unseren Traum.«

»Wer kann das schon von sich behaupten«, sage ich.

»Aber jetzt ist dieser Traum zu Ende.« Enzo schluckt schwer.

Ich lege ihm tröstend die Hand auf den Arm. »Warte erst mal ab. Vielleicht ist alles ganz anders und du machst dich unnötig verrückt.«

Enzo schnaubt. »Wäre schön, wenn ich das glauben könnte. Aber mach dir erst mal selber ein Bild ... Komm, ich stelle dir die anderen vor.«

Wir sehen vom Flur aus durch die offen gestellten Lamellen, dass sowohl Signora Brasi als auch Fabrizio telefonieren.

»Macht nichts«, sagt Enzo, »dann zeige ich dir vorher dein Zimmer und wir schauen anschließend noch mal hier vorbei. Wartest du kurz? Ich springe schnell nach oben und sehe nach, ob schon alles hergerichtet ist, bevor wir die Koffer hochschleppen. D'accordo?«

Ich nicke. »Kein Problem, ich geh raus auf den Hof.«

»Mach das und schau dich gerne um, ich bin gleich wieder da.« Enzo eilt den Gang entlang nach hinten zum Durchgang, ich gehe vorne raus und schlendere ums Haus herum. Laura kauert immer noch am Boden. Mittlerweile hat das kleine, struppige Kätzchen Gesellschaft bekommen. Ein buntes Grüppchen umschwärmt das Mädchen. Ein rot getigertes, ein schwarz-weißes und ein besonders süßes hellgraues Wollknäuel. Das wäre meins, dieses Katzenbaby würde ich am liebsten mit nach Hause nehmen.

Ich hocke mich neben Laura. »Gibt hier viele Streuner, was?«, frage ich.

Laura zuckt mit den Schultern. »Sì, certo«, sagt sie, »aber viele sind dann plötzlich wieder verschwunden.«

»Wieso verschwunden? Meinst du ...?« Das will ich mir jetzt

lieber nicht vorstellen. »Wenn die Besitzer die Kleinen umbringen wollten, dann würden sie das doch gleich nach der Geburt tun, oder nicht?«

»Die gehören keinem. Die Katzen legen ihren Wurf irgendwo an einem geschützten Ort ab und kümmern sich dann oft nicht so, wie es nötig wäre. Das sind ja selber meistens Streuner. Die sind mager und können den Jungen nicht viel Milch geben.«

»Und du versorgst sie? Finde ich klasse.«

Laura wehrt sanft die spitzen Krallen der Kleinen ab. »Ich gebe ihnen ein bisschen Futter. Aber viele sind krank und kommen nicht wieder. Wahrscheinlich sterben sie.« Ihre Stimme klingt traurig.

Verstehe ich gut. Diese kleinen Kerlchen haben keine Lobby.

»Es gibt Leute, die Katzen einfangen und verkaufen«, sagt sie.

»Wie …? Meinst du für Tierversuche?« Natürlich habe ich davon gehört, gibt's ja überall auf der Welt, aber konkret dreht es mir bei der Vorstellung fast den Magen um.

»Keine Ahnung. Aber ja, vielleicht. Wahrscheinlich, denk ich.«

Enzo kommt um die Ecke.

»Wir reden noch darüber«, verspreche ich Laura.

Ein kleines Lächeln huscht über ihr Gesicht.

Ich erhebe mich und gehe Enzo entgegen.

»Komm, wir holen dein Gepäck. Dein Zimmer ist fertig. Zweiter Stock«, sagt er und zwinkert mir zu.

Löst bei mir gemischte Gefühle aus. Ich wohne im Haus der Familie, obwohl Paola mich da eigentlich gar nicht haben will – kein angenehmer Gedanke.

Enzo übernimmt kommentarlos den Koffer, ich schnappe mir den Rucksack und folge ihm. Wieder gehen wir den Flur runter bis zum Ende, lassen den neuen Bürotrakt diesmal links liegen.

»Rechts hinten ist das Treppenhaus. Im ersten Stock wohnt die Familie, also Paola, ich und die Kinder. Im zweiten Stock haben wir noch jede Menge Platz für Freunde und sonstige

Besucher, die wir nicht im Gästehaus drüben unterbringen wollen. Das neue Gästehaus war eine gute Investition, der Trend, direkt auf dem Weingut Urlaub zu machen, nimmt immer mehr zu. Das kann man in diesem Haus nicht wirklich ideal trennen. Manche waren ja so dreist und standen abends bei uns im Wohnzimmer, so groß konntest du das Schild ›Privat‹ gar nicht schreiben.«

»Du brauchst mir nichts zu erzählen«, sage ich lachend, »was meinst du, wie oft bei uns im Restaurant ein ungebetener Gast in der Küche steht. Jeder meint ja, er sei etwas Besonderes und so weiter.«

Enzo nickt wissend.

»Wie sehr stört es deine Frau denn, dass ich hier wohne?«

»Mach dir keine Sorgen, Doro. Es tangiert sie nicht so stark, wie du vielleicht vermutest. Paola ist nur momentan nicht sie selbst. Sie ist nicht ärgerlich auf dich, ich glaube, sie mag sich grade selber nicht.« Enzo seufzt tief. »Es lässt sie wahrscheinlich nicht kalt, wie sie mich hintergeht. Wir waren immer ein glückliches Paar, anders kann ich es nicht sagen. Umso schlimmer, dass es jetzt vorbei sein soll.«

»Enzo, du weißt doch noch gar nichts Genaues. Wir fühlen deiner Frau auf den Zahn, das verspreche ich dir. Und wenn dann alles so schlimm ist, wie du befürchtest, dann darfst du jammern. Aber vorerst verordne ich dir Optimismus. Basta!«

Enzo verzieht das Gesicht, aber wirklich fröhlich sieht er immer noch nicht aus.

»Ein bisschen anstrengen musst du dich schon«, befehle ich so oberlehrerinnenhaft, dass er nun doch lächeln muss.

»Hier ist dein Zimmer.« Er bleibt stehen und steckt den Schlüssel ins Schloss. Die Tür schwingt nach innen auf.

»Wow!«, entfährt es mir. »Es ist mega.« Groß, hell, nach Westen ausgerichtet, ich ahne den Gardasee hinter den zugezogenen Gardinen. Mit ein paar Schritten bin ich am Fenster, schiebe den

Vorhang zur Seite, und richtig, das Gut liegt hoch genug, um hier im zweiten Stock einen gigantischen Blick auf den See zu haben. Ich drehe mich zu Enzo um. »Wow!«, wiederhole ich. »Wenn du wüsstest, wie sehr ich den Ausblick liebe!«

»Kann ich mir vorstellen. Ich dachte, als kleine Entschädigung für das, was ich dir hier zumute ...«

»Grazie, Enzo, aber lassen wir das Thema. Es ist, wie's ist, und ich hoffe, dass wir den ganzen Scheiß nicht umsonst machen. Sorry, aber manchmal muss man die Dinge beim Namen nennen. Und jetzt würde ich sagen: Auf in den Kampf!«

Da ist sie endlich. Da drinnen sitzt die Frau, von der ich schon so viel gehört habe und die mit Sicherheit kein Wort mit mir sprechen würde, wenn sie wüsste, was ich über sie weiß. Und noch viel schlimmer, was ihr Mann über sie vermutet und mit mir, einer Fremden, besprochen hat. Ich finde es ja selber grenzwertig und würde am liebsten auf der Stelle umkehren und nach Hause fahren. In diesen Sekunden bereue ich zutiefst, dass ich mich habe überreden lassen.

Enzo dreht sich um. »Nur Mut, Doro«, fordert er mich auf, als könnte er meine Gedanken lesen, aber mit einem Gesichtsausdruck, der seine aufmunternden Worte Lügen straft.

Ich lächle schief. Mir bleibt nichts anderes übrig. Entschieden ist entschieden.

Enzo klopft an die Glastür, Paola schaut hoch, ihre Hände verharren auf der Tastatur des Computers.

»Allora«, murmelt Enzo und lässt mir den Vortritt.

»Paola, das ist die Signorina aus Deutschland, die ein paar Wochen bei uns im Betrieb mithelfen wird. Doro Ritter. Doro«, er wendet sich an mich, »das ist meine Frau. Paola. Sie ist sozusagen der Kopf des Unternehmens.«

Paola lächelt höflich. Sie steht auf, reicht mir die Hand. »Benvenuta, signorina. Mein Mann meint, dass Sie hier Erfahrungen für Ihr künftiges Unternehmen sammeln möchten? Dann wünsche ich Ihnen viel Erfolg dabei. Enzo wird Sie unter seine Fittiche nehmen. Wenn ich etwas für Sie tun kann, dann fragen Sie mich gerne. Allerdings, ein offenes Wort – ich persönlich bin wenig begeistert von dieser Idee. Zur Weinprobe braucht es nicht so viel Drumherum. Wein, Weißbrot, ein bisschen Käse – dafür benötigen wir keine Hilfe, auch wenn das Geschäft jetzt in der Nachsaison boomt. Noch haben die meisten Ristoranti geöffnet, die Gäste haben genügend Möglichkeiten, sich kulinarisch verwöhnen zu lassen. Unten im Ort oder ein paar Hundert Meter weiter, im ›Peppino‹. Betreibt mein Bruder, das heißt, er hat es verpachtet. Aber wie gesagt ...« Sie zuckt mit den Schultern. Wir haben ein Weingut und kein Ristorante.«

Okay, das war wirklich ein offenes Wort. Offener als mein eigener Auftritt hier.

Enzo widerspricht. »Wir wollen ja auch kein Menü anbieten, aber ein bisschen Unterstützung schadet nicht. Dann kann ich in Ruhe die Weinverkostung durchziehen, du bist ja zurzeit oft nicht in Stimmung oder gar nicht da.«

Wir bewegen uns auf dünnem Eis. Die Spannung ist sofort spürbar.

Paola erwidert nichts darauf, ihre Lippen sind zu einem schmalen Strich zusammengekniffen.

»Es ist nur für ein paar Wochen«, versuche ich, das Knistern aus der Luft zu nehmen. »Die Saison ist eh bald vorbei und dann bin ich wieder in München.«

»Ora non mi importa, ich wäre nur gerne gefragt worden«, blafft sie und setzt sich wieder an den Schreibtisch.

»Paola, natürlich ist es wichtig. Ich will, dass du zufrieden bist, dass wir zusammen entscheiden. Bitte, mia cara, lass Doro ein bisschen Zeit, du wirst sehen, es ist eine Entlastung für dich«, ruft Enzo und hebt seine Hände mit einer entschuldigenden Geste in meine Richtung.

»Ich will nicht unfreundlich sein, lieber Enzo, ich sage nur meine Meinung. Wie du selbst gesagt hast, normalerweise entscheiden wir personelle Dinge gemeinsam.«

Enzo hat sich zum Rückzug entschlossen, ich bin froh, es überstanden zu haben, und folge ihm. Dieses Mal verlassen wir den Bürotrakt zusammen über die Außentür.

Irgendwie fühle ich mich leichter. Das erste Zusammentreffen mit Enzos Frau hat mir schwerer auf der Seele gelegen als gedacht.

»Ehrlich, Enzo, wenn Valeria mich nicht dermaßen bekniet hätte, dann würde ich spätestens jetzt die Flucht ergreifen. Es ist egal, wenn Paola mich rausschmeißt, aber ich muss es noch mal sagen: Du steckst in einer ganz anderen Situation. Überleg es dir. Wenn Paola rauskriegt, was hinter meiner Anwesenheit wirklich steckt, dann hast du verloren, glaub mir.«

Enzo schaut mich unglücklich an. »Ich habe auch so verloren. Mein Geld und meine Frau.«

Da hat er recht. »Allora, dann lass uns kämpfen«, setze ich einen Schlusspunkt unter meine Überlegungen.

Bevor Enzo etwas erwidern kann, bimmelt sein telefonino.

»Pronto?« Sein sowieso schon sorgenvolles Gesicht wird noch gramvoller. Am anderen Ende der Leitung überschlägt sich eine laute Männerstimme vor Aufregung.

»Ganz ruhig und von vorne, Alfredo«, redet Enzo auf den Mann ein. »Was ist los? Was ist mit deinem Traktor?«

Ich verstehe nur ein paar Fetzen von dem, was der Mann Enzo ins Ohr schreit. Etwas von »trattore«, »non funziona più« und »gli operai devono portare l'uva in azienda«. Ich kombiniere: Der Traktor ist kaputt, die Arbeiter müssen die Trauben anscheinend damit auf den Hof transportieren und Enzo soll ihn richten.

»Ich komme, so schnell ich kann, Alfredo.«

»Grazie, Enzo«, schreit der andere durchs Telefon. Dann ist es ruhig in der Leitung.

»Mi dispiace, Doro, un'emergenza. Ich muss dringend weg.«

»Ich hab's so in etwa mitgekriegt. Dein Freund war laut genug. Mach dir wegen mir keinen Kopf, ich schau mich ein bisschen auf dem Hof um. Vielleicht ist deine Tochter noch da – ist ja echt süß, wie sie sich um die Kätzchen kümmert.«

Enzo lacht ein wenig gequält. »Sehr süß. Würde ich wohl auch sagen, wenn ich nicht bei jedem Streuner den Bösen spielen müsste, weil wir nicht alle diese Problemfälle bei uns aufnehmen können. Aber egal jetzt, ich muss los. Ich fahre mit unserem Traktor, dann können die Männer gleich loslegen, die Trauben müssen zum Hof und in die Presse. Alfredo muss die Leute bezahlen, die meisten haben einen engen Zeitplan und sind schon auf dem Sprung zum nächsten Einsatz. Das sind hektische Stunden, hier geht es um den Ertrag eines ganzen Jahres. Die Tage der Erntezeit sind für uns alle ganz besonders, die Sorge ums Wetter, die Anspannung und die Hoffnung auf einen guten Jahrgang. Es sind aber zugleich meine Lieblingstage als Winzer. Dieses irrsinnige Glücksgefühl, wenn die Arbeit und Mühe, die man sich das ganze Jahr mit den Reben gemacht hat, in diesen unvergleichlichen Farben vor dir liegt. Es ist pure Freude, wenn die Trauben sicher eingefahren sind und die Produktion beginnt.« Enzo streicht sich verlegen durch die Haare.

»Ich seh schon, deine Weine sind nicht nur Beruf, sondern Berufung für dich. Aber wieso erntet dein Freund erst jetzt? Ich dachte, ihr seid durch mit der Weinlese?«

»Gut aufgepasst, Doro, aber er hat einige Felder mit späteren Sorten angelegt, will neue Weine ausprobieren. Er ist noch in der Experimentierphase. Diese Umstellung hat ihn eine Menge Geld gekostet und er weiß noch nicht, ob die Investitionen sich auszahlen werden.«

»Kannst du mir ja bei Gelegenheit genauer erklären. Aber jetzt los, beeil dich und hilf deinem Freund.«

»Danke für dein Verständnis. Ich werde versuchen, seinen Traktor zu reparieren.«

»Also nicht nur Winzer, sondern auch Mechaniker?«

»Gelernt habe ich es nicht, wenn das deine Frage ist, aber ich glaube, jeder kleinere Weinbauer hier schraubt erst mal selber an seinen Geräten herum, bevor er den Fachmann holt. Viele leihen sich die großen Geräte sowieso aus, es rentiert sich nicht, wenn jeder einen komplett eigenen Fuhrpark hat.«

»Ist in der Küche anders, da hat jeder seine eigenen Messer«, flachse ich.

»Was du nicht sagst.« Enzos rechter Mundwinkel zuckt leicht nach oben. »Alfredo kann selber nicht, er muss die Trauben einbringen, deshalb habe ich versprochen, mir das gute Stück vorzunehmen.«

»Tu das. Ach ja, eine Frage: Wie läuft es mit dem Essen? Bin ich Selbstversorger oder …?«

Enzo schlägt sich die Hand an die Stirn. »Certo! Il cibo! Das habe ich total vergessen. Und das ausgerechnet bei dir als Köchin. Aber so viel Zeit habe ich noch – ich zeige dir die Küche.«

Küche? Ich dachte, ich habe Urlaub und werde verköstigt?

Enzo entschuldigt sich schon wieder. »Scusa, Doro, Frühstück wird natürlich serviert, aber ansonsten gibt es wie gesagt das ›Peppino‹ da vorne.« Er zeigt mit ausgestrecktem Arm Richtung See. Bis dahin muss man aber erst das schmale, geteerte Band meistern, das sich zwischen den Weinbergen hindurchschlängelt und von dem immer wieder enge Feldwege abzweigen, die zu oft nicht einsehbaren Privathäusern und Agrarbetrieben führen. Muss ich mir bei Gelegenheit genauer anschauen.

»Wie sieht's aus? Hast du ein Fahrrad, das du mir leihen kannst?«, erkundige ich mich. Solange Vinc noch nicht da ist, heißt es für mich mit dem Fahrrad oder per pedes zum einsamen Abendessen. Na ja, will nicht übertreiben. Alleine essen ist kein Problem für mich, trotzdem bin ich froh, wenn Vinc kommt, obwohl wir uns ja erst mal gar nicht kennen dürfen. Das Gesamtpaket hier, Paolas Ablehnung, die frostige Stimmung zwischen Enzo und seiner Frau und allen voran meine »Spannerrolle«, das zieht mich einfach runter, da kann ich seelische Unterstützung gut gebrauchen. Dagegen kommt nicht mal der traumhafte Blick auf den Gardasee an. Oder fast nicht, muss ich innerlich einschränken, denn der See präsentiert sich unterhalb von uns in seiner vollen Pracht.

»Du kannst auf jeden Fall ein E-Bike von uns leihen. Wir haben vier davon für die Gäste, du kannst dir jederzeit eines nehmen. Ich zeige dir, wo die Akkus liegen, dann musst du nicht erst jemanden fragen. Allora, das Frühstück kannst du gerne bei uns im Haus einnehmen, du bist herzlich willkommen. Auf jeden Fall von meiner Seite aus.«

»Enzo, entspann dich, ich werde erst mal lieber nicht bei euch essen. Ich glaube, Paola wünscht sich ein bisschen Abstand, und das sollten wir respektieren, wenn wir sie nicht total gegen mich aufbringen wollen. Ihr habt doch sicherlich einen Frühstücksraum für Gäste?«

Enzo nickt eifrig. »Sì, certo, im Gästehaus.«

Ich vermute stark, dass er dankbar ist, Paola nicht noch einmal das moralische Messer auf die Brust setzen zu müssen. Er hat es zwar selber angeboten, aber wahrscheinlich nur aus dem Gefühl der Gastfreundschaft heraus, die normalerweise in seinem Haus üblich ist und die seine Frau aktuell aus den Augen verloren hat. Und vielleicht auch aus schlechtem Gewissen mir gegenüber, mich in diese unangenehme Lage hineinmanövriert zu haben. Schade nur, weil mir die Zeit am Familientisch sicher einige interessante Einblicke verschafft hätte.

»Allora, Enzo, jetzt mach dich endlich auf den Weg, ich komme alleine klar. Ich schau mich ein bisschen um, dann pack ich meine Sachen aus.«

»Va bene. Brauchst du das Fahrrad sofort?«

»Nein, das gibst du mir später. Und jetzt, ciao, Enzo. Ich komme zurecht, ehrlich!«

Endlich glaubt er mir, dass ich nicht tot umfalle ohne ihn, und zieht ab.

Der Typ, den wir vorhin im Büro gesehen haben, kommt ums Haus herum, Enzo entgegen. Sie nicken sich kurz zu, dann verschwindet Enzo aus meinem Blickfeld.

Der junge Mann geht direkt auf mich zu. »Il nipote di Paola«, hat Enzo vorhin erwähnt. Ihr Neffe also, der Sohn ihres Bruders.

Er lächelt und streckt mir die Hand entgegen. »Ciao, du musst die deutsche Jungunternehmerin sein«, begrüßt er mich. »Benvenuta, ich bin Fabrizio Buccelli, aber das hat mein Onkel dir sicher schon erzählt, nicht wahr?«

»Grazie, und ja, das hat er erwähnt. Ich bin Doro. Schön, dass wir uns kennenlernen.« Sein Händedruck ist angenehm kraftvoll. Das mag ich. »Dass ich hier ein paar Wochen wohne und die Weinproben kulinarisch begleiten soll, hat Enzo dir gesagt, oder?«

»Hat er. Ist mal was anderes und durchaus einen Versuch wert, finde ich. Meine Tante ist ja nicht überzeugt von der Aktion.« Fabrizio lacht. Er nimmt die diesbezügliche Meinungsverschiedenheit zwischen Paola und Enzo anscheinend nicht so tragisch.

Okay, beruhigend. »Ich bin immer offen für neue Ideen, gibt unseren Weinproben vielleicht eine besondere Note. Nicht, dass wir nicht ausgelastet wären, unsere Veranstaltungen sind sehr beliebt, aber man sollte sich nicht auf seinen Lorbeeren ausruhen.«

»Das finde ich auch«, teile ich enthusiastisch diese Einstellung, »genau aus diesem Grund bin ich hier. Ich will Anregungen sammeln für meine Geschäftsidee, will Neues ausprobieren, auch in Kombi mit alten Traditionen. Mir schwirren ein paar wunderbare Bilder im Kopf herum.« Grundsätzlich ist das nicht gelogen. Im »Macis« sind wir auch ständig am Ball, um nicht wochenlang dieselbe Schiene zu fahren. Das erwarten die Gäste. Sie wollen konstante Spitzenqualität und gleichzeitig mit kleinen Innovationen wie einer neuen Nachspeisenkreation oder einer ausgefallenen Tischdeko überrascht werden. Egal was, sie lieben das Gefühl, dass man sich um ihr Wohlbefinden bemüht und sich etwas für sie einfallen lässt. Aber so kann ich Fabrizio das natürlich nicht erklären, da ich ja meine offizielle Rolle spielen muss und eben angehende Jungunternehmerin bin und nicht Köchin in einem Sternerestaurant.

»Ciao a tutti.« Ein hoch aufgeschossener Jugendlicher tritt von hinten auf Fabrizio zu und schlägt ihm kumpelhaft auf die Schulter. »Willst du uns nicht vorstellen?«

Das muss Pietro sein, der Sohn des Hauses. Er ist 16, wie ich von Valeria weiß. Dieser Junge hat ein Auftreten, für das man ihn mindestens fünf Jahre älter schätzen würde, als es sein Äußeres vermuten lässt.

»Ciao, Pietro«, Fabrizio boxt freundschaftlich zurück. »Questo è Doro dalla Germania.«

»Eh, ciao, Doro. Mein Vater hat sich ja mächtig für dich ins Zeug gelegt«, begrüßt mich Pietro gut gelaunt.

»Ja, ist echt nett von ihm. Ich kann hier bestimmt viel lernen«, erwidere ich ein bisschen lahm. Mir graust es vor dem Gedanken, hier aufzufliegen. Die Vorstellung liegt mir wie ein Stein im Magen.

»Du schaust, als würde dich jemand verfolgen«, sagt Pietro.

Mein schlechtes Gewissen, denke ich und zwinge mich zu einem Lächeln. Muss mich jetzt echt zusammenreißen. Wenn ich weiter so rumhänge, kann ich gleich wieder zurückfahren.

»Wer von euch ist der potenzielle Nachfolger? Du oder deine Schwester? Oder führt ihr das Weingut mal zusammen weiter?«, lenke ich von mir ab.

»Also, ich kann nur für mich sprechen. Meine Zukunft liegt sicher nicht im Weinanbau, und was Laura mal will – das steht in den Sternen. Aktuell will sie Tierärztin werden, eigentlich sagt sie das schon, seit sie in die Schule gekommen ist.« Pietro zuckt mit den Schultern. »Meine Eltern sind weit entfernt vom Rentenalter und außerdem haben wir zum Glück Fabrizio, der meine Schwester und mich würdig vertritt.« Er knufft seinen Cousin in die Seite. »Er ist Winzer aus vollem Herzen. Irgendwie verrückt. Fabrizio liebt das Weingut und mich interessieren Politik und Wirtschaft, wie seinen Vater. Wenn wir nicht zehn Jahre auseinander wären, dann würde ich sagen, wir wurden vertauscht.« Fabrizio und Pietro lachen herzhaft.

Hoffentlich finden die Eltern der beiden das auch so lustig. Viele haben ja den Traum, ihr Lebenswerk an ihre Kinder weiterzugeben.

Langsam löst sich die Spannung in meinem Inneren. Die zwei sind echt nett und irgendwie fühle ich mich nicht mehr ganz so allein. Na ja, zumindest ist das so, bis Paola zu uns stößt.

»Ach, Fabrizio, hier bist du. Ich habe eine Bitte, du müsstest dich morgen um Signor Caravaggio kümmern, du weißt schon, den Weinvertreter aus Rom. Er kommt um 11 Uhr. Sag ihm herzliche Grüße von mir und dass es mir sehr leidtue, ihn nicht persönlich empfangen zu können, aber mir ist ein unaufschiebbarer Termin dazwischengekommen. Ich muss nach Verona. Eine alte Freundin von mir braucht meine Hilfe, das kann ich nicht verschieben. Und du weißt ja, dass Enzo sich vor diesen Verkaufsgesprächen gerne drückt.«

»Kein Problem, zia, ich bin morgen Vormittag sowieso im Büro. Ich verhandle ja nicht das erste Mal mit einem Einkäufer.«

»Danke, mein Lieber.« Seine Tante legt ihm kurz die Hand auf den Arm.

»Ist papà schon wieder gegangen? Er hat gar nicht bei mir vorbeigeschaut«, erkundigt sich Fabrizio bei seiner Tante.

»Er hatte es eilig«, winkt Paola knapp ab und wendet sich dann an mich. »Doro, Sie können sich jederzeit mittags und abends eine Kleinigkeit in unserer Küche im Gästehaus zubereiten. Pietro, zeigst du ihr bitte alles? Zum Frühstück haben wir Büfett, dafür sorgen wir, aber das hat mein Mann bestimmt schon mit Ihnen besprochen, die anderen Vorräte sind allerdings recht mager drüben, da müssten Sie im Bedarfsfall selber etwas einkaufen.«

Die Ansage war klar, ich nicke und fühle mich aufs Abstellgleis gestellt.

Pietro runzelt die Stirn, widerspricht aber nicht. »Sì, d'accordo, mamma, ich führe Doro herum«, sagt er nur.

Fabrizio schaut irritiert, er spürt wahrscheinlich, dass es knistert zwischen Paola und mir, hält sich aber raus. Vielleicht schiebt er Paolas schlechte Laune auch auf den Streit mit seinem Vater, den er mit Sicherheit mitbekommen hat. Egal, Paola will mich nicht in den Innercircle aufnehmen, damit kann ich leben, schließlich bin ich offiziell eine Angestellte und kenne die Familie kaum. Eine andere Sache beschäftigt mich gerade mehr: Die »alte Freundin« hat mein Interesse geweckt. Will Paola sich mit ihrem Liebhaber in Verona treffen? Ich muss mit Enzo reden, das wäre die Gelegenheit, den »Caso Paola« zu starten. Er muss Paola dazu bringen, mich nach Verona mitzunehmen. Zum Beispiel könnte er vorschlagen, dass ich mich dort ein wenig umsehe und dabei das eine oder andere Schmankerl für die Weinprobe am nächsten Abend besorge, während sie sich mit ihrer Freundin trifft.

Wir drei schauen Paola hinterher, die gerade ums Haus herum Richtung Büro verschwindet. Fabrizio entschuldigt sich, er will die Unterlagen für den Termin mit Signor Caravaggio vorbereiten, Pietro schlägt vor, sich in zwei Stunden hier im Hof zu treffen und dann einen kleinen Rundgang zu starten.

»Okay, Treffpunkt um 17 Uhr«, stimme ich zu.

Fabrizio will uns begleiten und meint, bis dahin alles für den morgigen Termin vorbereitet zu haben, ein paar Kontrollen an den Weintanks könne er dann auf dem Rundgang nebenbei erledigen.

Erst einmal bin ich froh über eine Pause und verziehe mich auf mein Zimmer, ich habe ja noch nicht einmal ausgepackt. Während ich meine Sachen in den Schrank räume, telefoniere ich mit Vinc und klage ihm mein Leid. »Ehrlich, Schatz, lange mach ich das nicht. Ich fühl mich total mies, verlogen, bescheuert ...«

»Ich komme ja bald, Schatz, dann baggere ich dich an, du findest mich sofort unwiderstehlich und wir können offen Händchen halten und knutschen«, malt Vinc unser Inkognito-Kennenlernen aus.

Ich muss lachen. »Witzbold! Ich hab auch erst gedacht, das wird lustig und so, aber es ist halt alles so verlogen.«

»Stimmt schon, aber andererseits stelle ich es mir verlockend vor, wenn ich mal wieder eine Frau so richtig angraben darf.«

»Hoffentlich lässt sie dich nicht abblitzen, wenn du gar so plump daherkommst!«

»Die kann mir nicht widerstehen, das prophezeie ich dir«, Vinc klingt jetzt sehr unternehmungslustig. Er scheint sich echt auf die Farce zu freuen.

»Du hast leicht lachen, du bist ja auch 400 Kilometer weit weg«, jammere ich ein bisschen. »Wann kannst du dich in München loseisen?«

»In zwei oder drei Tagen. Jetzt akklimatisier dich erst mal, okay? Und vergiss nicht, du hast jederzeit die Option, abzubrechen. Quindi a presto, amore mio. Hab dich lieb.«

»Dito«, sage ich und bin eindeutig schon besser gelaunt als vor dem Telefonat. Die Gewissensbisse schiebe ich in eine Schublade, arrivederci und ciao – zumindest vorerst.

Ich gähne und fläze mich aufs Bett. Von Westen her flutet warmes Sonnenlicht durchs Fenster, was die dunkle Holzvertäfelung der Zimmerdecke überhaupt nicht düster erscheinen lässt, sondern sie gemütlich in Szene setzt. Ich verschränke die Hände im Nacken. Die Jungs sind echt nett. Und Laura auch. Dass sie ein wenig pubertiert, stört mich nicht, ihr liebevoller Umgang mit den kleinen Streunern auf dem Hof würde mich sowieso mit fast allem versöhnen. Ich döse weg, und als ich das nächste Mal auf die Uhr schaue, habe ich noch genau zwölf Minuten, um mich in frische Klamotten zu schmeißen und raus auf den Hof zu eilen. Die beiden Jungs stehen in angeregter Unterhaltung unten bei den großen Metalltanks, Fabrizio scheint Pietro etwas zu erklären. Der nickt. Versteht wahrscheinlich einiges von der Weinherstellung – logisch, wenn man auf einem Weingut aufwächst. Ist halt nur nicht seine Leidenschaft.

»Es kann losgehen«, unterbreche ich die Fachsimpelei, was mir beide aber nicht übel nehmen.

»Fangen wir mit der Küche an«, schlägt Pietro vor, »du sollst ja keinen Wein herstellen, sondern bist für Fingerfood zuständig. Außerdem wirst du ab und zu Hunger haben. Ach übrigens, wie gut sind denn deine Fähigkeiten am Herd?«, erkundigt er sich ohne jede Verlegenheit. »Wär doch nett, wenn du in den kommenden Tagen mal kochen würdest, Fabrizio und ich bringen ein paar Freunde mit, den Wein sowieso, und Laura könnte auch dazukommen, was meinst du?«

»Äh, ja, warum nicht? Und um deine Frage zu beantworten, ich kann ganz passabel kochen.«

»Dann ist es ausgemacht, d'accordo?«

»D'accordo«, verspreche ich und freue mich tatsächlich auf so einen Abend. Bestimmt habe ich Vinc bis dahin schon kennengelernt und kann ihn mitbringen. Ich vermute mal, dass Pietro damit die ablehnende Haltung seiner Mutter etwas abschwächen will, andererseits macht er keinen besonders schuldbewussten Eindruck. Ist ja auch egal, was seine Beweggründe sind, ich finde die Idee super, und zwar nicht nur weil es eine Gelegenheit für mich ist, mit Leuten zu reden und ein bisschen etwas über die Familienverhältnisse zu erfahren.

»Ich bin dabei«, stimmt auch Fabrizio zu, »aber jetzt müsst ihr mich leider entschuldigen, Imi wartet. Meine Freundin«, fügt er erklärend hinzu.

Er verschwindet hinterm Haus, kommt gleich darauf auf einer Vespa um die Ecke und rattert davon.

»Dann mal los«, sagt Pietro und geht voraus ins Gästehaus.

»Allora, hier ist der Frühstücksraum und gleich hier nebenan sind die Küche und der Lagerraum.«

Okay. Ich sichte die Vorräte. Für Spaghetti aglio e olio reicht es. Peperoncini, ein paar Kräuter – leider nicht frisch, aber egal –, parmigiano. Salat ist keiner da, aber Tomaten und Zwiebeln. Balsamico und Olivenöl sowieso – natürlich aus der Produktion der Ölmanufaktur Buccelli. Ein paar offene Flaschen habe ich in der Küche stehen sehen, einen Kaffeeautomaten ebenfalls. Verhungern muss ich also nicht. Pasta und Tomatensalat mit Zwiebeln. Was braucht man mehr? Mein Magen knurrt und Pietro grinst.

»Ich bring dir noch ein paar Flaschen Wein rüber. Wäre ja schändlich, auf unserem Hof ein Essen ohne den edlen Tropfen genießen zu müssen. Rotwein? Oder lieber Rosé?«

»Schmeckt mir beides«, erkläre ich ganz unbescheiden.

»Soll ich auch frisches Brot holen?«, fragt Pietro, ganz Gastgeber – es soll mir wohl an nichts fehlen.

»Danke, das ist lieb, Brot und Wein wären super, aber sonst passt alles wunderbar.«

Ich begleite ihn rüber zum Verkostungsgebäude, das interessiert mich, weil dort die Weinproben stattfinden, für die ich die kulinarischen Häppchen beitragen soll. Aha, so sieht es da aus … Ist nicht der klassische Weinkeller voller schwerer Eichenfässer. Gleich vorne links neben dem Eingang befindet sich ein winziges Bürokabüffchen, anschließend reihen sich vier Metalltanks an der Wand entlang. Außerdem gibt es hier Stehtische, Barhocker, einen blitzblanken Getränkekühlschrank mit

Glasfront, ein Regal mit Gläsern und Prospekten sowie Glasvitrinen mit allerlei Utensilien, die für die Weinherstellung eine Rolle spielen oder gespielt haben. Und an den Wänden jede Menge Bilder. Fotos von diversen Weinverkostungen, von den Weinbergen, von Reben zu jeder Jahreszeit – auch herbstlich, wie sie sich jetzt präsentieren, ohne Trauben, dafür mit goldenem Laub … Bilder von der Weinlese. Ein passender Wandschmuck, finde ich. Gefällt mir. Genauso wie die Ecke, die mit alten Postkarten tapeziert ist. Die schaue ich mir genauer an. Karten hauptsächlich aus Deutschland, aber auch aus anderen Regionen Europas. Sogar eine aus den USA, aus San Francisco und dem Napa Valley, von Weinregion zu Weinregion quasi. Waren eine nette Tradition, die Postkarten, ich bekomme noch ab und zu eine von einer reiselustigen Dame, die zu unseren treuesten Stammgästen zählt und ein Fan meiner Risottovariationen ist. Heute verschickt man aus dem Urlaub eher WhatsApp-Nachrichten und Bilder, die dann schnell wieder im virtuellen Papierkorb verschwinden.

Die Wand hinten ist nicht ganz durchgezogen, ein offener Durchgang führt in einen zweiten Raum, in dem einige Fässer lagern. Sind auch leere Fässer dabei, die repariert werden müssen, wie Pietro erklärt. »Wir halten sie natürlich feucht, damit sie nicht undicht werden.«

Mittlerweile ist es fast sieben und ich habe richtig Hunger. Pietro hat nichts dagegen, dass wir den Rundgang beenden, und ich verziehe mich in die Küche des Gästehauses. 200 Gramm Spaghetti sind großzügig bemessen für eine Person, ist mir aber egal, ich habe Hunger. Während ich warte, dass das Nudelwasser kocht, bestücke ich das Tablett mit Teller, Besteck, Rotwein, Glas und einer Flasche Wasser. Und mit einer Schale Tomatensalat, die Pietro noch mitgebracht hat. In einer Pfanne erwärme ich Olivenöl, Salz und aus Ermangelung an frischen Kräutern das Fertiggewürz für aglio, olio e peperoncini. Okay, noch den Parmesan reiben ... Allmählich könnte das Wasser so weit sein. Genau, es sprudelt, also rein mit den Nudeln. Kräutersalz herstellen, notiere ich gedanklich. Ansonsten bin ich fertig. Ich setze mich an den einbeinigen halbrunden Tisch, der an der Wand verschraubt ist und den man bei Bedarf hochklappen kann. Praktisch. Er dient ganz offensichtlich als Ablage für alles Mögliche, denn ich finde eine Tageszeitung, zwei Journale – einmal Mode, einmal Sport –, einen Kugelschreiber, eine ungespülte Kaffeetasse und eine angebrochene Packung Kekse inklusive der dazugehörigen Brösel darauf. Ich denke an die blank polierten Arbeitsflächen in der Küche des »Macis« und nehme fast automatisch die schmutzige Tasse samt Kaffeelöffel, stelle sie in die Spülmaschine und wische die Ränder, die sie auf dem Tisch hinterlassen hat, mit einem feuchten Küchentuch weg. Eine Sache von nicht mal einer halben Minute, rüge ich gedanklich den unbekannten Übeltäter – ganz Tochter meines Vaters.

EIN TOTER IM GARDASEE, sticht mir die fette Schlagzeile aus der Zeitung ins Auge. Habe ich gar nicht mitbekommen. Ein Blick aufs Datum erklärt auch, warum. Die Zeitung ist vom 14. Oktober, also schon vier Tage alt. Interessiert mich trotzdem, was es mit dem Toten auf sich hat. Logisch. GRAUSIGER FUND IM NETZ. Der Artikel berichtet, wie einem Fischer bei Garda eine Leiche ins Netz gegangen ist. Er habe sofort die Polizei benachrichtigt, die den circa 50 bis 60 Jahre alten Toten geborgen habe. Die Todesursache sei noch nicht geklärt, es sei aber sehr wahrscheinlich Fremdeinwirkung im Spiel gewesen. Die Identität des Verstorbenen sei schwer zu klären, weil die Leiche schon einige Zeit im Wasser gelegen habe. Es werde nach Personen und Zeugen gesucht, die etwas zu dem Fall beitragen können, jemanden vermissen oder Beobachtungen gemacht haben, die mit der Sache in Zusammenhang stehen könnten.

Okay, vor vier Tagen? Ist bestimmt längst geklärt. Ich kann bei Gelegenheit ja mal Enzo fragen. Der wird sich über meine Vorliebe für Leichen nicht wundern, mein Ruf eilt mir schließlich voraus, was mich letztendlich hierhergeführt hat. Ich soll ja sozusagen die Leichen in Paolas Keller finden.

Mein Magen hat ganz andere Bedürfnisse, er rührt sich lautstark und lenkt meine Aufmerksamkeit wieder auf Pasta und Co. Ich fische mir mit der Gabel eine Nudel aus dem Wasser. Al dente. Perfetto. Schnell abgießen und im Kräuteröl wenden, die ganze Portion ab in den Riesenteller, großzügig Parmesan drüber – ach ja, noch ein paar Scheiben von dem Weißbrot dazu, das Pietro mir liebenswürdigerweise organisiert hat. Megaperfetto! Wenn mich jetzt einer stört, werde ich zur Mörderin, das schwöre ich.

Voll beladen suche ich mir ein einsames Plätzchen hinter dem Wohnhaus und finde rechts neben dem Parkplatz eine windschiefe Holzbank, direkt unter einem uralten Olivenbaum. Mehr Stamm als Krone, beeindruckender Durchmesser und typisch skurrile Wuchsform. Der steht hier bestimmt seit Generation eins der Buccellis. Mit Blick auf die Lichter von Bardolino und im Norden auf die Schemen der Rocca di Garda gebe ich mich den kulinarischen Genüssen hin.

Es ist bereits kurz nach neun und dunkel, als ich gesättigt an dem Buccelli'schen Bardolino Classico DOC nippe. Der Wein schimmert fast schwarz im schwachen Licht des Mondes. Beleuchtung gibt es hier hinten sonst keine. Als Enzo in den Hof einfährt, flackert zwar der Bewegungsmelder, aber das Licht reicht nicht bis zu meiner Bank. Allerdings verrät mich das Glimmen meiner Zigarette und Enzo kommt zu mir rüber.

»Warum sitzt du hier beim Parkplatz? Neben dem Gästehaus haben wir doch extra eine Laube hergerichtet. Mit Reben bewachsen, für die turisti«, er zwinkert mir zu. »Zwischen Weinreben und alten Olivenbäumen ist es wirklich schön zum Sitzen.«

»Ich wollte heute lieber meine Ruhe. Keine Lust auf Small Talk, und der Parkplatz stört mich nicht, der liegt ja eher hinter mir, den seh ich kaum. Dafür dieser wunderbare alte Baum, der Sternenhimmel, der Mond. È un posto bellissimo. Du siehst, alles gut.«

»Wenn du meinst ... Tut mir leid, Doro, dass ich heute so wenig Zeit für dich hatte, aber das hat ewig gedauert. Mein Freund hat mich dann noch zum Essen eingeladen, da konnte ich nicht ablehnen.« Enzo setzt auf seinen Dackelblick.

»Dein Sohn und dein Neffe haben sich um mich gekümmert, ich habe mir gerade leckere Pasta gegönnt, ein Glas hauseigenen Bardolino, Pietro hat frisches Weißbrot rübergeschmuggelt und einen Rest von eurer wunderbaren insalata di pomodori e cipolla. Du siehst, ich bin wunschlos glücklich. Salute!« Ich proste ihm zu. »Das heißt, nicht ganz.« Ich erzähle ihm von Paolas geplanter Fahrt nach Verona und serviere ihm meine Idee, dass sie mich mitnehmen soll.

»Das ist gut. Ich werde bei Paola vorarbeiten, komm einfach morgen nach dem Frühstück rüber, mit der Einkaufsliste für die Weinprobe am Abend, dann schlage ich dir vor, mit nach Verona zu fahren.«

»Okay, so machen wir es. Ich schau so um halb neun zu euch?«

»Passt. Ich weiß zwar nicht, wann Paola losfahren will, aber vor neun bestimmt nicht. Wenn doch, dann rufe ich dich an, d'accordo?«

»Va bene, buona notte, Enzo. Ci vediamo domani mattina.«

Als Enzo weg ist, flaniere ich mit dem Glas in der Hand zu einer Lücke im Dunkel der Reben. Von hier aus ist der Blick auf den See freier, ich stelle sie mir vor, die Menschen da unten an der Promenade, pulsierendes Leben, selbst jetzt noch im Oktober. Hier oben ist es still. Die Positionslichter eines Flugzeugs blinken rot und grün. Landeanflug? Oder ist es gerade unterwegs zu fernen Zielen? Schade, dass Vinc noch nicht da ist ... Ich bin gerne auch mal allein, aber in Momenten wie diesen fehlt mir seine Nähe. Und jemand zum Reden. Denn meine Gedanken sind wieder bei Paola angekommen. Und bei ihrer Situation. Am besten kann ich darüber laut nachdenken, dabei kommen die erfolgversprechendsten Inspirationen. Und Vinc findet oft genau den Punkt, an dem es dann weitergeht.

KAPITEL 4

UN TÊTE-À-TÊTE STORICO – EIN HISTORISCHES TÊTE-À-TÊTE

Martedì (Dienstag) – Tag 2
7 Uhr morgens

Aus der Küche im Erdgeschoss dringt Gemurmel, zumindest ein Teil der Familie sitzt beim Frühstück. Die Sohlen meiner Sneakers verraten mich nicht, als ich an der Küchentür vorbeischleiche, und ehrlich gesagt bin ich in dem Moment echt froh, nicht mit der Familie frühstücken zu müssen. Ich träume von einer Tasse caffè, heute lieber einen Americano, heiß und schwarz, ganz für mich allein. Eigentlich bin ich in der Früh durchaus ansprechbar, ich bin weder Morgenmuffel noch Langschläfer, aber der erste Kaffee des Tages hat was Spirituelles, und gerade heute will ich keine Fragen, damit ich bei der Antwort nicht Gefahr laufe, etwas zu sagen, was ich gar nicht sagen will.

Beschwingt strebe ich über den Hof rüber zum Gästetrakt und nehme ein paar tiefe Züge frischer Morgenluft. Und die ist wirklich frisch. Geschätzte 15 Grad. Gut, dass ich mir die Jeansjacke übergeworfen habe.

Im Frühstücksraum herrscht ebenfalls gedämpftes Gemurmel. Die Hälfte der Tische ist belegt, ich setze mich an einen freien Zweiertisch am Fenster, mit Blick Richtung Osten auf die Weinberge, und schlürfe in aller Ruhe meinen Americano, löffle mein Müsli und studiere die anderen Gäste. Büfett ist in Ordnung, nicht übermäßig vielseitig, aber okay, auch auf Touristen ausgerichtet, wenn ich die Müslibar betrachte. Der Kaffeeautomat liefert ein trinkbares Resultat, eine junge Frau kümmert sich um diverse Anfragen der Gäste und füllt nach, wenn etwas aus ist. Eier liegen im Korb und sind wahrscheinlich eher hart gekocht. Ich denke, darauf werde ich verzichten. Um mich herum herrscht halblautes Geplauder, ich vertreibe mir die Zeit damit, zu erraten, was die einzelnen Gäste vorhaben. Wandern, Weinprobe, shoppen oder vielleicht alles zusammen. Einige machen es mir leicht und tragen bereits Wanderschuhe. Ich nutze den Weg zum Büfett für ein paar Nachfragen und erfahre, dass ein Pärchen einen Rundweg Richtung Garda in Angriff nehmen will. Den Lungolago, die Seepromenade, will ich unbedingt mal am Abend mit Vinc besuchen, mal sehen, ob die kleinen Bars am Ufer noch geöffnet haben. Oder morgens, wenn ein paar Jogger, Hundebesitzer und Frühaufsteher den Blick aufs Wasser genießen ... Okay, das hake ich ab, Frühaufsteher ist Vinc definitiv nicht. Ein Punkt, der uns wesentlich voneinander unterscheidet. Dann also doch Romantik und Bar am Abend.

Die anderen, eine Vierergruppe, zwei Männer und zwei Frauen, alle so um die 40, haben sich den Monte Baldo vorgenommen. Anreise mit dem Bus, rauf mit der Gondel, oben dann den Grat entlang und die herrliche Aussicht genießen. Heute soll der schönste Tag der Woche sein, das herbstlich klare Licht verspricht geniale Blicke auf den See, sagen sie.

Ich schmiere den Rest des Traubengelees auf die Spitze meines Cornettos, beziehungsweise Brioches, wie man hier in Norditalien sagt, und spüre dem Aroma der allgegenwärtigen Weinbeeren nach, hier mal nicht als Bardolino Superiore oder Chiaretto, sondern als Gelee, senza alcol, dafür con tanto zucchero. Hm, irgendeine Zutat unterstützt den zarten Geschmack der roten Trauben. Zimt vielleicht oder Muskat? Ein Blick aufs Etikett löst das Rätsel: cannella. Zimt. Wusste ich's doch. Und Bardolino Classico DOC. Von wegen senza alcol! Sofort entstehen Bilder vom Buccelli'schen Weinkeller in meinem Kopf und kulinarische Impressionen im Mund. Reihen riesiger Holzfässer, in denen der Rebensaft reift, samtiger Rotwein. Und dazu ...

»Ist hier noch ein Platzerl frei?«

In meine Pläne für die zur Weinprobe passenden Speisen – Fingerfood zum Nebenbei-in-den-Mund-Schieben – platzt die ölige Stimme des jungen Mannes. Der Typ steht vor meinem Tisch und schielt zu dem freien Stuhl. Seine Oberlippe zuckt unruhig. Generell mag ich es gern, wenn nicht jeder krampfhaft nach einem eigenen Tisch sucht, aber heute ... und noch dazu der! Das Muster seines Hemdes zieht meine Blicke magisch an, wie Schlangen auf dem Haupt der Medusa winden sich darauf bunte Bahnen umeinander. Mich gruselt es ein wenig.

Jetzt fasst er sich ein Herz und zugleich die Lehne des Stuhls mir gegenüber und setzt sich. Na danke, erst einen auf höflich machen und dann alle Etikette vom Tisch fegen. Egal. Bin eh gleich fertig. Cornetto ist weg, Caffè so gut wie. Will ich mal nicht so sein. Nur weil ich den Typen auf Anhieb unsympathisch finde – oder besser gesagt seltsam –, muss das ja nichts heißen. Obwohl ich meistens auf mein Bauchgefühl vertrauen kann. Ich bin kurz abgelenkt, als ich daran denken muss, dass dieses Wort bei Vinc immer sämtliche Alarmglocken schrillen lässt, denn mein berühmtes Bauchgefühl hat mich schon mehr als einmal in – ich gebe es zu – unangenehme Lagen gebracht. Vinc nennt es Lebensgefahr, was ich dann doch etwas überspitzt finde.

»Frieder Bachmann«, stellt sich der Fremde vor. »Sie sind Deutsche?«

Auch das noch! Identifiziert mich direkt als tedesca, bevor ich überhaupt ein Wort gesagt habe. Ich schaue an mir runter. »Wieso? Trage ich Birkenstock und Socken?«, strapaziere ich provokativ dieses Klischee, das sich inzwischen zum Glück ein bisschen überholt hat.

Frieder Bachmann wird glatt rot. Irgendetwas an dem Typen erinnert mich an, hm, ich weiß nicht ... Ist auch egal, interessiert mich eigentlich gar nicht. Ich nehme den letzten Schluck Caffè im Aufstehen, wünsche ihm freundlich einen schönen Tag und eile Richtung Haupthaus, bevor Paola weg ist.

Auf Enzos Vorschlag, mich mit nach Verona zu nehmen, wendet Paola natürlich völlig zu Recht ein, dass es in Bardolino genügend entsprechende Geschäfte gebe. Außerdem würden sie ihre Lebensmittel sonst immer im supermercato kaufen und ich könne ja beim nächsten Einkauf dort dabei sein.

»Ist nur für das eine Mal. Das meiste von ihrer Liste haben wir vorrätig, was noch fehlt, findet sie in Verona«, versucht Enzo, mir den nötigen Rückhalt zu geben. »Zeig doch Doro ein wenig die Stadt. Plätze, die nicht jeder Tourist findet«, schlägt er noch vor.

»Geht nicht«, lehnt Paola ab und tut gar nicht erst so, als würde sie das bedauern. »Ich treffe mich mit Beatrice, wir haben uns ewig nicht gesehen. Sie will mit mir etwas Wichtiges besprechen. Ich habe extra deswegen Fabrizio gebeten, Signor Caravaggio aus Rom zu betreuen. Beatrice hat es sehr dringend gemacht. Scusa, da kann ich nicht mit einer Touristin ankommen.« Sie zuckt mit den Schultern. Und hat mich damit geschickt vom Spielfeld gekickt. Zumindest was unsere gemeinsame Zeit in Verona betrifft – denn letztendlich nimmt sie mich dorthin mit, da muss sie sich Enzos Hartnäckigkeit doch geschlagen geben.

Bevor wir losfahren, winke ich Enzo zur Seite. »Der Vorwand, für die Weinprobe am Abend einzukaufen, ist tatsächlich nicht falsch, allerdings gibt es eine Schwierigkeit: »Wie soll ich Paola beschatten und zugleich einkaufen?«, frage ich ihn leise.

Paola schaut misstrauisch zu uns rüber. Wahrscheinlich wundert sie sich, was ich mit ihrem Mann Geheimes zu flüstern habe.

»Zugegeben, der Schuss ist nach hinten losgegangen. Was brauchst du gleich noch?«, meint Enzo gerade.

»Ziegenkäse und Feigen. Und Weinblätter. Und Weißbrot. Ach ja, und Parmaschinken.«

»Haben wir alles da, außer den Ziegenkäse. Was willst du denn daraus machen?«

»Den Ziegenkäse und die Feige in den Schinken einwickeln und gegrillt auf dem Weinblatt servieren. Das müsste ich allerdings frisch machen, da es warm sein sollte. Das wäre was für die Halbzeitpause. Ich könnte mich rechtzeitig auf den Hof verdrücken und alles vorbereiten und du kommst dann mit den Gästen raus. Einen Grill habt ihr doch sicher, oder?«

Enzo zupft an seinem Ohrläppchen. »Normalerweise bleiben wir im Verkostungsraum, aber ja, warum nicht? Es sind zwölf Personen, davon acht, die sich kennen und die schon Weinproben bei mir mitgemacht haben. Für die wär's mal etwas anderes und wir hätten den Vergleich, wie diese Form der Weinverkostung ankommt.«

»Genau, gerade weil auch das Wetter passt. Klar, wenn es regnet, ist es nicht ideal, da bleibt man lieber im Trockenen, aber heute unterstreicht das auf jeden Fall das Ambiente. Ihr habt dahinten ein paar alte Fässer stehen, hab ich gesehen, die rollen wir hier rüber und verwenden sie als Stehtische. Außerdem freuen sich die Raucher auf die Frischluftpause.«

»Du meinst, *du* freust dich auf die Zigarettenpause.« Enzo zwinkert mir zu.

Klar, er hat mich ja gestern am Abend ertappt. »Stimmt grundsätzlich, aber in diesem Fall werde ich kaum Zeit dafür haben«, stelle ich klar.

Paola will los, ich quetsche mich auf den Beifahrersitz.

Die Fahrt nach Verona verläuft mehr oder weniger schweigend. Normalerweise fällt mir belangloser oder auch informativer Small Talk nicht schwer, aber in Paolas Gegenwart und durch meine Rolle ihr gegenüber bin ich gehemmt. Egal, schau ich halt aus dem Fenster. Trotz meiner inneren Anspannung kann ich den Ausblick genießen. Allein schon Lazise ist einen Ausflug wert, wenn Vinc endlich kommt, denke ich. Oder diese Therme. Gerade stand wieder eine Werbetafel am Straßenrand. Parco Termale del Garda. Muss ganz in der Nähe sein.

»Diese Therme …«, setze ich gerade zu einer Frage an, als Paola gleichzeitig zu sprechen anfängt.

»Haben Sie Ihr telefonino dabei? Ich würde Sie anrufen, wenn ich früher fertig bin.«

»Ja, habe ich dabei. Brauchen Sie meine Nummer?«

»Sì, certo, il numero … Ich gebe Ihnen meine«, sagt sie und wartet, bis ich mein Handy gezückt habe, bevor sie sie mir diktiert.

Ich speichere sie ein und schicke ihr dann eine Nachricht.

Mir ist die Neugier auf Therme vergangen, ich blicke weiter aus dem Fenster, bis die ersten Häuser von Verona auftauchen.

»Ich stelle mich in das Parkhaus in der Nähe der Arena, d'accordo?«, sagt Paola nach einer Weile. »Dann sind Sie mitten im Zentrum.« Meine Antwort scheint sie nicht wirklich zu interessieren, sie navigiert bereits geschickt den Wagen durch die Straßen Veronas. Italienischer Fahrstil, muss ich mich erst dran gewöhnen.

»Sì, grazie. Ich will gar nichts Bestimmtes anschauen, ich lass mich einfach treiben und besorge ein paar Lebensmittel für heute Abend. Haben Sie einen Tipp für mich? Und wann treffen wir uns wieder?«

»Allzu lange werde ich nicht brauchen, rechnen Sie so zwei Stunden ein. Ich habe ja Ihre Telefonnummer und melde mich, falls sich etwas ändert. Lebensmittelläden liegen immer mal dazwischen, sind hier natürlich etwas teurer als im supermercato, in dem wir normalerweise einkaufen, aber für heute wird es wohl gehen. Sie müssen es ja nicht übertreiben.«

Okay, das heißt, sie hat keine Zeit für mich, gibt mir aber ein paar Tipps, was ich gut zu Fuß erreichen kann. Alleine. Sie schlägt keine gemeinsame Aktion vor, parkt den Wagen im Parkhaus gleich vorne neben dem Kassenautomaten.

Paola ist schon auf dem Weg zum Ausgang, im Laufen wirft sie sich einen leichten dunkelblauen Mantel über. Ich habe Mühe, ihr zu folgen. »Waren Sie schon mal in Verona?«, fragt sie höflichkeitshalber, während sie nebenbei in einer beachtlichen Geschwindigkeit auf dem Display ihres telefoninos herumtippt. »Scusa, meine Freundin wollte sich melden. Sie hat nur eine kurze Pause und die verschiebt sich dauernd.« Paola zuckt mit den Schultern, widmet mir jetzt doch ihre Aufmerksamkeit.

Ich nicke. Bevor ich jedoch von meinen bisherigen Besuchen in Verona erzählen kann, redet sie schon weiter. »Ich nehme an, Sie kennen den Balkon von Romeo und Julia? Sì, certo, wenn Sie schon mal hier waren ...«, beantwortet sie sich ihre Frage gleich selbst. Sie will freundlich sein, denke ich bei mir, kann aber nicht verbergen, wie gestresst sie ist. Sie schiebt den Ärmel ihres Mantels ein Stück hoch, um auf die Uhr zu sehen.

»Kein Problem, ich werde die Zeit schon rumkriegen«, zerstreue ich ihre Bedenken und drücke mit dieser vagen Aussage alles und nichts aus. Und das ganz bewusst, weil ich nicht vorhabe, irgendetwas zu besichtigen. Zum Glück kenne ich genug von Verona, um Paola auf jeden Fall ein paar Impressions schildern zu können, falls sie nachfragen sollte. Falls, denn sie macht nicht den Eindruck, als würde sie sich dafür interessieren, was ich in Verona erlebe. Und das ist gut so. Immerhin weiß ich wirklich nicht, wohin der Augenblick – sprich Paola – mich führt, denn ihr Weg ist auch meiner. Allein der Gedanke lässt meinen Puls in die Höhe schießen. Ich wünsche mir sehnlichst eine Menschenmenge, die sich durch die Straßen wälzt und in der ich verschwinden kann, wenn ich Paola hinterherschnüffle.

Ich warte, bis sie fast außer Sichtweite ist, und eile ihr dann nach. Wir lassen die Arena rechts liegen. Leichtes Bedauern streift mich, hätte hier gerne in Erinnerungen geschwelgt. Mein »Liebesort« in Verona ist nämlich nicht der Balkon von Romeo und Julia, sondern ein bestimmter Quadratmeter vor der Arena auf der Piazza Bra, auf dem Vinc und ich vor zwei Jahren gestanden und uns eine unvergessliche Liebeserklärung gemacht haben. Keine Geschenke, nur Worte. War so ein Schlüsselmoment in unserer Beziehung. Sagt auch Vinc manchmal. Und deshalb ist es ein Muss für mich, wenigstens einen schnellen Blick auf dieses historische Fleckchen Erde zu werfen. Ich muss schmunzeln. Sind ja Gedanken wie bei einem alten Ehepaar. Pflichtprogramme im Urlaub, Orte besuchen, wo's schön war, noch einmal das sehen, noch einmal hierhin, noch einmal dorthin ...

Paola ist mittlerweile ein gutes Stück die Via Mazzini entlanggeeilt, zum Glück trägt sie Schuhe mit Absätzen. Ungeachtet dessen ist sie schnell und ich kann trotz meiner Sneakers nicht trödeln. Außerdem muss ich darauf achten, Abstand zwischen uns zu lassen und diverse Deckungsmöglichkeiten im Auge zu haben. Aber Paola schaut sich nicht um. Sie hetzt ihren Weg zielstrebig voran, bin gespannt, wohin sie uns führt. Ich folge ihr durch ein paar Gassen, sie ignoriert jedes Schaufenster, kurz bedauere ich bei dem einen oder anderen Angebot, mich nicht näher damit beschäftigen zu können. Nicht shoppen, nix Romeo und Julia, keine Kunstausstellung. Aber das Bedauern hält nicht lange an, viel mehr interessiert mich Paolas Ziel. Seitlich von uns rauschen die braunen Fluten des Adige, der Etsch, auf ihrem Weg durch die Stadt, ich wundere mich allmählich, warum wir so weit weg geparkt haben. Wahrscheinlich meinetwegen, vermute ich. Paola will mich aus dem Weg haben, hat mich sozusagen im Zentrum ausgesetzt, damit ich ihr nicht ins Gehege komme.

Meine Neugier hat mich wieder, schlechtes Gewissen hin oder her. Immerhin stürmt Paola vielleicht in den nächsten Minuten in die Arme eines Mannes, der nicht Enzo ist. Tut mir leid für ihn, ich hatte doch gehofft, dass alles nur ein Hirngespinst wäre. Aber der Elan, mit dem Paola voranfliegt, spricht Bände. Sehnsucht nach der neuen Liebe interpretiere ich hinein und bin ziemlich schadenfroh, dass sie mich am Bein hat, im wahrsten Sinne des Wortes. Wenigstens musste sie sich dieses Mal ein bisschen anstrengen und konnte nicht direkt vor der Tür parken. Eine mehrbögige Brücke, die Ponte Pietra, spannt sich über die Etsch, Paola hat weder einen Blick für die Schönheit des Bauwerks noch für den träge dahinfließenden Fluss. Mitten auf der Brücke bleibt sie stehen und kramt ihr Handy aus der Tasche. Sie sieht sich um, als würde sie nach jemandem Ausschau halten. Erwartet sie hier ihre Freundin oder ihren Liebhaber? Zum Glück stehe ich gut verborgen im Schatten des Wachturm-Torbogens, der früher den Zugang zur Brücke kontrolliert hat und heute Motiv für fotowütige Touristen darstellt. Paola führt ein kurzes Telefonat, klemmt sich dann wieder die riesige Handtasche unter den Arm und hastet weiter über die Brücke ans andere Ufer. Ich warte, bis sie drüben ist, ehe ich ihr weiter folge, denn auf der Brücke hätte ich keine Chance gehabt, mich zu verstecken. Immerhin könnte ich mich auf das Teatro Romano berufen, das auf jener Seite der Etsch liegt, auf der wir uns jetzt befinden. Ist das Paolas Ziel? Ein Tête-à-Tête in historischem Ambiente?

Aber danach steht Paola offensichtlich nicht der Sinn. Ohne das eindrucksvolle Monument eines Blickes zu würdigen, eilt sie weiter, bis sie ein oder zwei Minuten später ein von der Fassade her altes Haus betritt. Ein Hotel in einer winzigen Seitengasse des Lungadige Sanmicheli, des Uferwegs entlang der Etsch, Höhe Porta Vittoria. Hotel »Dal Nobile Cavaliere«, wie es sich großspurig nennt. »Zum edlen Ritter« hört sich erhaben an, nur fehlt hier jeglicher Glanz und Glamour, der »cavaliere nobile« respektive das Hotel ist eher ein Ritter von trauriger Gestalt. Hm ... und jetzt? Ich kann ja schlecht mit reingehen. Obwohl ... warum eigentlich nicht? Ich warte zwei Minuten, dann gehe ich rüber und drücke die alte Holztür auf. Wenn Paola in der Eingangshalle ist, habe ich verloren. Die Vorstellung treibt mir den Schweiß auf die Stirn. Sie ist allerdings weit und breit nicht zu sehen und von Halle kann hier keine Rede sein. Es handelt sich viel mehr um einen engen Vorplatz mit einer unbesetzten Rezeption wie aus uralten Schwarz-Weiß-Filmen, die meine Oma immer angeschaut hat, und genauso einem muffigen Geruchscocktail aus Möbelpolitur, alten, schmutzigen Teppichen, feuchten Tapeten und staubigen Vorhängen, den man dazu erwartet. Die angelaufene Messingglocke ruft wahrscheinlich die diensthabende Person, um einen Gast zu empfangen. Ich spitzle noch den schmalen Flur entlang. Hinten befindet sich ein Gäste-WC und auf einer anderen Tür steht in schwarzen, an manchen Stellen abgeblätterten Lackbuchstaben: »Sala da pranzo«. Immerhin, ein Speisesaal. Von Paola ist weiterhin nichts zu sehen.

Im Raum hinter der Theke rührt sich was. Mir wird noch heißer. Ich habe mir noch keinen Grund für meine Anwesenheit überlegt – okay, WC oder Wegbeschreibung geht immer, aber was soll ich sagen, wenn ich Paola hier drin in die Arme laufe? Für diesen Fall gibt es keine plausible Erklärung. Allerdings glaube ich kaum, dass sie so schnell auftaucht, also kann ich mich abregen, aber halt auch nichts beobachten. Ein Treffen mit ihrer Freundin halte ich für unwahrscheinlich. Nicht hier, da hätte sie sich wohl eher in einem Café oder Restaurant verabredet. Also doch ein anderer Mann. Armer Enzo. Und ich darf ihm nachher die frohe Botschaft überbringen. Vielen Dank, liebe Valeria und liebster Paps! Hauptsache, *ihr* wollt helfen – und *ich* muss die Suppe auslöffeln. Ich drehe mich noch einmal um meine eigene Achse, definitiv, hier kann ich nichts ausrichten. Vorsichtig, aber zügig trete ich den Rückzug an und setze mich dann aufatmend ein gutes Stück entfernt auf eine Bank in einer Mauernische am Flussufer. Von hier aus habe ich das Hotel im Blick. Ich schraube meine Wasserflasche auf und nehme einen tiefen Schluck. Mann, was war das denn für eine brotlose Aktion? Okay, wenigstens weiß ich jetzt, dass sich Paola doch mit einem Mann trifft. Ich meine, sie geht in ein heruntergekommenes Ein-Sterne-Hotel, wahrscheinlich nehmen die es hier mit der Ausweiskontrolle nicht so genau. Zugegeben, das ist jetzt reine Unterstellung, passt aber zu meiner Theorie. Dazu Enzos Verdacht, dass seine Frau eine Affäre hat ... Bestätigt, Auftrag erfüllt, stemple ich meinen Einsatz zynisch ab. Das würde heißen, dass ich hier fertig bin. Und jetzt? Soll ich mir hier den Hintern platt sitzen, bis Paola und ihr Lover fertig sind? Oder soll ich inzwischen einkaufen gehen? Andererseits könnte es ja sein, dass die beiden zusammen herauskommen, dann könnte ich Enzo den Typen wenigstens beschreiben. Im besten Fall sogar ein Bild mit dem Handy schießen. Muss bloß aufpassen, weil heute kein Vinc dabei ist, der für Ablenkung sorgen könnte, wenn es brenzlig wird. Trotzdem, meine Entscheidung steht fest. Ich werde warten und ich werde vorsichtig sein. Entspannt lehne ich mich zurück, drehe mich ein wenig seitlich, damit ich den Hoteleingang im Blick habe, und stelle mich auf eine längere Wartezeit ein. Eigentlich könnte ich Vinc anrufen.

Gesagt, getan.

»Du errätst nicht, wo ich gerade bin«, fordere ich ihn zum Ratespiel auf.

»So wie du klingst, ist dir zumindest nicht langweilig«, stellt er schon mal völlig richtig fest.

»Das beantwortet nicht die Frage«, mache ich es spannend.

»Komm schon, Schatz, lass es raus, bevor du vor Mitteilungsbedürfnis platzt«, spottet er.

»Spielverderber«, sage ich bloß und erzähle von meinem detektivischen Einsatz.

Vinc lacht schallend. »Wenn ich mir vorstelle, wie du in diesem Hotel herumgeschlichen bist ... Doro, hör auf, das macht mich fertig.«

»Hallo! Ich begebe mich in Lebensgefahr und du lachst? Das ist ganz schön gefühllos. Gemein. Kaltschnäuzig.«

»Resigniert hast du noch vergessen. Du bist doch sowieso nicht zu bremsen, egal, was ich sage. Ich sag's dir aber trotzdem: Sei vorsichtig. Das mit dem Bild ist riskant, du hast ja schon einschlägige Erfahrungen mit derlei Situationen gemacht.«

»Da hast du völlig recht, mein Schatz. Ich berichte dann, wie es weitergeht. Ach ja, ich wollte dir noch erzählen, was ... Shit, Vinc, ich muss aufhören. Paola kommt eben aus dem Hotel. Allein. Ich muss hinterher. Ciao, Bussi.«

»Ruf mich an, wenn du wieder zurück bist«, höre ich noch seine nachdrückliche Forderung, bevor ich das Gespräch beende.

Mann, so schnell habe ich sie nicht erwartet. Sie war nicht mal eine Viertelstunde da drin. Sie bleibt kurz stehen und wühlt in ihrer Handtasche, offenbar nach einem Papiertaschentuch, denn ein solches zieht sie heraus und wischt sich damit über die Augen. Ich kann ihr Gesicht nicht genau erkennen, aber eins ist eindeutig – sie weint! Sieht so eine Frau aus, die sich gerade mit ihrem Liebhaber getroffen hat? Hat er Schluss gemacht? Und wo geht das ganze Geld hin? Enzo hat gesagt, dass sie in den letzten Wochen das Familienkonto geplündert hat. Die Hotelmiete kann es nicht sein, denke ich zynisch. Wirft sie das Geld ihrem Liebhaber in den Rachen? Und jetzt, wo sie nichts mehr hat, lässt er sie fallen? Sie wäre nicht die Erste, die auf einen Blender reinfällt. Aber bitte, so dumm kann Paola nicht sein. Oder hat sie sich doch mit ihrer Freundin getroffen? Gab es eine schlimme Nachricht? Streit? Scheidung? Ist jemand gestorben? Egal, welches Szenario ich mir vorstelle, für alle kommt mir die Zeit, die Paola in diesem Hotel verbracht hat, viel zu kurz vor.

Jetzt schaut sie auf die Uhr. Wartet sie auf jemanden? Sie wirkt unentschlossen, lehnt sich an die Mauer und starrt auf den Fluss. Ihre Hände liegen auf der Mauerbrüstung, in einer davon hält sie immer noch das Taschentuch. Ab und zu wischt sie sich die Nase damit ab oder betupft ihre Augen. Ich stehe ganz günstig, sie schaut nicht in meine Richtung, also warte ich einfach ab. Aus dem Hotel kommt eine Gruppe Anzugträger, sieht nach Geschäftsbesprechung aus. In diesem Hotel? Sie gehen angeregt plaudernd Richtung Teatro, vorbei an Paola, die sich nicht umdreht. Dann folgt ein einzelner Mann. Auch er tritt aus dem Hotel. Hässlicher Typ. Kommt in meine Richtung. Sieht total unappetitlich aus mit seinem struppigen blonden Bart und dem ausgeleierten Hut, unter dessen Krempe sich orangeblonde Haare hervorkringeln. Dazu eine dicke, schwarz gerahmte Brille. Wer trägt denn so was? Ich versuche, nicht zu starren. Die Aktentasche unter den Arm geklemmt, hetzt er an mir vorbei, schaut kurz rüber, hat es anscheinend eilig. Ist das vielleicht Paolas …? Quatsch, auf keinen Fall! Für so einen würde sie doch nicht ihre Ehe mit Enzo aufs Spiel setzen.

Ich zücke mein Handy und mache vorsichtshalber ein Foto. Von hinten. Nichtssagend. Aber irgendwie habe ich das Gefühl, etwas tun zu müssen. Ich habe ja schließlich eine Aufgabe hier.

Sollte Paola mich doch noch entdecken, würden das alte Theater und auch die Brücke das perfekte Alibi liefern. Beides berühmte Sehenswürdigkeiten, die in keinem Reiseführer über Verona fehlen. Während ich warte, kann ich ein paar Informationen googeln, damit ich nicht blank dastehe, falls Paola mich ausfragen sollte. Sie traut mir, glaub ich, nicht ganz über den Weg. Tja, da trügt sie ihr Gefühl nicht. Shit, mir fällt ein, dass ich noch keinen Ziegenkäse habe. Das kann ich jetzt nicht ändern, ich sage einfach, ich hätte mich mit der Zeit vertan, ist dann eben ein weiterer Punkt auf Paolas Minuskonto für mich.

Paola strafft plötzlich die Schultern, setzt sich die Sonnenbrille auf und marschiert los. Nix wie hinterher, denke ich mir, ich will den Anschluss nicht verlieren.

Paola schreitet zügig voran. Zurück Richtung Arena. An der Piazza delle Erbe biegt sie in eine enge Nebengasse ein. Ein winziges Café lockt mit einem einzigen Tisch vor dem Geschäft, nennt sich sinnigerweise »Piccolo«. Paola betritt den kleinen Laden, kommt wieder raus und nimmt Platz. Die Sonne scheint herbstlich mild vom Himmel, ist bestimmt ein kuscheliges Plätzchen, das sie sich da ausgesucht hat. Ein bisschen neidisch schaue ich auf den Caffè und das Gebäckstück, das der Angestellte mit der weißen Backschürze Paola jetzt mit einem freundlichen Lächeln serviert. Ich kann nicht hören, was er sagt. Tja, geschieht mir recht, dass ich mir hier die Beine in den Bauch stehen muss, und das inmitten dieser wunderbaren Stadt, die nur darauf wartet, von mir entdeckt zu werden. Denn ich soll ja schließlich was anderes entdecken beziehungsweise aufdecken. Nach einem wilden Liebestreff sieht mir das bisher allerdings nicht aus. Würde mich echt interessieren, was Paola in dem Hotel gemacht hat. Hätte ich vorhin doch noch mal reingehen sollen, nachdem Paola wieder draußen war? Und dann? An der Rezeption fragen, was diese Frau gerade eben hier wollte? Noch dazu als Ausländerin? Und damit Paola aus den Augen verlieren? Mann, woher soll ich wissen, was besser gewesen wäre!

Meine Aufmerksamkeit wandert zurück zu Paola an ihrem Tisch. Sie blättert gerade in der Zeitung, die ihr der Signore zusammen mit ihrer Bestellung gebracht hat, ohne dass ihre Aufmerksamkeit irgendwo hängen zu bleiben scheint. Sie nimmt die Brille ab und reibt sich die Augen, dann greift sie in ihre Handtasche, klappt einen kleinen runden Taschenspiegel auf und fährt die Lippen mit dem bronzefarbenen Lippenstift nach, der mir gestern schon an ihr aufgefallen ist. Schöne Farbe. Passt zum Herbst. Und zu Paola.

Ich verlagere mein Gewicht aufs andere Bein. Kommt da noch jemand? Ihre Freundin? Oder ihr Liebhaber? Treffpunkt mit mir ist erst in circa einer Stunde. Na toll! Ich schaue mich um. Wie wirkt das denn, wenn ich hier eine Stunde Wurzeln schlage? Ist zwar nicht viel los in der kleinen Straße, aber die Häuser haben Fenster und hinter Fenstern wohnen Menschen, die vielleicht durch sie hindurchsehen. Hm ... Ich müsste noch etwas für heute Abend besorgen. Vielleicht in dem kleinen Lebensmittelladen, an dem wir eben vorbeigekommen sind. Paola sieht nicht so aus, als würde sie in der nächsten Viertelstunde verschwinden, also beschließe ich, den Abstecher zu riskieren.

Scheint eine gute Entscheidung gewesen zu sein. Ein Glöckchen bimmelt fröhlich, als ich das Geschäft betrete. Gefühlte zwei Quadratmeter, vollgestopft mit einem Sammelsurium aus verschiedenen Lebensmitteln, die sich in den Regalen an den Wänden stapeln. Von Olivenöl in Metallkanistern und Bag-in-Box-Abfüllungen über Marmeladen- und Honiggläser bis hin zu Gewürzen, verschiedenen Pastasorten, torte e dolci, Aperitifs und Weinen – alles aus regionaler Produktion, wie ein handbeschriebenes Stück Karton, das mit einem Klebeband schief am Regal befestigt ist, ausweist. An der hinteren Ladenseite bietet eine eineinhalb Meter lange Theke frische Ware an. Käse, Wurst und einige Antipasti. Dementsprechend riecht es in dem Laden. Nach Tante Emma, wie wir in Deutschland sagen würden – und hier in Italien nach nonna Maria oder nonno Giovanni?

Wie mir scheint, eher nach nonno, denn so einer schlurft jetzt zwischen den bunten Bastschnüren des Fadenvorhangs hindurch, irgendwo aus dem hinteren Teil des Ladens kommend, die nonna kocht vielleicht Marmelade in ihrem Küchenbereich. Schon interessant, welche Bilder in mir aufsteigen, seit ich hier eingetreten bin.

»Buon giorno, signore«, grüße ich höflich.

»Buon giorno, signorina. La posso aiutare?«

»Avete del formaggio di capra?«

»Sì, sì. Quanto Le do?«

»Questi due pezzi.« Ich deute auf zwei von den eingewickelten Stücken, das sollte reichen. Soll ja nur ein Snack für zwischendurch sein. Ich lasse mich dann noch zu ein paar gefüllten Oliven verführen, fertig ist der Einkauf und damit auch die Legitimation für meine Fahrt nach Verona. Zugegeben, ein etwas dürftiges Alibi, aber egal.

Ein Blick auf die Uhr zeigt mir, dass ich meine Pflichten für genau 13 Minuten vernachlässigt habe. Ich eile zurück zu meinem Beobachtungsposten. Shit! Paola ist weg. Das kann doch nicht wahr sein! Mann, bin ich blöd, aber das konnte ich ja nicht ahnen. Und offensichtlich war ihr Aufbruch sehr spontan. Ihre Tasse steht noch halb voll auf dem Tisch, das Gebäck hat sie nicht angerührt. Hat sie mich womöglich bemerkt? Mich ausgetrickst? Nee, das kann ich mir nicht vorstellen. Sie war viel zu vertieft, hat sich nicht verräterisch umgedreht und ich bin immer in Deckung geblieben, also nein, das ist unwahrscheinlich. Während ich noch überlege, was ich bis zur verabredeten Zeit machen soll, tritt Paola aus der Tür und setzt sich wieder an den Tisch. Okay, das war keine Meisterleistung, denn auf die Möglichkeit, dass Paola die Toilette aufgesucht haben könnte, hätte ich wirklich kommen können.

Plötzlich steht mein Entschluss glasklar fest. Ich kann nicht anders. Meine Einkaufsplastiktüte schwenkend, schlendere ich los. »Paola! Was für eine Überraschung. Haben Sie Ihre Freundin getroffen? Ich bin gerade fertig mit meinen Einkäufen und wollte zurück zur Piazza Bra. Mir einen Cappuccino gönnen oder so. Den kann ich natürlich auch hier trinken. Dann könnten wir zusammen zurückgehen. Oder wir shoppen noch ein halbes Stündchen. Sie haben bestimmt ein paar Tipps für mich. Schuhe sind zum Beispiel eine Leidenschaft von mir.«

Paola schaut mich an wie eine verschlossene Auster. Nämlich gar nicht. Sie wischt auf ihrem Handy herum und sagt: »Ich bin hier fertig. Fahren wir zurück. Wenn Sie noch bleiben wollen, den Bahnhof kennen Sie ja. Die Züge halten in Peschiera, von dort können Sie den Bus nach Bardolino nehmen.« Dass es die von ihr bevorzugte Möglichkeit für meine Rückfahrt wäre, muss sie nicht direkt aussprechen.

Ich ignoriere ihren Vorschlag und schließe mich ihr an.

Auf der Fahrt zurück ist Paola wieder ziemlich schweigsam.

»Ich habe Laura und Pietro kennengelernt. Die beiden sind echt nett«, lobe ich ihre Kinder, um das Eis zu brechen. »Vor allem Laura mit den Katzen. Finde ich klasse, dass sie sich so kümmert. Sie will ja Tierärztin werden, hat Pietro erzählt.«

»Pietro ist 16, tut immer recht erwachsen, ist aber auch oft noch kindisch. Zum Beispiel ärgert er gern seine kleine Schwester. Laura ist 14, frech und immer auf Konfrontation aus.«

»Ja, so sind sie halt in dem Alter«, sage ich weise. »Laura interessiert sich wohl nicht für Weinanbau, wenn sie Tierärztin werden will, und Pietro?«, frage ich, um das Gespräch am Laufen zu halten und die Familienverhältnisse etwas besser kennenzulernen.

»Beide eher nicht. Ist schade, ich war in diesem Alter schon Feuer und Flamme für unser Weingut, keine zehn Pferde hätten mich von hier weggebracht. Wir hatten ja auch noch eine Ölmühle, aber mein Herz schlug immer schon für die Weinproduktion.«

Jetzt wird sie doch tatsächlich richtig enthusiastisch. Ist anscheinend ihr Herzensprojekt.

»Was heißt, Sie *hatten* eine Ölmühle?«, hake ich nach.

»Das ist falsch ausgedrückt. Meine Eltern bewirtschafteten beides, das Weingut und die Ölmühle. Meine Mutter starb relativ früh und mein Vater hat meinem Bruder und mir die Entscheidung überlassen, wer das Weingut bekommen soll und wer die Ölmühle.«

»Und Sie waren sich einig? Es gab keinen Streit?«

»Es war vollkommen klar, dass ich das Weingut nehme. Das war und ist mein Leben und ich habe damals schon viel mitgearbeitet. Habe Agrarwirtschaft mit Schwerpunkt Weinanbau studiert. So wie mein Neffe. Der ist da genauso fanatisch wie ich.« Paola lächelt. »Fabrizio schlägt viel mehr nach mir und Enzo als unsere eigenen Kinder. Er liebt das Weingut und arbeitet schon eine ganze Zeit lang bei uns.«

»Und Ihr Bruder? War der mit der Ölmühle zufrieden?« Den Punkt will ich noch klären.

Paola nickt, ohne den Blick von der Straße zu nehmen. »Ugo war das egal. Rein vom Sachwert her waren wir gleich bedient und Ugo hat sich weder für das eine noch für das andere sonderlich interessiert. Die Mühle hat er verpachtet, er hat schon damals gewusst, dass er in die Politik will, ein öffentliches Amt, Macht und Ansehen ergattern, und dafür hat er dann auch die richtige Frau geheiratet. Michelle stammt aus einer sehr wohlhabenden Familie, seit vielen Generationen hier ansässig und immer in der Riege derer, die etwas zu sagen haben in der Region. Sie haben eine protzige Villa direkt unten am See. Ein riesiges Anwesen, das Ugo und seine Frau mittlerweile bewohnen, seine Schwiegereltern sind in ihre Wohnung im Ortskern gezogen. Kein schlechter Tausch, möchte ich behaupten, eine große Suite über den Dächern von Bardolino, ruhig und doch im Zentrum.« Paola verstummt abrupt.

»Ihren Neffen Fabrizio habe ich gestern kennengelernt, als ich mir das Weingut angeschaut habe«, plaudere ich munter weiter.

Aber Paola bleibt schweigsam, schaut jetzt konzentriert geradeaus, fast so als würde sie es bereuen, schon so viel erzählt zu haben.

Das akzeptiere ich dann lieber, nicht dass ich es mir noch mit ihr verderbe. Gerade hat sich die Stimmung zwischen uns etwas entspannt und so soll's auch bleiben.

Ich komme mir mies vor. Egal, aus welchem Grund – dass ich Paola gegenüber so unehrlich bin, ist übel. Wenn sie je dahinterkommt, kann ich meine Sachen packen, und zwar subito. Aber gut, damit kann ich leben. Bei Enzo liegt der Fall ganz anders. Er will seine Frau zurückgewinnen und meiner Meinung nach ist das nicht der richtige Weg. Ab und zu wage ich einen verstohlenen Blick zu Paola hinüber. Sie scheint ganz auf den Verkehr fokussiert und in eigene Gedanken vertieft, in denen ich keinen Platz habe. Sie ist eine attraktive Frau. Enzo ist 41, Paola drei Jahre jünger. Sie sieht zeitlos elegant aus. Gar nicht der Typ, der sich im Weinberg den Teint versaut, nichts Bäuerliches. Ich schüttle innerlich den Kopf über mein Schubladendenken. Also ehrlich. Nicht jeder, der in der Natur arbeitet, ist kräftig gebaut und hat rote Bäckchen. Mir entfährt ein Lacher. Paola wirft mir einen kurzen Blick zu, fragt aber nicht nach.

Ich schaue aus dem Fenster und denke nach. In meinem Kopf fügen sich die Bilder nicht so zusammen, wie ich es gerne hätte. Mir fehlt etwas, ich komme nur nicht darauf, was es ist. Aber bald kommt ja Vinc. Ich will ihn heute sowieso noch mal anrufen ... vielleicht hat er eine Idee. Ferndiagnose sozusagen. Kann in manchen Fällen schon funktionieren, vielleicht auch in diesem, ich könnte eine neue Perspektive brauchen.

Links und rechts der Straße reihen sich Olivenhaine und Weinberge aneinander. Ist mir letztens schon aufgefallen, als Enzo mich vom Bahnhof abgeholt hat – die Weinberge leuchten in herbstlichem Goldgelb, vereinzelte rote Streifen, manche noch grün. Je nach Sorte und Lage wahrscheinlich. Aber die meisten Blätter flammen in einem warmen satten Gelb. Indian Summer in Italia.

Paola scheint dafür keinen Blick zu haben, sie schaut weiter stur geradeaus.

Den Rest der Fahrt werden wir wohl schweigend verbringen. Trotzdem bin ich zufrieden, schon ein Stück weitergekommen zu sein.

Als wir auf den Hof fahren, läuft uns Fabrizio über den Weg.

»Alles gut gelaufen mit Signor Caravaggio?«, fragt Paola fahrig, als sie ausgestiegen ist. Sie streicht sich eine Haarsträhne aus dem Gesicht. Ihre Hände zittern leicht, ich habe es genau gesehen. Hat ihr Liebhaber sie vielleicht doch verlassen? So wirkt jedenfalls keine Frau, die gerade ein leidenschaftliches Stelldichein hinter sich hat. Da ist keine Freude oder Aufgeregtheit oder verträumte Sehnsucht ... Paola wirkt einfach total gestresst und unglücklich. Ob er sie abserviert hat, weil die Geldquelle versiegt ist? Irgendwie glaube ich das nicht. Oder nimmt sie der Betrug an ihrem Mann dermaßen mit? Ich muss mit Enzo sprechen. Dringend!

Fabrizio redet auf Paola ein, als wäre alles wie immer, ihm scheint nichts Ungewöhnliches an ihr aufzufallen.

»Doro, tut mir leid, ich muss dir die Chefin entführen«, sagt er zu mir und hebt entschuldigend die Hände. Ohne meine Antwort abzuwarten, verschwinden die beiden im Büroanbau.

»Kein Problem, geht nur«, murmle ich, als gleichzeitig ein »Hallo, Doro« über den Hof schallt.

Laura winkt mich aufgeregt zu sich. »Papa hat gesagt, ich soll dir unsere Küche zeigen, da kannst du alles für heute Abend herrichten.«

»Dein Bruder hat mir die Küche gestern schon gezeigt.«

»Papa meinte die Küche bei uns im Haus. Oder du machst es drüben, wo die Verkostung stattfindet? Da gibt es auch eine kleine Küche und ein paar Vorlegeplatten. Und einen Gasgrill. Den können wir zusammen aufstellen. Aber zuerst will ich mit dir woanders hin.«

Dann weiht sie mich in ihr Geheimnis ein. »Siehst du den Schuppen hinter den Tanks? Da drinnen steht nur altes Gerümpel, das kein Mensch mehr braucht ... Da habe ich einen sicheren Platz für die kleinen Kätzchen hergerichtet. Aber der Schuppen soll bald abgerissen werden.« Lauras Miene verdüstert sich. »Meine Eltern spinnen. Erst haben sie das Büro angebaut, jetzt soll der Schuppen drankommen. Sie wollen die Lagerräume vergrößern und den Verkostungsraum modernisieren.«

»Es gibt bestimmt noch einen anderen Platz für die Kätzchen«, versuche ich, Laura zu trösten. »Euer Anwesen ist groß und das hier ist mehr als ein Schuppen, würde ich sagen.«

»Sì, certo, ma ...«

»Komm, führ mich mal herum, vielleicht kommt uns dabei eine Idee«, schlage ich vor.

Laura gibt sich einen Ruck. Am liebsten wäre sie eingeschnappt, ich seh's ihr an, aber sie will sich die Aussicht auf eine Verbündete wohl nicht verderben, indem sie die beleidigte Leberwurst spielt.

»Ich finde dein Projekt auf jeden Fall toll«, setze ich vorsichtshalber nach. »Hab ich dir schon erzählt, dass ich auch eine Katze habe? Genauer gesagt einen Kater, er heißt Rambo.« Das Blitzen in ihren Augen verrät mir, dass ich damit wohl endgültig als Gleichgesinnte akzeptiert bin. Das freut mich.

»Wo fangen wir an?«, frage ich betont unbefangen. Ich überlasse Laura die Führung.

»Zuerst gehen wir rüber ins Haus. Komm mit«, entscheidet sie.

Ich folge ihr, bin neugierig, welche Räume sich hinter den reich verzierten Türen verbergen. Da gibt es unter anderem eine geräumige Toilettenanlage mit Vorraum sowie einem Privat-

und einem Gäste-WC. »Das Bad und die persönlichen Zimmer sind oben im ersten Stock«, klärt Laura mich auf. »Und hier ist die Küche«, kündigt sie an und öffnet die Tür. Ein riesiger Raum, rechteckig, mindestens acht Meter lang. Ich bin sehr überrascht, denn der Abstand der Türen lässt bei Weitem kleinere Räume erahnen. Laura beobachtet mich und freut sich offensichtlich diebisch über meinen irritierten Gesichtsausdruck. »Meine Eltern haben die Wand entfernt, die Küche ist unser Mittelpunkt.« Ihr ausgestreckter Zeigefinger lenkt meinen Blick ans Ende des Raumes. Die Schiebetüren einer großzügigen Durchreiche sind geschlossen, aber Laura bestätigt meine Vermutung, nämlich dass sich hier ehemals der Frühstücksraum für die Gäste befunden hat.

»Und die beiden Säulen sind Überbleibsel der Wand?«, stelle ich fest.

»Richtig kombiniert.« Laura applaudiert. »Der Architekt hat darauf bestanden, dass wir die Pfeiler stehen lassen, es sei absolut notwendig wegen der Statik, hat er gesagt.« Sie kichert, als sie daran denkt.

»War es der Architekt, der auch den Büroanbau gemacht hat?«, schlage ich in dieselbe Kerbe.

Laura nickt, wie mir scheint, etwas schadenfroh.

»Der Arme! Er hatte es nicht leicht mit euch.«

Statt zu antworten, tritt Laura ans Fenster und schaut auf den Hof. »Papa hat es wieder mal eilig«, sagt sie und zieht einen Flunsch. Draußen schreitet Enzo flotten Schrittes rüber zu den Verkostungsräumen. Will wahrscheinlich die Bestände für heute Abend kontrollieren. Aus Lauras Abwehr spricht der unbewusste Vorwurf, auf der Zuwendungsskala ihres Vaters nicht weit genug oben zu stehen.

»Danke, dass du mich herumgeführt hast«, sage ich schnell zu ihr und bin schon auf dem Weg zur Tür. »Ich muss kurz mit Enzo sprechen, bin aber gleich wieder zurück, dann können wir die Ziegenkäseröllchen zusammen herrichten, wenn du Lust hast. Aber zuerst zeigst du mir die Scheune und die Katzen, okay?«

Als keine Antwort kommt, drehe mich noch mal zu ihr um. Laura malt trotzig mit dem Finger Kreise in die dünne Staubschicht auf dem Fensterbrett.

Enzo ist ganz schön am Rotieren. Er will noch alles herrichten, die Weinfässer im Raum verteilen, Gläser, Flaschen und so weiter. Ich sei für den Außenbereich zuständig, da solle mir Laura helfen, und wenn ich jemanden zum Schleppen brauche, dann könne ich mich an Pietro oder Fabrizio wenden. »Nach der Weinprobe haben wir Zeit, uns über deinen Ausflug mit Paola zu unterhalten«, erklärt er und verschwindet im Kühlbereich des Weinverkostungsraumes.

Wie er das nur aushält! Ich an seiner Stelle würde vor Neugier platzen. Nachdenklich schaue ich ihm hinterher. Ich glaube, er ist auf der Flucht vor der Wahrheit.

Als ich in die Küche zurückkomme, ist Laura nicht mehr da. Ich kombiniere Katzen und Stadel, und richtig: Hinter dem Tank, in dem alten Schuppen, der abgerissen werden soll, finde ich sie. Immer noch ein bisschen eingeschnappt, weil ich sie einfach so habe stehen lassen. Klar, immer gehen die Erwachsenen vor, ist ja immer wichtiger, was die zu sagen haben. Da ich die Laus, die ihr über die Leber gelaufen ist, so ungefähr verstehe, fällt es mir nicht schwer, sie mit ein paar Schmeicheleien zu versöhnen.

»Das ist also dein Katzenrefugium. Zeigst du mir alles?«, frage ich.

Laura lässt sich erweichen, das hier liegt ihr eindeutig mehr am Herzen als Küche, Käseröllchen und Speisekammer.

»Schau«, sie deutet zu der Nische hinter den Tanks. Ein etwa ein Meter breiter Streifen zur Wand bietet idealen Platz für ein paar Weidenkörbe und Obstkisten, alle bestückt mit alten Decken und Stroh. Daneben mehrere Wasserschälchen, sauber und offensichtlich mit frischem Wasser befüllt.

»Manche sind eigensinnig. Die fressen und trinken nicht aus den Schalen, um die sich alle drängen. Damit es keinen Streit gibt, stelle ich immer mehrere Futterschüsseln auf. Dann kommt keine Katze zu kurz. Sind ja auch ein paar alte Katzen dabei. Die will keiner haben und die sind oft krank.« Laura seufzt. »Ich kann sie natürlich nicht zum Tierarzt bringen, das wäre viel zu teuer ...«

»Logisch. Aber trotzdem, die haben echt Glück mit dir«, lobe ich und das ist nicht gelogen. Ich finde es mega, wie Laura sich um die kleinen Waisenkatzen kümmert und dass auch die ausgemergelten alten Katzen bei ihr einen Platz finden.

»Ich kann gar nicht anders. Sie haben doch Hunger und niemanden, der sich um sie kümmert ... Deshalb werde ich Tierärztin, dann behandle ich solche Tiere umsonst«, ruft sie enthusiastisch.

»Cooler Plan. Das Studium ist nicht einfach, aber ich glaube, wenn man etwas unbedingt will, dann schafft man es auch«, bestärke ich sie in ihrem Vorhaben.

»Meinst du? Meine Eltern denken, das sind Spinnereien und ich soll erst mal die Schule beenden, dann würde sich schon zeigen, ob ich das immer noch will.« Sie stößt verächtlich die Luft aus.

»Na ja«, sage ich, »dann kannst du dich ja immer noch umorientieren. Warum jetzt schon dein Ziel aus den Augen verlieren? Es ist auf jeden Fall ein Pluspunkt, wenn man weiß, was man will, und nicht nur darauf wartet, dass einem alles in den Schoß fällt oder Mami und Papi das Leben finanzieren.«

Laura überlegt kurz. Ich sehe förmlich, wie sie sich fragt, ob ich das wohl ernst meine oder mich nur mit ihr gut stellen möchte.

»Geld ist nicht wichtig für mich«, wehrt sie dann ab.

»Also, so würde ich das nicht sagen. Für mich steht es auch nicht ganz oben auf der Liste, aber ohne Geld kannst du dir zum Beispiel keine Behandlung für deine Kätzchen leisten, giusto?«

»Ja, aber du weißt schon, was ich meine«, fragt Laura.

»Klar, Laura, ich versteh dich. Du mich aber auch, oder?«

Sie nickt und hebt gedankenverloren einen mageren, grau getigerten Streuner hoch, der ihr fordernd um die Beine streicht. Sie krault ihn zwischen den Ohren und sofort versetzt uns ein gutturales Schnurren in Entspannungsmodus. Ich geselle mich dazu und kraule seitlich das Bäuchlein. Der Kater, als welcher er sich ganz offensichtlich zu erkennen gibt, rekelt sich in Lauras Armen wohlig auf dem Rücken, als hätte er noch nie schlechte Erfahrungen mit der Spezies Mensch gemacht.

Laura schaut hoch und lächelt. »Der kommt öfter«, sagt sie. »Schlägt sich den Bauch voll, holt sich Streicheleinheiten und dann verschwindet er wieder für Tage oder Wochen.«

Ich kraule das vollgefressene Bäuchlein, das sich wie eine kleine Kugel anfühlt. »Wäre es kein Kater, würde ich meinen, das Tier sei trächtig«, sage ich zu Laura.

Irgendwann hat der Kater genug von unseren Streicheleinheiten und schreitet hocherhobenen Schwanzes von dannen. Wir lachen.

»Katze müsste man sein, zumindest in solchen Momenten. Ich hab dir ja erzählt, dass ich auch einen Kater habe, und ich find's immer cool, wie Rambo sich vom Acker macht, wenn er mal wieder alles abgesahnt hat, was es gerade zu holen gab. Es macht dann oft den Eindruck, als meine er, wir müssten uns noch dafür bedanken, dass wir ihn gerade bedienen durften.« Ich schüttle amüsiert den Kopf. »Okay, was hältst du davon, wenn wir jetzt mit den Vorbereitungen für heute Abend anfangen?«, schlage ich vor.

»Ja gut, ich bin hier fertig«, entgegnet Laura, wirft noch einen prüfenden Blick in die Runde und geht dann voraus. Als sie das

Tor zum Schuppen hinter sich schließt und meinen fragenden Blick sieht, deutet sie auf die linke Ecke des Gebäudes, wo ein größerer Spalt im Holz- und Mauerwerk einen bequemen Einstieg für ihre Streuner bietet.

Während wir über den Hof Richtung Haus laufen, hören wir Paolas laute Stimme. Dazwischen immer wieder eine männliche, die wesentlich weniger aufgeregt wirkt.

»Ach, das sind nur Mama und Onkel Ugo. Ihr Bruder«, erklärt Laura. »Die streiten wieder mal.« Sie nimmt das offensichtlich nicht so ernst.

»Du sagst das so, als wäre es normal«, hake ich nach.

Laura zuckt mit den Schultern. »Nein, eigentlich verstehen sich die beiden prima, aber es geht da um eine Sache, die Onkel Ugo mit seinen Leuten vom Stadtrat vorhat, und damit ist Mama nicht einverstanden.«

»Aha, und warum nicht?«, bohre ich nach. Ist zwar nur ein Streit unter Geschwistern, aber mich interessiert alles, was Paola aus dem Gleichgewicht bringen könnte. Außerdem war der Bruder ja gestern auch schon da. In ihrem Büro. Und da ging es ebenfalls recht laut zu.

Aber Laura hat das Interesse an dem Thema verloren. »Keine Ahnung«, sagt sie deshalb nur.

Kommt auf die Liste für seelisches Ungleichgewicht seitens Paola, merke ich vor.

Kurze Zeit später werkeln wir einträchtig in der Küche des Haupthauses. Fürs Grillen umwickeln wir Ziegenkäse sowie eine schmale Ecke Feige mit Parmaschinken und fixieren das Ganze anschließend mit einem Holzstäbchen, von dem man das kleine Röllchen dann sehr gut abknabbern kann. Servieren werde ich die Teile auf herbstlichen Weinblättern, dazu reiche ich krosses Weißbrot. Zur Weinprobe selber gibt es nur in Würfel geschnittenes Weißbrot und frisches Olivenöl zum Eintunken.

Pietro streckt seine Nase in die Küche. »Fürs Abendessen?«,

fragt er hoffnungsvoll und will sich ein Röllchen von der Platte stibitzen.

»Die werden erst noch gegrillt!« Laura klopft ihrem Bruder auf die Finger. »Das ist für die Pause bei der Weinprobe heute Abend«, erklärt sie streng.

»Stimmt, deshalb bist du ja hier«, meint Pietro an mich gewandt.

Ich nicke. »Ich bräuchte übrigens jemanden, der mir hilft, ein paar leere Fässer auf den Hof zu rollen. Und den Grill brauche ich auch noch. Könntest du vielleicht …?«

»So ist das mit euch Frauen, gibt man euch den kleinen Finger, nehmt ihr gleich die ganze Hand«, sagt er trocken und verzieht dabei keine Miene.

Ich muss lachen. Den Spruch kenn ich von Vinc, aber aus dem Mund eines 16-Jährigen klingt er ganz schön altklug. Jetzt weiß ich auch, was Paola heute gemeint hat, als sie sagte, er wirke älter, als er tatsächlich sei – andererseits, wie er mit seiner Schwester albert, da ist er wieder der ganz normale Jugendliche.

»Ich muss mal auf die Toilette, bin gleich wieder da«, verkündet Laura und flitzt aus der Küche.

»Ich erledige noch etwas für Papa, dann komme ich rüber und helfe dir mit den Fässern, d'accordo?«, verkündet Pietro und ist schon verschwunden.

Laura hat bereits ein paar Tabletts bereitgestellt, die ich jetzt mit den Tellern voller Röllchen, dem Weißbrot und einigen Schüsseln belade.

Beim Umdrehen fällt mein Blick auf Paolas Handtasche auf dem Stuhl. Ich schlucke, schaue mich um. Soll ich …? Das wäre eine super Gelegenheit. Mir wird heiß. Die Versuchung ist groß, aber … Nein, das geht zu weit. Definitiv! Das wäre noch ein Schritt weiter, als ihr hinterherzulaufen. Oder nicht?

Ich höre Laura zurückkommen, damit ist die Sache Gott sei Dank vom Tisch. Oh Mann, wenn Laura mich dabei erwischt hätte, wie ich in der Handtasche ihrer Mutter wühle ... Shit, was ist das für eine Kacke hier! Mein Puls fährt langsam wieder runter, wir nehmen je ein Tablett und gehen rüber zur Halle.

Pietro kommt aus der anderen Richtung und klatscht in die Hände. »Allora, was soll ich tun?«

Ich bediene mich gnädig seiner zwei Hände und rolle mit ihm zusammen drei Fässer, die außen an der Halle gelagert sind, hier herüber, nahe dem Zugang zum Verkostungsraum, wo wir auch grillen wollen. Sie werden als Stehtische dienen, passend zur Weinprobe. Pietro stellt jetzt den Grill auf, er ist sichtlich mit Spaß bei der Sache, während Laura sich inzwischen um die Deko der Tische – Kerzen, Weinranken, Servietten – und ein paar Holzstäbchen zum Aufspießen der Röllchen kümmert.

»Heißes Pflaster bei euch«, leite ich auf das Thema über, das mich interessiert, seit ich gestern die Schlagzeile gelesen habe.

»Wieso? Was meinst du?« Pietro hat keine Ahnung, wovon ich rede. Woher auch?

»Ich meine die Leiche, die bei Garda im See angeschwemmt wurde. Unheimliche Vorstellung, was beim Schwimmen alles unter einem auftauchen kann.«

»Ja, davon habe ich gelesen. Kommt leider immer wieder mal vor«, sagt Pietro.

»Weiß man schon, wer das war?«

Pietro zuckt mit den Schultern. »Bis jetzt noch nicht. Vielleicht war es ein Surfer, die überschätzen sich oft, vor allem ignorieren sie manchmal den Wetterbericht. Das ist leichtsinnig.«

»Es stand etwas von Fremdverschulden in der Zeitung. Was heißt das?«, bohre ich weiter.

»Keine Ahnung. Ich habe nichts mehr dazu gehört.«

»Aber es muss doch jemanden geben, der vermisst wird, oder nicht?«

»Kann sein, Doro, ich weiß es wirklich nicht. Vielleicht ist auch alles längst geklärt. Frag meine Eltern, wenn es dich interessiert. Mein Vater kennt sogar den Fischer, der die Leiche gefunden hat.«

»Na gut«, ich nicke gedankenverloren. »Da fällt mir ein – gab es nicht im Sommer einen Unfall auf dem See? Muss irgendwann im Juli oder August gewesen sein. Stand auf jeden Fall sogar bei uns in Deutschland in der Presse. Kein Wunder, es war ein deutscher Urlauber, der auf dem See verunglückt ist. Ist natürlich ein gefundenes Fressen für unsere Medien, wenn es im sonnigen Süden einen Landsmann trifft.«

»Ja, ich erinnere mich. Ein Unfall mitten in der Saison. Gab auch bei uns ziemlichen Wirbel deswegen. Da ist einer beim Paddeln verunglückt.« Pietro zuckt mit den Schultern. »Der hat irgendetwas übersehen, ist gekentert und ertrunken. Hatte wahrscheinlich keine Rettungsweste an. So wurde vermutet, aber die Ursache wurde, glaube ich, nicht hundertprozentig geklärt.«

»Nee, man hat dann zumindest nichts mehr gehört davon. Allerdings stand bei uns in der Presse, dass wohl ein zweites Boot mit im Spiel gewesen sein muss. Traurige Geschichte, wenn so was passiert, aber du hast schon recht, oft ist es selbst verschuldet.«

Pietro runzelt die Stirn. »Ja, ich erinnere mich. Aber wie gesagt, frag meinen Vater. Wenn du mich jetzt nicht mehr brauchst, würde ich mich mal um meine Hausaufgaben kümmern.«

»Oh, tut mir leid! Hoffentlich bin ich jetzt nicht schuld, wenn du nicht fertig wirst.«

»Tutto a posto«, beruhigt er mich, »Ich bin so etwas wie ein sehr guter Schüler. Das wirft mich nicht aus der Bahn.«

»Na, dann bin ich ja beruhigt.«

Ich schau ihm hinterher, wie er ins Haus geht. Okay, was ist noch zu tun? Auf jeden Fall ist weit und breit kein Enzo zu sehen, das heißt für mich erst mal Pause. Ich muss mich bewegen. Habe ich zwar den ganzen Tag getan, aber joggen ist was anderes. Noch dazu zwischen den Weinbergen – die Möglichkeit habe ich daheim nicht. Loslaufen mitten in der Natur. Zum See runter ist es mir heute zu weit, ein andermal vielleicht mit dem Bike, heute will ich einfach laufen, nachdenken ... abschalten. Beim Joggen kann ich mich auspowern, genau das brauche ich jetzt.

Dass es die richtige Entscheidung war, spüre ich auf den ersten Metern, die ich hinter dem Gästehaus den schmalen, ungeteerten Weg entlangjogge. Der Boden ist uneben, löchrig, steinig. Ich muss aufpassen, wohin ich trete. Die Luft umweht mich lau, die Reben sind abgeerntet, die meisten Blätter strahlen in einem tiefen Gelb, ein paar sind bereits braun und welk. Schön, diese Ruhe nach getaner Arbeit – die Reben haben abgeliefert, die Menschen haben geerntet, gemostet und bemühen sich, aus dem Saft einen edlen Wein zu kreieren. Die Weinberge liegen brach, doch Arbeit gibt's genug, denn die Weinstöcke müssen winterfest gemacht werden. Der Kreislauf dreht sich das ganze Jahr über und immer wieder ist da die Spannung, wie das Wetter wird und wie der Wein gelingt, jeder träumt den Traum vom Jahrhundertwein, von Preisen und Lob. Ich kann gar nicht anders, als mit meinen Sinnen und Gedanken in diesen Kreislauf einzutauchen. Eine Maus huscht über den Weg. Ob sie Wintervorräte sammelt? Oder sind die Winter hier so mild, dass die Mäuse aktiv bleiben? Ich halte kurz an, lausche und mache dazu ein paar Dehnübungen. Das raschelnde Laub verrät mir den Weg des kleinen Nagers. Ein schwarz glänzender Käfer krabbelt über ein welkes Weinblatt und verschwindet dann im braunen Gras. Es ist ein eigener Kosmos, der sich hier auftut, und ich wundere mich wieder mal, was parallel zu unserem Menschendasein alles läuft auf der Erde. Und wie viel davon wir nicht einmal ahnen. Das, was wir sehen, ist höchstens die Spitze des Eisbergs.

Ich laufe weiter und mache mich nach geschätzten vier Kilometern auf den Rückweg.

Zurück auf dem Hof trudelt auch gerade die Truppe vom Monte Baldo ein. Sie setzen sich auf die Holzbank vor dem Haus und schnüren ihre Wanderstiefel auf. Ist Usus, den Dreck nicht ins Haus zu tragen.

»Na, wie war's?«, erkundige ich mich.

»Grandios. Atemberaubende Ausblicke auf den See. Wir hatten echt Glück mit der Sicht, die Luft war kühl und klar und anfangs hatten wir keine Wolken. Wie es der Wetterbericht vorausgesagt hat. War echt mega, die Gondel dreht sich um 360 Grad, bis du oben bist, das war extrem schön. Noch schöner dann live draußen, auf dem breiten Massiv oben am Berg. Wir sind ein gutes Stück auf dem Grat entlanggewandert. Da lag sogar teilweise schon Schnee! Gegen Mittag ist es richtig windig und kalt geworden, da konnten wir unsere warmen Jacken gut brauchen. Auf einmal ist alles ziemlich schnell im Nebel verschwunden und es hat sogar ein paar Flocken geschneit. Na ja, sind ja über 2.000 Meter Höhe«, erzählt die Blonde voller Enthusiasmus und ihrem Akzent nach vermute ich, sie kommt aus der Gegend um Stuttgart. »Wir sind dann mit der Seilbahn runter bis zur Mittelstation und von da nach Malcesine gelaufen. Musst du unbedingt mal machen. Obwohl die Sonne weg war, war es ein Erlebnis. Mitten durch Olivenhaine, Feigenbäume und Wiesen ... Und hier unten war es auch wieder wesentlich wärmer«, schwärmt sie.

Vinc auf den Monte Baldo schleppen, schreibe ich auf meine geistige To-do-Liste. Ist ja eigentlich nicht nur ein einzelner Gipfel, sondern ein ungefähr 30 Kilometer langer Bergkamm. Mal sehen, wie viel Freiraum uns das Detektivspielen lässt.

»Sehen wir uns heute bei der Weinprobe?«, frage ich, bevor ich mich auf den Weg in mein Zimmer mache.

»Logisch, volles Programm. Ausruhen können wir uns daheim wieder«, lacht die Frau fröhlich.

Einige Gäste auf dem Weingut kennen sich schon seit Jahren und reisen immer wieder um dieselbe Jahreszeit an, ganz bewusst nach dem großen Weinfest in Bardolino, dann ist es wieder ruhiger. Anfang Oktober steppt nämlich der Bär in der Region, dann wird das Jahr im Weinberg gefeiert und viele Menschen aus aller Welt wollen sich das Spektakel nicht entgehen lassen. Würde ich auch gerne mal erleben, die Buden an der Promenade, ein Weinchen hier, ein Weinchen dort. Da hat natürlich auch Enzo ein volles Haus, im Anschluss kommen die Gäste, die die Ruhe danach lieben, wandern gehen, in der Therme entspannen, durch die verhältnismäßig leeren Gassen bummeln und in den wenigen Geschäften, die noch geöffnet haben, shoppen wollen. Bei Enzo freuen sie sich auf die Weinproben – die heutige werde ich kulinarisch bereichern. Ich checke draußen den Grill. Dips, Servietten, alles passt. Die kleinen weißen Teller, je mit einem Weinblatt dekoriert, warten bereits darauf, mit den knusprig gegrillten Häppchen bestückt zu werden. Die Tabletts mit den Röllchen haben Laura und ich schon zum Grillplatz rübergetragen.

Ich geselle mich zu den anderen, die im Verkostungsraum Platz genommen haben, um Enzos Worten zum ersten Wein zu lauschen.

»Wie Sie wissen, haben wir uns mit Haut und Haaren unserem Rotwein, dem Bardolino Classico und dem Classico Superiore mit den Qualitätssiegeln DOC und DOCG, verschrieben. Ebenso lieben wir den wunderbaren Rosé, unseren Bardolino Chiaretto Classico. Für unseren Weißwein verwenden wir die Garganega-Traube. Er ist tatsächlich eher ein Nebenprodukt – ein Liebhaberprojekt meines Schwiegervaters, das wir gerne beibehalten, aber nicht ausbauen wollen. Der Weißwein hat nicht unser Hauptaugenmerk, ist aber ein edles Tröpfchen. Man soll es nicht glauben, mein Schwiegervater hat mit diesem Wein sogar mal bei einem Wettbewerb den berühmten Custoza aus der Nebenregion ausgestochen. Seitdem gab es zwar keine Preise mehr für uns, aber die Produktion des Weißweins blieb ein fester Bestandteil der jährlichen Weinproduktion. Das Klima hier bei uns ist durch die Nähe zum Gardasee gemäßigt und mild. Für den Rosé werden die roten Trauben verwendet, sie werden mit den Schalen kurz angegoren, wegen der Farbe, dann kommt er in die großen Tanks«, erzählt Enzo. Die Gäste lauschen seinen Ausführungen und nippen nebenbei genussvoll am Rebensaft.

Ich stelle mich neben Enzo und er reicht mir ein Glas. »Ich seh schon, die Weinherstellung ist eine Wissenschaft für sich. Da bleib ich lieber beim Kochen, das kann ich.«

Enzo lacht. »Das stimmt. Dafür studiert man das Fach ja auch. Wir haben zum Glück Fabrizio, meinen Neffen. Der hat das Know-how erlernt, sammelt hier jetzt praktische Erfahrung, und ich möchte behaupten, dass er in Paola und mir gute Lehrmeister gefunden hat. Weinproduktion hat ihn schon immer interessiert und er hat den richtigen Gaumen dafür. Das kann nicht jeder Winzer von sich behaupten. Nur die besten. Und wir haben einen davon.« Stolzer könnte Enzo nicht lächeln. »Salute!« Er hebt das Glas und prostet den Gästen zu.

Gut gelaunt wird der erste Wein verkostet, ein leichter, spritziger Chiaretto, der bereits erste Wirkung zeigt. Die Stimmung wird lockerer. Ist mein Geschmack, denke ich und spüre genießerisch den fruchtigen Aromen des kühlen Weins in meinem Mund nach, bevor ich den Schluck die Kehle hinunterrinnen lasse. Auch die anderen nippen an ihren Gläsern, versuchen, die angekündigten Aromen zu erschmecken, und genießen – im Gesamtpaket. Was heißt: Schlucken, nicht spucken. Diesen Satz finden sie besonders witzig, es wird der meistzitierte Ausspruch des Abends, je mehr Vino, desto öfter der Satz. Enzo lacht nur gutmütig. Dieses Szenario ist nicht neu für ihn.

»Doro, hier ist noch ein Platz frei!«, höre ich eine wohlbekannte Stimme.

Ich verziehe keine Miene. Das heißt, ich versuche es. Denn Frieder, meine Frühstücksbekanntschaft, ist Teil dieser Veranstaltung und hört weniger auf das, was Enzo sagt, sondern verfolgt lieber mich mit seinen wässrig-grünen Augen. Brrr, echt gruselig.

Zum Grillen schleiche ich mich raus, was ihm nicht entgeht. Als er mir ein paar Minuten später folgt, mache ich ihm eine klare Ansage. Ob er kapiert hat, dass er nicht mein Typ ist? Zumindest für den Moment bin ich ihn los, denn er trollt sich zurück zur Weinprobe.

Drinnen wird es von Runde zu Runde lauter, alle sprechen genussvoll den Rebensäften zu. Sie müssen ja schließlich nicht mehr fahren. Kurz schaue ich wieder rein, halte mich aber mit dem Weingenuss zurück. Enzo zwinkert mir zu. Klar, mit dem Alkoholpegel im Blut steigt die Kauffreudigkeit der Gäste! Man will möglichst viel vom Urlaub mit nach Hause nehmen. Und damit meine ich nicht nur die Flaschen, sondern auch die Gefühle, die damit verbunden sind.

Zeit für eine Pause. Ich gebe Enzo das Zeichen. Die knusprig-heißen Schinken-Ziegenkäse-Feigen-Röllchen rufen dann allgemeine Verzückung hervor, auch Enzo greift gerne zu. Das nächste Mal werde ich selbst gemachte Grissini zu den Weinen servieren, überlege ich, während ich ein Röllchen nach dem anderen auf die Weinblätter lege, die mir auf den kleinen weißen Tellern entgegengestreckt werden.

Die Gäste haben ihre Gläser mit rausgenommen, Enzo hat die angefangenen Flaschen in Weinkühlern dabei, den Roten lässt er ohne Kühlung stehen, obwohl der auch nur 16 bis 18 Grad haben sollte – die gute alte Zimmertemperatur von früher. Hat nichts mit unseren überheizten Wohnräumen heutzutage zu tun.

Die Monte-Baldo-Gruppe, wie ich meine vier Schwaben für mich nenne, gesellt sich zu mir.

»Uns gefällt das mit der Pause und den Snacks«, lobt Jürgen, der große Bärtige. »Wir sind jetzt zum dritten Mal dabei und zwischendrin solche Häpple, des sind Schnäpple.« Die Truppe applaudiert dem Reim, der dem Weinpegel angemessen ist, und belädt sich die Teller ein drittes Mal. Zum Glück habe ich genügend auf dem Grill. Aus den Augenwinkeln sehe ich, wie sich Frieder anpirscht. Hilfe!

»Weshalb genau bist du hier?«, fragt er, als er mich erreicht hat. »Für so eine Art Praktikum, habe ich gehört.«

Die Monte-Baldo-Gruppe spitzt die Ohren. Das interessiert sie. Danke für die Aufmerksamkeit, lieber Frieder. In mir brodelt es. Ich bin normalerweise nicht so, aber der Typ nervt mich. Er hat bestimmt Enzo ausgequetscht. Oder – was noch unmöglicher wäre – Paola. Oder Laura, Pietro oder Fabrizio. Auf jeden Fall finde ich ihn übergriffig. Doch dann schlucke ich meinen Ärger hinunter. Im Vergleich zu meinem Verhalten gegenüber Paola ist seine Fragerei wirklich harmloser Kinderkram. Allerdings hält meine Milde nicht lange an. Frieder schafft es, mit den simpelsten Bemerkungen meine Abneigung wieder hochkochen zu lassen. Ich kann nicht genau definieren, warum der Typ mich dermaßen aufregt, wahrscheinlich muss er als Blitzableiter herhalten, weil ich mich in meiner Rolle hier so unwohl fühle. Aber das ist sein Problem, er kann mich ja einfach in Ruhe lassen.

Ich schalte auf Durchzug, lasse Frieder quatschen und denke daran, dass Vinc bald da sein wird. Ich freu mich schon – nicht nur weil Frieder dann hoffentlich den Rückzug antritt. Irgendwie tut er mir ja auch leid und ich nehme mir fest vor, ihn nicht zu blamieren.

In meine Gedanken dringen Fragmente seiner Geschichte, die er mir aufs Ohr drückt, gerade erzählt er, was er beruflich macht. Er ist Programmierer in einer großen Firma und treuer Helene-Fischer-Fan. Okay. Hätte eher auf Supermarktfilialleiter getippt, aber mit Helene hat meine Menschenkenntnis zumindest nicht total versagt. Wobei ich zugeben muss, ihre Shows sind schon mega – was ich mir Frieder gegenüber zu erwähnen verkneife.

Enzo rettet mich. »Doro, wir gehen wieder rein, okay? Komm doch auch mit. Geht bestimmt nicht mehr lange, bald ist der Wein aus.« Er lacht selber über diesen Scherz angesichts seiner Vorräte.

Nach der Weinprobe räume ich mit Enzo gemeinsam auf. Dabei reden wir endlich über Verona und Paola. Ich schildere den kurzen Hotelbesuch, erzähle von Paolas Tränen. Wie passt das alles ins Bild?

»Enzo, du kennst Paola besser, ich kann sie nicht einschätzen. Denk darüber nach. Wenn wir unsere Überlegungen dann nebeneinanderlegen, kommt vielleicht eine Schnittmenge heraus, mit der wir was anfangen können.«

»Danke, Doro. So beschissen das alles ist, ich bin froh, dass du da bist. Ehrlich, ich merke jetzt schon, dass ich nicht mehr vollständig verzweifelt bin.«

Ist mir ein bisschen unangenehm, dass mir Enzo auch noch dankbar dafür ist, dass ich seine Frau bespitzle. Es war zwar seine Idee – oder die von Valeria –, aber der Schwarze Peter bleibt mir. Ich muss die Drecksarbeit machen.

Enzo verspricht, die Karten bezüglich meiner Person auf den Tisch zu legen und noch mal mit Paola zu reden. Natürlich will er es alleine machen.

Als alles fertig ist, hole ich mir ein Glas Wein und setze mich auf ein Mäuerchen am Rande des Weinbergs, der direkt an den

Hof grenzt. Entspannt zünde ich mir eine Zigarette an – hab ich mir bei der Weinprobe verkniffen – und rufe Vinc an.

»Hallo, Schatz, noch wach?«

»Jetzt auf jeden Fall. Scherz beiseite, ich hatte noch zu tun und du weißt ja, dass ich selten früh ins Bett gehe.«

»Dafür bleibst du morgens gerne liegen«, spotte ich liebevoll.

»Stimmt. Wenn mich nicht eine unverbesserliche Frühaufsteherin mit ihrem Elan aus dem Bett jagt.«

»Ach komm, ich bin meistens ziemlich leise«, verteidige ich mich. Was auch stimmt, ich bin zwar ein Morgenmensch, aber ich gönne ihm seinen Schlaf.

»Leise schon, aber dabei versprühst du eine Energie, die einen Bären aus dem Winterschlaf holen würde!«

»Brumm nicht herum, sondern komm endlich her«, fordere ich jetzt. »Weißt du, der Gedanke, mal wieder angegraben zu werden, schwirrt mir im Kopf herum. Aber ich habe ein bestimmtes Bild vor Augen, von wem.«

»Das will ich hoffen«, entgegnet Vinc entrüstet.

»Ist nicht zum Lachen! Da gräbt jetzt einer, den ich lieber im Graben sehen würde.«

»Hey, nicht dass du auf dumme Gedanken kommst!«

»Mich angraben zu lassen oder ihn in den Graben zu befördern?«

Vinc lacht. »So schlimm?«

»Schlimmer! Der hat sich auf mich eingeschossen.«

»Du meinst, er ist in dich verschossen? Cool. Wusste ich doch, dass du 'ne Granate bist.«

»Brauchst gar nicht so zu grinsen, ich hör das! Schließlich muss ich hier leiden.«

»Na, komm schon, jetzt genieß es doch einfach. Natürlich im Rahmen. Sonst muss ich ihm mit dem Spaten eins überziehen.«

»Wer kommt jetzt auf dumme Gedanken? Warte, ich schick dir mal ein Foto.« Ich drücke die Freisprechanlage, suche spontan etwas im Internet und sende ihm ein Bild von Orlando Bloom.

»Spaten!«, schreit Vinc.

Ich schicke noch ein Foto. Von der Weinprobe heute Abend. *Zweiter von links*, schreib ich dazu.

»Okay«, er gluckst, »und ich dachte schon, ich müsse mir Sorgen machen.«

KAPITEL 5

SOLO UNA FOGLIA DI TIGLIO – NUR EIN LINDENBLATT

Mercoledì (Mittwoch) – Tag 3
Am nächsten Morgen

Nein, das glaub ich jetzt nicht! Frieder sitzt schon im Frühstücksraum. Als er mich sieht – ganz offensichtlich hat er Ausschau nach mir gehalten –, springt er auf und winkt mich an seinen Tisch, einen Stuhl einladend für mich bereitgeschoben.

Ich atme tief durch. Freundlich bleiben, freundlich bleiben, freundlich bleiben, bete ich mir mantraartig vor – und ergebe mich meiner Morgenprüfung. Tut mir ja irgendwie leid, der Typ, ich weiß eigentlich auch nicht, warum ich ihn nicht mag – vielleicht liegt es an seiner Aura ... und vielleicht auch an seinen Hemden. Die sind echt schräg. Heute: pink mit gelben Ananas. Wo kann man so was kaufen? Das ist ja reinster Augenmord!

Mir kommt ein witziger Gedanke, ein bisschen fies, aber der Zweck heiligt die Mittel ... Ich lasse das Handy mit dem Bild von Orlando Bloom, das ich Vinc gestern geschickt habe, unauffällig am Tisch liegen, als ich mir noch eine Tasse Kaffee hole. So als dezenten Wink mit dem Zaunpfahl, auf welchen Typ Mann ich stehe.

»Bist auch ein Fan von ›Fluch der Karibik‹ und Captain Sparrow?«, fragt er in aller Unschuld, als ich zurückkehre.

Da macht es klick bei mir. Natürlich! Orlando Bloom – wie bin ich ausgerechnet auf den gekommen? Weil Frieder mit seinen seltsamen Zuckungen und den komischen Hemden eine Assoziation mit Jack Sparrow, dem verrückten Kapitän aus den

»Fluch der Karibik«-Filmen bei mir ausgelöst hat! Johnny Depp als Kapitän und Orlando Blum als sein smarter Gegenspieler. Gerade zieht Frieder die Oberlippe wieder in Jack-Sparrow-Manier nach oben und ich gebe ihm heimlich den Spitznamen »Jacko«. Er bringt echt meine dunklen Seiten ans Tageslicht!

Jacko sitzt unterdessen am Tisch, umklammert seine Tasse und fixiert mich erwartungsvoll. »Ich bin aus München und du? Ich darf doch Du sagen, oder?«

»Ja klar, Jacko, äh, Frieder.« Bin schon ganz verwirrt. Er ist aus München, wie ich. Hilfe!

»Wir könnten ja mal etwas zusammen unternehmen«, schlägt er euphorisch vor.

Anscheinend schau ich immer noch zu freundlich. Ich hole tief Luft, da hilft nur der Vorschlaghammer. »Tja, Frieder, ich wünsche dir ein paar schöne Tage hier, aber weißt du, ich arbeite und habe echt keine Zeit für Ablenkungen. Außerdem hab ich einen Freund.«

Er streicht sich eine Haarsträhne aus der Stirn. »Aber wir können uns doch trotzdem unterhalten. Ein bisschen kennenlernen.«

Was soll ich sagen? »Ja, schon, aber mach dir bitte keine Hoffnungen auf mehr.«

Frieder wird rot.

Die Tasse Kaffee trinke ich wieder im Stehen, dann bin ich weg. Jetzt hat mir der Typ zum zweiten Mal das Frühstück vermiest. Langsam nehme ich das persönlich!

Draußen drehe ich mich unschlüssig um die eigene Achse. Aus einem offenen Fenster weht mir Radiomusik entgegen. Hm, ich habe noch keinen konkreten Plan für den Tag. Erst mal in Sicherheit bringen, bevor Jacko-Frieder auftaucht und mich in *seine* Pläne einbezieht. Also rüber ins Haus, ich will mir was Bequemeres anziehen, hab spontan überlegt, dass eine Erkundungstour mit dem Fahrrad nicht schlecht wäre. Die erwähnten E-Bikes für die Gäste wollte ich sowieso gerne ausprobieren. Mal sehen, ob gerade eins da ist.

Ich stecke den Geldbeutel ein, für alle Fälle – wer weiß, was mich unten im Ort aus den Schaufenstern anlacht. »I wonder how, lalalala ...«

Oje, willkommen, Ohrwurm des Tages. Ist es heute also Fools Gardens »Lemon Tree«. Ich wehre mich nicht groß dagegen, den krieg ich erst wieder los, wenn ich was Neues höre. Leise vor mich hin pfeifend hüpfe ich die Treppen runter ins Erdgeschoss und beschwingt den Flur entlang. Weiß gar nicht, wo auf einmal die gute Laune herkommt, aber ich freue mich einfach. Auf den Tag, auf den Ausflug, auf den See, darauf, dass Vinc bald kommt ... »Lalalalala lemon tree ...«

Bardolino, ich komme!

Bevor ich losradle, google ich den Infopoint, will mir einen Stadtplan holen, weil ich gern Papier in der Hand habe, obwohl ich meistens die Handy-App nutze. Mal sehen, die haben bestimmt noch ein paar interessante Prospekte.

Okay, Via Marconi. Ist ein Teilabschnitt der Gardesana, die rund um den See führt, und zugleich die Hauptstraße durch Bardolino. Na super, das Infocenter hat geschlossen, macht erst am Nachmittag auf. Hab ich anscheinend nicht richtig gelesen. Egal. Ein paar Broschüren liegen aus, auch ein Ortsplan ist dabei, also alles gut.

Durchs Städtchen runter an die Promenade finde ich auch ohne Plan, langsam lasse ich das Rad durch die Gassen rollen, Richtung See. Es gibt genug Geschäfte mit einladenden Schaufenstern, mich zieht es aber runter ans Wasser.

An der Promenade ist es dichter bevölkert, als ich dachte, trotzdem kein Vergleich zur Hauptsaison. Immerhin ist es Mitte Oktober. Ich schiebe das Rad jetzt lieber und genieße den Anblick. Die am Pier vertäuten Boote schaukeln gemächlich im Wasser, sachte Wellen brechen sich an den Kaimauern und den kantigen Felsbrocken, die zur Befestigung des Ufers schräg aufeinandergeschichtet liegen.

Direkt am Hafen suche ich mir ein sonniges Plätzchen, bestelle mir einen Cappuccino und denke mir, dass das Leben einfach schön ist. Der Kellner, sympathisch, ein paar Jährchen älter als mein Vater, stellt die Tasse vor mich auf den Tisch mit der rot-orange-karierten Tischdecke. Auf dem Unterteller drei Kekse. Drei!

»Grazie«, bedanke ich mich und revanchiere mich mit einem erfreuten Lächeln. Er zwinkert mir aufmunternd zu, so als wollte er sagen: »Damit was aus Ihnen wird, Signorina.« Okay, über zu viele Kilos muss ich mich nicht beklagen, aber ich bin auch kein Hungerhaken, den man aufpäppeln müsste. Trotzdem irgendwie süß von ihm. Netter Mensch, passt zu meiner Stimmung.

Kein Frieder, kein Überwachungsstress, fehlt nur noch Vinc. Ich tippe eine kurze *Hab-dich-lieb*-WhatsApp, zahle und hole mir am Straßenverkauf der Cristallo-Eisbar einen Becher mit drei verschiedenen Geschmacksrichtungen. Der junge Mann an der Theke schabt großzügig Vanille, Pistazie und Ananas in einen pinkfarbenen Papierbecher, steckt einen grünen Plastiklöffel rein und setzt eine runde Waffelscheibe obendrauf. Ich schiebe das Rad ein Stückchen weiter, zu einer der Liegebänke, die hier überall an der Promenade stehen, und mach's mir bequem. Ein leicht angegrautes Paar flaniert Hand in Hand an mir vorbei, dahinter eine junge Familie mit Kind und Hund. Ich lege Wert auf die Reihenfolge – und beobachte interessiert die mehr oder weniger erfolgreichen Erziehungsversuche sowohl am Kind als auch am Hund. Die gipfeln darin, dass das Mädchen, geschätzte vier bis fünf Jahre alt, es sich nicht ausreden lässt, einen Strauß für die Mama aus den Blumenrabatten der Promenadenbepflanzung zu pflücken. Die Mama hat sich irgendwann entschieden, so zu tun, als würde sie nichts bemerken. In der Zwischenzeit kämpft der Vater um die Vorherrschaft im Rudel-Ranking mit seinem Hund, einer augenscheinlich eigensinnigen Promenadenmischung. Die schaut zwar treuherzig zum Herrchen auf, macht dann aber genau da weiter, wo das Herrchen mahnend eingreifen wollte, nämlich bei der Verrichtung des Geschäftchens mitten auf dem Gehweg. Sei es aus Ermangelung einer Tüte oder weil er es grundsätzlich nicht macht, tut Herrchen jetzt das Gleiche beim Hund wie vorher die Mama bei der Tochter, nämlich ignorieren. Aha, denke ich mir, so funktioniert das in dieser Familie. Schade, dass ich mit niemandem darüber lästern kann, speziell natürlich mit Vinc. Über konsequente Inkonsequenz – bis wir selber mal Kinder haben ... Aber eigentlich reicht schon Rambo als lebendes Beispiel, wie viel ein Nein wert ist im Wettstreit mit seiner Hartnäckigkeit, wenn er sich ein Leckerli einbildet oder gestreichelt werden will.

Auf der Liege hätten wir locker zu zweit Platz, denke ich ein bisschen wehmütig, rutsche dann aber unwillkürlich in die Mitte, man weiß nie, wer hier vorbeischleicht ... Mein unerwünschter Verehrer hat ja das Talent, unerwartet aufzutauchen, und könnte möglicherweise auf dieselbe Idee kommen, nämlich dass die Liege für zwei wie geschaffen ist. Und wenn der erst mal sitzt, ist es zu spät. Würde mir diese Vorstellung nicht einen sehr unangenehmen Adrenalinschub verpassen, könnte ich glatt drüber lachen. Was ich dann trotzdem tue. Wieder entspannt lehne ich mich zurück, man muss ja den Frieder nicht an die Wand malen!

Durch meine halb geschlossenen Lider funkelt die Sonne, die sich glitzernd auf der Wasseroberfläche spiegelt. Trotz aller Muse und Schönheit kommt Unruhe in mir auf. Ich falte den Plan auseinander. Okay, nach Garda sind es am See entlang vier Kilometer, also eigentlich nix. Zeit hätte ich, steht nichts auf dem Tagesplan. Hm, soll ich oder soll ich nicht?

Ich entscheide mich dafür, werde dann am Nachmittag wieder zurück sein, das reicht immer noch, um mich auf dem Gut ein wenig umzusehen. Schließlich kann ich nicht den ganzen Tag Paola hinterherschleichen. Vielleicht treffe ich auch Laura und kann ihr mit ihrem Katzenkindergarten zur Hand gehen oder einfach nur die Kleinen knuddeln.

Wieder mal ist der Weg das Ziel. Schilfflächen in der Uferzone, Enten und andere Wasservögel bewegen sich gemächlich in ihrem Reich, immer wieder halte ich an, um diese idyllischen Bilder aufs Handy zu bannen. Einmal kommt Hektik auf, als ein Apportierstöckchen die gewünschte Richtung verfehlt und der Hund den Bewohnern der Uferzone zu nahe kommt. Aber bald ist diese Aufregung gemeistert, Fifi ist anscheinend ohne Jagdgene geboren und interessiert sich tatsächlich nur fürs Stöckchen, nicht für Entenbraten. Und es kehrt wieder Ruhe ein.

Vor mir liegt bereits Garda, rechts von mir grenzt eine Mauer die Promenade von der Straße ab. Ich fahre bis zum Hafen, ein schnuckeliges Café reiht sich an das andere, allerdings drängt mich weder Kaffeedurst noch sonst ein kulinarischer Antrieb zum Einkehren. Und eigentlich will ich auch nicht durchs Städtchen bummeln, ich habe nämlich vergessen, ein stabiles Fahrradschloss mitzunehmen, und das Rad einfach nur mit dem wackeligen Ringschloss am Hinterrad abzusperren, ist mir doch zu unsicher. Das E-Bike ist relativ neu und war bestimmt sauteuer. Also mache ich mich auf den Heimweg. Ich fahre dieselbe Strecke wieder zurück und weiß, dass ich mit Vinc sicherlich noch mal hier runterkomme. Vielleicht am Abend. Mit dem richtigen Schloss. Und zu zweit hab ich auch kein Problem hier zwischen den Weinbergen, wenn es dunkel ist, aber ohne Begleitung … Ist dann doch ziemlich einsam. Die Vorstellung, eine Reifenpanne zu haben, allein, ohne Straßenbeleuchtung, nein, das brauche ich nicht. Zufrieden, dass ich mich vor niemandem als Schisserin outen muss, schalte ich auf Turbomodus und düse mit Maximalgeschwindigkeit die Via Costabella entlang. Vorbei am Weinmuseum Zeni bis zur Abzweigung in die Strada Campazzi und dort wiederum bis zur Abzweigung zum Buccelli'schen Weingut.

Ich will gerade mein Fahrrad abstellen, da sehe ich Paola aus dem Haus eilen. Sie steigt ins Auto und fährt rasant vom Hof. Ich zögere höchstens den Bruchteil einer Sekunde, dann reiße ich das Rad herum und trete in die Pedale. Natürlich ist sie mit dem Auto schneller, aber egal, der sportliche Ehrgeiz hat mich gepackt. Der Akku müsste noch 'ne Weile durchhalten, vier von fünf Balken sind grün. Es kommt darauf an, wohin Paola fährt. Wenn ich permanent mit Vollpower fahre, hat sich das mit dem Akku schnell erledigt und selbst mit E-Bike wird mich Paola im Auto sehr bald abhängen. Weiter vorne biegt sie gerade rechts ab in die Via Costabella, vorbei am Museo del Vino, wenigstens gibt es hier keine Schlaglöcher im Straßenbelag. Dann fährt sie wieder nach rechts – fast hätte ich sie verloren –, biegt anschließend noch mal rechts ab, es geht in eine Senke, dann wieder hoch. Ich komme mir vor wie ein Wellenreiter. Riesige lange Straßenwellen. Was will Paola hier? Wir sind Luftlinie gar nicht so weit vom Buccelli'schen Weingut entfernt.

Mist! Ich stelle mich auf die Pedale, ein übles Loch in der Teerdecke hat mir gerade eine Wirbelsäulenstauchung beschert. Von wegen keine Schlaglöcher. Zum Glück sind die Straßen trocken, denn sonst hätte ich Paola samt ihrem roten Flitzer verloren. So aber verrät mir die Staubwolke, dass Paola in den Feldweg eingebogen sein muss. Und richtig, da vorne parkt er, ihr kleiner roter Flitzer. Direkt vor dem frei stehenden, aber eher winzigen Häuschen am Wegesrand. Ich schau mich um. Sonst keine Gebäude hier. Und viele Möglichkeiten zum Verstecken gibt es auch nicht.

Paola steht jetzt an der offenen Haustür, zum Eintreten wird sie offenbar nicht aufgefordert. Doch halt, jetzt tritt, soweit ich es sehen kann, eine grauhaarige Frau zurück und Paola verschwindet im dunklen Flur. Wahrscheinlich ist die Bewohnerin eine Bekannte. Und was mache ich jetzt? Warten, bis Paola wieder gegangen ist? Und dann klingeln und fragen, was sie hier wollte? Das wäre mehr als merkwürdig. Wenn die Frau und Paola sich gut kennen und plötzlich komme ich als Fremde aus Deutschland daher und frage, was Paola hier wollte ... Da käme ich schon in Erklärungsnot. Andererseits, gerade weil ich hier fremd bin, könnte ich mir das erlauben. Darüber hinaus sah es für mich so aus, als wäre Paola nicht erwartet oder zumindest nicht sehr herzlich empfangen worden.

Allzu lange muss ich mich nicht gedulden, dann kommt Paola wieder heraus, es folgt eine kühle Verabschiedung, so viel kann ich erkennen. Mein Entschluss steht fest.

Als Paola weg ist, gehe ich auf das Haus zu. Ein paar Hühner flattern erschrocken davon, zwei Hunde beäugen mich skeptisch, schlagen aber nicht an. Ich klingle an der Haustür, wenigstens will ich wissen, wie die Frau aussieht, einen Eindruck von ihr gewinnen. Eigentlich ist es ja egal, wo ich ansetze, letztendlich wird die einzige Lösung sein, dass Enzo mit Paola redet. Und dass Paola freiwillig die Karten auf den Tisch legt.

Unschlüssig schaue ich mich um. *Donati*, lese ich auf dem Türschild. Soll ich ...? Immerhin wäre es auch möglich, dass hier Paolas Liebhaber wohnt, zusammen mit seiner Mutter. Und der könnte ungemütlich werden, wenn er merkt, dass ihm hinterherspioniert wird ... Na gut, jetzt geht vielleicht etwas die Fantasie mit mir durch, trotzdem, ich muss mir zumindest eine gute Erklärung für meinen Besuch hier überlegen. Fahrradpanne und Handyakku leer oder irgend so was in der Art.

Die Tür wird heftig aufgerissen. »Che vuoi ancora?«, schallt es mir entgegen, Tonlage gereizt. Die Frau stutzt kurz, ich fasse mich schnell, zeige in die Richtung, in die Paola verschwunden ist.

»La signora«, beginne ich, aber bevor ich noch nach der richtigen Formulierung suchen kann, unterbricht mich die Hausherrin in barschem Tonfall.

»Ich lasse mich nicht unter Druck setzen. Weder von Signora Buccelli noch von ihrem Bruder!«

Hä? Ich verstehe nur Bahnhof. »Entschuldigen Sie bitte, aber die Frau«, ich zeige noch mal in die Richtung, in der Paola verschwunden ist, »hat mich von der Straße gedrängt und dabei ist mein Fahrrad beschädigt worden. Ich glaube, sie hat das gar nicht bemerkt. Ich habe aber gesehen, dass sie aus diesem Haus gekommen ist, und deshalb wollte ich Sie nach dem Namen der Dame fragen.« Auf die Schnelle ist mir nichts Besseres eingefallen.

»Erzählen Sie mir keinen Unsinn! Ich bin 79 Jahre alt, aber deshalb noch lange nicht verkalkt. Lasst mich alle in Ruhe! Ich werde nicht verkaufen und ich gehe auch in keine Seniorenresidenz. Und ich brauche keine Hilfe. Basta! Als mein Giuseppe noch gelebt hat, hat uns keiner belästigt, aber mit einer alleinstehenden alten Frau hat man leichtes Spiel, das denken Sie doch, oder? Aber ich gehe nicht weg hier, ich werde auf meinem Grund und Boden sterben, so Gott es will. Was meine Tochter später damit macht, ist ihre Sache. Sie lebt in Rom, aber sie respektiert meinen Wunsch, hierzubleiben. Ich könnte auch zu ihr in die Stadt ziehen, aber was soll ich da? Ich kann meine Sachen hier selbst in Ordnung halten!« Als ich zu einer Erwiderung ansetze, hebt sie abwehrend die Hand. »Sparen Sie sich Ihre Worte. Ich kenne sie alle, die Beschwörungen und die gut gemeinten Ratschläge. Es ist mein Besitz und ich habe es nicht nötig zu verkaufen. Sie haben mir einen Platz in einer Luxusseniorenresidenz direkt am See versprochen. Aber was soll ich da? Ich bin hier zu Hause, mit meinen Tieren, hier habe ich mein Leben verbracht, mit meinem Mann und mit meiner Tochter. So, jetzt wissen Sie Bescheid und jetzt lassen Sie mich in Ruhe, per favore!« Hinterm Haus blöken ein Esel und mehrere Schafe, die Hühner picken wieder am Boden herum und die beiden Hunde haben Gesellschaft von drei Katzen bekommen. Das ist zumindest der Bestand, den ich sehe beziehungsweise höre. Ich verstehe, dass man das alles hier nicht eintauschen will gegen einen schönen Ausblick mit garantierter Langeweile. Verordnete Geselligkeit im besten Fall, ist allerdings nicht jedermanns Sache.

Aber davon abgesehen – was war das gerade? Paola will der alten Frau ihren Besitz abkaufen? Und wer noch? Ihr Bruder? *Enzo fragen*, nehme ich mir vor. Die Liste wird länger. Jedenfalls findet sich auch hier offenbar kein Liebhaber.

Zurück auf dem Weingut mache ich mich auf die Suche nach Enzo. Ich finde ihn im Verkostungsraum. Er ist allein. »Wir müssen damit aufhören«, falle ich direkt mit der Tür ins Haus. »Rede mit Paola. Wenn sie eine Affäre hat, dann musst du dich früher oder später damit auseinandersetzen. Und wenn nicht, dann bringt diese ganze Aktion doch sowieso nichts. Ich will das auch gar nicht länger. Und du doch sicher ebenso wenig, oder? Ich bin deiner Frau in Verona gefolgt, da hat nichts auf ein Date mit einem anderen Mann hingedeutet. Und gerade eben bin ich mit dem E-Bike wie eine Blöde hinter ihr hergerast. Sie hat eine alte Frau besucht, nicht weit von hier. In einem ziemlich einsamen Haus, einer Art altem Bauernhof. Hast du eine Ahnung, was es damit auf sich hat?«

Enzo streicht sich übers Kinn. »Ich kann es mir vorstellen. Es ist kein Geheimnis, dass Paola und ihr Bruder Ugo einen Konflikt wegen dieses Grundstücks haben. Ugo braucht es für große Pläne mit der Gemeinde. Es soll ein riesiges Einkaufscenter darauf gebaut werden. Arbeitsplätze für die Region, Geld für die Gemeindekasse. Der Grund rund herum ist Buccelli-Grund und der alte Bauernhof liegt genau dazwischen. Paola will da oben nichts verändern, sie will keine riesigen Parkplätze und neue Straßen. Ugo ist Politiker und Geschäftsmann, ihm geht es um die Interessen der Gemeinde. So gut sich die beiden sonst verstehen, hier kämpfen sie erbittert gegeneinander. Ugo und die Gemeinde bieten der alten Frau eine Menge Geld und einen wunderbaren Platz in einer Seniorenresidenz direkt am See. Paola kann nicht mit Geld aufwarten, daher hat sie der Frau angeboten, sie auf ihre alten Tage auf dem Hof zu unterstützen und sich um die Tiere zu kümmern, sollte sie einmal nicht mehr sein. Dafür will sie schriftlich das Vorkaufsrecht auf den Besitz.«

»Ach so ist das. Ja klar, dann verstehe ich ihre Aufregung.« Wahrscheinlich deshalb gestern der Streit, den Laura und ich mitbekommen haben, schießt es mir durch den Kopf. Und heute die panische Reaktion. Was hat Ugo ihr gesagt? Ist er einen Schritt weitergekommen? Sieht sie ihre Felle davonschwimmen? »So was in der Art hat die alte Dame auch erzählt. Aber viel wichtiger ist, dass deine Paola ein Geheimnis hat und es ihr damit offensichtlich nicht gut geht. Ich glaube, sie ist an einem Punkt, an dem sie nichts lieber täte, als dir ihr Herz auszuschütten. Nutze die Chance, Enzo. Und wenn es doch der Worst Case ist, dann ist es eben so.«

»*Dann ist es eben so.*« Enzo stößt die Luft aus wie einen Pistolenschuss. »Hast du eine Ahnung, was du da von mir verlangst?«

»Ich kann mir schon vorstellen, wie schwer das für dich ist, aber wie gesagt, die Wahrheit kannst du nicht wegzaubern und mit einer offenen Aussprache hast du wenigstens die Chance, um Paola zu kämpfen.«

Enzo schaut mich nachdenklich an. »Meinst du?«

Ich nicke.

Er fährt sich übers Gesicht. Seufzt. »Du hast recht. Ich kümmere mich darum.« Dann steht er auf und geht. Schwerfällig, als wäre er 20 Jahre älter, als er eigentlich ist.

»Nur Mut, Enzo, pack den Stier bei den Hörnern«, schicke ich ihm hinterher.

Er strafft die Schultern, ohne sich noch einmal umzudrehen.

Am späten Nachmittag

Mein Handy vibriert.

Es ist Enzo. Er will mit Paola sprechen. Über alles, auch über mich und den Grund, warum ich hier bin. Erst mal allein, sagt er, aber ob ich dann rüberkommen könnte ... so etwa in einer Stunde vielleicht?

Nichts lieber als das, denke ich erleichtert und verspreche, pünktlich drüben zu erscheinen. Ungeduldig warte ich die Stunde ab und läute dann am Haupteingang. Die Tür geht schon auf, bevor ich noch den Finger vom Klingelknopf genommen habe. Enzo winkt mich herein.

»Setzen wir uns in die Küche«, schlägt er vor und geht voraus. »Paola kommt gleich dazu, sie muss noch etwas im Büro erledigen.«

»Hast du mit ihr geredet?«, frage ich skeptisch.

Enzo schüttelt den Kopf. »Ich bin noch nicht dazu gekommen. Paola weiß noch nichts von dir.«

Ich drehe auf dem Absatz um. »Das mach mal schön alleine, ich warte draußen«, sage ich nur, ziehe die Haustür von außen zu und setze mich auf die Stufe davor. Paola werde ich hier nicht begegnen, sie nimmt mit Sicherheit den Durchgang hinten im Flur.

Würde ich aufstehen, könnte ich über die Reben hinweg den See sehen. Gerade allerdings gehen mir andere Dinge im Kopf herum. Wie wird Paola reagieren? Muss ich meine Koffer packen? Ich schreibe Vinc vorsorglich eine WhatsApp, denn es kann sein, dass er gar nicht erst losfahren muss. Morgen oder übermorgen wollte er sich eigentlich auf den Weg machen.

Ich schaue im Minutentakt auf die Uhr, nutze die Zeit und beantworte ein paar E-Mails, die sich angesammelt haben. Ich warte jetzt schon über eine halbe Stunde. Die Minuten ziehen sich wie Kaugummi. Ich stecke mir die Kopfhörer in die Ohren und lasse meinen Gedanken freien Lauf. Natürlich drehen sie sich immer um denselben Punkt: Paolas Reaktion auf Enzos Geständnis. Hm, vielleicht könnten wir ...

Weiter komme ich nicht mit meinen Überlegungen, denn endlich öffnet Enzo die Tür.

»Komm rein, Doro«, sagt er mit ernster Miene.

»So schlimm?«, frage ich bei seinem Anblick.

»Paola will, dass du dabei bist«, sagt er nur knapp.

»Was hast du ihr gesagt?«, frage ich unsicher. Von Mauseloch bis Himalaja würde ich gerade alles meinem aktuellen Standort vorziehen.

»Bis jetzt nur, dass du nicht nur zur Unterstützung bei den Weinproben gekommen bist, sondern dass du eine Freundin meiner Cousine bist, die mich wegen unserer desolaten Finanzen beraten soll.«

So angespannt ich bin, ich muss lachen. »Ich als Finanzberaterin? Was Abwegigeres ist dir wohl nicht eingefallen! Das wird Vinc' Running Gag für die nächsten Monate.«

»Irgendwie musste ich ja anfangen.« Enzo fährt sich verlegen übers Kinn. »Ich wollte nicht sagen, dass ich dich engagiert habe, um ihr hinterherzuspionieren. Aber Paola hat mich so komisch angeschaut, als würde sie etwas ahnen. Und dann hat sie mir etwas erzählt, bei dem ich nicht weiß, was ich davon halten soll und ob es richtig ist, dich da überhaupt mit reinzuziehen.«

»Das müsst ihr entscheiden.«

Enzo holt tief Luft. »Das haben wir bereits, aber du musst schwören zu schweigen, sonst zerstörst du unsere Familie.«

Ich schlucke. Das kann ja heiter werden.

»Du wirst es gleich verstehen. Hör dir einfach an, was Paola zu sagen hat.« Enzo schiebt mich vor sich her in die Küche.

Paola sitzt am Küchentisch, das Gesicht in den Händen verborgen. Als Enzo die Tür hinter uns schließt, schaut sie hoch. Sie ist blass und ihre Hände streichen unruhig ein Blatt Papier glatt, das vor ihr auf dem Tisch liegt. Sie mustert mich stumm.

»Signora Buccelli«, setze ich zögerlich an, um dem unangenehmen Schweigen ein Ende zu bereiten.

Sie sinkt noch mehr in sich zusammen. »Setzen Sie sich«, sagt sie dann und deutet mit einer müden Handbewegung auf den freien Stuhl links neben sich. Enzo sitzt rechts von ihr.

»Und sag ruhig Paola zu mir.« Sie seufzt abgrundtief. So als würde dieses Zugeständnis jetzt auch nichts mehr am Weltuntergang ändern.

Ich räuspere mich. »Danke, Paola. Gerne. Ich bin Doro.«

»Eigentlich müsste ich dich ja hassen, aber ich tue es nicht. Ich hasse mich selbst und meinen Vater und die ganze Welt und – ja, also irgendwie auch dich.« Sie schaut mir jetzt in die Augen. »Weißt du, was ich sagen will?«

»Nein, ehrlich gesagt nicht, Paola.« Ich habe echt keine Ahnung, auf was das hier hinausläuft. »Erzähl mir deine Geschichte, vielleicht versteh ich dich dann«, schlage ich vor.

Paola dreht sich unvermittelt zu Enzo. »Enzo, ich liebe dich, das musst du mir glauben«, beschwört sie ihren Mann.

Jetzt sprich endlich, dränge ich innerlich.

Sie strafft ihre Schultern, ihre Stimme wird fester. »Ja, ich liebe dich und unsere Kinder, und genau aus diesem Grund habe ich versucht, das Ganze allein zu regeln. Aber jetzt ist das Geld weg und alles ist egal, es hört eh nicht auf.«

»Paola, mia cara, soll ich ...?«

»No, no, ich mach das.« Paola streicht sich resolut eine Haarsträhne hinters Ohr und nimmt das Blatt Papier vor sich hoch. Sie legt es vor mich hin. »Lies das«, fordert sie mich auf.

Enzo nickt mir aufmunternd zu. »Ich habe es schon gelesen.«
Na dann ... Ich nehme das verknitterte Blatt, das eng mit handschriftlichen Zeilen beschrieben ist. Sieht aus wie eine Kopie. Ich fange an zu lesen.

»Testamento – la mia ultima volontà«

Wow! Während ich lese, kriege ich Gänsehaut. Als ich durch bin, lege ich das Blatt so vorsichtig auf den Tisch, als wäre es zerbrechlich.

»Stimmt das, was da drinsteht?«, frage ich leise.

Paola zuckt mit den Schultern. »Probabilmente. Ich weiß es nicht.«

Jetzt schiebt Enzo mir ein verknülltes Blatt zu, das er bis dato in seinen Händen gehalten hat. Dieses Mal auf einem PC getippt: *Wenn Sie wollen, dass dieses kleine Geheimnis unter uns bleibt, dann zahlen Sie 10.000 € in bar und kleinen Scheinen. Übergabe Montag, 09.08., 12 Uhr mittags in Verona. Keine Polizei, keine Begleitung. Das Originaltestament ist sicher verwahrt, Geld gegen Original, bei nicht erfolgter Geldübergabe wird es an die Familie und an die Presse weitergeleitet. Weitere Anweisungen vor Ort.*

»Du wirst erpresst?«, stelle ich fassungslos fest.

Paola und Enzo nicken unisono.

»Und du hast gezahlt«, kombiniere ich, denn das würde die großen Abhebungen vom Familienkonto erklären, von denen mir Enzo erzählt hat. »Wie viel?«

Paola wirft einen schuldbewussten Blick zu ihrem Mann. »Viel zu viel. Erst waren es diese 10.000 Euro, eine zu verschmerzende Summe, aber es hörte nicht auf. Alle zwei Wochen eine neue Forderung. 15.000 Euro, 20.000 Euro. Jedes Mal mehr. Und jetzt ist unser Konto leer. Das meiste unseres Kapitals steckt im Weingut.«

Enzo legt seine Hand auf Paolas. »Amore mio, warum bist du nicht zu mir gekommen?«

Paola starrt mit gesenktem Kopf auf die Tischplatte. Ihre sonst so forsche Selbstsicherheit ist wie ein Kartenhaus in sich zusammengefallen. »Ich wollte dich nicht damit belasten. Ich dachte, ich zahle und damit ist die Sache erledigt. Ich sollte ja das Original-Testament bekommen und das hätte ich dann vernichtet, sodass nie jemand von der ganzen Angelegenheit erfahren hätte. Aber es hörte nicht auf. Nun ist fast unser gesamtes Geld weg und immer noch ist kein Ende in Sicht.« Paola schluchzt verzweifelt auf.

Der Klassiker, denke ich, und immer wieder fallen Leute darauf rein. Aber deshalb funktionieren Erpressungen ja so gut, weil die Opfer angreifbar sind und Angst vor den Konsequenzen haben, wenn sie nicht tun, was von ihnen verlangt wird. Ich glaube, jeder hat so eine Stelle, an der er verwundbar ist ... wie Siegfried mit dem Lindenblatt auf der Schulter. Symbolisch gesprochen, denn oft sind die verletzlichen Punkte ja eher in der Seele zu finden.

Alle möglichen Gedanken rasen durch meinen Kopf, konzentrieren sich dann aber auf den entscheidenden Punkt: Erpressung. In grellen Buchstaben leuchtet dieses Wort vor meinem geistigen Auge wie eine blinkende Leuchtreklame, die jede andere Wahrnehmung ausblendet. Bevor ich Paola ein paar drängende Fragen stellen kann, erzählt sie weiter. Ich will sie nicht unterbrechen, denn sie scheint sich gerade von einer zentnerschweren Last zu befreien.

»Mir ist mittlerweile klar, dass der Erpresser nicht aufhören wird. Ich dachte erst ... Ich habe auf sein Ehrenwort vertraut«, stößt sie verbittert aus, »als wäre so ein Schwein ehrenhaft.«

»Mia cara, wir schaffen das«, tröstet Enzo sie und schaut mich fragend an.

»Lass noch mal sehen.« Ich greife mir beide Blätter und lese sie ein zweites Mal aufmerksam durch. Ich bin nicht mehr so überrumpelt und kann den Inhalt jetzt gezielter aufnehmen. Ich versuche, das Gelesene zu sortieren. »Das hat also dein Vater geschrieben. Ist es seine Schrift? Erkennst du sie zweifelsfrei?«

»Leider ja«, flüstert Paola.

»Das heißt also ...«

»Ich weiß es doch auch nicht! Meine Mutter ist früh gestorben und wollte dieses Geheimnis anscheinend nicht mit ins Grab nehmen.«

»Ein bisschen feige, oder? Sich im Leben den Tatsachen nicht zu stellen und, kurz bevor man abtritt, die anderen mit den eigenen Lebenslügen stehen zu lassen. Entschuldige, Paola, ich will deine Mutter nicht beleidigen, aber ich finde es unfair, dass sie deinen Vater damit konfrontiert hat, obwohl sie genau gewusst haben muss, wie sehr ihn das verletzt. Warum hat sie nicht früher mit ihm geredet? Oder gar nicht?« Etwas verlegen fahre ich mir durch die Haare. Ich habe mich richtig in Rage geredet, ohne nachzudenken einfach dem ersten Gefühl nachgegeben.

Aber Paola ist nicht wütend deswegen. Im Gegenteil, sie nickt. »Das habe ich mir auch gedacht. Die ganze Zeit schon überlege ich, warum sie uns das angetan hat. Jetzt verstehe ich wenigstens die extreme Verbitterung meines Vaters, als mamma gestorben ist. Wir haben alle gedacht, er sei traurig und wütend über die Ungerechtigkeit, weil seine geliebte Elisabetta ihn so früh verlassen hat, aber jetzt weiß ich es besser.«

»Paola, meine Liebe, du musst aber zugeben, dass er dich nie benachteiligt hat«, wirft Enzo dazwischen.

»Das stimmt. Wenn man von dem Testament absieht.« Eine Träne löst sich aus ihrem Augenwinkel. Sie seufzt. »Er war allgemein zornig. Es wurde besser mit der Zeit und wir waren froh darüber. Es war in unseren Augen seine Art, mit der Trauer umzugehen.«

Ich starre immer wieder auf das Blatt Papier. »Dein Vater hat also ein Testament verfasst. Handschriftlich. Mit Datum. Das war kurz nach dem Tod deiner Mutter. Vor über 20 Jahren. Als dein Vater dann viele Jahre später ebenfalls gestorben ist, ist dieses Testament aber nirgendwo aufgetaucht, oder?«

Mit den Zeigefingern massiert Paola sich die Schläfen. »Nein, es gab gar kein Testament. Mein Vater starb vor zwölf Jahren. Da war ich 26. Mein Bruder ist zehn Jahre älter als ich. Vater hat schon ein paar Jahre vor seinem Tod mit meinem Bruder und mir über das Erbe gesprochen, aber es war nur eine mündliche Absprache. Dass wir uns untereinander einigen sollen, wer das Weingut bekommt und wer die Ölmühle. Ich war damals 23, meine Mutter war seit fünf Jahren tot. Papa hat gemeint, dass wir nach und nach die Geschäfte des Buccelli'schen Besitzes übernehmen sollten, solange er noch da ist und uns helfen kann. Alles lief friedlich und einvernehmlich ab.«

»Wie alt war dein Vater, als er euch die Leitung übergab?«, frage ich nach, um den Überblick nicht zu verlieren.

»Papa war damals knapp 60, aber er hatte Herzprobleme und sein Arzt hat ihm dringend geraten, kürzerzutreten.«

»Okay. Und du hast dich für das Weingut entschieden und dein Bruder sich für die Ölmühle?«

Paola nickt. »Mein Bruder hatte damals bereits politische Ambitionen. Ihm war es egal, was er bekommt. Ich war gerade mit dem Studium fertig. Und so war es abgemacht.«

»Aber dein Vater hat es nicht schriftlich fixiert? Ich meine, beim Notar?«

»Nein, leider nicht. Aber es gab bei uns keine Unstimmigkeiten. Vater hat zwar erwähnt, dass er alles regeln würde, aber das hat er dann offensichtlich nicht. Drei Jahre später war er tot. Vielleicht wollte er sich einfach eine Option offenhalten, für den Fall, dass ich das Gut nicht so weiterführe, wie er es sich vorstellt. Er hatte ja offensichtlich allen Grund dazu«, schließt sie verbittert.

»Nein, cara, hatte er nicht!«, mischt Enzo sich wieder ein. »Ich gebe zu, das, was wir gerade erfahren haben, muss hart für ihn gewesen sein, aber er hat dich geliebt, da bin ich mir sicher.«

Ich räuspere mich. »Und jetzt ist dieses Dokument aufgetaucht, offensichtlich von deinem Vater geschrieben.«

»Ja, und das zerstört alles.«

»Euer Vater hat euch also das Erbe vorzeitig übergeben, nachdem er Jahre vorher dieses Testament geschrieben hat.«

»Ja, damals war er wütend, aber später hat er anscheinend seine Meinung wieder geändert. Weißt du, Doro, Ugo, mein Bruder, stammt aus Vaters erster Ehe. Seine Mutter kam bei einem Autounfall ums Leben. Für meinen Vater war es hart, denn ich glaube, es war eine sehr gute Ehe. Aber dann hat er Elisabetta, meine Mutter, kennengelernt. Sie haben sich geliebt, das weiß ich. Mamma ist leider sehr früh gestorben. An Krebs. Da war ich 18. Für meinen Vater war das ein weiterer herber Schlag. Die zweite Frau so früh verloren ... Wir wussten ja nichts von mammas Geständnis und haben papàs plötzliche Verschlossenheit, seine abweisende Art auf den Verlust geschoben. In Wirklichkeit war ich auf einmal nicht mehr seine Tochter, und wie es laut diesem Testament aussieht, sollte Ugo, sein Sohn, den Familienbesitz erben. Ist ja auch irgendwie korrekt. Das Anwesen kommt aus papàs Familie und mit der habe ich nichts zu tun.«

Enzo streicht ihr zärtlich die Tränen von den Wangen.

»Paola, wir wissen doch gar nicht, ob so ein alter Zettel überhaupt noch Gültigkeit hat. Das ist schon ewig her und vielleicht längst verjährt«, wendet er ein. Er schaut bedrückt aus. Logisch, denn das, was da drinsteht, betrifft ihn im Grunde genauso wie Paola.

»Ich fasse zusammen: Deine Mutter hat deinem Vater auf ihrem Sterbebett gestanden, dass du, Paola, nicht seine leibliche Tochter bist. Dann ist sie gestorben und dein Vater hat in seiner Enttäuschung über diesen Betrug das Testament verfasst, das jetzt hier vor uns liegt. Richtig?«

Paola nickt.

»Aber warum ist das Testament nach seinem Tod nicht beim Notar aufgetaucht? Hat er es nicht hinterlegt? Ich meine, wie wurde die Aufteilung zwischen euch Geschwistern denn geregelt? So was läuft doch nicht per Handschlag. Da muss es doch Eintragungen im Grundbuch und diverse schriftliche Anweisungen gegeben haben. Das wird nicht viel anders sein als bei uns in Deutschland. Allein schon der steuerliche Aspekt … Das italienische Finanzamt wird ebenfalls seine Tentakel ausstrecken, und dafür braucht es klare Besitzzuordnungen, oder?«

Die nächsten Sekunden herrscht Stille in der Küche. Die beiden starren mich an. Dann fasst Enzo sich. »Jetzt weiß ich, warum meine Cousine gesagt hat, dass du ein gutes Gespür für Unstimmigkeiten hast. Sì, certo, mein Schwiegervater hat alles festgelegt. Allerdings nicht beim Notar.«

»Mein Vater hat meinem Bruder und mir vertraut, dass wir uns an seine Anweisungen und Wünsche halten und außerdem haben wir ja alles einvernehmlich zusammen besprochen. Da gab es nie irgendwelche Probleme. Nach Papas Tod haben wir die Angelegenheiten beim Notar offiziell geregelt und das war es dann«, erklärt Paola.

»Wo liegt denn dann das Problem? Das kapier ich jetzt ehrlich gesagt nicht«, frage ich nach.

Paola seufzt. »Ich weiß nicht, inwieweit so ein Testament nicht doch Gültigkeit hat.«

»Aber ihr seid euch doch einig gewesen mit der Aufteilung, oder?«

»Ja, aber die Situation hat sich inzwischen geändert. Fabrizio, der Sohn meines Bruders, ist leidenschaftlicher Winzer, und laut diesem Testament wollte Vater den gesamten Besitz meinem Bruder zukommen lassen.«

»Willst du damit andeuten, dass dein Bruder auf diesem Testament bestehen könnte? Dass er deinen Anspruch auf das Weingut Buccelli anfechten könnte?«

»Ich weiß gar nichts mehr.« Paola vergräbt ihr Gesicht in den Händen. »Ich weiß nicht einmal, ob ich selber für mich ein Recht darauf sehe.«

Enzo schweigt. Klar, er muss sich erst an den Gedanken und die möglichen Konsequenzen dessen gewöhnen, was er gerade erfahren hat. Seine Frau ist keine Buccelli. Zumindest nicht in direkter Verwandtschaft. Der Besitz stammt aus der Linie von Paolas Vater. Der eben genetisch nicht ihr Vater ist.

»Okay, das Testament ist die eine Sache, wichtig oder auch existenziell, aber ich finde, wir sollten uns vorrangig um die Erpressung kümmern. Hast du eine Ahnung, wer dahintersteckt? Und warum ausgerechnet jetzt? Und wie kommt der- oder diejenige überhaupt zu diesem Schriftstück?«, stelle ich gleich mehrere Fragen auf einmal.

»Das habe ich mich alles schon tausendmal gefragt.«

Das glaube ich ihr. Logisch, dass sie nicht mal eben so ihr Erspartes an einen miesen Erpresser abdrückt. »Und? Ist dir dazu etwas eingefallen? Hast du einen Verdacht?«

Paola schüttelt den Kopf, Enzo sitzt mehr oder weniger wortlos am Tisch, streichelt Paolas Hände und kämpft offensichtlich mit ihrem Geständnis und den Folgen, die für seine Familie damit einhergehen könnten.

Hast du mal daran gedacht, zur Polizei zu gehen?«, frage ich.

Paola schaut mich entsetzt an. »No, per carità! Ich habe niemandem davon erzählt! Erst euch beiden heute. Ich dachte, ich würde es allein schaffen und keiner würde je erfahren, dass ich nicht die leibliche Tochter von Giovanni bin. Das Weingut ist mein Leben! *Unser* Leben genauer gesagt. Enzo und ich haben es in den letzten Jahren gemeinsam bewirtschaftet, es steht besser da denn je. Allerdings habe ich befürchtet, dass Enzo in seiner Rechtschaffenheit sofort alle Karten auf den Tisch legen und sich dem Urteil des Gerichts überantworten würde. Und dazu bin ich nicht bereit. Nur ...« Paolas Stimme versiegt.

»Nur siehst du jetzt keinen Ausweg mehr, stimmt's?«, führe ich ihren Satz zu Ende.

Sie nickt. »Mir war vollkommen klar, dass Enzo etwas unternehmen würde. Ihm bleibt ja gar nichts anderes übrig. Ich konnte einfach nicht mit ihm darüber reden, obwohl ich es so gerne getan hätte. Ich konnte nicht. In den letzten Wochen wurde er immer ruhiger, dann hat er gar nichts mehr zu dem Thema gesagt. Da wusste ich, dass ein kritischer Punkt erreicht ist.« Sie lächelt ihren Mann traurig an.

»Du hättest trotzdem mit mir reden müssen.« Eine ganze Gefühlspalette spiegelt sich auf seinem Gesicht. Wut, Trauer, Enttäuschung, aber auch Hoffnung und vor allem Liebe.

»Tut mir leid, Enzo, ich weiß, dass du gedacht hast, ein anderer Mann sei im Spiel, aber ich konnte keinen klaren Gedanken mehr fassen. Ich war nur noch in Panik! In meinem Kopf hat sich die immer gleiche Spirale gedreht: Wo kriege ich das Geld her, was wird aus meiner Familie, mein Vater ist nicht mein Vater ... Enzo, ich bin so verzweifelt!« Sie schaut ihren Mann flehend an.

»Weißt du, Paola, es ist eine schlimme Sache für unsere Familie, aber das Wichtigste für mich ist, dass du mich noch liebst. Egal, wie die Sache mit der Erpressung ausgeht, wir beide und die Kinder – wir schaffen das gemeinsam. Wenn unsere Familie kaputtgegangen wäre ... das wäre schlimmer gewesen als jedes finanzielle Desaster.« Er beendet die Ansprache mit einem abyssischen Seufzer. Der kam auf jeden Fall aus tiefstem Herzen.

Die Blicke der beiden versinken ineinander, mich haben sie für den Moment ausgeblendet. Obwohl ich erst ein paar Tage hier bin und Paola mich bis jetzt nicht gerade herzlich behandelt hat, freue ich mich für die beiden, dass sie den ersten Schritt getan haben und wieder miteinander reden.

Ich bewundere Enzo, er verhält sich geradezu vorbildlich, wie ich finde. Ich an seiner Stelle wäre in meiner Wut auf jeden Fall lauter geworden. Vielleicht auch ausfallend. Obwohl, wenn sich der Verdacht, Vinc hätte sich in eine andere Frau verliebt, in Rauch auflösen würde, wäre ich wahrscheinlich auch einfach nur glücklich.

Während Paola und Enzo sich nonverbale Versprechen geben, schwelge ich in der Vorstellung, wie so eine große Versöhnung zwischen Vinc und mir ablaufen würde.

»Was sollen wir denn jetzt machen?«, reißt Enzo mich aus meinen romantischen Gedanken und beide schauen mich abwartend an.

Na toll. Ich dachte, mein Auftrag hier sei mit der Aussprache der beiden beendet?

»Da Enzos Cousine Valeria offensichtlich viel von dir hält, kannst du deine Energie jetzt gerne von der Überwachung meiner Person auf die Lösung der tatsächlichen Probleme lenken«, erklärt Paola prompt.

Bang! Die Bemerkung trifft ins Schwarze. Ich bin knallrot, ich sehe mich zwar nicht, aber ich spüre überdeutlich, dass mein Gesicht in Flammen steht. Und wenn ich so aussehe wie Enzo gerade, dann befinden sich jetzt zwei vollreife Tomaten im Raum. Auf Enzos Stirn bildet sich ein leichter Schweißfilm.

»Ich bin ja nicht dumm«, fügt Paola ruhig an.

»Äh ... also, ich bin froh, dass das endlich geklärt ist, Paola. Ich könnte gut nachvollziehen, wenn du mich jetzt rausschmeißt«, stammle ich verlegen und hoffe auf Enzos Unterstützung. Da kommt aber nix.

»Ach, Doro, ich verstehe meinen Mann ja. Was hätte er denn denken sollen? Und ich bin froh, dass du endlich Bescheid weißt, Enzo. Du hast recht, das Wichtigste ist unsere Familie.« Sie lächelt. »Aber gleich danach kommt das Weingut.«

Enzo nimmt Paolas Hand in seine. »Meine Frau«, sagt er stolz.

»Deine Frau, ja, mein Lieber, deine Frau hat unser gesamtes Bargeld einem Erpresser in den Rachen geworfen.« Paola lacht bitter über sich selbst.

»Und jetzt?« Enzo ist immer noch völlig überfordert. Hin- und hergerissen zwischen Verzweiflung und Glück.

Ich erhole mich schneller als die beiden und meine grauen Zellen umkreisen die Situation bereits von allen Seiten. »Die zentrale Gefahr geht von der Erpressung aus. Da müssen wir ansetzen. Natürlich ist das Testament wiederum der zentrale Punkt der Erpressung. Wenn wir den Erpresser – der Einfachheit halber spreche ich von einem Mann, aber klar, kann auch eine Frau sein oder mehrere Personen – also, wenn wir den Erpresser stoppen können, löst sich auch das Problem mit dem Testament. Wir sollten alle Fakten sammeln. Alle Briefe, alle Treffen oder besser gesagt alle Übergaben. Du musst uns alles ganz genau beschreiben. Hast du jemals eine Person bei der Übergabe gesehen, die sich auffällig benommen hat? Was hast du für Anweisungen am Telefon erhalten?« Ich lehne mich zurück und lasse Paola Zeit zu überlegen.

Sie seufzt. »Es waren vier Übergaben. Glaub mir, ich habe mir schon unzählige Male den Kopf zerbrochen, wer mir das antun könnte. Und ich weiß es einfach nicht. Um auf deine Frage zu antworten: Nein, ich habe nie jemanden bemerkt. Ich habe nur die erste Forderung schriftlich bekommen, alle weiteren Kontakte liefen übers Telefon. Und ich glaube, dass es eine Männerstimme war. Wenn auch verzerrt ...«

»Warte kurz.« Ich suche in meinem Smartphone nach dem Bild von diesem Typen, der aus dem Hotel in Verona kam. »Kennst du den?«

»Nein. Keine Ahnung. Schwer zu sagen, wenn man ihn nur von hinten sieht ... Bekannt kommt er mir jedenfalls nicht vor.«

»Klar, war nur so 'ne Idee. Ist ein ziemlich schmieriger Typ, der wäre dir sicher aufgefallen. Hässliche Brille, ungepflegter Bart und die Kleidung von vorne genauso schmuddelig wie von hinten.«

Paola hebt bedauernd die Schultern.

»Ich nehme nicht an, dass du eines dieser Gespräche aufgezeichnet hast?«, frage ich, um nichts auszulassen.

»Du bist gut, Doro, wie hätte ich das denn machen sollen?«

»Da fragst du die Falsche, ich kenne mich mit so was auch nicht aus. War nur so ein Gedanke. Du hast also den Anruf bekommen und dann?«

»Mir wurde die Summe genannt, die Zeit und der Ort. Die Übergabe fand immer zwei Tage nach dem Anruf statt. Immer in Verona, aber nie am selben Ort.«

»Hat der Anrufer sonst irgendwas gesagt? Vielleicht eine Beschimpfung oder eine Anschuldigung oder etwas Persönliches?«

»Worauf willst du hinaus, Doro?«

»Doro meint, ob es einen Hinweis auf das Motiv für die Erpressung gegeben hat«, mischt Enzo sich ein.

Paola schüttelt den Kopf. »Nein, nichts dergleichen. Immer wenn ich mit ihm reden wollte, sagte er ›keine Diskussion‹ und hat aufgelegt.«

»Enzo, hast du etwas zum Schreiben? Ich möchte mir Notizen machen.«

»Sì, certo.« Er steht auf und holt einen Block und einen alten Zinnbecher voller Stifte von der Ablage, auf der auch die Festnetzstation steht.

»Machen wir eine Liste der Übergabeorte. Du sagst, es war immer in Verona, aber immer an einem anderen Ort. Habt ihr zufällig einen Stadtplan von Verona? Dann könnten wir die Plätze markieren. Zur Übersicht. Kann vielleicht helfen, ein bestimmtes Muster zu erkennen.«

Enzo springt auf. »Ja, drüben im Gästehaus haben wir welche ausliegen. Für die Gäste zum Mitnehmen. Soll ich einen holen?«

»Nicht jetzt. Das können wir später machen. Schreiben wir die Punkte einfach erst mal auf. Am besten nennst du sie uns chronologisch. Auch die Uhrzeit. Okay?«

Paola nickt. »Die erste Übergabe war am 9. August. Das war ein Montag.«

»Da ging es um 10.000 Euro, richtig?«, frage ich nach und schreibe mit. »Und wo genau?«

Paola scrollt auf ihrem Handy. »Das erste Mal wurde ich Anfang August angerufen. Das war am Samstag, den 7. August, das weiß ich noch genau. Ich solle in meinem Auto nachsehen, da läge etwas sehr Wichtiges für mich persönlich. Ich solle es unbedingt selber und alleine holen und auch lesen. Dann wurde aufgelegt. Fast hätte ich Enzo gerufen, aber der war gerade mit Fabrizio zu den Weintanks gegangen, um die Werte zu kontrollieren und den Zeitpunkt für den Rosé festzulegen. Ja, und deshalb bin ich alleine zum Auto rausgelaufen. Das Fenster steht immer einen Spaltbreit offen, außer es ist starker Regen oder ein Gewitter angesagt. Auf dem Beifahrersitz lag ein brauner Umschlag. Da waren das kopierte Testament und der kleine Zettel mit der Anweisung drin. Und ich habe entschieden, Enzo nichts davon zu sagen. Das war ein Fehler, wie ich heute weiß.«

Ich nehme den Zettel noch mal in die Hand. *Wenn Sie wollen, dass dieses kleine Geheimnis unter uns bleibt, dann zahlen Sie 10.000 € in bar und kleinen Scheinen. Übergabe Montag, 09.08., 12 Uhr mittags in Verona. Keine Polizei, keine Begleitung. Das Originaltestament ist sicher verwahrt, Geld gegen Original, bei nicht erfolgter Geldübergabe wird es an die Familie und an die Presse weitergeleitet. Weitere Anweisungen vor Ort.*

»Das zweite Mal ist es genauso abgelaufen. Nur dass es keinen Zettel mehr gab, sondern die Anweisung direkt übers Telefon übermittelt wurde. Dieses Mal sollte ich 15.000 Euro mitbringen. Zehn-, Zwanzig-, und Fünfzigeuroscheine. Keine Erklärung, warum, nur die Summe und der Übergabeort. Ich hatte wieder zwei Tage Zeit, das Geld zu beschaffen, und sollte in Verona auf weitere Anweisungen warten.«

»Der Erpresser will dir anscheinend nicht zu viel Zeit zum Überlegen lassen«, überlege ich.

»Aber er weiß auch, dass so viel Geld nicht daheim unterm Kopfkissen liegt«, wirft Enzo ein.

»Und wo war das erste Treffen?«, frage ich jetzt, weil wir ja ein Muster erstellen wollen.

»Sì, scusami, das war an der Ponte Garibaldi. Dort musste ich auf den Anruf warten. Das Geld musste ich gleich in der Nähe, im Beichtstuhl in der Kirche San Giorgio in Braida, ablegen und dann sofort wieder verschwinden. Ich weiß nicht, ob er in der Priesterkabine des Beichtstuhls saß oder mich von woanders aus beobachtet hat. Ich habe dann ein Stück entfernt gewartet und den Eingang im Auge behalten, aber da ging keiner rein und es kam auch keiner raus.«

Okay, Ponte Garibaldi und San Giorgio in Braida.

»Entschuldige, Enzo, jetzt wäre der Plan doch hilfreich. Ich kenne mich nicht so gut in Verona aus und dann hätte ich ein Bild vor Augen.«

»Nessun problema«, sagt Enzo und läuft los. Ich glaube, er ist froh, etwas tun zu können.

Als er zurück ist, male ich das erste kleine schwarze Kreuz auf den Plan. Drei weitere folgen. Einmal, am 30. August, an der Ponte Nuovo, wo Paola das Geld wieder in einer kleinen Kirche im Beichtstuhl ablegen sollte, am 22. September an der Ponte Aleardi, wo sie den Stoffbeutel mit dem Geld in einen offenen Kellerabgang werfen sollte, und am 19. Oktober an der Ponte Pietra. Die beiden letzten Male je 20.000 Euro.

»Bei der letzten Übergabe gestern war ich ja quasi dabei. Mi dispiace, Paola ...« Ich schaue zerknirscht.

»Schluss damit, Doro, keine Entschuldigungen und keine Vorwürfe mehr. Dazu ist alles gesagt. Wir sollten uns auf das Wesentliche konzentrieren, außerdem kommen die Kinder bald aus der Schule und ich möchte nicht, dass sie etwas mitbekommen.«

»D'accordo, Paola, du hast recht«, sage ich und bin echt froh, dass sie nicht nachtragend ist, sondern sich den Tatsachen stellt und sich wehren will. Ganz offensichtlich ist sie erleichtert, endlich Unterstützung zu haben.

»Also, gestern war das hier«, ich tippe mit dem Finger auf die Ponte Pietra und das Hotel an der Lungadige Sanmicheli, Höhe Porta Vittoria. »Wie war das genau? Du bist reingegangen und dann? Ich war übrigens auch kurz drinnen, nur im Foyer, habe aber niemanden angetroffen. Ich hätte auch nicht gewusst, was ich sagen soll, und wenn du mich erwischt hättest ...«

»Da hast du in der Tat Glück gehabt.« Der Anflug eines Lächelns blitzt auf Paolas Gesicht auf, sie wird aber sofort wieder ernst. »Allora, gestern war es so: Ich habe am Montag in der Früh wieder so einen gefürchteten Anruf bekommen. Der Mann sagte, dass ich nach Verona kommen solle, wie immer, dieses Mal zur Ponte Pietra. Dort würde ich weitere Anweisungen erhalten. Als ich auf der Brücke war, hieß es dann, ich solle in dieses Hotel gehen und das Geld in einem Stoffbeutel von unserem supermercato im zweiten Stock hinter einer großen Bodenvase abstellen.«

»Das hast du gemacht? Und dann bist du gegangen? Ehrlich, Paola, ich verstehe es nicht. Warum hast du nicht die Polizei gerufen? Oder zumindest Enzo eingeweiht? Dann hätte einer draußen warten oder sich im Hintergrund halten können, und wenn der Erpresser aufgetaucht wäre, dann hättet ihr gewusst, wer es ist.«

Enzo nickt. »Doro hat recht. Außerdem war es auch ganz schön leichtsinnig, sich alleine auf so eine Sache einzulassen, der Typ ist bestimmt gefährlich.«

»Was meint ihr, wie oft ich mit mir gerungen habe, aber am Ende stand immer die Angst, meinen Namen, meinen Ruf, meine Familie und das Weingut zu verlieren. Das konnte ich nicht riskieren! Ihr versteht das nicht, es ist nicht nur das Weingut, es ist mein gesamtes Leben. Ich gehöre auf einmal nicht mehr zu den Buccellis. Das tut so weh ... Ich glaube, ich habe mich immer am meisten von allen über den Namen Buccelli definiert. Das bin ich!«

»Doch, ich glaube, ich versteh das. Zum Teil zumindest. Trotzdem kann es nicht so weitergehen. Wir müssen uns überlegen, wie wir das nächste Mal vorgehen.« Ganz automatisch sage ich »wir«, denn dass ich jetzt keinen Rückzieher mehr mache, ist selbstredend.

»Vielleicht gibt es kein nächstes Mal. Ich habe gesagt, dass ich absolut kein Bargeld mehr habe. Er hat sich nicht dazu geäußert.«

»Und du hast das Original-Testament noch nicht erhalten, nehme ich mal an? Ich sag's nicht gerne, aber ich befürchte, das ist kein gutes Zeichen. Wir brauchen unbedingt einen Plan.«

Paola und Enzo nicken mit betrübter Miene.

Ich sehe schon, dass ich die Regie übernehmen muss. Vorerst zumindest. »Wie auch immer, seht euch die Treffpunkte an. Fällt euch was auf?«

Die zwei starren die schwarzen Kreuze auf dem Plan an, sind aber gar nicht richtig bei der Sache. Sie wirken so völlig ratlos und ohne jede Energie. Dafür fühle ich langsam meine kriminalistische Ader pochen. Das hier ist übel, aber auf eine ganz andere Art als meine Spioniererei. Der Typ fordert mich heraus. Auf diese Art erpresst zu werden, schreit nach Rache. Oder zumindest nach Enttarnung und Übergabe an die Polizei. Falls Paola sich zu diesem Schritt durchringen kann. Aber dazu müssen wir den Täter erst erwischen. Hm ... Der Stadtplan liegt vor mir auf dem Tisch. Ich gehe einen Punkt nach dem anderen durch. Natürlich kenne ich die Orte nicht alle, ich habe nur den Platz von gestern im Kopf. Die Ponte Pietra, die Etsch oder Adige, wie der Fluss hier heißt, und das heruntergekommene Hotel.

»Ich will mir unbedingt auch die anderen Übergabestellen mal ansehen. Das mache ich aber lieber allein. Nicht, dass der Typ noch Verdacht schöpft ... Was mir auffällt: Alle Treffpunkte liegen in der Nähe des Flusses und angerufen worden bist du immer auf einer Brücke. Ich hab zwar keine Ahnung, was das zu bedeuten hat, aber es ist eindeutig ein Muster.« Jetzt bin ich ein bisschen aufgeregt.

»Ja, schon, aber was nützt uns das?«, wendet Enzo ein.

»Vielleicht liefert es uns einen wichtigen Hinweis«, überlege ich laut. »Allerdings habe ich selber noch keinen blassen Schimmer, welcher das sein könnte.« Frustriert reibe ich mir über die Stirn. »Gut, vielleicht weil die Fluchtwege durch die nahe Brücke vielseitiger sind. Oder weil er dich da gut beobachten kann ... checken, ob du alleine bist.«

Enzo haut mit der Faust auf den Tisch. »Doro, das ist gut! Da könntest du recht haben.«

»Ja, möglicherweise, nur leider bringt uns das aktuell nicht weiter. Aber egal, legen wir das erst mal auf die Seite. Wem dazu etwas einfällt, bitte unbedingt sofort sagen, damit wir ein möglichst vollständiges Bild bekommen. Zum Beispiel auch für den Fall, dass du doch noch zur Polizei gehen willst.«

»Auf gar keinen Fall! Doro, du musst versprechen, nichts ohne meine Zusage zu unternehmen«, fordert Paola so ernst, dass ich lieber nicht widerspreche.

»In Ordnung, Paola, war ja nur ein ›falls‹«, beruhige ich sie. »Und jetzt zum nächsten Punkt: das Testament. Ich hab dazu schon ein paar Ideen. Erst einmal sollten wir seine Echtheit unter die Lupe nehmen. Du erkennst die Schrift, sagst du. Zweifelsfrei. Trotzdem, man könnte sie imitieren. Wenn es jemand darauf anlegt, genügend übt oder ein Profi ist ... Vielleicht steckt sogar eine organisierte Bande dahinter, es geht um eine Menge Geld und Erpressung ist keine Lappalie. Ich finde, es muss jeder Zweifel ausgeräumt sein.« Abwartend schaue ich die beiden an.

»Gute Idee«, Enzo nickt und tippt auf seinem Smartphone herum.

»Du glaubst also, das Testament ist eine Fälschung? Und ich habe völlig umsonst gezahlt?«, fragt Paola entsetzt.

»Nein, so habe ich das nicht gemeint. Ich denke nur, dass wir alle Möglichkeiten genau untersuchen und dann im Ausschlussverfahren von der Liste streichen sollten. Für uns ist es zwar viel Geld, aber ich hab echt keine Ahnung, ob sich Profis mit so einem ›Minihonorar‹ überhaupt abgeben würden. Andererseits summieren sich viele kleine Beträge, ich sage nur ›Enkeltrick‹, den gibt's bei euch in Italien bestimmt auch in der einen oder anderen Form.«

Enzo tippt auf seinem Handy herum, schaut jetzt kurz hoch. »Ich weiß, wovon du sprichst, bei uns gibt es alle möglichen Betrügereien, im Internet, an der Haustür, auf der Straße. Wie überall auf der Welt. Und jetzt sind eben *wir* dran. Erpressung.«

Paola knetet ihre Hände. »Ich halte das bald nicht mehr aus«, flüstert sie. »Enzo, wem schreibst du denn jetzt auf deinem Handy? Wir brauchen dich hier«, ermahnt sie ihren Mann.

»Un momento, per favore«, murmelt er und liest etwas auf dem Display. »Allora«, sagt er dann und legt das Handy weg. »Ich habe mal geschaut, ob ich auf die Schnelle etwas über Schriftvergleiche im Netz finde. Da gibt es einiges. Das lese ich nachher in Ruhe durch und informiere euch, d'accordo?«

Mein Handy bimmelt. Vinc. Ich drücke ihn weg. »Ja, tu das«, bestärke ich Enzo in seiner Recherche und entwerfe einen Plan.

»Ich schlage vor, wir denken jetzt alle in Ruhe über die Situation nach, jeder für sich, meine ich, und dann sprechen wir weiter. Hausaufgabe für jeden: Einen Ansatzpunkt nennen, wie man welche Spur nachverfolgen könnte. Enzo, du kümmerst dich um die Sache mit dem Schriftvergleich, okay? Wo man so etwas machen lassen kann, inoffiziell. Paola, mach du dir doch Gedanken, wie und wo man etwas über die Identität deines Vaters erfahren könnte. Zum Beispiel könntest du deinen Bruder fragen, der war ja schon neun oder zehn Jahre alt, als Giovanni wieder geheiratet hat, und hat vielleicht mitgekriegt, wenn da ein Konkurrent im Spiel war. Oder warte, wir sollten deinen Bruder vorerst nicht miteinbeziehen, denn wenn man rein vom Motiv ausgeht, dann hätte er den größten Gewinn, wenn dieses Testament gültig wäre. Dein Bruder und sein Sohn Fabrizio wären die beiden Personen, die theoretisch am meisten davon profitieren würden, wenn dir das Erbe aberkannt werden würde.« Jetzt mache ich eine Pause, warte gespannt, wie meine Vorschläge aufgenommen werden.

Paola richtet sich kerzengerade in ihrem Stuhl auf. »Ugo würde so was nie machen. Niemals! Und Fabrizio auch nicht. Der baut sich mal was Eigenes auf, er würde sich nicht einfach unser Weingut unter den Nagel reißen und uns auf die Straße setzen. Das hat er gar nicht nötig. Seine Familie ist reich. Und zwar richtig. Und außerdem weiß Ugo gar nichts von dem Testament und so soll es vorerst auch bleiben. Ob und wann ich ihm davon erzählen werde, hängt davon ab, wie die Geschichte hier ausgeht.« Paola sagt das im Brustton tiefster Überzeugung.

»Kann ich mir auch nicht vorstellen«, unterstützt Enzo seine Frau. »Aber Doro hat recht. Ugo ist älter als du. Als du auf die Welt gekommen bist, war er schon zehn Jahre alt. Er könnte also durchaus mitbekommen haben, wie sich sein Vater wieder verliebt hat – in deine Mutter. Und vielleicht hat er noch mehr mitbekommen, etwas, was bis heute an ihm nagt … Bevor wir diese Möglichkeit nicht definitiv ausschließen können, sollten wir nicht voreilig handeln. Schlafen wir eine Nacht drüber.«

»Ist sowieso erst mal alles hypothetisch«, beruhige ich die beiden, aber ein Punkt treibt mich noch um. »Paola, wenn du so von der Integrität deines Bruders überzeugt bist, warum bist du dann auf die Erpressung eingegangen? Du hättest mit ihm reden können.«

»Nein, da geht es um mehr. Ich bin keine Buccelli, das ändert alles. Und dieses Grundstück steht einfach zurzeit zwischen uns«, seufzt Paola. »Er würde mich nie erpressen, aber wenn ihm das Gut rechtmäßig zusteht, dann ... Und was gesagt ist, ist gesagt und kann nicht mehr zurückgenommen werden. Reden wir morgen weiter.«

Enzo streichelt ihre Hand. »Mia cara, wir kriegen alles wieder auf die Reihe, mach dir keine Sorgen. Und Doro, denk daran, du musst möglichst im Hintergrund bleiben, keiner soll auf die Idee kommen, dass du hier eine andere Funktion hast als die einer Jungunternehmerin im Praktikum. Erinnere auch deinen Freund noch einmal daran, und bleiben wir dabei, dass ihr beide euch offiziell nicht kennt. Zwei unabhängige Beobachter sind ein Vorteil, den wir nicht verschenken sollten. D'accordo?«

»Kein Problem, Enzo, das war ja so geplant. Wenn der Erpresser womöglich doch hier auf dem Hof ein und aus geht, dann ist das die ideale Möglichkeit, ihm auf die Schliche zu kommen. Ich rufe Vinc nachher sowieso an, dann bespreche ich das mit ihm.«

Wir sind uns einig.

Ich verziehe mich auf mein Zimmer, hocke mich im Schneidersitz aufs Bett und tippe Vinc' Nummer. Hoffentlich hat er Zeit, um meine verwirrten Fäden in eine gewisse Ordnung zu bringen.

Er *hat* Zeit, sagt er und ich versuche, ihm die Verwicklungen möglichst geordnet darzulegen und unsere Rollen in diesem Szenario zu definieren.

»Irgendwie hab ich es geahnt«, ist sein erster Kommentar.

Den ich so nicht stehen lassen kann. »Also, dass Paola erpresst wird, dafür kann ich nun wirklich nichts.«

»Nein, natürlich nicht.« In seiner Stimme schwingt unüberhörbar ein wenig Spott mit. »Aber es war ja so was von klar, dass es kompliziert wird, wenn du deine Finger im Spiel hast.«

Ich hole tief Luft, doch bevor ich mich weiter über diese Unterstellung beschweren kann, fährt Vinc fort: »Doro, Schatz, im Grunde war schon die ganze Idee mit deiner Herumspioniererei eine Zumutung, aber dass du oder wir einen Erpresser enttarnen sollen, geht meiner Meinung nach zu weit.«

»Jetzt komm mir bloß nicht mit ›Ich hab's ja gleich gesagt‹ und so, hast du nämlich nicht. Und außerdem will ich Paola und Enzo helfen. So eine Erpressung ist einfach mies und der oder die Täter sollen nicht ungeschoren und noch dazu mit einem Haufen Geld davonkommen!«

»Das will ich auch nicht, aber das ist ein Fall für die Polizei, nicht für uns. Immerhin haben wir es mit jemandem zu tun, der vor Erpressung nicht zurückschreckt, und wir haben keine Ahnung, wie weit seine kriminelle Energie sonst noch geht.«

»Ich bin vorsichtig. Außerdem kennt mich hier niemand. Und du kommst ja auch bald. Wann denn eigentlich genau?«, lenke ich vom Thema ab.

»Sobald ich hier fertig bin«, verspricht Vinc, was mich auch nicht schlauer macht.

»Egal, ich freu mich auf jeden Fall, du weißt ja, Jacko beim Frühstück, da musst du mich retten!«

»Alles klar, Schatz, ich komme in alter Piratenmanier mit Messer und Säbel. Jetzt muss ich aber weitermachen, sonst wird das nichts mit Gardasee und Bardolino«, wird er wieder vernünftig.

Ich habe es mir mittlerweile auf dem Bett bequem gemacht und das Geplänkel mit Vinc sehr genossen. »Hast recht«, seufze ich jetzt. »Mach schnell und schwing dich in dein grünes Monster!« Womit ich Vinc' ganzen Stolz meine, nämlich seinen alten Opel Corsa B, Baujahr 1998, mint-metallic, Sonderedition.

»Der scharrt schon mit den Hufen«, beteuert er. »Also dann, Bussi und bis bald.«

»Bussi, Schatz«, ich schicke zum Abschluss ein paar dicke

Küsschen durch den Äther, dann lege ich das Handy weg und verschränke die Arme im Nacken.

Erpressung. Allmählich dämmert mir die volle Tragweite dessen, was hier passiert. Sicher, meine Anwesenheit hier in Bardolino auf dem Weingut der Buccellis oder, besser gesagt, der Grund dafür war von Anfang an eine Schnapsidee, zu der ich sofort Nein hätte sagen müssen. Aber ich hatte immer schon ein Problem damit, anderen eine Bitte abzuschlagen, noch dazu, wenn sie dringend Hilfe brauchen. *Erpressung ist ein Fall für die Polizei*, klingen Vinc' besorgte Worte in mir nach. Doch wenn ich ehrlich bin, schreckt mich das nicht ab. Ich habe mich auch von Mord nicht abschrecken lassen. Eigentlich fühle ich mich jetzt wesentlich besser. Ich muss nicht mehr hintenrum spionieren. Inkognito – ja natürlich. Doch mit einem klaren Auftrag: Einem üblen Erpresser das Handwerk zu legen. Natürlich verstehe ich Vinc' Besorgnis, Erpressung ist kein Kavaliersdelikt, und wer so etwas macht, ist vielleicht auch zu Schlimmerem fähig. Der Gedanke jagt mir einen Schauer über den Rücken. Ich werde vorsichtig sein, verspreche ich Vinc in Gedanken, aber es brennt mir unter den Nägeln, Enzo und Paola zu helfen.

Nachdenken macht hungrig – Schluss also mit Ausruhen, mich treibt es aus dem Zimmer. Draußen ist es schon dunkel, die Tage werden merklich kürzer. Ich zücke mein Handy: Keine Nachrichten, E-Mails oder Sonstiges, aber die Zeitanzeige sagt mir, dass es halb acht ist. Kein Wunder, dass ich Hunger habe. Ich werde mal ins Gästehaus rüberschauen.

Leises Stimmgemurmel, als ich an der Familienküche vorbeikomme. Draußen auf dem Hof ist keine Menschenseele zu sehen. Bitte kein Jacko, bete ich, da im Erdgeschoss des Gästehauses noch Licht brennt, aber Frieder hin oder her – ich muss etwas essen.

»Buona sera. Ganz alleine?«, begrüßt mich Carola, eine der Frauen der Monte-Baldo-Gruppe. Sie füllt in der Küche des

Gästehauses gerade Leitungswasser in eine Karaffe. »Du kannst dich gerne zu uns gesellen. Eine Jacke hast du ja dabei und im Flur liegen ein paar Decken, falls dir trotzdem kalt ist. Wir sitzen nämlich draußen, hinterm Haus. Der Chef hat uns erlaubt, den alten Holztisch mit den Bänken rüber zu den Olivenbäumen zu stellen. Er hatte sogar noch ein paar Fackeln für uns. Ein Glas Wein unterm Sternenhimmel – der perfekte Abend!«

»Wow, supergerne! Ich schau nur kurz, ob ich was Essbares finde«, stimme ich freudig zu und öffne den Kühlschrank.

Ich überblicke die mageren Vorräte. Die sind echt nur auf Frühstück eingestellt hier im Gästehaus. Das muss ich in Angriff nehmen. Pastasoße vorkochen, Kräutersalz herstellen, Tomaten, Zucchini, Hefe für Focaccia und ein paar Dinge mehr besorgen. Für heute werde ich Pasta ins Wasser werfen – Kräuter, Parmesan, Olivenöl, alles da, was ich für ein schnelles Nudelgericht brauche.

»Wenn du willst, kannst du bei uns mitessen«, setzt Carola jetzt der Einladung noch ein Krönchen auf. »Wir haben eingekauft, frisches Brot, Käse, Schinken, Salami, Oliven.«

Antipasti und Vino. Ich klatsche begeistert Beifall, hole ein Wasserglas und eines für den Wein aus dem Schrank und folge Carola. »Brauche ich Besteck und Teller?«, rufe ich ihr hinterher, während ich mir eine orangefarbene Decke aus dem bunten Stapel ziehe.

»Haben wir draußen«, antwortet Carola mir über die Schulter.

Es wird ein sehr lustiger und weinseliger Abend. Genau das, was ich brauche, um mich von dem ganzen anderen Mist abzulenken.

KAPITEL 6

UN OSPITE TANTO ATTESO – EIN HEISS ERSEHNTER GAST

Giovedì (Donnerstag) – Tag 4

Im Dämmerschlaf wälze ich mich und Paolas Familiensituation hin und her. Normalerweise würde ich jetzt aus dem Bett springen und mich mit Elan in den Tag stürzen. Aber heute zieht es mich nicht raus. Der Vino gestern Abend, die gruselige Vorstellung, Jacko beim Frühstück zu begegnen, und dann die Erpressung ...

Jetzt bin ich doch wach. Wie viel Uhr ist es eigentlich? Von draußen dringt diffuses Licht ins Zimmer, ich habe die Läden offen gelassen und auch den blickdichten Vorhang nicht zugezogen, die Sonne ist anscheinend grade so am Aufgehen. Ich greife zum Handy: halb sieben. Vielleicht sollte ich eine Runde joggen. Wäre auf jeden Fall ein guter Start in den Tag.

Ich schwinge die Beine über die Bettkante und luge aus dem Fenster. Der See scheint noch dunkel und fern, auf der Gardesana herrscht bereits reger Verkehr. Zum Wasser runter ist's zu weit. Lieber laufe ich entlang der schmalen, holprigen, geteerten Straße, vorbei an den Weinbergen, dem Olivenhain und an vereinzelten Höfen – bis ich loskomme, wird es eh schon hell sein. Das Einzige, was ich vorher noch brauche, ist ein Espresso. Aber auch wenn mein Verhältnis zu Paola jetzt geklärt ist, möchte ich nicht einfach ohne zu fragen in der Familienküche hantieren. Andererseits habe ich den Schlüssel fürs Gästehaus, da laufen mit Sicherheit schon die Vorbereitungen fürs Frühstück und die Kaffeemaschine ist bereits angeheizt.

Ich schlüpfe gerade in meine Sportklamotten, als es leise an der Tür klopft. Wer will denn jetzt schon was von mir? Enzo? Paola? Ist etwas passiert? Hastig springe ich zur Tür.

»Buon giorno, Schatz!« Breit grinsend wie ein Honigkuchenpferd steht Vinc im Flur, lässig die Hände in die Hosentaschen gesteckt.

»Vinc! Ich ... äh ... Wo kommst du denn her?«, frage ich nicht gerade geistreich.

»Aus München. Baviera, du weißt schon ...«

»Ja klar. Blöde Antwort auf eine noch blödere Frage«, sage ich lachend, ziehe ihn am Ärmel seiner braunen Lederjacke ins Zimmer und schlinge meine Arme um seinen Hals.

Ein paar Minuten Wiedersehensglückseligkeit, dann schiebt Vinc mich sanft ein Stückchen von sich weg. »Nachdem du gestern angerufen hast, habe ich Enzo kontaktiert. Ich hatte seine Nummer ja von dir und er hat für mich die Schlüssel fürs Haus in der Zeitungsrolle am Briefkasten des Wohnhauses deponiert, hat beschrieben, wo dein Zimmer liegt, und mir auch fürs Gästehaus und mein Zimmer dort die Schlüssel dazugelegt. War ja nicht genau abzusehen, wann ich ankomme. Ich habe ihn gebeten, dir nichts zu verraten, sollte eine Überraschung werden.«

»Die ist dir gelungen! Ich freu mich total. Aber du wolltest doch erst morgen los?«

»Ja mei«, Vinc smilt, »ich hab halt umdisponiert. Du hast da ein paar Andeutungen vom Stapel gelassen, die haben mich, sagen wir mal, aufgeschreckt. Natürlich ist die Idee, uns beide hier inkognito agieren zu lassen, auf den ersten Blick taktisch klug, aber so wie ich dich kenne, ist es ratsam, dabei ein Auge auf dich zu haben.«

Vinc sagt das milde lächelnd und ich bin einfach nur froh, dass er da ist.

»Nanu? Kein Widerspruch?«, fragt er überrascht.

Natürlich wollte er mich provozieren, weil er genau weiß, dass ich auf Bevormundung oder Bemuttern allergisch reagiere. Aber ich lasse mich nicht aus der Ruhe bringen. »Weißt du, Schatz, allein schon der erfreuliche Gedanke, dass Jacko Konkurrenz bekommt, ist es wert, deine zynischen Anspielungen hinzunehmen.« Ich werde ein bisschen sentimental. »Echt, Vinc, ich freu mich riesig, dass du da bist. Ist was ganz anderes, als dir alles nur am Telefon zu erzählen. Außerdem können wir zwar nicht zusammen losziehen, weil wir uns ja offiziell nicht kennen, aber es ist beruhigend, dich im Hintergrund zu wissen«, murmle ich in seine Halskuhle, in der mein Lieblingsduft am intensivsten ist. Vincextrakt.

»Wo wolltest du eigentlich gerade hin?«, fragt er und mustert mein Outfit.

»Ach, ich war früh wach und wollte eine Runde joggen gehen ... Diesen Programmpunkt streiche ich jetzt natürlich, denn erstens glaube ich nicht, dass du Lust hast, Sport zu machen, und zweitens es ist besser, wenn wir nicht sofort zusammen gesehen werden, deshalb sollten wir besser auf dem Zimmer bleiben. Ich könnte zwei caffè organisieren, was meinst du? Ein paar Früchte, Kuchen und was ich halt so finde am Frühstücksbüfett. Oder wir gehen gleich rüber in den Frühstücksraum. Getrennt voneinander selbstverständlich.«

»Kaffee wäre mega. Und jetzt, wo du von Frühstück sprichst, merke ich, dass mein Magen knurrt. Aber hol es gerne hier aufs Zimmer, dann können wir auch gleich noch ein bisschen Wiedersehen feiern«, sagt Vinc und nimmt mich fest in die Arme. »Und denk dran, ein Kännchen Kaffee und nur eine Tasse, damit kein Verdacht aufkommt.«

»Sehr gut! Du bist ja schon voll drin in deiner Rolle«, spotte ich, »dass ich dann als Kaffeejunkie dastehe, ist ja egal.« Bester Laune mache ich mich auf den Weg.

Es sind zwar schon ein paar Frühaufsteher im Speisesaal, zum Glück ist aber von Jacko weit und breit nichts zu sehen. Ich lasse dampfend heißen Kaffee in ein kleines metallenes Frühstückskännchen laufen, stelle brav eine einzelne Tasse aufs Tablett und nehme mir eine Flasche Acqua Frizzante aus dem Kasten. Dazu ein Glas und zwei Cornetti – die sind echt winzig, da schöpft keiner Verdacht, wenn ich die für mich alleine hole.

Ein paar Minuten später bin ich zurück auf dem Zimmer.

»Nachher musst du Paola und Enzo kennenlernen, dann können wir besprechen, wie es weitergeht.« Wir kuscheln uns auf mein Bett und schlürfen abwechselnd am Kaffee. Ich erzähle Vinc noch mal alles haarklein, von der Erpressung und davon, wie wir die Aufgaben verteilt haben ... Irgendwie scheint er mir aber etwas abgelenkt und ich lasse mich gerne davon anstecken ...

Später dränge ich zum Aufbruch, wir machen uns fertig und gehen nach unten. Ich klopfe dezent an die Küchentür und drücke sie gleichzeitig auf. Nur Enzo sitzt am Tisch, von den Kindern keine Spur. »Buon giorno, Enzo. Darf ich dir Vinc vorstellen? Er ist vor einer Stunde angekommen.«

Enzo springt auf. »Buon giorno, Vincenzo, benvenuto. Hattest du eine gute Fahrt?«, ruft er und greift Vinc' Hand, als wäre sie ein Rettungsanker. Momentan klammert er sich an alles, was irgendwie Hilfe verspricht. Und Vinc ist eine neue hoffnungsspendende Größe im Spiel. Vincenzo. Find ich süß, wie hier in Italien aus Vinc oft Vincenzo wird.

»Wann kommt Paola?«, frage ich.

»Du bist gut.« Enzo lacht. »Paola ist längst im Büro. Sie kommt aber später rüber, hat sie versprochen, dann können wir reden. Wollt ihr inzwischen hier frühstücken?«

»Danke fürs Angebot, ist aber besser, wir bleiben beim offiziellen Modus und gehen rüber ins Gästehaus. Kaffee und Cornetti hatten wir schon, aber wir legen drüben noch ein bisschen nach. Ruf einfach an, wenn Paola da ist. Wir sind in der Nähe. Vinc, ich schätze, du willst dich ein bisschen ausruhen? Bist ja die ganze Nacht gefahren.«

»Kurz vielleicht. Eigentlich bin ich fit. Also los, du gehst vor, ich hole meinen Koffer aus dem Auto und folge dir dann unauffällig«, entgegnet er und schlägt theatralisch den Kragen seiner Jacke hoch.

Kindskopf. Ich laufe vor in den Frühstückssaal.

Tja, irgendwann verlässt jeden das Glück – Jacko sitzt am Tisch und sieht mir so erwartungsvoll entgegen, dass ich es nicht übers Herz bringe, ihn zu ignorieren. Wenn der wüsste, woher meine Milde heute rührt ... Tut mir fast schon leid, der Arme. Okay, auf in die Arena.

Jacko winkt mir zu, damit ich ihn auch ja nicht übersehe. Ich nicke in seine Richtung und deute aufs Büfett, belade einen Teller mit Butter, Marmelade, einem Panino, stelle eine Schale Obstsalat dazu, dann steuere ich endlich den mir zugedachten Platz an.

»Buon giorno, Doro.« Er strahlt bis über beide Ohren.

»Buon giorno, Frieder.« Ich lächle freundlich und vertiefe mich in die wahrlich bedeutsame Aufgabe, mein Panino mit Butter und Marmelade zu bestreichen.

»Du, Doro, ich fahre heute nach Sirmione. Kennst du das?«

»Ich war noch nie dort, aber ich habe gehört, dass es eine traumhaft schöne Halbinsel sein muss. Man kann sie meistens von Bardolino aus sehen, stimmt's?« Noch im selben Moment weiß ich, dass es ein Fehler war zu verraten, dass ich noch nicht dort war.

»Fahr doch mit«, ruft Frieder prompt. »Ich bin mit dem Auto da, das wäre praktisch für dich!«

Praktisch, ha! Praktisch unmöglich, das nervlich zu überleben.

»Du, danke für das Angebot, aber der Chef und ich, wir haben noch einiges zu besprechen. Und ich soll ihn zum Einkaufen begleiten. Dir auf jeden Fall viel Spaß, muss echt schön dort sein. Vielleicht findest du ja noch eine andere Begleitung.«

Armer Frieder, die Enttäuschung steht ihm ins Gesicht geschrieben.

»Buon giorno a tutti, hat jemand sein Smartphone verloren?«, platzt eine fröhliche Stimme in unser festgefahrenes Gespräch. Automatisch taste ich nach meiner Hosentasche.

Nee jetzt! Mein Handy! Schnell schau ich am Tisch herum – natürlich nix, habe ja gar keine Hand frei gehabt bis jetzt.

»Äh ... kann ich mal sehen?«, rufe ich zu Vinc, der gerade den Frühstücksraum betreten hat, und wedle dabei wild mit der Hand. Ist eine echt gute Idee von ihm, so hat er sich gleich eingeführt und vor aller Augen mit mir bekannt gemacht. Die Überraschung muss ich nicht spielen, mein Handy hat er mir unbemerkt entwendet.

Jetzt kommt er an unseren Tisch. »Super. Ist ja noch ein Platz für mich frei«, sagt er unbekümmert ob des säuerlichen Gesichtsausdrucks von Frieder und lässt sich auf den leeren Stuhl fallen.

Ich greife nach dem Mobiltelefon in seiner Hand. »Eindeutig meins. Wo haben Sie es gefunden?«

»Es lag auf der Truhe im Flur. Ist Ihnen vielleicht aus der Tasche gerutscht.«

»Ja, wahrscheinlich«, sage ich ein bisschen lahm.

»Darf ich mich vorstellen? Vincent. Meine Freunde nennen mich Vinc.«

»Angenehm, ich bin Doro. Und das ist Frieder«, deute ich auf Jacko.

»Freut mich! Da habe ich anscheinend genau das richtige Handy gefunden«, flirtet Vinc ungeniert und Frieder möchte ihm seiner Mimik nach am liebsten an die Gurgel springen.

Vinc betreibt unbeeindruckt Small Talk und Frieder schweigt bockig.

»Ich hole mir einen Saft. Mag sonst noch jemand etwas?«, sagt Vinc schließlich und steht auf.

Frieder und ich verneinen.

Kaum ist Vinc Richtung Büfett verschwunden, wird Frieder wieder gesprächig. »Einen Freund, ja?« Das klingt recht verschnupft.

»Was meinst du?« Ich stehe echt auf dem Schlauch.

»Du hast gesagt, du hast einen Freund. Dafür lässt du dich aber ganz schön anmachen von diesem Vincent.«

»Hallo! Ich weiß echt nicht, was dich das angeht.« Ich muss den Typen in seine Schranken weisen, auf seinen moralischen Zeigefinger habe ich echt keinen Bock.

»Ja, sorry, aber ist doch wahr. Bei mir tust du so unnahbar …«, schnappt Jacko.

Ich hebe meine Hand, um ihm Einhalt zu gebieten. »Mein lieber Frieder, bei wem ich wie tue, wie du es so hübsch formulierst, ist wirklich nicht dein Problem. Ich habe dir klipp und klar gesagt, dass du dir keine Hoffnungen zu machen brauchst, und alles andere hat dich nicht zu interessieren. Punkt. Wenn du damit nicht klarkommst, dann gehen wir uns künftig einfach aus dem Weg. Deine Entscheidung.«

Jacko schluckt, sagt aber nichts dazu.

Als Vinc zurückkommt, schaut er von einem zum anderen. »Nanu, trübe Stimmung? Leute, wir sind in Italien! Bardolino, Gardasee … Und ihr hockt hier mit Gesichtern wie drei Tage Regenwetter, ich glaub's ja nicht. Ach übrigens, Doro, ich muss gleich rüber ins Büro zur Chefin. Begleitest du mich? Danach könnten wir was zusammen unternehmen.«

Jacko beobachtet aufmerksam meine Reaktion. Das ist jetzt echt ein bisschen peinlich. Aber andererseits genau das richtige Signal für ihn. Ein deutlicher Schnitt, sonst werde ich ihn nie los.

»Andiamo«, sage ich entschlossen und beende damit mein Frühstück.

Vinc kippt den Saft runter und wir legen einen schnellen Abgang hin.

Vinc hat die Situation völlig richtig eingeschätzt und entsprechend reagiert. Ich muss zu unserer Ehrenrettung sagen, dass Frieder uns leidtut, aber da muss er jetzt durch, wie Vinc sehr treffend bemerkt.

»Und dem hast du das Bild von Orlando Bloom gezeigt?«, kann er sich dann aber doch nicht verkneifen. »Du meinst *den* Orlando Bloom? Den Typen, der mir wie aus dem Gesicht geschnitten ist? Aus ›Fluch der Karibik‹?«

»Ja, genau den«, bestätige ich schelmisch und denke, dass es sogar ein bisschen stimmt, das mit der Ähnlichkeit.

Drüben am Haupthaus drehe ich den Schlüssel im Schlüsselloch, und um uns anzukündigen, drücke ich den Zeigefinger auf den Klingelknopf, der nicht nur messingfarben aussieht, sondern samt der Einfassung tatsächlich aus Messing zu sein scheint.

Als ich die eindrucksvolle Haustür geöffnet habe, kommt uns auch schon Enzo entgegen und führt uns in die große Wohnküche. Von Paola keine Spur. »Setzt euch inzwischen schon mal her.« Er räumt eine Zeitung und zwei Kaffeetassen vom Tisch und macht eine einladende Handbewegung.

»Apropos Zeitung«, sage ich, »weiß man schon, wer dieser Tote aus dem See ist?«

Enzo braucht ein paar Sekunden, um seine Gedanken von der Erpressung auf aktuelles Tagesgeschehen umzuschalten, aber dann tippt er sich mit dem Zeigefinger an die Schläfe. »Du sprichst von dem Mann, den sie vor ein paar Tagen aus dem See geborgen haben?«

»Ja genau. Ich habe zufällig den Artikel gelesen und mit deinem Sohn darüber geredet. Der hat gemeint, dass du den Fischer kennst, dem die Leiche ins Netz gegangen ist.«

Vinc enthält sich jeglichen Kommentars.

»Was denn?«, wehre ich vorwurfsvoll die stumme Anzüglichkeit über meine Neugier ab, die in seinem Blick liegt, muss aber selber grinsen.

Enzo wirkt irritiert. Natürlich, wie soll er verstehen, dass wir eine Wasserleiche amüsant finden. Finden wir ja auch nicht, aber ihm das zu erklären, ist jetzt zu umständlich. »Das ist ein internes Thema, hat nichts mit dem Toten zu tun«, sage ich deshalb nur.

»Wenn das so ist«, meint Enzo und fährt mit seinem Bericht fort. »Ja, der Fischer ist ein Freund von mir. Er war ziemlich geschockt, als er die Leiche im Netz hatte, das kann ich euch sagen. Er hat natürlich sofort die Polizei gerufen und die hat den Toten dann geborgen. Heute steht noch einmal ein Aufruf in der Zeitung. Unter den Vermissten, die bis jetzt gemeldet wurden, war kein Treffer. Jetzt bitten sie erneut um die Mithilfe der Bevölkerung. Die Leiche weist Spuren von Gewalt auf, es gibt Gerüchte, dass der Mann ermordet wurde.«

»Ermordet? Was für Spuren denn?«

»Bis jetzt sind es wie gesagt nur Gerüchte, aber ich glaube, da ist etwas dran. Antonio, mein Freund, soll zwar keine Panik verbreiten und nicht darüber reden, aber ...«

»Schon klar, Enzo, unter Freunden hat er dir trotzdem was gesagt ... und du musstest versprechen, Stillschweigen zu bewahren, stimmt's?«

Enzo zwinkert. »Manchmal kommen entscheidende Hinweise aus der Bevölkerung. Und Antonio war so geschockt, er musste mit jemandem reden. Stell dir vor, wie eine Leiche aussieht, die seit mehreren Wochen im Wasser liegt. Von Fischen angenagt und aufgeweicht ... Aber was Antonio wirklich aus der Fassung gebracht hat, war, dass die Leiche offensichtlich verschnürt war. Er vermutet, dass sich ein Teil der Verschnürung gelöst hat und der Leichnam deshalb an die Oberfläche kam. Aber wie gesagt, das sind nur unsere Spekulationen.«

Ich nicke. »Hat mich auch einfach nur interessiert, weil ich den Artikel gelesen habe. Wenn du noch was erfährst, kannst du es mir ja sagen – ich möchte immer ganz gerne wissen, wie solche Geschichten ausgehen. Aber für uns ist das jetzt natürlich nicht wichtig, wir müssen uns erst mal um eure Probleme kümmern. Wie ist es, bleiben wir hier in der Küche? Was ist mit Laura und Pietro?«, frage ich.

»Die sind in der Schule. Hier sind wir ungestörter als im Büro. Keiner kriegt mit, was wir hier besprechen«, beruhigt mich Enzo.

»Und Fabrizio?«

»Du hast recht, Fabrizio gehört zur Familie. Aber er ruft immer kurz durch, bevor er rüberkommt. Ist ein ungeschriebenes Gesetz. In seiner Funktion hier ist er angestellt bei uns, und Geschäftliches und Privates trennen wir. Er wohnt nicht im Haus, also geht er hier auch nicht ein und aus wie ein Familienmitglied.«

Ich muss ihn ziemlich verständnislos anstarren, denn er fühlt sich zu einer weiteren Erklärung genötigt: »Das hat nichts mit unserer Verwandtschaft zu tun. So es ist einfacher für uns alle, auf geschäftlicher Ebene miteinander zu kommunizieren. Und es ist für Fabrizio ein Vorteil, weil er dadurch von den Arbeitern besser als einer von ihnen akzeptiert wird und nicht den Stempel ›Neffe der Eigentümer‹ trägt.«

Ich bin nicht überzeugt. »Aber es weiß doch sowieso jeder, dass ihr verwandt seid. Ist es da nicht ein wenig seltsam, wenn ...«

»Doro, lass gut sein«, mischt Vinc sich ein. »Ich kann es schon verstehen. Wenn Geschäfts- und Privaträume so eng beieinanderliegen, muss man seine Privatsphäre schützen. Du arbeitest ja auch bei deinem Vater im Restaurant, aber wenn du ihn in seiner Wohnung besuchst, klingelst du und stürmst nicht einfach rein. Obwohl du einen Schlüssel hast.«

»Stimmt, so betrachtet ...«

»Darf ich euch inzwischen etwas zu trinken anbieten, solange wir auf Paola warten?«, unterbricht jetzt Enzo.

»Danke, für mich vorerst nur Wasser«, sage ich und Vinc schließt sich an.

Enzo holt eine Karaffe und drei Gläser. Dann setzt er sich zu uns.

»Vincenzo, ich nehme an, du bist eingeweiht?«

Vinc nickt. »Im Groben ja. Hast du mit deiner Frau darüber gesprochen? Ich meine, ist sie einverstanden, dass ich mich einmische? Als völlig Fremder?«

»Wie du das sagst, hört es sich an, als ob wir ungefragt in internen Familienangelegenheiten rumschnüffeln würden«, protestiere ich beleidigt.

»Nein, Schatz, sorry, so habe ich das ausnahmsweise nicht gemeint. Valeria hat dich ins Spiel gebracht, das ist mir klar, ich habe das auf die verkorkste Situation insgesamt bezogen.«

»Paola ist froh über eure Unterstützung, gerade weil ihr nicht von hier seid«, beteuert Enzo. »Doros Reputation ist Valeria, und du, Vincenzo, gehörst ja zu Doro.«

»Wie Harry Klein zu Stephan Derrick und Dr. Watson zu Sherlock Holmes. Vielen Dank auch«, sagt Vinc trocken.

Ich finde das witzig, Enzo kapiert eher nichts.

»Dann wäre das geklärt. Doro hat mir von dem Testament erzählt, kann ich es mal sehen?« Vinc steigt ohne falsche Zurückhaltung in die Problematik ein, was Enzo wiederum gut zu finden scheint, denn er steht sofort auf und geht das Schreiben holen.

Ein paar Minuten später ist er wieder zurück. »Sicherheitshalber haben wir es in unserem privaten Tresor weggeschlossen, oben in der Wohnung«, informiert er uns schnaufend und zieht ein Blatt Papier aus einem braunen Umschlag.

»Ich muss mir selber ein Bild machen, vielleicht habe ich ja eine Eingebung«, erklärt Vinc und nimmt das Blatt, das Enzo ihm über die Tischplatte hinweg zuschiebt.

»Ging mir genauso. Und ich verspreche dir, du bekommst Gänsehaut, wenn du so ein Schreiben aus der Vergangenheit in den Händen hältst und weißt, was es jetzt anrichten kann. Erpressung. Das ist so übel!«

»Entspann dich, Schatz.« Vinc nimmt meine Faust in seine Hand.

»Der sieht kein Geld mehr, der sieht nur noch Gitter«, drohe ich dem unbekannten Täter. »Oder die«, füge ich an und balle die Faust fester.

»Musst du nicht erwähnen, ist eh klar.« Vinc bezieht sich dabei wohl auf die oft diskutierte Frage zwischen uns, wer denn nun ins Täterprofil passt und ob Männer und Frauen auf unterschiedliche Arten morden. Oder, wie in diesem Fall, erpressen. Das hatten wir allerdings noch nicht.

Dann liest er, was Giovanni Buccelli vor ungefähr 20 Jahren geschrieben hat. Enzo und ich stören ihn nicht, und als Paola in die Küche kommt, setzt sie sich still an den Tisch. Nach einer Weile schaut Vinc hoch. Er reibt sich das Kinn, auf dem die Schatten der durchgefahrenen Nacht liegen. Enzo stellt Paola und Vinc einander kurz vor, aber wir sind dann schnell wieder beim eigentlichen Thema.

»Uff«, macht sich Vinc erst mal Luft. »Das ist heavy. Ist eine Kopie, klar, aber sieht schon verdammt echt aus. Habt ihr irgendein Originaldokument oder einen Brief zum Vergleich?«

»Haben wir. Ich bin noch nicht dazu gekommen, ein geeignetes Detektivbüro für den Schriftvergleich zu finden, aber ich bin dran«, erklärt Enzo. »Zumindest habe ich mich im Internet eingelesen, aber eben noch keinen Kontakt hergestellt. Eine Detektei in Triest scheint vertrauenswürdig zu sein, sie hat auf diesem Gebiet sehr gute Bewertungen. Ist nicht ganz billig, aber das sind sie alle nicht. Wichtig ist: Solche forensischen Handschriftenuntersuchungen sind in Deutschland und Europa gerichtlich als Beweismittel zugelassen. Sie basieren auf der Tatsache, dass die Handschrift eines Menschen praktisch einzigartig ist.«

»Ich hab's hier gerade im Internet. Es gibt solche forensischen Schriftgutachten, wie du bereits gesagt hast, Enzo«, murmle ich, während ich lese.

Vinc begutachtet dagegen lieber das kopierte Testament von allen Seiten. »Doro hat schon erzählt, wie du die Forderung bekommen hast«, sagt er zu Paola.

»Ja, das ging vor zwei Monaten los. Ich wurde angerufen und in meinem Auto lag ein Umschlag auf dem Fahrersitz.« Sie zuckt mit den Schultern. »Und seitdem ...« Sie stößt einen Seufzer aus.

Klar, der Gedanke daran, wie alles begann, wie von einem Moment auf den anderen nichts mehr so war wie vorher, ist bestimmt jedes Mal aufs Neue schmerzhaft für sie.

Paolas Blick kehrt zurück in die Gegenwart. »Das Schlimme daran ist dieser Eingriff in unsere Privatsphäre. Das Auto stand vor dem Haus. Der Erpresser war hier, direkt vor meiner Haustür! Wer ist so dreist?«

Ich nicke. »Das ist die Frage. Vor allem auch der Gedanke, dass es jemand sein könnte, der sich hier gut auskennt. Der weiß, welcher Wagen dir gehört, der deine Telefonnummer hat ... Scusa, Paola, ich will dir keine Angst machen, aber schönreden nützt auch nix. Wir müssen den Tatsachen ins Auge sehen, um diesen Typen so schnell wie möglich zu entlarven.«

Jetzt ist es Paola, die nickt. »Grazie tante, Doro, für deine Hilfe. Und du musst dich wirklich für nichts entschuldigen.«

Vinc klopft auf den Tisch. »Genau, ihr Lieben, und deshalb fangen wir jetzt am besten an. Was haben wir? Was wissen wir?

Wer kommt als Täter oder« – er wirft mir einen kurzen Blick zu – »Täterin infrage?«

»Oder Täter oder Täterinnen. Plural«, sage ich.

»Bitte schön, damit du das letzte Wort hast. Aber du hast natürlich recht, wir müssen alle Eventualitäten bedenken.«

»Eines wissen wir aber«, sagt Paola, »egal, wer dahintersteckt, es geht um Geld. Und ich habe keins mehr.«

»Was der Täter aber nicht weiß oder vielleicht nicht glaubt.« Enzo schluckt. Von ihm kommt aktuell kein brauchbarer Input, ich glaube, er ist immer noch überfordert, muss sich erst an die Wendung in der Angelegenheit gewöhnen. Na ja gewöhnen ist der falsche Ausdruck, er muss sich mit der Situation arrangieren.

Vinc trommelt mit den Fingern auf die Tischplatte. »Okay«, fängt er dann an, »fassen wir zusammen: keine Polizei?«

Unisono schütteln wir den Kopf.

»Zweitens: Das mit dem Schriftgutachten würde ich vorerst zurückstellen. Damit würden wir einen Mitwisser ins Boot holen und wer weiß, ob es überhaupt was bringt. Und last, but not least kostet es 'nen Haufen Geld.«

Damit sind alle einverstanden.

»Paola, hast du Papiere von deinem Vater, mit seiner Unterschrift?«

»Sì, certo. Da gibt es noch ganze Kartons voll. Die haben wir alle im ehemaligen Schlafzimmer meiner Eltern im ersten Stock gesammelt. Seit wir im Haus keine Zimmer mehr an Gäste vermieten, stehen einige Räume leer.«

»Dann such doch ein paar dieser Dokumente zusammen, damit wir die Unterschrift auf dem Testament mit denen auf den Dokumenten vergleichen können«, bittet Vinc. »Vielleicht finden wir kleine Unstimmigkeiten. Ist die Tintenfarbe ungleichmäßig, weicht die Schriftstärke innerhalb des Namens ab oder wurde irgendwo etwas nachträglich reingequetscht? Wir müssen die Schrift Buchstabe für Buchstabe abgleichen. Und Zahl für Zahl, zum Beispiel anhand des Datums. Auch Ziffern haben aussagekräftige Merkmale. Die Frage ist dann natürlich, woher der Erpresser die Vorlagen hatte. Gibt es eine Verbindung zu deinem Vater? Wie auch immer, wenn wir anhand der Kopie und den Vergleichen mit alten Briefen und Rechnungen zu dem Schluss kommen, dass auf dem Original nachträglich etwas eingefügt wurde, dann können wir auf den Gutachter verzichten.«

»Guter Ansatz«, sage ich, »aber wir dürfen uns nicht zu sehr auf eine Schiene festlegen, denn noch wissen wir gar nichts. Ich habe auch noch einen Punkt, den wir klären müssen. Hängt mit dem Testament zusammen, man könnte sagen, es ist sogar der zentrale Punkt.«

Sechs Augenpaare sind gespannt auf mich gerichtet.

»Weshalb gibt es dieses Schreiben überhaupt? Weil Giovanni Buccelli zwar dein Vater ist, aber nicht dein biologischer Erzeuger. Die Frage, die sich stellt, ist: Wer ist dein leiblicher Vater? Und daraus folgen weitere Fragen, wie zum Beispiel: Hat dieser Mann gewusst, dass Elisabettas Kind von ihm ist und nicht von Giovanni? Ist er hinter deinem Geld her? Aber warum hat er dann bis jetzt geschwiegen? Oder hat er Giovanni damals gezwungen, das Testament zu schreiben? Um einen Familieneklat zu vermeiden? Stimmt es vielleicht gar nicht, dass deine Mutter Giovanni auf dem Sterbebett davon erzählt hat, sondern hat dein leiblicher Vater nach ihrem Tod Giovanni alles erzählt? Dann würde sich allerdings die Frage stellen, was er damit bezwecken wollte. Ging es damals auch um Geld? Und versucht er es jetzt wieder? Bei seiner eigenen Tochter?«

Ich bin mit meinen Fragen noch lange nicht am Ende, aber Vinc klinkt sich ein. »Die Identität deines Vaters wäre durchaus hilfreich, Paola, das finde ich auch, aber willst du denn überhaupt wissen, wer es ist? Und dann? Wirst du Kontakt zu ihm aufnehmen?«

»Natürlich will sie wissen, wer es ist! Was für eine Frage. Ich finde, *da* müssen wir ansetzen. Am Anfang. Mit deiner Zeugung sozusagen, Paola. Der erste Schritt ist, deinen leiblichen Vater zu finden. Wenn es ihn überhaupt gibt. Wenn das Testament nicht gefälscht ist und die ganze Sache erstunken und erlogen ist. Diese Möglichkeit gibt es immerhin auch noch, oder?«

»Mein Gefühl sagt mir, dass es stimmt.« Paola schaut jetzt ganz ruhig in die Runde und bleibt mit ihrem Blick an mir hängen. »Ich quäle mich seit zwei Monaten mit der Frage herum, ob ich ihn suchen soll, und bin noch zu keinem Ergebnis gekommen. Was mache ich denn, wenn ich ihn finde? Will ich ihn überhaupt kennenlernen?«

»Das kannst du dann immer noch entscheiden«, sage ich. »Wenn du die Wahrheit nicht kennst, wird diese Frage dich immer umtreiben, das ist sicher, glaub mir.«

»Ich habe einfach Angst, weil ich nicht abschätzen kann, was daraus entstehen wird. Wird er sich in mein Leben einmischen, auch wenn ich das nicht will? Stellt er Forderungen an mich? Ich meine gar nicht finanzieller Art, ich denke eher an die moralische Seite. Möchte er auf einmal Vater spielen?« Sie vergräbt ihr Gesicht in den Händen.

Endlich erwacht Enzo aus seiner Starre. Er rückt seinen Stuhl ganz nah zu seiner Frau und legt seinen Arm um ihre Schultern. »Paola, cara, wenn es stimmt, was in diesem Testament steht, dann werden wir dahinterkommen, wer dich damit erpresst, und wir werden auch herausfinden, wer dein Vater ist. Doro hat recht, die Ungewissheit würde immer dein Leben bestimmen. Und egal, wer er ist, wir haben von ihm nichts zu befürchten – zusammen sind wir stark genug, um uns gegen alles und jeden zu wehren.« Leise und beschwörend spricht er auf sie ein.

»D'accordo«, sagt Paola leise, »du hast recht. Ich habe schon viel zu lange gezögert und einen hohen Preis dafür bezahlt.

Damit ist jetzt Schluss.« Sie setzt sich gerade auf, bringt sich in Position.

Mich packt jetzt ebenfalls der Ehrgeiz. »Ist schön, dass du dir nichts mehr gefallen lassen willst, wir müssen unter allen Umständen auf die nächste Forderung eingehen. Und die Übergabe dürfen wir nicht vermasseln.«

»Immerhin haben wir so etwas wie ein Muster«, stellt Enzo fest.

»Eben! Und das müssen wir uns zum Vorteil machen«, bestätigt Vinc.

Paola legt das Erpresserschreiben auf den Tisch zu dem Testament. »Die anderen Anweisungen bekam ich ja telefonisch. In kurzen Abständen und jedes Mal mit einer höheren Summe, so als hätte der Erpresser sich gedacht: ›Ach, da hätte ich letztes Mal doch ruhig ein bisschen mehr verlangen können.‹«

»Du meinst, als hätte er keinen genauen Plan und würde einfach nur spontan seiner Gier nach Geld nachgeben und die Quelle schröpfen wollen, solange sie noch fließt?«, frage ich.

»Klar, die Gefahr, dass du dich jemandem anvertraust, wurde von Tag zu Tag größer, also will er so viel wie möglich abzocken, solange es noch geht. Ich lehne mich mal aus dem Fenster und behaupte, dass wir es nicht mit einem Profi zu tun haben.« Ich schaue in die Runde.

Paola und Enzo nicken.

»Leute, ich will kein Spielverderber sein«, sagt Vinc, »aber vergessen wir nicht, dass Paola mittlerweile 65.000 Euro gezahlt hat. Sie hat das Originaltestament noch nicht bekommen und wir wissen rein gar nichts von dem Erpresser. Wir haben schlicht und einfach keine Ahnung, wie solche Menschen ticken. Was heißt, wir können zwar einiges annehmen, aber wir sollten die Möglichkeit einer geplanten, gut organisierten Erpressung nicht leichtfertig ausschließen.«

»Klar, das ist möglich«, gebe ich zu, »auch wenn ich mehr zur These ›Laienkrimineller‹ tendiere.« Trotzdem spinne ich den Profi-Faden weiter: »Es könnten auch mehrere Täter sein, was die Sache für uns gefährlicher machen würde. Und wenn es wirklich Profis sind, sind sie weniger zimperlich als jemand, der aus persönlichen Gründen Geld erpresst, oder?«

»Vincenzo hat auf jeden Fall recht, wir müssen vorsichtig sein und ... Paola, cara, meinst du nicht, dass wir offen über die Erpressung reden sollten? Mit der Familie und mit der Polizei? Dann hat der Täter kein Druckmittel mehr und der Spuk ist vorbei.«

Wie von der Tarantel gestochen fährt Paola auf. »Nein! Dann wäre alles umsonst gewesen. Ich will es selber schaffen! Und dann können wir immer noch überlegen, wie wir mit dieser unsäglichen Geschichte umgehen. Aber das will *ich* entscheiden und nicht dieser ... dieser Mensch!« Paola spuckt das Wort verächtlich aus.

Enzo tätschelt ihre Hand und ich gehe zur nächsten Überlegung über. »Okay, dann haben wir einerseits deinen Vater, den wir finden wollen, und andererseits den Erpresser, den wir stoppen wollen. Vielleicht handelt es sich dabei sogar um ein und dieselbe Person? Schon allein um diese Frage zu klären, müssen wir als Erstes deinen Vater suchen.«

»Hast du eine Idee, wie wir Hinweise auf deinen Erzeuger finden könnten?«, fragt Vinc. »Wer könnte etwas über ihn wissen?«

Paola beruhigt sich langsam wieder. »Komm mit«, sagt sie, »in das ehemalige Zimmer meiner Mutter.«

KAPITEL 7

VOCI DEI MORTI – STIMMEN DER TOTEN

Giovedì (Donnerstag) – Tag 4

Ein bisschen ehrfürchtig folgen wir Paola. Der Teppich auf den Stufen schluckt die Geräusche unserer Schritte, keiner sagt etwas – eine schweigende Prozession zu einem Ort der Vergangenheit. So empfinde ich es, ich kann's nicht besser beschreiben.

Wir gehen hoch in Elisabettas ehemaliges Zimmer im ersten Stock, das jetzt als Abstellkammer dient. Fischgrätparkett und abgestandene Luft empfangen uns. Paola öffnet die Fenster und Enzo organisiert ein paar Kissen, auf die wir uns zum Sichten der Unterlagen setzen können.

»Und auf eurem Dachboden habt ihr keine weiteren Papiere gelagert?«, frage ich, weil ich in der Decke im Flur eine Luke gesehen habe.

»Nein«, bestätigt Enzo, »dort oben ist es viel zu heiß für die Lagerung wichtiger Dokumente. Aber wenn es dich beruhigt, kannst du dich gerne selbst überzeugen.«

»Wenn es euch nichts ausmacht …«, nehme ich das Angebot an.

Enzo seufzt ergeben und lässt mir die Ausziehleiter herunter. Ich gäbe ja sonst sowieso keine Ruhe, bemerkt er süffisant.

Ich klettere die Metalltreppe nach oben. Das Gestell wackelt, ich schaue über die Schulter zurück. Vinc folgt mir.

Wie Enzo gesagt hat. Hier ist nichts. Es ist trocken und warm, ein paar Holzlatten liegen herum und mehrere Stapel alter Dachziegel. Ein einzelnes rundes Fenster am Giebel der Nordwand spendet ein wenig Licht. Alles klar, das ist ein Dach und kein Lagerraum, dazu ist es hier zu niedrig und zu flach, das habe ich von außen schon gesehen.

Wir steigen die Leiter wieder hinunter.

»Du musst wohl immer alles erst mit eigenen Augen sehen?« Enzo zwinkert mir zu.

»Was soll ich sagen …?«, gebe ich zu. Er hat recht, ich musste sehen, um zu glauben, und meine das ganz unbiblisch. »Wahrscheinlich hätte ich sonst immer vermutet, dass hier oben die entscheidenden Hinweise verborgen wären«, spotte ich über meine eigene Neugier.

»Oha, eine Anwandlung von Selbsterkenntnis«, legt Vinc noch einen obendrauf.

»Brauchst gar nicht so zu tun, du bist auch mit hochgeklettert«, erinnere ich ihn.

Dazu schweigt er salomonisch.

Enzo widmet sich bereits den alten Rechnungen seines Schwiegervaters. Vinc gesellt sich zu ihm, während ich ein Kissen in Ockergelb neben Paola auf dem Boden platziere und mich im Schneidersitz darauf niederlasse.

Paola streicht liebevoll die dünne Staubschicht vom Deckel einer alten Holztruhe. Passt in die nostalgische Stimmung, die sich im Raum ausbreitet. »In dieser Truhe hat mein Vater einige persönliche Dinge meiner Mutter aufgehoben«, sagt sie mit belegter Stimme. »Ich habe noch nie reingeschaut. Es war immer irgendwie ein Tabu für uns Kinder.« Sie fährt die Konturen der Ornamente nach. Die geschnitzten Motive ähneln stark denen an den Zimmertüren. Was mich vermuten lässt, dass sie aus der Hand desselben Künstlers stammen.

Jetzt schiebt sie den Riegel zur Seite und klappt den Deckel nach oben. Wow! Was für ein Blick in längst vergangene Zeiten. Paola nimmt eine rechteckige Holzbox von der Größe eines Schuhkartons heraus. Sie ist voll mit Briefen.

»Ich kann das nicht. Das sind private Schreiben meiner Eltern.

Es wäre respektlos ...« Sie hebt in einer hilflosen Geste die Hände. »Ich weiß nicht, wie ich es beschreiben soll, meine Eltern sind tot, trotzdem ...« Sie verstummt.

Ich lege kurz die Hand auf ihren Arm. »Das kann ich nachvollziehen, aber deine Mutter hat diese Briefe aufbewahrt und dein Vater hat sie hier in die Truhe gelegt, jedenfalls hat er sie nicht weggeschmissen oder irgendwo eingeschlossen. Vielleicht wollten sie die gar nicht verheimlichen«, versuche ich, ihre Bedenken zu zerstreuen.

Paola zuckt mit den Schultern.

»Was ist da drin?«, frage ich neugierig und zeige auf eine flache quadratische Schachtel ganz unten am Boden der Truhe. Selber reinzugreifen, erscheint mir unangemessen. Muss ich auch nicht, weil Paola die Box mit den Briefen auf dem Boden abstellt und die Schachtel herausnimmt. Sie lüftet den Deckel und eine cremefarbene Spitzenarbeit liegt säuberlich zusammengelegt vor uns. Paola hebt das Teil vorsichtig heraus und entfaltet es.

»Ach, hier hat Papa ihn verwahrt! Mutters Brautschleier. Den hatte sie von ihrer mamma, meiner nonna. Enzo, schau«, ruft sie, »erinnerst du dich? Ich wollte ihn bei unserer Hochzeit nicht tragen, weil er mir nicht weiß genug war.«

Enzo schaut zu seiner Frau rüber. »Und ob ich mich erinnern kann, deine Mutter war ja leider schon tot, aber dein Vater war ziemlich gekränkt deswegen.«

»Du wolltest auch, dass ich ihn trage«, sagt Paola, »aber ich habe mir das weiße Brautkleid aus dem Laden in Verona eingebildet. Mit dem schneeweißen bauschigen Tüllschleier. Dieser Spitzenschleier von mamma hätte wirklich nicht gepasst. Vielleicht wird Laura ihn mal tragen. Oder Pietros Frau, oder Fabrizio heiratet und ...«

»Ist gut, amore, du warst wunderschön in deinem Kleid und mit deinem weißen Schleier. Du musst wirklich kein schlechtes Gewissen deswegen haben. Es war unser Tag und basta!«

»Enzo, ich liebe dich.« Paola schickt ihm ein Flugküsschen rüber, fast ein wenig untypisch für ihre sonst so kontrollierte Art, und ich schicke eins in Vinc' Richtung.

»Ich dich auch, Schatz«, sagt Vinc etwas unkonzentriert und wendet sich wieder dem Dokument zu, das er gerade in den Händen hält. »Enzo, schau mal hier.« Er zeigt auf eine Stelle des Schreibens und legt die Kopie des Testaments daneben. Die beiden stecken eifrig die Köpfe zusammen und ich widme mich wieder Paola und der Truhe.

Wir finden noch einige Erinnerungsstücke. Zum Beispiel ein kleines Buch mit abschließbarer Verschlusslasche, giftgrün, geprägt in Schlangenlederstruktur und mit aufgedrucktem Goldrand. Die pathetischen Worte »Amici per sempre« zieren in goldener Schrift das Cover. An einem ebenfalls goldenen Einmerkerband baumelt ein filigraner und ebenso goldener Schlüssel.

»Das muss ein Poesiealbum sein«, rufe ich und bin selber überrascht über meine Verzückung. »Gab es ja früher bei den Mädels. Und in meiner Grundschulzeit auch noch. Da hieß es dann allerdings ›Freundebuch‹. War nicht unbedingt mein Ding, aber wenn ich mir vorstelle, wie alt das Büchlein ist und dass das Mädchen, dem es damals gehört hat, gar nicht mehr lebt, ist das irgendwie rührend.«

Paola lacht. »So was gibt es heute auch noch. Frag mal Laura. Bei den Jungs ist es nicht ganz so verbreitet und geht thematisch natürlich eher Richtung Starwars und Piraten.«

»Was gibt es bei euch zu kichern?«, fragt Enzo neugierig.

»Mädelsgespräche«, lasse ich ihn in Unwissenheit. Was ihn aber nicht zu stören scheint, da Vinc seine Aufmerksamkeit wieder einfordert.

Paola legt das Poesiealbum neben das Kästchen mit den Briefen und kramt in einer weiteren Kiste mit alten Fotos.

Ich nehme das Poesiealbum. »Darf ich?«, frage ich und wedle mit dem Schlüsselchen.

»Wenn du magst«, gibt Paola grünes Licht.

Das Schloss klemmt erst ein bisschen, dann lässt sich der Schlüssel drehen. Ehrfürchtig schlage ich das Buch auf. Und bin beeindruckt. Da sind wunderbare Einträge dabei, kleine Gedichte, die ich nicht ganz verstehe, aber es geht um Freundschaft und Treue. »Parole, dove il cuore dell'uomo si specchiava …« – Worte, in denen sich das Herz des Menschen spiegelt, wie eine Freundin ihren Beitrag pathetisch unterstreicht. Einige dieser Worte sind wunderbar illustriert.

»Schau mal, Doro, das waren meine Eltern bei ihrer Hochzeit. Mit dem cremefarbenen Brautschleier. Sie hält mir ein Foto hin.

»Ein schönes Paar«, sage ich. »Und zu diesem Kleid passt auch der Schleier super. Gibt es das eigentlich auch noch«, frage ich, »oder nur den Schleier?«

»Wieso, willst du es für deine Hochzeit ausleihen?«, zieht Enzo mich auf.

»Witzbold! Ich hab gedacht, ihr seid in eure Akten vertieft«, gebe ich zurück.

»Wir müssen uns hier ja erst mal kennenlernen. Da reden wir noch nicht von Hochzeit, stimmt's, Fremde?«, zieht Vinc uns geschickt aus der Affäre.

»Stimmt absolut«, sage ich zufrieden. Wobei ich mir so generell schon vorstellen könnte …

Vinc zwinkert mir zu. Hat er meine Gedanken erraten?

»Jetzt mal wieder ernst«, mahnt er. »Frauen haben doch meistens beste Freundinnen. Habt ihr danach mal gesucht? Nach einer besten Freundin von Elisabetta? Checkt die Briefe doch danach ab«, schlägt er vor und zeigt damit, dass die Männer durchaus einiges von dem mitkriegen, was wir hier bereden.

»Da sag noch einer, Männer können nicht Multitasking«, spotte ich, finde den Hinweis aber hochinteressant. Paola übrigens auch, sie hat den Fotokarton wieder gegen die Briefebox eingetauscht.

»Kannst du dich an Freunde deiner Mutter erinnern, Paola? Es müssen Leute sein, die deine Mutter bereits kannten, als sie mit Giovanni zusammenkam. Waren deine Eltern schon verheiratet, als du geboren wurdest?«, führt Vinc seine Idee weiter aus.

»Das ist ein guter Gedanke, Vincenzo«, sagt Paola. »Jetzt, wo du es sagst: Es gibt tatsächlich jemanden, der oder die heute noch an ihrem Geburtstag Blumen auf ihr Grab legt. Diese Person tut das seit 20 Jahren. Ich weiß aber leider nicht, wer das ist. Ich fand es zwar immer rührend, aber – und dafür schäme ich mich – es hat mich nie wirklich interessiert, wer dahintersteckt.«

»Wie könnten wir diese Person finden?«, frage ich und lasse meine grauen Zellen schon nach Möglichkeiten suchen. »Fällt euch etwas dazu ein? Oder weißt du vielleicht etwas über den edlen Blumenspender, Enzo?«

»Mi dispiace, ich weiß darüber auch nicht mehr als meine Frau«, sagt er bedauernd.

»Hm ... Könnte es ein Verehrer aus vergangenen Zeiten sein? Womöglich dein leiblicher Vater?«, frage ich.

Paola wiegt den Kopf, Vinc pfeift anerkennend. Und ich bin ein bisschen stolz auf meinen Geistesblitz.

»Das passt nicht«, meint Paola dann bedauernd.

»Wieso?«, frage ich.

»Die Blumen ... es sind immer Gerbera, in verschiedenen Farben. Ich glaube, ein trauernder Mann, der so romantisch ist, dass er über all die Jahre hinweg Blumen ans Grab seiner verflossenen Liebe legt, würde dafür keine Gerbera wählen. Die sprechen schon eher für eine Frau, die ihre tiefe Freundschaft und Verbundenheit ausdrücken möchte. Und das über 20 Jahre lang. Muss eine besondere Freundschaft gewesen sein.«

»Hm, ja gut, da bin ich keine Expertin, klingt aber nachvollziehbar, was du sagst«, gebe ich Paola recht.

»Das schaue ich später in Ruhe durch«, sagt sie jetzt und

stellt die Kiste neben sich auf den Boden. »Und was war bei euch so fesselnd?«

»Wir ...«, beginnen beide Männer gleichzeitig und Vinc lässt Enzo den Vortritt.

»Wir haben einige Rechnungen und auch handgeschriebene Anweisungen von Giovanni aus den Kisten genommen, das reicht für einen Schriftvergleich.«

Ich stehe auf und geselle mich samt Kissen zu den Männern.

Paola faltet den Schleier wieder sorgfältig zusammen und legt ihn zurück in die Schachtel. Die Boxen mit den Briefen und den Fotos behält sie draußen.

»Darf ich das Poesiealbum mit aufs Zimmer nehmen?«, bitte ich sie. »Ich würde es mir gerne genauer anschauen.«

Womit ich mir einen verwunderten Blick von Vinc einhandle. »Schatz, was ist mit dir los? Normalerweise zuckst du zusammen bei so viel Kitsch«, stellt er trocken fest.

»Ja, das ist kitschig, aber auch so ergreifend ... Mich hat es jedenfalls total berührt«, stehe ich zu meiner romantischen Anwandlung. »Vielleicht finde ich auch einen Hinweis auf diese Freundin.«

»Mir geht es genauso, Doro, mich hat diese Reise in die Vergangenheit auch gepackt. Ich werde die Briefe heute noch lesen. In Ruhe. Nimm du ruhig das Büchlein mit«, springt Paola mir bei.

Sie schließt die Kiste, dann kommt sie zu uns rüber und wir lassen uns von den Männern zeigen, was sie entdeckt haben. Mehrere Seiten liegen ausgebreitet nebeneinander auf dem Parkett, jetzt nimmt Enzo zwei der Blätter vom Boden und reicht sie Paola. Das eine ist die Kopie vom Testament, das andere ist eine alte Rechnung.

»Schau hier, die Unterschrift auf der Originalrechnung.« Enzo deutet auf die Signatur seines Schwiegervaters. *Giovanni Buccelli*. Schwungvoll wie auf dem Logo des Weinguts, das außen am Haus prangt, und außerdem auf den Hinweisschildern und dem Weinetikett neben der Herstellerangabe. »Da hat dein Vater die Anfangsbuchstaben so richtig aus einem Guss aufs Papier gesetzt. Ist bei allen Schreiben, die wir verglichen haben, gleich. Typisch, aber nicht akribisch abgemalt. Und hier, auf der Kopie des Testaments, schau mal ganz genau hin, da kann man erkennen, dass bei dem oberen Bogen im B ein kleiner dunkler Punkt zu sehen ist, so als hätte der Schreiber kurz gezögert«, erklärt er. »Das könnte natürlich Zufall sein, aber eben auch ein Zeichen dafür, dass der Schreiber noch mal einen Blick auf das Original geworfen hat. Das haben wir auf keinem der anderen Dokumente so gefunden.«

Ich linse Paola über die Schulter. Die nagt an ihrer Unterlippe und nimmt sich ein paar weitere Originale zur Bestätigung dessen, was Enzo ihr gerade gesagt hat.

»Achtet auch auf das Datum und die Bestellmengenangaben«, wirft Vinc noch ein, »die Zahlen sind sehr markant.« Er nimmt Paola die beiden Blätter aus der Hand. »Hier, die Zweien und die Nullen. Die wirken auf der Kopie so, wie soll ich sagen, hm, so angestrengt, wenn ihr wisst, was ich meine«, versucht er zu erklären.

»Lass sehen, ich prüfe das mal«, gebe ich die Expertin in Sachen Schriftgutachten. »Zum Glück war damals noch nicht alles digital«, sage ich. »Sonst könnten wir uns unsere Handschriftenvergleiche sonst wohin schmieren.« Ich lache. Und prüfe. Und gebe Vinc recht. »Die Zahlen sind komisch. Nicht auf den ersten Blick, aber auf den zweiten. Was machen wir jetzt damit?«

»Vielleicht doch den Fachmann damit beauftragen?«, schlägt Enzo halbherzig vor.

»Dann können wir die Sache gleich öffentlich aushängen«, interveniert Paola.

»Cara, das war nur so dahingesagt. In Abwägung der Möglichkeiten, die wir haben.«

»Ich würde auch vorerst abwarten. Wir sind uns ja einig, dass die Unterschrift und das Datum vom Rest des Schreibens möglicherweise abweichen«, fasst Vinc zusammen. »Jetzt kommt es darauf an, wie du weiter vorgehen willst, Paola. Wenn du dabei bleibst, die Polizei vorerst nicht ins Boot zu holen, dann würde ich auch auf keinen Fall eine fremde Person involvieren. Obwohl man natürlich nicht das gesamte Testament zum Vergleich bräuchte, sondern nur einen Ausschnitt, der nichts über den Inhalt des Schreibens aussagt. Trotzdem, je mehr Personen mit im Spiel sind, desto unübersichtlicher wird es. Was wir höchstens eruieren könnten, ist, ob das Testament nicht längst verjährt ist. Und selbst das spielt im Grunde keine Rolle, weil es dir ja nicht vorrangig um das Weingut geht, sondern vielmehr um deine Stellung im Familienverband, hab ich recht?«

Paola nickt. »Ja und nein. Keine echte Buccelli zu sein, ist das Schlimmste, aber das Weingut zu verlieren, kommt gleich danach. Beides macht mein Leben aus.«

»Ich finde auch, dass zum jetzigen Zeitpunkt ein forensisches Gutachten nichts bringt. Wäre zwar offiziell und hätte vor Gericht Bestand, aber das können wir immer noch machen, wenn später die Polizei mit von der Partie sein sollte – warum auch immer«, setze ich schnell hinzu. »Das Einzige, was uns die Bestätigung der Unterschriftenfälschung momentan bringen würde, wäre Gewissheit. Immerhin. So weit, so gut. Zum Punkt Laie oder Profi: Ich bin sicher, eine Unterschrift zu fälschen, ist kein Hexenwerk, zumindest auf den ersten Blick. Um aber keine Ausrutscher zu machen, muss man schon geübt sein. Wie es aussieht, hat unser Fälscher nicht perfekt gearbeitet, was unseren Gesamteindruck bestätigt, dass der Erpresser eher ein Laie ist. Außerdem sind mir die Summen, um die es geht, für eine professionell geplante Tat zu gering.

»D'accordo, damit ist der Grafologe vom Tisch. Ich nehme

die Kopie und ein paar Originale mit hoch ins Büro. Da habe ich besseres Licht und eine gute Lupe«, sagt Enzo.

Wir packen die restlichen Papiere wieder in die Ordner und Kartons und verstauen alles in den Regalen.

Plötzlich schlägt sich Paola gegen die Stirn. »Ma certo!«, ruft sie aus. »Warum bin ich nicht gleich darauf gekommen?«

»Worauf bist du nicht gleich gekommen?«, frage ich gespannt.

Wir starren sie alle an. Rote Flecken am Hals zeugen von Paolas Aufregung. Was hat sie dermaßen aus der Fassung gebracht oder in Begeisterung versetzt?

»Mir ist etwas eingefallen. Eine Möglichkeit. Als ich eben daran gedacht habe, wie ich vorhin in der alten Kiste gewühlt habe, in mammas persönlichen Schätzen mit dem Poesiealbum und den Holzkisten«, stößt sie atemlos hervor, »da ist es mir wie Schuppen von den Augen gefallen.«

»Was denn?«, rufen wir im Chor.

»Der alte Schreibtisch meines Vaters! Ich war noch klein, da hat er mir ein Geheimnis verraten. Weil ich so traurig war wegen nonnas Tod. Er hat mir ein Geheimfach in seinem Schreibtisch gezeigt. Und diesen Schreibtisch habe ich zusammen mit den anderen alten Möbeln aus dem Büro und einigen Schränken aus dem Keller an einen Möbelrestaurator verkauft. Und der hat vielleicht ...« Paola verstummt und schaut uns aus weit aufgerissenen Augen an.

»... das Testament gefunden. In diesem Geheimfach«, vollendet Enzo den Satz seiner Frau.

Den Gedanken müssen wir alle erst mal sacken lassen.

Ich denke mal wieder laut: »Das wäre jetzt aber sehr ... Obwohl, könnte sein, klingt irgendwie logisch. Oder was heißt logisch, sagen wir eher, es wäre möglich. Aber was machen wir mit der Erkenntnis? Du kannst ihn ja schlecht anrufen und fragen, ob er zufällig das Testament gefunden hat und dich jetzt ein bisschen damit erpresst.«

Allgemeine Ratlosigkeit steht in unseren Gesichtern.

»Wir könnten ihm eine Falle stellen«, schlägt Enzo vor. »Bei der nächsten Geldübergabe. Ihr beide haltet euch im Hintergrund und beobachtet, wer das Geld abholt. Er kennt euch nicht. Am besten macht das nur einer von euch, wer weiß, ob wir nicht noch einen Joker brauchen.«

»Ja gut, das ist eine Möglichkeit. Aber wir haben noch keine neue Forderung. Einfach abzuwarten, ist keine Lösung. Kann ja auch sein, dass gar keine Forderung mehr kommt. Was zwar einerseits super wäre, aber andererseits schwebt dann immer dieses Damoklesschwert über euch. So richtig frei wärt ihr nicht. Ergo sollten wir etwas tun. Wieso schauen wir uns nicht in seinem Laden um?«, schlage ich vor. »Ich könnte das übernehmen. Wir müssen aber eine Strategie austüfteln.«

Enzo überlegt kurz. »Nehmen wir das Naheliegendste«, sagt er dann, »du interessierst dich als Kundin für einen alten Sekretär und schaust dir die Teile an. In dem Zusammenhang kannst du unauffällig nach dem Geheimfach Ausschau halten. Paola soll dir das Möbelstück genau beschreiben.«

»Kein Ding, das krieg ich hin. Aber was ist, wenn ich den richtigen Tisch nicht sehe? Er könnte ja schon verkauft sein.«

»Na ja, dann musst du dir halt was einfallen lassen«, meint Vinc. »Dann erzählst du, dass du ganz speziell auf Möbel mit Geheimfächern stehst. Und wenn er so ein Teil nicht hat, keinen Sekretär oder Tisch, dann fragst du ihn, ob man so ein Fach nicht nachträglich einbauen kann.«

»Supi, der muss mich dann ja für völlig überspannt halten.«

»So was kratzt dich doch sonst auch nicht, mein Schatz«, entkräftet Vinc meinen Einwurf.

»Das stimmt auch wieder«, gebe ich zu. »Und wie heißt der Typ?«, frage ich.

»Orlando Valgoni«, antwortet Paola.

KAPITEL 8

NOSTALGIA – NOSTALGIE

Giovedì (Donnerstag) – Tag 4

Orlando Valgoni. Schon wieder Orlando. Orlando Valgoni, Orlando Bloom ... Jacko verfolgt mich. Vinc sagt nichts, muss er gar nicht, ich weiß, dass er weiß, was ich denke.
»Ich muss mal raus«, verkünde ich in die Runde.
Nach dem ganzen Staub und den alten Geschichten lechzen wir alle nach frischer Luft. Außerdem könnte eine Kleinigkeit zu essen nicht schaden und dazu ein Gläschen Vino. Sofort habe ich herrliche Bilder vor Augen.
»Oder soll ich für uns kochen?«, biete ich an. »Mache ich gerne. Entspannt mich und ich kann wunderbar dabei nachdenken. Wir könnten uns raussetzen.«
Paola wirft einen Blick auf die Uhr. »Nette Idee, aber es ist schon zwei, die Kinder kommen bald aus der Schule und sollten uns nicht alle vier in trauter Harmonie beim gemeinsamen Essen ertappen. Außerdem muss ich noch ins Büro. Die Kinder richten sich selber einen Teller mit Mozzarella und Tomaten, kochen werde ich dann später. Wir essen, wenn möglich, gemeinsam zu Abend. Gerade jetzt, wo die Stimmung zwischen Enzo und mir so angespannt war, würde ich es ungern ausfallen lassen. Ist unsere Familienzeit.«
»Paola, du musst mir das nicht erklären, ist völlig okay. Und stimmt schon, draußen ist es zu riskant, wir müssen unser Inkognito wahren und dürfen Vinc' und meine Beziehung nicht an die große Glocke hängen. Vinc, wie schaut es bei dir aus? Lust auf eine kleine Spritztour mit dem Fahrrad? Natürlich auf getrenn-

ten Wegen. Runter zum See. Da treffen wir uns dann zufällig und du lädst mich auf ein Getränk ein. Sollen wir Badezeug mitnehmen?«

»Gute Idee, Schatz. Ich meine, an den See runterzufahren, nicht das mit dem Baden. Ist mir zu kalt. Mich zieht es eher in eine Bar am Wasser, Cappuccino schlürfen, einen Snack einwerfen und einer Verrückten beim Schwimmen zuschauen. Vielleicht lade ich die Verrückte dann tatsächlich auf ein Getränk ein.«

»Haha, mein Lieber, sehr originell. Aber warum nicht? Vielleicht setze ich mich auch gleich mit in die Bar. Enzo, wie warm ist denn der See zurzeit?«

Er überlegt kurz. »17 oder 18 Grad, schätze ich. Ich weiß es nicht genau.«

»Okay, das ist frisch, aber ich nehme das Badezeug trotzdem mit. Sicher ist sicher. Allora, pack mer's«, gebe ich in italienisch-bayerischem Mix das Kommando.

Wir verabreden uns in Cisano, in einer Stunde, in einem Lokal an der Promenade. Handys haben wir dabei, falls wir uns verpassen sollten.

Vinc macht sich auf den Weg ins Gästehaus. Und ich trabe nach oben in den zweiten Stock, um mich für den Aufbruch fertig zu machen.

Das Poesiealbum liegt mitten auf dem Bett, ich kann nicht widerstehen und schlage es auf. Eilt ja noch nicht, wir treffen uns erst in einer Stunde. Das Buch hat es mir angetan. Wahrscheinlich stoße ich an meine sprachlichen Grenzen. Normale Konversation auf Italienisch mit deutschen Einschüben klappt prima, Artikel in der Tageszeitung sind auch kein großes Problem, wenn es sich nicht gerade um wissenschaftliche Abhandlungen handelt, aber Gedichte und Reime – da wird es schon deutlich problematischer. Mir gefällt aber einfach das Gesamtpaket des Buches, noch dazu im Zusammenhang mit Paolas spezieller Situation. Beim kurzen Durchblättern habe ich ein paar wunderschöne Illustrationen gesehen, Tusche, Aquarell – bin gespannt, was für Schätze nostalgischer Art ich da sonst noch finde.

Auf der ersten Seite eine kindliche Blumengirlande mit Holzstiften gezeichnet und ihr Name in schnörkeliger Kleinkinderschrift in der Mitte der Seite: *Elisabetta*.

Die vorderen Seiten sind wohl den Erwachsenen vorbehalten, denn hier finden sich kurze Gebete, christliche Postkarten und eine wunderschöne Illustration in Tusche, zart koloriert in gelben und rosafarbenen Aquarelltönen. Eine Japanerin umgeben von Kirschblüten. Dazu ein Gedicht. »Parole« – Worte. Von Umberto Saba. Tja, Lyrik kann man ja nicht im klassischen Sinn wörtlich übersetzen, da spielen Sprachgefühl für Inhalt und Versduktus eine große Rolle. Ist mir jetzt aber egal. Ich traue mich ran. *Parole, dove il cuore dell'uomo si specchiava – nudo e sorpreso – ... Worte, in denen das Herz ...* Okay, ich passe, muss ich mir von Paola übersetzen lassen. Ich lese halblaut weiter. Klingt schon schön. Dann blättere ich um. Auf den nächsten Seiten haben sich Elisabettas Freundinnen verewigt. Das sind jetzt definitiv Kinderreime. Süß. Dazu mehr oder weniger gelungene selbst gemalte Kunstwerke ihrer Freundinnen. Verzückt blättere ich noch ein wenig in dem Büchlein herum, dann befinde ich, dass ich genug fremde Schätze begutachtet habe, und mache mich auf den Weg nach unten.

Bald weht mir milde, warme Luft um die Nase, die Sonne scheint vom blauen Himmel, was will man mehr. Ob ich tatsächlich schwimmen gehe, muss ich mir noch überlegen, Lust hätte ich schon. Erst mal Vinc suchen.

Das Rad rollt fast von alleine runter zum See. Mann, ich liebe diese Gegend! Den See und Italien, diese Kombi hier mit den Weinbergen, die Häuser, die Luft, das Wasser, dann das Treiben im Ort und an der Promenade ... Wäre toll, hier zu leben. Vielleicht für ein paar Monate. Vinc spottet manchmal über meine Träume, wie zum Beispiel darüber, mal eine Auszeit zu nehmen, nicht nur so kurz wie jetzt, sondern ein paar Monate, ein Jahr ... Aber werden solche Träume jemals wahr? Es liegt an dir, Doro, sage ich mir und nehme mir fest vor, die wichtigsten Träume im Leben nicht aus den Augen zu verlieren oder auf die lange Bank zu schieben.

Ich quere die Hauptstraße, die Via Peschiera, wie die Gardesana an diesem Streckenabschnitt heißt. Mit leicht angezogener Handbremse rolle ich die kleine Straße zwischen öffentlichem Parkplatz, Hotels und Cafés entlang bis zum See. Überall stehen noch Tische und Stühle draußen, die Menschen genießen die letzten warmen Herbsttage und Vinc ist mitten unter ihnen.

Ich erkenne ihn schon von Weitem in einem der Ristoranti. Wie er so da sitzt, mit Sonnenbrille und lässig übereinandergeschlagenen Beinen – mein persönlicher Orlando.

»Ciao, Orlando«, spreche ich ihn an, »was für ein netter Zufall! Darf ich mich dazusetzen?«

»Sì, certo, signorina. Molto volentieri.« Er erhebt sich und schiebt mir den Stuhl neben seinem zurecht. »Ich nehme an, Sie lieben Seeblick?«

»Ist das nicht ein bisschen übertrieben?«, frage ich huldvoll lächelnd.

Vinc setzt sich wieder und winkt dem Kellner. »Na ja, wenn ich bei dir landen will, muss ich mich auf jeden Fall von meiner besten Seite zeigen, nicht, dass noch Frieder das Rennen macht.«

»Hilfe, verschrei es nicht!« Schnell klopfe ich an das magere Stämmchen des Olivenbaums im Topf neben mir und schau mich forschend um. »Puh, zum Glück kein Jacko weit und breit.« Ich bestelle mir einen Cappuccino und Wasser.

»Mi scusi, vorrei un bicchiere di Prosecco. E un pezzo di torta al limone, per favore«, ordere ich dann noch Prosecco und Zitronenkuchen, als der Kellner mir meine Getränke bringt.

Vinc sagt nichts dazu. Hat sich wahrscheinlich schon gewundert, dass ich das nicht gleich getan habe. Vielleicht sollte ich mir doch noch mal überlegen, ob ich wirklich hier wohnen möchte. Ständiges Urlaubsgefühl weckt immer maßlose Genusssucht in mir.

Ich lehne mich im Stuhl zurück und schaue den Spatzen beim Aufpicken der heruntergefallenen Krümel zu. Eine Taube mischt sich mit auf und ab zuckendem Hals unter das Spatzenvolk. Die Kleinen hüpfen noch ein bisschen aufgeregter herum, lassen sich aber nicht vertreiben, und als ich meinen Keks, den ich zum Cappuccino bekommen habe, mit den Vögeln teile, wagt sich ein besonders vorwitziger Spatz sogar auf unseren Tisch. Das muss mit einem Extrakrümel belohnt werden. Vinc versucht, ein Bild von uns aufs Handy zu bannen, ich muss noch mal Krümelnachschub liefern. Der Kellner bringt Prosecco und Kuchen und wirft mir einen leicht missbilligenden Blick zu. Klar, je mehr die Kleinen abstauben, desto aufdringlicher und frecher werden sie. Ist mir aber gerade egal.

Vinc schnappt sich meine Gabel und sticht ein Stück vom Zitronenkuchen ab. »Hm, molto buono«, lobt er und zieht den ganzen Teller zu sich.

»He«, protestiere ich, »das gibt gewaltigen Punktabzug! Un altro pezzo di torta al limone, per favore«, gebe ich dem gerade vorbeieilenden Ober in Auftrag.

Die Sonne steht schon tief südwestlich und stiehlt sich unter die Schattenlinie der Markise. Ich setze meine Sonnenbrille auf, ein lockerer Strom an Menschen bummelt oder eilt über die rot-weiß-grau gepflasterte Piazza Lago. Die Wellen brechen an den groben Felsbrocken, die das Ufer säumen, an der befestigten Mole dümpeln Segelboote vor sich hin, einige europäische Flaggen flattern im Wind. Im Nachbarlokal serviert ein Kellner einem Gast einen Teller mit Spaghetti ai frutti di mare. Ich stupse Vinc an. »Schau mal, Schatz, wär doch was für uns am Abend, was meinst du?«

»Schaut lecker aus, aber willst du abends noch so weit radeln?«

»Warum nicht? Wir haben ja die E-Bikes. Oder nehmen wir doch lieber das Auto? Ein Viertelchen Vino ginge trotzdem.«

Vinc zieht die Stirn in Falten. »Null Komma null Promille, sag ich nur. Aber ich fahre, trinke einen Schluck bei dir mit und später holen wir uns eine Flasche von Enzo. Schließlich wohnen wir auf einem Weingut. Da können wir den Abend nicht mit Wasser ausklingen lassen.«

»Sag ich doch.« Zufrieden verschränke ich die Arme.

Wie eine sanfte Welle, die zum Tsunami wird, rollt eine Lachsalve in mir hoch. Ich pruste los.

»Was hast du denn?« Vinc guckt irritiert.

»Mir ist gerade was eingefallen. Ich hab vorhin im Poesiealbum von Paolas Mama geblättert, da stand ein etwas merkwürdiger Reim drin, der hat eine Erinnerung in mir geweckt, ich wusste nur zuerst nicht, welche. Jetzt ist es mir eingefallen: Als meine Mutter damals beschlossen hat, dass ihr Lebensmittelpunkt nicht länger bei uns liegt, bei Paps und bei mir, da hat sie einiges zurückgelassen. Bücher, Krimskrams und unter anderem auch ihr altes Poesiealbum. Da schmeißt du dich weg, wenn du die kitschigen Glitzerklebebilder von früher siehst. Sind aber auch irgendwie nostalgisch, und ganz ehrlich, Glitzer ist bei uns Mädels immer noch modern, nur dass heute halt die glitzernde Schneekönigin durch ihre glitzernde Märchenwelt reitet, während es damals eher kleine Vögelchen oder Rosensträußlein waren.«

»Und das ist jetzt so witzig oder was?«

Mein Lachanfall wird jetzt richtig schlimm. Dann beruhige ich mich wieder. »Weißt du, da gab es Sprüche wie: ›Es gibt nichts Gutes, außer man tut es‹ oder ›Nur eines führt zum Ziel, das kleine Wort *Ich will*.‹ Und aus der Riege ›kitschig‹ so was wie: ›So wie des Bächleins Quelle, so silberhell und rein, sollen auch die Tage deines Lebens sein.‹ Aber ein Spruch hat alles getoppt. Paps und ich haben uns damals schlappgelacht. Der ist mir eben grade wieder eingefallen.«

»Jetzt sag endlich!«

»›Drei Tage war der Vater krank, jetzt trinkt er wieder, Gott sei Dank‹«, japse ich.

»Pass auf, du läufst schon blau an«, warnt Vinc. Dann erwischt es ihn auch. Hat ein bisschen auf der Leitung gestanden, der Gute.

»Klar war das nicht so gemeint, und ich find's ein bisschen fies, mich darüber jetzt lustig zu machen, aber die Doppeldeutigkeit hat mich damals schon fertiggemacht. Und Paps auch. Manchmal ärgere ich ihn jetzt noch mit dem Spruch.«

»Doro, ich glaube, über so 'nen Scheiß lachst nur du.«

»Und du«, ergänze ich und muss ihn küssen. »Ich könnte nie einen Mann lieben, der diesen Humor nicht versteht.«

»Habe ich glatt Glück gehabt!«

Vinc hat sich schneller beruhigt als ich. Er tippt mittlerweile sehr vertieft auf seinem Handy herum.

»Was suchst du Interessantes?«, frage ich und lehne mich zu ihm rüber, um einen Blick auf sein Display zu erhaschen.

»Ich google diesen Antiquitätenfuzzi. Orlando Valgoni, hat Paola gesagt, stimmt's?«

»Ja, ich glaube, so heißt er. Hast du ihn gefunden?«

»Jep. Hat ein Lager im Hinterland. Officina, magazzino e vendita – Werkstatt, Lager und Verkauf. Warte mal, ich schau, wo das liegt. Aha, Via Montavoletta, das ist nicht so weit.« Er hält mir sein Handy unter die Nase.

»So seh ich nix«, beschwere ich mich und drücke seine Hand ein bisschen weiter weg.

Liegt Luftlinie vom Buccelli'schen Weingut ein paar Kilometer nördlich, ebenfalls im Hinterland von Bardolino. Hügelig, aber wir haben E-Bikes. Oder ein Auto.

»Und er hat außerdem einen kleinen Laden in Bardolino, mitten im Ort. Hier, Via Palestro.« Vinc wischt übers Display. »Hat allerdings keine Öffnungszeiten angegeben.«

»Da könnten wir theoretisch nachher vorbeifahren, oder?«, schlage ich vor.

»Nicht nur theoretisch«, meint er. »Il conto, per favore«, ruft er unserem Kellner zu, der auf einem voll beladenen Tablett Eisbecher, Cappuccini und kalte Getränke an uns vorbeiträgt.

»Sì, solo un momento, arrivo subito«, vertröstet er uns.

»Allora, am See entlang nach Bardolino. Schauen wir uns den Laden mal an, d'accordo?«, treibe ich ein bisschen.

»Ja klar. Fahren wir los.« Vinc legt das Geld auf den Tisch, steht auf und geht zum Fahrrad. Dann dreht er sich um. »Äh, wie machen wir es? Fahren wir zusammen?«

Shit, das habe ich ganz vergessen! »Egal jetzt, ich habe keine Lust, im 50-Meter-Abstand an der Promenade entlangzuradeln«, entscheide ich, »in Valgonis Laden trete ich dann natürlich solo auf.«

»Glaub auch, dass es so passt. Außerdem kennen wir uns ja vom Weingut her.«

Wir radeln los. Trotz der Anspannung, durch die mein Aufenthalt hier geprägt ist, sehe ich die Umgebung aus dem Blickwinkel der Urlauberin. Es ist unmöglich, diese Bilder zu ignorieren, die sich einem in jedem Augenblick präsentieren. Das wäre wahrscheinlich auch so, wenn ich hier wohnen würde.

Paolas missliche Lage drängt sich zu Recht wieder in den gedanklichen Vordergrund und ich bin froh, dass Vinc jetzt da ist, und vor allem auch, dass ich endlich auf Paolas Seite stehe. Wir werden den Erpresser finden und dann ...

»Was schaust du so grimmig?«, fragt Vinc, der neben mir

fährt, da wir gerade keinem Gegenverkehr auf der Promenade ausweichen müssen.

»Ich schau nicht nur so, ich male mir aus, was den Erpresser erwartet, wenn wir ihn geschnappt haben.«

»Wie immer optimistisch, mein Schatz.« Er hängt sich an meinen Arm und lässt sich ein Stück mitziehen.

»Logo, alles andere wär ja Quatsch. Bremst nur aus.«

»Das stimmt und ich finde es auch richtig, dass wir alles untersuchen und recherchieren, was uns zu der ganzen Sache einfällt, aber ...«

»Nix aber, Schatz! Jetzt sei bloß nicht genauso skeptisch wie Enzo. Ich sag ja gar nicht, dass wir die Polizei nicht irgendwann informieren, aber jetzt schauen wir doch bitte erst einmal, wohin unsere Spuren uns führen. Vielleicht identifizieren wir den Erpresser ja selbst und brauchen die Polizei gar nicht! Lass es uns wenigstens versuchen – diese Chance müssen wir Paola geben.«

»Enzo wollte ja gar nicht sofort zur Polizei gehen und ein Aber ist durchaus angebracht. Wir müssen vorsichtig sein. Du machst mir gerade ein bisschen den Eindruck, als wäre das Ganze hier ein persönliches Spiel.«

»Spiel!«, pruste ich empört.

»Ja genau, Spiel. Und es ist kein Spiel. Der Typ ist skrupellos, das sage ich dir. Der erpresst Paola eiskalt und ich bin sicher, dass er nicht einfach klein beigibt, wenn wir ihm auf die Pelle rücken. Wir müssen aufpassen.«

»Du meinst, ich soll nachdenken, bevor ich mich mit dem Typen anlege, und vor allem keine Alleingänge unternehmen, stimmt's?«

Vinc' Stirn glättet sich. »Stimmt, sehr gut auf den Punkt gebracht.«

»Was denkst du denn eigentlich von mir?«, motze ich. »Meinst du, dass ich aus meinen Fehlern nicht gelernt habe?

Ich bin mittlerweile die Vorsicht in Person. Kein Bauchgefühl mehr, nur noch Vernunft!«

»Weißt du, Schatz, mit ein bisschen weniger Übertreibung hättest du mich vielleicht sogar überzeugt.«

In allergrößtem gegenseitigem Verständnis blicken wir uns an.

»Willst du eigentlich noch schwimmen?«, fragt Vinc, offensichtlich gewillt, das Thema zu wechseln.

Ich schaue auf die Uhr. »Heute nicht mehr. Ich möchte jetzt unbedingt zu Orlando Valgonis Laden. Aber ich hätte noch Lust auf ein Eis. An der Cristallo-Bar kommen wir sowieso vorbei.«

»Hey, wir hatten vor einer halben Stunde Zitronenkuchen. Da kriegen wir ja 'nen Zuckerschock!«

»Genau, du und Zuckerschock. Haha! Aber weißt du was? Wir streichen dafür Essengehen und kochen uns selber eine Kleinigkeit. Auf dem Hof gibt es sehr romantische Plätze.«

»Hört sich gut an, aber ...«

»Schon wieder ein Aber?«

»Frieder?«

Ach Mann, was für 'ne blöde Situation! Wir müssen ja auf Distanz bleiben. Hm ...

»Vorschlag«, sagt Vinc jetzt, »wir kochen in der Küche im Gästehaus, da ist gar nichts dabei, machen andere auch. Pasta mit Pesto, wir kaufen hier noch die Zutaten und essen dann unter der Laube. Ganz offiziell, ist ja schließlich für alle Gäste hergerichtet. Fällt gar nicht auf, wenn wir da zusammen sitzen, und falls andere dieselbe Idee haben, können die sich ja gerne dazugesellen. Und wir beide können unsere Kennenlernphase weiterspielen. Na?«

»Schatz, du bist genial!«, stimme ich begeistert zu. »Allora, erst Eis, dann auf zu Orlando Valgonis Wirkungsstätten. Dem Kerl muss auf den Zahn gefühlt werden, verdammt!«

Mittlerweile haben wir die Campingplätze rechts vom Weg

und die Schilf-Wasserzone links hinter uns gelassen, der Ortskern Bardolino lockt mit seinen Geschäften, dem Hafen, dem lebendigen Treiben. Und mich persönlich lockt eine große Portion Haselnusseis.

»Was nimmst du?«, frage ich Vinc, als wir an der Theke anstehen.

»Fragola e tiramisù.«

Hm … »Fragola e nocciola, entscheide ich kurzfristig, als ich an der Reihe bin. In der Waffel, denn bei der ganzen Aufregung vertrage ich mit Leichtigkeit ein paar Kalorien mehr. Vinc zeigt genauso wenig Hemmungen und zieht mit Erdbeere und Tiramisu in der Waffel nach.

Der nette Ober vom letzten Mal eilt vorbei, sieht mich an der Eistheke stehen, sagt was zu seinem Kollegen an der Ausgabe, der mir daraufhin eine Waffel mehr auf mein Eis steckt, und zwinkert mir zu. Vinc verfolgt das äußerst interessiert.

»Sehr beruhigend, da muss ich mir keine Sorgen machen, dass du verhungerst ohne mich.«

»Seelisch schon.«

»Komm her, Süße«, Vinc will mich umarmen, aber ich weiche aus, wenn auch schweren Herzens.

»Inkognito, Schatz«, sage ich bedauernd. »Wir holen es nach, versprochen.«

»Ich nehm dich beim Wort.«

»Unbedingt, da bestehe ich drauf!«

Wir flanieren zum Wasser, vorbei an den bunten Fischerbooten, den Segel- und Motorbooten, bis vor zu der Brücke zwischen den Stegen und schlecken an unseren Eisbomben. Die Seile der Flaggen klingen leise an den Fahnenstangen.

»Die stehen in Cisano auch. Was sind das eigentlich für Flaggen?«

Wir schauen uns die bunten Fahnen genauer an. Europäische Länder auf jeden Fall.

Nachdenklich lausche ich dem leisen Plätschern der Wellen. »Was hältst du eigentlich von Paolas Idee, Orlando Valgoni könnte das Testament gefunden haben und sie jetzt damit erpressen?«, komme ich wieder zum Thema.

»Ist zumindest gut vorstellbar«, antwortet Vinc bedächtig und knabbert an seiner Waffel. »Passt ziemlich gut in die Story, finde ich. Dass plötzlich in der Geheimschublade eines alten Schreibtischs ein längst verschollenes oder besser gesagt ein unbekanntes Testament auftaucht, mit dem Paola jetzt erpresst wird, riecht schon mehr nach Wahrscheinlichkeit als nach purem Zufall, oder?«

Absolut meine Meinung. »Okay, los geht's«, treibe ich zum Aufbruch.

Wir schieben die letzten Reste unserer Waffeln in den Mund, dann starten wir. Wir müssen in die Via Palestro, wie Vinc gegoogelt hat. Ist fast nebenan, die nächste Seitenstraße. Wir biegen nach rechts in die Ladenzone. Je weiter wir der Straße folgen, desto größer wird die Anspannung. Ist ein sonderbares Gefühl, eine Mischung zwischen Neugier, Unsicherheit und – nein, Angst ist es nicht, dazu ist Valgoni noch zu wenig greifbar, aber ich habe jetzt das Gefühl, nicht mehr nur im Urlaub zu sein. Wenn ich den Laden betrete und Orlando Valgoni ist da und ich rede mit ihm ... dann ... Ja, was dann? Dann hänge ich unweigerlich mittendrin. *Das tust du bereits*, flüstert mir meine innere Stimme zu und die kennt mich sehr gut. Es gibt kein Zurück mehr für mich, ich will wissen, was und wer und warum. Wenn ich ehrlich bin, war das von Anfang an so. Schon als Paps mit Valerias Anliegen an mich herangetreten ist und er sehr richtig bemerkt hat: »Du hast angebissen.« Er kennt mich fast so gut wie meine innere Stimme.

»Ist nicht zum Lachen, stimmt's?«, kommentiert Vinc meinen Gesichtsausdruck. Er kennt mich eben auch.

Fast wären wir an dem schmalen, unscheinbaren Schaufenster vorbeigelaufen. Darin präsentiert sich ein altes Kaffeeservice mit einem unvollständigen Satz Kaffeelöffel und Kuchengabeln aus angelaufenem Silber auf staubigem schwarzem Samt. Dahinter einige weitere »Antiquitäten«. Also ehrlich, ein bisschen mehr Mühe hätte man sich bei der Gestaltung der Auslage schon geben können. Wäre sicher verkaufsfördernd. Das vergilbte Klingelschild mit der Aufschrift »O. Valgoni« neben der schmalen Eingangstür bestätigt uns, dass wir hier richtig sind. Vinc hält Abstand, signalisiert, dass er sich ein paar Häuser weiter positionieren wird.

Okay, da ist sie, die Höhle des Löwen. Ich stelle mein Rad ab und drücke gegen die Tür. Abgesperrt. Weder hier noch im Schaufenster ist ein Hinweis auf die Öffnungszeiten zu finden, nirgends ein »aperto« oder »chiuso«. Vor ein paar Minuten noch wäre ich fast froh gewesen, nicht in den Laden zu müssen, jetzt ärgert es mich. Ich will diesen Valgoni sehen, mir mein eigenes Bild von ihm machen.

Ich schaue mich um. Vor dem Taschenladen gegenüber drängen sich links und rechts Regale voller Handtaschenmodelle, die Eingangstür dazwischen steht einladend offen. Während ich die Straße überquere, signalisiere ich Vinc ein »Keine Ahnung« und betrete das Taschengeschäft.

»Buona sera, signorina«, schallt es mir freundlich entgegen und ich erkläre, dass ich mich für den Antiquitätenladen gegenüber interessiere.

»Mi dispiace, signorina, non La posso aiutare.« Der Verkäufer entschuldigt sich wortreich dafür, mir nicht helfen zu können, und merkt außerdem an, dass ich nicht die Erste sei, die sich nach dem Laden erkundigt. Aber leider wisse er auch nicht, wann er wieder öffne. Orlando habe sich schon längere Zeit nicht mehr sehen lassen – aha, man ist also per Du, registriere ich – er sei öfter mal für ein paar Tage unterwegs, um bei

Wohnungsauflösungen nach Schnäppchen für sein Geschäft zu suchen, aber so lange wie dieses Mal lasse er den Laden sonst nie zu. Längere Einkaufstouren mache er normalerweise im Winter. Er hebt in einer ratlosen Geste die Hände.

»Grazie per le informazioni, signore«, bedanke ich mich. Schade, dass ich hier nicht weitergekommen bin, aber nicht zu ändern.

Ich hole mein Rad und schiebe es rüber zu Vinc. Der sitzt auf dem breiten Fensterbrett des Tabacchi-Ladens, in dem er nicht nur Zigaretten gekauft hat, sondern auch noch ein Journal, in dem er blättert. Über Autos, was sonst.

»Die wissen auch nicht, wann Valgoni wieder da ist«, fasse ich meinen Misserfolg zusammen.

Vinc nimmt es gelassen. »Tja, da können wir nichts machen. Fragen wir Enzo, ob der weiß, was mit dem Laden ist. Vielleicht rentiert er sich einfach nicht mehr und bleibt geschlossen. Würde mich nicht wundern, so ramschig, wie der aussieht.«

»Dann hätte er aber doch bestimmt seinen umliegenden Kollegen Bescheid gesagt und einen Hinweis im Schaufenster ausgehängt.«

»Ja, wahrscheinlich. Wie gesagt, fragen wir Enzo, vielleicht kann er herausfinden, ob etwas über den Laden bekannt ist. Aber erst fahren wir noch zu Valgonis Möbellager, oder willst du nicht mehr?«

»Doch, unbedingt! Trotzdem ist es seltsam. Die Lage ist gut, mitten in Bardolino. Da gibt's doch mit Sicherheit genug Kundschaft. Und der Besitzer vom Taschenladen wusste offenbar auch nichts von einer Schließung. Wenn Enzo nichts herausfindet, dann klappern wir die Geschäfte im Umfeld ab. Aber erst dann. Am Ende hat Valgoni gar nix mit der Sache zu tun, dann stehen wir blöd da, wenn wir jetzt 'nen Riesenwirbel um ihn machen.«

»Das ist ehrlich gesagt meine kleinste Sorge«, meint Vinc. »Wir sollten in erster Linie nicht vergessen, dass wir es mit viel krimineller Energie zu tun haben und nicht wissen, von welcher Seite ein Angriff kommt.«

»Beruhig dich, Schatz, ich seh das ja genauso. Wir fahren noch hoch zu dem Lager, unauffällig natürlich, dann machen wir uns auf den Weg nach Hause.«

»Nach Hause wäre schön«, seufzt Vinc.

»Komm, wo bleibt dein Sinn für Abenteuer?«, rufe ich aufmunternd.

»Das Abenteuer hab ich mit dir gebucht. Täglich. Ist sozusagen ein Dauer-Abo«, sagt er schicksalsergeben.

Wir radeln los, jetzt wieder schön getrennt hintereinander.

Vinc voraus – der hat den Weg noch mal auf dem Handy gecheckt und gibt den Guide. Gut, dann muss ich mich nicht darum kümmern und kann in aller Ruhe vor mich hin träumen. Oder auch nicht. Vinc legt ein ziemliches Tempo vor, ich muss mich ranhalten, um ihn nicht zu verlieren. Tut gut, die Anspannung rauszupowern. Diese ständige Grübelei macht mich mürbe, da ist es genau das Richtige, mich körperlich zu betätigen und zugleich das Gefühl zu haben, etwas Sinnvolles zu tun. Etwas, das uns weiterbringen könnte.

Vinc hat sich mit seinem Rad seitlich von der Straße zwischen die Weinreben gestellt. Die sind noch ausreichend belaubt, um ihn vor den Blicken der Bewohner der Häusergruppe ein Stück weiter vorne zu schützen. Ich schiebe mich samt Fahrrad daneben.

»Hätten wir uns vorher mit Paola und Enzo besprechen sollen?«, frage ich, denn bei allem Tatendrang kommen mir jetzt Zweifel.

Vinc wiegelt meine Bedenken ab. »Wenn was schiefgeht und wir die Lage versauen, wär das fatal, aber Enzo hat uns ja grünes Licht gegeben. Wir sollen uns umschauen, jeder überlegt sich was, Paola und er versuchen, etwas über diese ominöse

Blumenspenderin herauszufinden. Also los, checken wir das Lager. Aber nur einer von uns. Wer geht?«

»Ich würde das gerne machen. Orlando Valgoni ist ein Mann. Ich kenne ihn zwar nicht und weiß nicht, wie er tickt, aber das werde ich schnell merken. Dann kann ich entweder auf Dummchen machen oder ich schmeichle seinem männlichen Ego und mache ihm schöne Augen.«

»Und ich steh tatenlos draußen und warte, bis meine Freundin fertig mit Flirten ist? Na, vielen Dank«, sagt Vinc.

»Das ist der Kick«, zwinkere ich ihm zu.

»Dann schleich dich endlich, bevor ich's mir anders überlege«, zwinkert er zurück. »Da vorne ist es.« Er zeigt auf ein Anwesen auf der linken Straßenseite, gegenüber liegen ein paar verstreute Wohnhäuser, eingerahmt von einer grünen Umzäunung aus Rebenspalieren, Kiwihecken, Oleander- und Feigenbäumen. Dahinter erstrecken sich die obligatorischen Weinberge der Gegend. Eine eher einsame Außenstelle von Bardolino, hier ist es ruhig, nichts ist zu spüren von der quirligen Energie des Ortes.

Ich steige auf und trete noch mal in die Pedale, bis ich vor dem Tor des besagten Grundstücks stehe. Das Areal ist von einem rostigen Maschendrahtzaun umgeben. Am Eingangstor, das ziemlich windschief in den Angeln hängt, ist ein Blechschild an den Ecken mit Drähten an das Zaungeflecht montiert. Darauf steht in schwarzen Lacklettern: »Officina, magazzino e vendita. Orlando Valgoni«. Keine Telefonnummer, keine E-Mail-Adresse. Und das Tor ist zu. Das Lager befindet sich ein Stück zurückgesetzt, ebenerdig, ist teils aus gemauerten Wänden, teils aus Holz. Ziemlich heruntergekommen, das einzig Neue an dem Gebäude ist das Dach, die roten Ziegel glänzen in der Sonne. Das Wohnhaus daneben hat auch schon mal bessere Zeiten erlebt. Und weit und breit ist kein Mensch zu sehen. Eine Klingel gibt es ebenfalls nicht. Soll wohl heißen: Wenn das Tor geschlossen ist, bitte ein anderes Mal wiederkommen. Will der Mann keine Geschäfte machen? Ist doch echt bescheuert. Ich meine, selbst wenn Valgoni der Erpresser ist, würde ihm das kaum so viel einbringen, dass er gleich seinen Laden und den Möbelverkauf komplett aufgeben könnte.

Unschlüssig rüttle ich am Tor, gehe ein Stück am Zaun entlang und versuche, einen Blick auf die umliegenden Gebäude zu erhaschen, halte Ausschau nach irgendetwas, das auf die Anwesenheit Valgonis hindeuten könnte. Als ich meinen Blick schweifen lasse, bemerke ich, wie sich in einem Haus auf der anderen Straßenseite ein Vorhang bewegt. Eindeutig! Anscheinend werde ich beobachtet. Der Vorhang ist das einzige Lebenszeichen im Umkreis und ich bin ganz froh, dass Vinc nicht weit ist.

Jetzt wird die Tür des betreffenden Hauses geöffnet und eine Frau tritt heraus, sie ist vielleicht Mitte 60 und trägt eine rote Katze auf dem Arm, der sie unentwegt über den Kopf streichelt, während sie, ohne auf den Verkehr zu achten, über die Straße auf mich zusteuert. Unwillkürlich schaue ich für sie, ob ein Auto kommt, aber zum Glück ist keines unterwegs.

»Buona sera, signora«, grüße ich erwartungsvoll.

»Buona sera«, erwidert sie und legt in megaschnellem dialektgefärbtem Italienisch los, sodass ich alle Mühe habe, auch nur die Hälfte zu verstehen.

Als sie eine Atempause einlegen muss, kann ich einhaken. »Più lentamente, per favore«, bitte ich sie.

Sie entschuldigt sich mehrmals und redet dann zumindest ein wenig langsamer, sodass ich kapiere, worum es geht. Nämlich um Orlando Valgoni. So viel habe ich vorher schon mitgekriegt, aber jetzt weiß ich auch, weshalb sie zu mir rübergekommen ist. Erstens war ihr anscheinend langweilig – das sagt sie natürlich nicht, das ist meine Interpretation – und zweitens, und das lässt mich jetzt wirklich aufhorchen, teilt sie mir mit, dass der Möbelverkauf hier schon seit einiger Zeit geschlossen ist. Sie wisse nicht, wann wieder jemand da sei. Signor Valgoni habe sie vor einigen Wochen angerufen und gesagt, dass er eine Weile unterwegs sei und eventuell hin und wieder jemand einen Schrank oder ein anderes Möbelstück abholen werde, sie solle sich nicht wundern, das sei ein Mitarbeiter von ihm. Die Verbindung sei sehr schlecht gewesen, sie habe Valgoni kaum verstanden, dann sei er auf einmal ganz weg gewesen. »Tja, sonst stellt er mir für solche Fälle immer eine Menge Katzenfutter bereit, das hat er dieses Mal wohl vergessen. Aber das macht nichts, die Katze ist jetzt meistens bei mir, sie ist ja so allein da drüben, die arme Milli.« Sie streichelt dem Tier über den Rücken und spricht leise mit ihm. »Ich habe tatsächlich mal Licht drüben gesehen«, sagt sie dann, »und den Helfer von Signor Valgoni. Ich bin hinübergegangen, weil ich fragen wollte, ob er im Haus mal nach Katzenfutter schauen kann, aber als ich drüben ankam, war er schon weg. Ist ja auch egal, es war auf jeden Fall kein Einbrecher, denn den Mann habe ich schon öfter hier gesehen. Und Signor Valgoni hat ja gesagt, dass sein Mitarbeiter ab und zu kommt ... Seitdem war aber niemand mehr hier.« Sie schaut recht ratlos von der Katze zu mir.

»Und Sie wissen sicher nicht, wann Signor Valgoni wiederkommt oder wo er sich aufhalten könnte?«

»Nein, leider nicht. Er hat sich nach diesem Anruf nicht mehr bei mir gemeldet. Vor zwei Tagen bin ich sogar an seinem Bootshaus vorbeigegangen, aber auch da habe ich ihn nicht angetroffen.«

»Wieso sollte er in seinem Bootshaus sein?«

»Ich dachte, dass er vielleicht mit dem Boot weggefahren ist ... In der Zeitung stand doch, dass sie eine Leiche aus dem See geborgen haben«, die Signora ringt nach Worten, »ich meine, es wäre ja möglich, dass Signor Valgoni etwas zugestoßen ist.«

»Ach, jetzt verstehe ich. Sie dachten, er sei mit seinem Boot verunglückt. Das ist doch vollkommen in Ordnung, dass Sie sich kümmern«, beruhige ich sie. »Sein Boot ist also da?«, frage ich und denke, wenn es sich bei dem Toten tatsächlich um Valgoni handeln würde, wäre er sicher nicht mit seinem eigenen Boot unterwegs gewesen. Zumindest nicht allein, denn wenn man den Gerüchten Enzos Glauben schenkt, war es kein Unfall.

Die Signora nickt.

»Was hat er denn für ein Boot?« Wenn ich schon mit der Frau rede, dann will ich das Maximale an Information aus ihr herausholen, um Paola und Enzo einen möglichst guten Überblick geben zu können.

»Nur so einen normalen Fischerkahn. Mit Außenbordmotor. Il suo ›gabbiano‹, wie er ihn getauft hat. Er ist aber kein Fischer, sondern ein Hobbyangler. Wie viele seiner Freunde. Er hat mir manchmal einen Fisch geschenkt.« Die Signora lächelt.

Il suo gabbiano, seine Möwe. Scheint ein ganz netter Zeitgenosse zu sein, dieser Signor Valgoni. Oder doch ein Erpresser?

»Grazie tante, signora …«, ich lege bewusst eine Pause ein.

»Melandri«, ergänzt sie prompt höflich.

»Das ist sehr freundlich von Ihnen, Signora Melandri. Wissen Sie, ich habe übers Internet einen Schrank bei Signor Valgoni gekauft und einen Abholtermin mit ihm vereinbart. Der wäre jetzt. Ich kann ihn auf seinem Handy nicht erreichen, deshalb habe ich mir gedacht, ich schau mal direkt hier vorbei. In seinem Laden in Bardolino habe ich ihn leider auch nicht angetroffen. Da wurde mir das Gleiche gesagt, nämlich dass Signor Valgoni zurzeit nicht da sei. Haben Sie vielleicht eine Kontaktmöglichkeit? Eine Telefonnummer? Oder wissen Sie von jemandem, der Signor Valgoni vertritt und handlungsbefugt ist? Oder dürfen Sie mir vielleicht den Schrank aushändigen?« Ohne eine genaue Vorstellung, worauf ich überhaupt hinauswill, bequatsche ich die Nachbarin weiter.

»Ich habe keinen Schlüssel zu dem Anwesen«, sagt sie und druckst ein bisschen herum. Sie hat ganz offensichtlich noch etwas auf dem Herzen. »Ich werde morgen die Polizei informieren oder vielleicht sogar heute noch«, sagt sie dann endlich.

»Die Polizei?«, frage ich ruhig nach, doch innerlich schrillen bei mir die Alarmglocken. Polizei können wir gerade gar nicht gebrauchen.

»Ja, wegen des Artikels, der heute in der Zeitung steht. In dem sie die Bevölkerung bitten, vermisste Personen zu melden. Und Signor Valgoni ...«, sie verstummt verlegen. »Ich mache mir ein wenig Sorgen, weil ich so lange nichts von ihm gehört habe. Ich hoffe, er bekommt keine Unannehmlichkeiten deswegen«, jammert sie.

»Es muss Ihnen nicht unangenehm sein, dass Sie sich um Ihren Nachbarn sorgen. Ich finde das sehr lobenswert«, beruhige ich sie, weil es wohl das ist, was sie von mir hören will, und es außerdem stimmt. Ich denke an das Gespräch mit Enzo heute Morgen und bin sicher, dass Valgoni lieber ein paar Unannehmlichkeiten hätte, als der Tote in dieser Vermisstengeschichte zu sein. Und dass wir ihn von unserer Verdächtigenliste streichen können, wenn es wirklich Valgonis Leiche gewesen wäre, die im See aufgetaucht ist. Im Grunde tangiert uns das Einschreiten der Polizei nicht weiter. Schlimmstenfalls finden sie eine Verbindung zwischen Valgoni und den Buccellis wegen der verkauften Möbel. Die Erpressungsschiene steht auf einem anderen Blatt, und dass Valgoni das Testament einfach herumliegen lassen könnte, ist eine Möglichkeit, die ich für absurd halte und damit von der Besorgnisliste streiche. Man kann sich auch verrückt machen.

»Ich gebe Ihnen meine Handynummer, falls Signor Valgoni doch noch auftaucht«, schlage ich vor. »Haben Sie etwas zu schreiben?«

Sie schaut mich misstrauisch an. Bin ich zu aufdringlich? Aber dann drückt sie mir die Katze in die Arme und bedeutet mir, hier auf sie zu warten. Zwei Minuten später ist sie zurück, ich notiere meine Handynummer, ohne meinen Namen dazuzuschreiben, dann verabschiede ich mich. Hoffentlich war das kein Fehler, aber was soll jemand mit meiner Handynummer schon Schlimmes anfangen, beruhige ich mein leichtes Bauchflattern. Ich glaube, langsam sehe ich schon Gespenster!

Auf dem Rückweg zum Weingut erzähle ich Vinc, was ich erfahren habe.

»Kommst du gleich noch mit hoch zu mir?«, frage ich schnaufend, weil er schon wieder ein ganz schönes Tempo vorlegt beim Radeln. »Ich brauche Gesellschaft. Die Frau war irgendwie crazy, ich weiß nicht, die war so ... Ach, keine Ahnung, mich regt halt auf, dass wir heute nichts erreicht haben«, sage ich frustriert. »Und wenn Valgoni wirklich der Tote aus dem See ist, dann kann er nicht der Erpresser sein.«

»Jetzt warte erst mal ab. Noch wissen wir gar nichts über diesen Valgoni. Außer dass er gerade abgetaucht ist. Könnte auch dafür sprechen, dass er tatsächlich der Erpresser ist. Also, ich komm gleich mit zu dir rauf, dann reden wir weiter, okay? Bis wir nachher kochen wollen, ist noch genug Zeit, da schleiche ich mich vorher rüber in mein Zimmer. Allora, mia cara, ich düse voraus und kauere mich vor deine Tür.« Vinc grinst und meine gute Laune ist wiederhergestellt.

»Hier, du Armer, hol ihn dir«, rufe ich nach vorne und lasse den Zimmerschlüssel an meinem ausgestreckten Zeigefinger baumeln. Vinc fällt auf meine Höhe zurück und greift nach dem Schlüssel. »Grazie, signorina. Ich warte dann unten im Flur, damit du reinkannst.« Sagt's und gibt wieder Gas.

Ich fahre gemütlich weiter, halte zwischendurch an, um ein paar Fotos zu machen, und nehme mir vor, morgen unbedingt Paps anzurufen.

Als ich am Hof ankomme, bin ich allein. Vinc' Fahrrad steht schon ordentlich abgesperrt mit herausgenommenem Akku in dem dafür vorgesehenen Unterstand. Ich stelle meins daneben und gehe zum Haus rüber. Auf mein dezentes Klopfen hin öffnet sich die Tür einen schmalen Spalt, ich quetsche mich durch, hänge den Akku an die Ladestation und folge Vinc leise kichernd nach oben in mein Zimmer.

Wir schlüpfen aus unseren Schuhen und lümmeln uns auf mein Bett. Ich kuschle mich in seine Arme. Ein paar Minuten sagen wir nichts. War ziemlich viel heute. Kaum zu glauben, dass Vinc erst heute früh angekommen ist.

»Schatz, du kannst ruhig ein bisschen schlafen, ich wecke dich dann«, murmle ich und schaue zu ihm hoch.

»Würde ich tatsächlich ganz gerne. Nur 'ne halbe Stunde.«

Ich gebe seinen Arm frei, er dreht sich zur Seite und schon nach ein paar Sekunden zeigt mir sein gleichmäßiger Atem, dass er ins Land der Träume abgeglitten ist.

Ich verschränke meine Hände im Nacken. Müde bin ich nicht, aber ich rücke ein bisschen näher zu Vinc und schließe meine Augen. Sofort läuft ein Film von meinem Ausflug nach Verona vor meinem inneren Auge ab. Ich lasse die ganze Szenerie Revue passieren. Die Ponte Pietra … Die Treffpunkte lagen immer am Fluss, in der Nähe einer Brücke, so konnte der Erpresser Paola von der anderen Uferseite beobachten und checken, ob sie wirklich alleine war. Sobald er sich dessen versichert hatte, konnte er weitere Anweisungen per Handy geben.

Meine Gedanken drehen sich im Kreis, ich muss mich beherrschen, um Vinc nicht zu wecken.

»Weißt du, was das bedeutet?«, frage ich ihn eine halbe Stunde später, kaum dass er die Augen aufgeschlagen hat.

Vinc gähnt ausgiebig. »Wovon sprichst du, Quälgeist?«, fragt er und rollt sich zu mir.

»Von Verona und dem Erpresser. Der Typ hat Paola beobachtet, das heißt, dass er mich vielleicht gesehen hat, wie ich ihr zum

Hotel »Dal Nobile Cavaliere« gefolgt bin. Dass er jetzt wohl weiß, wie ich aussehe, und dass ich in irgendeiner Verbindung zu Paola stehe. Mist, verdammt! Dann ist er aufgeschreckt.« Vinc' Stirn kraust sich in sorgenvollen Falten.

»Das Unangenehmste ist, dass er mich kennt, aber ich ihn umgekehrt nicht. Das bedeutet, er kann mich in aller Ruhe beobachten und sich über mich ins Fäustchen lachen. Der hat unser Inkognito-Spiel vermutlich längst durchschaut.« Mich fröstelt es.

»Das muss nicht unbedingt so sein«, versucht Vinc, mich zu trösten, aber sein Gesichtsausdruck sagt etwas anderes.

»So gern ich das Gegenteil behaupten würde, ich denke, die Wahrscheinlichkeit, dass er mein Verfolgungsmanöver gesehen hat, ist ziemlich hoch.«

»Ich muss dir leider recht geben, so wie die Übergaben stattfanden, hat der Erpresser Paola beobachtet. Er musste sichergehen, dass ihr niemand folgt, bevor er das Geld nimmt. Aber wir haben trotzdem einen Vorteil: Der Typ kann deinen Auftritt nicht einordnen und er wird vermuten, dass du nicht von der Polizei bist. Das besänftigt ihn vielleicht oder verängstigt ihn zumindest nicht.«

»Wieso? Sehe ich so harmlos aus? Also, ich denke schon, dass ihn das verunsichert. Er weiß, dass Paola einen für ihn ungünstigen Schritt gegangen ist. Dass sie sich entweder jemandem anvertraut hat oder aber sich ungeschickt oder auffällig verhalten hat und deshalb jemand wissen will, was los ist«, versuche ich die Situation aus den Augen des Erpressers zu schildern.

»So oder so, es ist keine gute Sache. Der Erpresser sieht seine Quelle versiegen. Könnte gut sein, dass er sich zurückzieht und mit der Scheiße aufhört, dann werden wir ihn allerdings nie finden. Oder er will noch mehr aus Paola rausquetschen und muss eine unliebsame Zeugin aus dem Weg räumen.«

»Das wäre schon sehr abgebrüht«, widerspreche ich, befürchte aber genau das.

»Vielleicht hat er nichts mehr zu verlieren und braucht das Geld so dringend, dass er keine andere Chance sieht als weiterzumachen? Auf jeden Fall müssen wir mit Paola und Enzo reden. Und extrem aufpassen. Du gehst ab jetzt nirgendwo mehr alleine hin.«

»Komm, Schatz, übertreib mal nicht. Natürlich passe ich auf, außerdem bist du ja immer in meiner Nähe. Also, wir machen erst mal weiter wie bisher. Wenn wir davon ausgehen, dass er mich gesehen hat, halte ich es allerdings für unwahrscheinlich, dass die nächste Geldübergabe genauso stattfinden wird wie die bisherigen.«

»Er wird Paola auffordern, dafür zu sorgen, dass ihr niemand folgt. Er könnte sogar offen sagen, dass er dich gesehen hat und dass im Falle einer erneuten Missachtung seiner Anweisungen das Testament öffentlich wird.«

Die Essenz dieser ganzen Überlegungen bleibt mir drückend auf der Seele liegen: Der Typ hat mich gesehen! Aber wie es so oft bei mir ist – Druck erzeugt Gegendruck. Und außerdem ist es von Erpressung zu Mord dann doch noch ein großer Schritt. Bisher gibt es keine Anzeichen dafür, dass der Typ allzu gewaltbereit ist. Was mich ein kleines bisschen beruhigt.

KAPITEL 9

PAURE – ÄNGSTE

Venerdì (Freitag) – Tag 5

Ich wache auf. Vermutlich viel zu früh, denke ich und taste auf die andere Bettseite. Kein Vinc! Klar, der nächtigt natürlich brav im Gästehaus. Er fehlt mir. Gerade jetzt. Wahrscheinlich ist uns der Erpresser einige Schritte voraus. Ein Gedanke, der mir zusetzt. Ich richte mich auf und greife nach meinem Handy.
Guten-Morgen-WhatsApp an Vinc. Mit Sonnenbrillen-Smiley und Daumen nach oben. Soll heißen, ich bin wieder die Alte. Gestern Abend war ich Pessimistin und nicht einmal Vinc, Pasta und Vino haben es geschafft, meinen Optimismus zu reaktivieren. Ein bisschen wirkt die Welle noch nach ... Vinc antwortet nicht, na ja, für ihn hat das Einzelzimmer zumindest den Vorteil, dass er sich nicht mit einer Frühaufsteherin herumschlagen muss. Zugegeben, ich finde ihn und seine hilflosen Versuche, meiner Morgenpower zu entgehen, ziemlich süß. Bei der Vorstellung von Vinc mit Kissen über dem Kopf verdünnisieren sich meine restlichen dunklen Stimmungswolken. Meine Wut auf den Erpresser bekommt neuen Schub. Der Typ kann sich warm anziehen! Sobald er es wagt, noch einmal an Paola heranzutreten, schlagen wir zu! Voller Tatendrang reibe ich mir die Hände.
Mich treibt es zum Frühstück. Hoffentlich steht Vinc auch bald auf. Ich springe unter die Dusche und rubble mir anschließend gerade im Bad die Haare trocken, als mein Handy drüben auf dem Bett eine eingehende Nachricht meldet. Ich schlinge mir das Handtuch um den Körper und tappe mit nassen Füßen aus

dem Bad. Wie vermutet ist es Vinc. *9 Uhr Frühstück*, schreibt er, *dreh mich noch mal kurz um*. Na danke, noch 'ne Stunde, bis dahin bin ich verhungert! Da hätte ich locker eine Runde joggen gehen können, aber jetzt bin ich schon frisch geduscht. Egal, ich öffne das Fenster – es ist total schön draußen. Viel milder als bei uns in München. Ich entscheide mich für einen Spaziergang an der Morgenluft. Rebenwald statt Häusermeer, Seele baumeln lassen statt Sorgen wälzen. Urlaub statt Auftrag. Zumindest bis nach dem Frühstück.

Auf dem Weg zurück ins Bad sticht mir das Poesiealbum von Elisabetta ins Auge, das auf dem Schreibtisch liegt. Muss ich Paola nachher unbedingt zurückgeben.

Zehn Minuten später bin ich fertig, stecke das Buch in meine Tasche und verlasse das Zimmer. Unten im Flur dringen leise Stimmen aus der Küche, vermutlich sind Laura und Pietro längst weg, trotzdem schleiche ich mich vorbei. Ich will meine Ruhe, Hiobsbotschaften oder alles rund um Paolas Probleme müssen bis nach dem Frühstück warten.

Draußen fällt sofort der ganze Ballast von mir ab. Ich laufe hinter dem Wohnhaus zu den Weinbergen im Osten, nach einer Weile nicht mehr auf dem Feldweg, sondern im Gras, direkt an den Weinstöcken vorbei. Das Laub rollt sich schon vielfach zusammen, vertrocknet, verknittert, so aus der Nähe betrachtet mehr braun als gelb … Ein Rosenstock an der Stirnseite der Reihe prahlt noch mit zwei orange-gelben Blüten. Ist wahrscheinlich nicht gern gesehen bei den Winzern, aber ich erteile mir selber die Erlaubnis und schlüpfe zwischen die Rebenreihen. Vereinzelt hängen noch Traubenrispen oben an den Stöcken, natürlich kann ich nicht widerstehen. Schmecken köstlich, süß und immer noch knackig. Muss ein Wahnsinnsgefühl sein, bei der Lese dabei zu sein, wenn die Früchte prall gefüllt und in rauen Mengen an den Reben hängen. Ich will zwar keine Winzerin werden, aber für eine Saison … Muss ich mal mit Paola und Enzo besprechen, aber erst wenn sie den Kopf für solche Dinge frei haben.

Mein Energielevel ist wieder ganz oben und ich bin wesentlich weiter gelaufen als geplant. *Warte draußen in der Laube auf dich*, schreibe ich Vinc, als ich zurück bin. Bei all dem Drama um Paola will ich mir meine gute Laune nicht durch Frieder versauen lassen, für den brauche ich mentale Unterstützung seitens Vinc. Der schickt ein *Okay, komme gleich*. Ich setze mich bis dahin auf die Holzbank, die Sonne scheint warm aus Richtung Osten, ich halte ihr mein Gesicht mit geschlossenen Augen entgegen. Aber nur einen Moment, dann werde ich wieder unruhig. Ich muss etwas tun ... Ich ziehe das Album aus der Tasche und schaue es mir noch mal an. Ist schon süß, das winzige Schloss, der filigrane Schlüssel. Für viele kleine Mädchen sicher ein besonderer Schatz.

Ich entsperre das Schloss, klemme die Schnur samt Schlüssel in den Falz des Buchdeckels, der ein wenig absteht. Das ist mir letztes Mal schon aufgefallen, hab's dann aber vergessen. Jetzt schaue ich es mir genauer an. Letztens war mein Fokus auf die Fotos gerichtet, die auf den hinteren Seiten eingeklebt sind. Aufnahmen von ein paar Mädels, allein und in der Gruppe, einige Klassenfotos. Ich entdecke, dass die Klappe innen als Briefkuvert angelegt ist. Ist nicht zugeklebt. Vielleicht für Liebesbriefe oder ... Nein, Quatsch, das Buch wurde ja immer weitergegeben, ist also kein guter Ort für Geheimnisse. Außer Elisabetta hat später etwas eingelegt, als das Buch eben nicht mehr weitergereicht wurde ...

Neugierig schlage ich den Deckel des Faches auf und pule vorsichtig ein gefaltetes Blatt Papier heraus. Ein Brief? Soll ich ihn lesen? Oder lieber Paola geben? Es ist das Buch ihrer Mutter. Andererseits hat sie mir das Buch anvertraut und erlaubt, dass ich es durchblättere. Mit Daumen und Zeigefinger ziehe ich den Brief vollständig aus der Hülle und falte ihn auseinander. Das Papier ist noch nicht alt genug, um brüchig zu sein, aber auch nicht mehr so stabil wie frisches Papier. Und ich will nichts kaputt machen.

Alla mia amica del cuore, beginnt der Brief mit inzwischen etwas verblasster Tinte. Herzensfreundin – ist schon ein bisschen kitschig. Was ich dann lese, ist kryptisch, voller Dankbarkeit für eine Sache, die nicht näher benannt wird. Schreiberin und Empfängerin wissen, worum es geht. Unterschrieben: *Claudia*. Muss ich Paola zeigen, vielleicht sagt ihr der Name etwas. Nicht nur wegen der Erpressung, sondern vor allem um ihr ihre Mutter näherzubringen, die ja ihr großes Geheimnis bis zum Schluss bewahrt hat. Erst in der letzten Sekunde hat sie es ihrem Mann aufgebürdet, und damit auch ihrer Tochter. Ihren Enkeln. Unter Umständen der ganzen Familie, je nachdem wie sich die Sache weiterentwickelt.

Während des Frühstücks lasse ich Vinc den Brief lesen. Nur ab und zu muss ich für ihn übersetzen. Als er fertig ist, sucht er erst mal nach Worten.

»Oh Mann«, sagt er dann, »das sind ja ganz große Gefühle. Herzensfreundin, tiefe Dankbarkeit und ewige Verbundenheit. Schreiben sich Frauen immer so?« Er schaut mich skeptisch an.

»Nicht alle«, beruhige ich ihn. »Und dieser Brief ist fast 40 Jahre alt, das darfst du nicht vergessen. Damals waren die Frauen noch ganz anders. Oder besser gesagt das Frauenbild … Aber zurück zu Claudia und Elisabetta. Paolas Mama hat dieser Claudia anscheinend sehr geholfen. Bei einer Sache, die sie selbst in diesem Brief nicht beim Namen nennt, sondern eher schwülstig drum herumredet. Aber Elisabetta schien zu wissen, worum es geht. Egal – gehen wir rüber zu Paola und Enzo, checken, was die beiden gestern erreicht haben?«

»Warte kurz, ich brauche noch irgendwas Süßes.« Vinc äugt zum Büfett. »Ich hole mir eine Schale Obstsalat. Für dich auch?«

»Nimm ein bisschen mehr, ich klaue mir was bei dir.«
Einträchtig teilen wir uns dann die Vitamine.

»So, jetzt aber los«, treibe ich Vinc an, der sich in aller Seelenruhe die letzte Traube in den Mund schiebt. Es muss endlich etwas vorangehen. Wir sollten unsere Erkenntnisse von gestern auswerten und umsetzen und irgendwo einen Ansatzpunkt finden, der nicht nur neue Fragen aufwirft, sondern alte löst beziehungsweise beantwortet. Und am allerbesten wäre es, wenn dieser elende Erpresser sich noch mal melden würde.

»Zusammen oder getrennt?«, fragt Vinc.

Ach ja, die Frage unseres Beziehungsstatus. »Zusammen«, bestimme ich. »Aber nicht händchenhaltend.«

»Da muss ich mich konzentrieren, sonst verfalle ich noch in alte Verhaltensmuster. Gewohnheitsrecht und so.«

»Ich glaub, das wäre auch egal, weil wir unsere Rollen eh nicht sonderlich perfekt spielen. Allein wenn ich an das Frühstück eben denke. Ich würde ja wohl kaum mit meiner Gabel in deiner Obstschüssel herumstochern, wenn wir uns nicht sehr gut kennen würden. Hab ich nicht dran gedacht.«

»Es waren ja nicht mehr viele Leute beim Frühstück«, meint Vinc, »machen wir uns nicht verrückt.«

»Sehe ich genauso. Und jetzt los.«

Pietro und Laura sind schon in der Schule, Paola und Enzo sitzen in der Küche, jeder eine Zeitung vor sich. Als wir reinkommen, falten sie sie zusammen, Enzo steht auf und holt ein Glas Wasser für jeden. Zuerst erzählt Paola von der Suche nach der ominösen Freundin, die heute noch jedes Jahr einen Strauß Gerbera aufs Grab legt. Durch Paolas Interpretation der Blumensprache haben wir uns alle auf eine weibliche Person eingeschossen.

»Wir haben Briefe gefunden. Die Adresse haben wir schon gecheckt, aber die stimmt nicht mehr. Wir sind dann über die jährlichen Blumensträuße auf Elisabettas Grab auf den Blumenladen gekommen. Ein paar Anrufe und wir hatten das Geschäft ausfindig gemacht. Das war wirklich einfach. Es gibt tatsächlich einen Auftrag in einem der örtlichen Blumenläden, immer am Geburtstag meiner Mutter. Zum Glück hat die Ladenbesitzerin nicht auf Datenschutz gepocht und uns die Telefonnummer der Kundin gegeben. Die Dame wohnt in Rom, heißt Claudia Romani und ist bereit, mit uns zu sprechen – per Skype, wie sie vorgeschlagen hat.«

»Da sag noch einer, die ältere Generation hat mit Technik nix am Hut!« Ich muss schmunzeln über meine eigenen Vorurteile, gleichzeitig fische ich Elisabettas Buch aus der Tasche und reiche Paola den Brief. Enzo liest ihn auch. »Das ist bestimmt diese Claudia. Die Claudia aus Rom«, mutmaße ich.

Paola nickt. »Davon können wir ausgehen. Es passt einfach zu gut. Das muss ein besonderer Brief gewesen sein, der einen besonderen Platz in diesem Album erhalten hat. Mal sehen, ob Claudia Romani dieses Geheimnis heute Abend lüftet.«

»Ja genau. Das Bild wird langsam rund und Claudia kann den Kreis heute Abend vielleicht schließen. Und es passt in die Zeit, als deine Mutter geheiratet hat. Da muss sie schon schwanger gewesen sein. Aber mit wem war sie vorher zusammen, vor Giovanni? Wenn die beiden Frauen so eng befreundet waren, dann müsste diese Claudia es wissen.«

Paolas Wangen glühen. Ist natürlich sehr aufregend für sie. Wer ist ihr leiblicher Vater? Weiß er von ihr? Hat er vielleicht schon immer von ihr gewusst? Ist er der Erpresser? Wenn ja, was will er von ihr? Ihre Familie zerstören? Oder geht es ihm nur ums Geld? Sicher jagen sich in ihrem Kopf die Gedanken. Sie kann ihr Zittern nicht verbergen. Und dann ist da ja noch die Tatsache, dass sie einen Mann finden wird, der mit ihrer Mutter zusammen war. Der ihr leiblicher Vater ist. Bei mir ist es Neugier, ich will die Zusammenhänge aufdecken, will Fäden entwirren, Paola dagegen wird mit einer neuen Familiensituation konfrontiert. Es geht an ihr Innerstes.

Ich streiche über ihre Hand. »Beruhige dich, Paola. Überleg doch mal: Elisabetta hat Giovanni geliebt und einen anderen Mann für ihn verlassen. Dass sie da bereits von ihm schwanger war, wusste sie nicht, für sie war Giovanni dein Vater. Nach der Geburt hat sie sich dann aus irgendeinem Grund eingestehen müssen, dass Giovanni nicht dein leiblicher Vater ist. Keine Ahnung, warum, jedenfalls wusste sie Bescheid. Sie hat dieses Geheimnis erst kurz vor ihrem Tod gelüftet, deshalb glaube ich nicht, dass sie ihrem damaligen Freund, deinem leiblichen Vater, etwas davon gesagt hat. Und wenn er die Wahrheit gekannt hätte, hätte er dann nicht schon Elisabetta mit diesem Wissen erpresst? Warum sollte er es erst jetzt bei dir tun?«

Keiner sagt etwas dazu. Die Verwirrung ist komplett, aber irgendwo müssen wir ja weitermachen.

Ich will wenigstens alle auf den gleichen Kenntnisstand bringen. »Warten wir das Gespräch mit Claudia ab. Und jetzt was anderes: Vinc hat gestern diesen Orlando Valgoni gegoogelt. Er hat einen Laden unten im Ort, da sind wir zuerst hingefahren. Dann weiter zu seiner Werkstatt oberhalb des Ortes, gar nicht weit von hier, du wirst das wissen, Paola.«

Sie nickt.

»Das Blöde ist, er ist verschwunden. Ist weder im Geschäft in Bardolino noch in seinem Möbellager auffindbar. Dieser Mensch interessiert mich. Hat anscheinend einmal kurz bei einer Nachbarin angerufen. Dass sie sich nicht wundern solle, wenn er eine Weile weg sei. Ich wundere mich trotzdem, ehrlich gesagt.«

Paola springt auf. »Ich fahre hin und rede mit ihm. Er kennt mich. Soll er mir ins Gesicht sagen, dass er nicht der Erpresser ist, wenn er kann!«

»Klar, Angriff ist die beste Verteidigung. Aber dazu müsste er erst mal wieder da sein«, gebe ich zu bedenken.

Paola lässt sich einen Kaffee aus dem Automaten, knallt die Tasse dann auf die Arbeitsfläche, ohne einen Schluck zu trinken. Auf ihrer gebräunten Haut sind die hektischen roten Flecken an Hals und Dekolleté deutlich zu sehen, ich befürchte, sie steht kurz vor einem Nervenzusammenbruch.

Enzo sieht das offenbar genauso. »Doro, begleitest du Paola? Und es würde mich beruhigen, wenn du fährst.«

»Soll ich auch mitkommen?«, bietet Vinc an.

»Es wird besser sein, die beiden Frauen fahren allein hin. Paola kann als Doros Wirtin auftreten. Obwohl ich nicht weiß, was das überhaupt bringen soll.« Enzo springt auf und läuft nervös hin und her.

»Kein Grund zur Sorge, Enzo« sagt Vinc. »Ich helfe dir drüben bei den Weinen, das interessiert mich. Die beiden bekommen das hin. Die Nachbarin hat ja Argusaugen, wie wir erfahren haben.«

»Und wenn wir zurück sind, kümmern wir uns um Claudia Romani. Vielleicht finden wir dann deinen Vater. Allora, andiamo!«, dränge ich zum Aufbruch. Jeder Aufschub kostet nur unnötig viele Nerven.

Keine fünf Minuten später düsen wir in nördlicher Richtung davon.

»Am besten geh ich erst mal allein«, sage ich. »Die Nachbarin kennt mich schon als die Touristin, die einen Schrank bei Valgoni abholen will. Und wenn Valgoni überraschenderweise da sein sollte, dann kannst du ihm an den Kopf werfen, was du willst. Zum Beispiel den Schreibtisch.«

Damit entlocke ich Paola immerhin ein kleines Lächeln.

Einige Meter vor Valgonis Lager parke ich den Wagen am Straßenrand, gut geschützt vor neugierigen Blicken.

»Allora, bis gleich. Wird nicht lange dauern.« Ich steige aus, gehe zum Haus der Nachbarin, klingle und lausche dem Ton im Inneren nach. Doch es bleibt das einzige Geräusch, das ich höre. Anscheinend ist keiner da. Unschlüssig schaue ich mich um, laufe rüber zu Valgonis Anwesen. Im Lager scheint alles ruhig zu sein. Von den Häusern auf der anderen Straßenseite ist dank hoher Hecken und Bäume nicht viel zu sehen, deshalb auch nicht viel zu erwarten. Hm ... einfach wieder zurückfahren? Am besten, ich lasse Paola entscheiden.

Sie blickt mir erwartungsvoll durchs Autofenster entgegen, als ich zurückkomme. Als sie hört, dass weder diese Signora Melandri noch Valgoni da sind, sinkt sie förmlich in sich zusammen. Ich bin genauso enttäuscht, doch ich versuche, es mir nicht anmerken zu lassen.

In dieser Sekunde kommt mir ein Gedanke: »Wir könnten direkt zu Valgonis Haus rübergehen und klingeln. Oder vielleicht erkennt man was durch ein Fenster.«

»Du bist verrückt, Doro. Das Tor ist abgesperrt, wir können nicht aufs Grundstück. Das wäre Einbruch!«

»Was heißt hier Einbruch, wir schauen nach dem Rechten. Das ist allerhöchstens Hausfriedensbruch. Könnte ja sein, dass Signor Valgoni verletzt in seinem Haus liegt.«

»Unsinn, Doro. Und was willst du dann machen? Er ist nicht da!«

Ich suche nach Argumenten.

»Lass uns einfach zurückfahren«, schlägt Paola vor.

Ich will ihr gerade resigniert zustimmen, da bemerke ich, wie sich Signor Valgonis Katze unterm Zaun durchzwängt. Die sucht bestimmt ihren Besitzer.

»Noch ein Versuch«, sage ich zu Paola, während ich schon die Autotür öffne. »Von der Rückseite aus sieht mich kein Mensch. Ich muss da rein und mich umschauen, sonst habe ich das Gefühl, nicht alles versucht zu haben. Kommst du mit?«

Paola hebt abwehrend die Hände. »Sei mir nicht böse, Doro, aber ich klettere bestimmt nicht über einen Zaun auf ein fremdes Grundstück. Man kennt mich hier.«

»Okay, das kann ich nachvollziehen. Wenn jemand kommt, machst du, dass du fortkommst. Gib dann Vinc Bescheid.«

Paola reißt die Augen auf und setzt sich kerzengerade hin. »Ich lass dich doch nicht im Stich!«

»Wenn du dich auch erwischen lässt, bringt das gar nichts«, erkläre ich und klinge eindeutig mutiger, als ich mich fühle. Vinc an meiner Seite wäre jetzt schon beruhigend. Andererseits wäre er sicher Paolas Meinung von wegen unrechtmäßigem Betreten eines Grundstücks und so ...

»Richtig finde ich das nicht, aber du lässt dich von mir ja ohnehin nicht aufhalten«, sagt Paola. Sie steigt aus dem Auto und wechselt auf den Fahrersitz. »Sei vorsichtig, bitte. Ich könnte mir nie verzeihen, wenn dir etwas passiert. Nur wegen dieses Erpressers.«

»Es kommt niemand«, versuche ich, sie und auch ein wenig mich selbst zu beruhigen. »Ich bin gleich wieder zurück.«

»Und die Nachbarn? Wenn dich einer bemerkt, dann ruft er bestimmt die Polizei.«

»Nur Signora Melandri kann von ihrem Haus aus hier reinsehen, und die ist nicht da. Außerdem will ich ja nichts klauen, ich schau mich nur um.«

Paola sagt nichts mehr, eins habe ich aber immerhin bewirkt mit meinem Vorschlag: Sie hat sich wieder gefasst, wahrscheinlich entwickelt sie gerade Muttergefühle und will mich vor einem moralischen Fehler bewahren.

Ich laufe ein Stück an den Reben entlang und versuche, von der hinteren Seite aufs Gelände zu gelangen. Hier sind keine Häuser und niemand kann mich beobachten. An einer Stelle ist Erde aufgeschüttet. Von hier aus müsste es gehen. Der Maschendrahtzaun ist nicht sehr hoch, hat aber spitze, rostige Metallenden. Sie entpuppen sich als fiese kleine Hindernisse. Alle Vorsicht hilft nichts, ich hänge fest. Shit! Meine Lieblingsjeans! Die ist hin, ich spüre, wie sich der Draht durch den Stoff bohrt.

So vorsichtig wie möglich reiße ich mich los und springe auf den Boden.

Gebückt husche ich über das Gelände. Zum Glück ist niemand zu sehen. Zuerst will ich zum Wohnhaus. Es wirkt verlassen, wie auch das übrige Areal. Ein Blick durchs Bürofenster bringt keine Erleuchtung. Wie erwartet, ernte ich auch keine Reaktion auf mein Läuten. Die Katze ist ebenfalls nirgends mehr zu entdecken. Mal schauen, ob die Halle zugänglich ist. Die Fenster liegen zu hoch, um reinspähen zu können, es sind eher Luken, die wie an einer Schnur unter dem Dach rund um das Gebäude herum verlaufen.

Das Tor liegt vorne am Gebäude, was bedeutet, dass Signora Melandri mich sehen kann, falls sie wieder da ist. Wenn sie die Polizei ruft, sitze ich in der Falle. Schwierige Situation. Aber was habe ich vorhin zu Paola gesagt? Endlich tut sich etwas. Also, ich gehe da jetzt rein. Wenn die Polizei auftaucht, bringt Paola mich um. Oder Vinc. Belebender Gedanke, analysiere ich die Lage und fühle mich gleich besser.

Das Tor zur Halle ist verschlossen. Ich rüttle am Vorhängeschloss ... der Metallschnapper ist nicht richtig eingerastet. Ha! Das ist Vorsehung. Ein Wink von oben sozusagen, dass ich mich um diese Sache kümmern soll. Zwei Handgriffe und das Tor lässt sich öffnen. Ich schiebe es gerade so weit auf, dass ich mich ins Innere zwängen kann. Sofort umfängt mich ein intensiver Geruch nach Holzleim, Bienenwachs und Möbelpolitur. Ich bin beeindruckt. Das Lager ist vollgestopft, schmale Gänge führen durch diverse Möbelansammlungen, Schränke, Tische, Stühle. Es herrscht durchaus eine gewisse thematische Ordnung, wie mir scheint. Die meisten Möbel sehen präsentabel aus, sind wahrscheinlich schon für den Verkauf hergerichtet. Ich schlängle mich durch die Reihen, für einen Schwergewichtler wäre die Durchgangsbreite eine Herausforderung. Rechts hinten gibt es eine Empore, der untere Bereich dient offenbar als Werkstatt. Tiegel mit Lösungsmitteln, Pinsel, Lappen, eine stabile Werkbank mit Schraubstock, Sägen und allerlei andere Werkzeuge stapeln sich in einem Wandregal aus groben Brettern. Einige Strahler sind an der eingezogenen Decke befestigt, für meine Zwecke lassen die Oberlichter momentan genügend Helligkeit in die Halle. Oben ist der Bereich für Kleinmöbel, Schränkchen, Schirmständer. Ich schiebe mich zurück zu den Schreibtischen und Sekretären. Schade, dass Paola nicht dabei ist, die könnte sofort sehen, ob ihr alter Sekretär unter den Stücken ist. Außerdem wäre ich lieber nicht allein zwischen diesen stillen Möbeln, hinter denen jederzeit jemand herausspringen könnte. Ich schicke ihr ein paar Handyfotos. *Treffer*, schreibt sie zu einem der Fotos sofort zurück. Ich vergesse das Angstkribbeln in meinem Nacken. Mich packt das Jagdfieber. Paolas Sekretär ist wuchtig und riecht nach Wachs. Die Fächer und Schubladen sind so angeordnet, wie Paola es geschildert hat. Ich ziehe die rechte obere Schublade auf und taste an den Wänden entlang. Ein bisschen gruselig, einfach so in ein schwarzes Loch zu greifen. Hauptsache, es befindet sich keine Mausefalle darin. Ganz hinten ist er, der kleine Holzriegel, der die doppelte Seitenplatte des Fachs am Originalholz der Schublade festhält. Ich drehe den Riegel zur Seite, die doppelte Platte klappt auf.

Vorne am Eingang scheppert es leise. Ausgerechnet jetzt!

Angespannt halte ich inne und lausche. Kommt da jemand? Die hohen Schränke versperren mir die Sicht. War doch jemand im Haus, der mich beobachtet hat? Und sich jetzt um mich kümmern will? Ich hoffe auf Paola. Wenn was passiert, ist sie die Einzige, die weiß, wo ich bin. Jetzt höre ich nix mehr. Oder? Doch, irgendetwas ist da! Schleicht sich an. Nähert sich. Ein Schatten! Zwischen den Schränken. Viel zu klein für einen Menschen.

Die Katze! Puh! Ich lache erleichtert und komme mir ziemlich blöd vor. Zum Glück sieht mich niemand. Milli beäugt mich neugierig, kommt dann zutraulich näher und streicht um meine

Beine. Endlich ist jemand da, soll das wohl heißen. Ich nehme sie hoch. »Dein Herrchen ist nicht hier, ich bring dich wieder rüber zum Haus der Signora, d'accordo?«, flüstere ich ihr ins Katzenohr. Mit der freien Hand taste ich noch mal in die Schublade. Das Geheimfach ist definitiv leer, ich schiebe den Riegel wieder vor und schließe die Fächer. Als wäre ich nie da gewesen. »Okay, Milli, treten wir den Rückzug an«, sage ich laut.

Als ich mich dem Ausgang zuwende, will sie sich aus meinen Armen befreien, doch ich halte sie fest. Schließlich weiß ich nicht, ob es hier einen Durchschlupf für Miezen gibt. Am Ende ist sie eingesperrt ... Also schließe ich draußen erst das Tor hinter mir, bevor ich sie runterlasse.

»Allora, verhungern wirst du schon nicht, musst halt ein paar Mäuse jagen, ist schließlich dein Job, oder?«, murmle ich, während Milli sich in Richtung Melandri'sches Anwesen trollt. Gute Idee. Ich folge ihr. Allerdings nicht mit einem eleganten Sprung aus der Hüfte, sondern etwas umständlicher hinten herum und über den fiesen Zaun. Dann klingle ich erneut bei der Signora, woraufhin wieder keiner öffnet. Die Katze macht sich auf den Weg ums Haus. Ich hinterher. Soll ich Paola Bescheid geben? Kann ich mir, glaube ich, sparen, ist eh keiner da. Mittlerweile bin ich hinten im Garten. Kein Zaun umfasst das Anwesen, das Haus ist zugewuchert, rechts versperrt ein Carport die Sicht auf das Nebengrundstück. Wilder Wein rankt dort in leuchtendem Herbstrot an den Balken empor und linker Hand geht es auf ein verlassenes Grundstück hinaus. Keine Signora im Garten. Die Terrassentür ist zu, aber wo ist die Katze? Ich geh noch ein Stück weiter ums Haus, es gibt noch eine seitliche Tür. Und die steht halb offen. Ich klopfe.

»Signora Melandri?«

Keine Antwort. Ich klopfe noch mal, rufe. Bei allem Vertrauen, Bardolino ist bestimmt keine Großstadt, aber ob es schlau ist, einfach die Tür offen zu lassen? Immerhin muss sie doch zu Hause sein. Aber warum reagiert sie dann nicht auf mein Klingeln und Rufen? Hat sie die Glocke nicht gehört? Es dringt kein Laut aus dem Haus. Kein Radio, kein Fernseher, nicht mal ein Staubsauger. Unwahrscheinlich, dass man da eine Klingel nicht hört. Hm, und jetzt? Ist die Signora vielleicht gestürzt? Liegt sie irgendwo hilflos herum? Soll ich die Polizei rufen? Aber genau das wollen wir ja vermeiden. Hm ... Andererseits steht die Tür offen. Also reingehen, entscheide ich schnell, bevor ich es mir anders überlege. Die Katze ist bereits im Haus verschwunden. Kennt sich ja aus hier. Ich trete in den düsteren, fensterlosen Flur.

»Signora Melandri, mi scusi, hier ist Doro Ritter. Ist alles in Ordnung?«, rufe ich laut.

Ein leises Maunzen kommt von rechts aus einem Raum, aus dem etwas Licht in den Flur dringt. Ich drücke die angelehnte Tür auf, es ist die Küche. Keine Spur von Signora Melandri, dafür sitzt die Katze vor der Futterschale und schaut mich erwartungsvoll an. Ihr Mensch Valgoni ist abtrünnig, ihre Ersatzmenschin steht ebenfalls nicht zur Verfügung, also hofft sie wohl auf mich als Dosenöffnerin.

»Scusami, ich bin hier nicht zuständig«, sage ich bedauernd.

Als hätte sie mich verstanden, springt das Tier auf die Küchenablage, legt sich in die sonnige Fensternische und fängt in aller Seelenruhe an, sich zu putzen. Katze müsste man sein.

Ich rufe noch mal laut im Flur nach Signora Melandri. Vielleicht hört sie schlecht? Aus dem Raum an der Frontseite des Flurs unterbricht das Stundengeläut einer Uhr die Ruhe im Haus. Unwillkürlich schaue ich auf mein Handy: Es ist bereits elf. Die Schläge verklingen langsam einer nach dem anderen. Danach ist die Stille noch drückender. Ich schlucke. Sehe Bilder einer verletzten Signora Melandri vor meinem inneren Auge. Wenn ich jetzt den Rückzug antrete, lasse ich sie womöglich im Stich. Ich löse mich aus meiner Starre und schaue mich um. Links im

Gang steht ein mächtiger alter Schrank, wie ich einige drüben im Lager gesehen habe. Dahinter diffuses Licht. Mit dem mulmigen Gefühl, ich könnte jederzeit der erschrockenen Hausherrin gegenüberstehen, will ich schauen, woher es kommt. Eine Tür steht offen. Daraus dringt der Lichtschein. Vermutlich der Keller, befürchte ich und bekomme sofort eine Gänsehaut. Keller zählen nicht gerade zu meinen Lieblingsorten. Soll ich Paola anrufen? Damit wir zu zweit …? Oder um ihr wenigstens zu sagen, wo ich bin? Quatsch! Bestimmt hat sie mich über die Straße gehen sehen und weiß, dass ich nur bei Signora Melandri sein kann.

Die Tür knarrt leise, als ich sie ganz aufschiebe. Wie in einem der Horrorfilme, die ich mir niemals ansehen würde. Ich weiß schon, warum. Ich sehe Betonstufen, grau und ein wenig abgeschlagen. Die Funzel, die unten von der Decke hängt, hat höchstens 40 Watt. Warum muss es in den meisten Kellern immer so düster sein?

»Signora Melandri?«

Keine Antwort. Natürlich. Hinunterzugehen bleibt mir nicht erspart. Kühle Luft schlägt mir entgegen, es riecht leicht nach Moder. Plötzlich flackert das Licht. Ich erstarre und beinahe setzt mein Herzschlag aus. Wenn jetzt das Licht ausgeht und jemand die Tür hinter mir …

Basta! Schluss mit diesen Horrorvorstellungen. Es ist ein ganz normaler Keller und Paola weiß, wo ich bin. Das Schlimmste, was mir begegnen kann, ist eine hysterische Hausbesitzerin – eine Vorstellung, die mich nicht wirklich beruhigt.

Die einzelnen Kellerabteile sind an der Frontseite zum Gang nur mit Holzlatten abgetrennt, durch deren Zwischenräume ich relativ gut hindurchgucken kann. Dahinter befindet sich Gerümpel, wie in den meisten Kellern. Leere Blumentöpfe, Flaschenträger, ein kleines Weinregal … Doch was ist das? Mir bleibt die Luft weg. Das kann nicht sein. Unwillkürlich presse ich eine Hand auf den Mund und starre durch die Latten in den zweiten Raum. Es ist zwar düster, aber die Frau kann ich trotzdem deutlich erkennen. Signora Melandri. Sie liegt dort flach auf dem Rücken. Ich blinzle, kann nicht glauben, was ich sehe, doch es gibt keinen Zweifel: In der Brust der Signora steckt ein Messer. Um sie herum hat sich eine schwarze Lache gebildet. Blut, was sonst. Mein erster Reflex ist, mich umzudrehen und die Kellertreppe hochzustürmen. Aber wenn Signora Melandri noch lebt? Andererseits, mit einem Messer in der Brust ist das äußerst unwahrscheinlich. Mir bricht der Schweiß aus. Was, wenn sich der Mörder noch hier unten aufhält? Sich versteckt hat und mich beobachtet? Nach dem ersten Mord sinkt die Hemmschwelle für einen zweiten. Das ist Tatsache. Aber ich kann Signora Melandri nicht einfach hier unten zurücklassen, ohne mich wenigstens vergewissert zu haben, ob sie noch lebt. Ich reiße die Lattentür auf und bin mit zwei großen Schritten bei ihr. Ihre geöffneten Augen starren mich an. Vorsichtig, um nicht in das Blut zu treten, nehme ich ihre Hand und taste nach dem Puls. Diese teigige Kälte, die von ihrer Hand ausgeht … Ich muss kein Arzt sein, um zu erkennen, dass die Signora nicht mehr lebt. Vorsichtig lege ich ihre Hand zurück, wie ich sie vorgefunden habe, und widerstehe dem Impuls, der Toten die Augen zu schließen. Es ist, als würde ich mich in Zeitlupe bewegen, und zugleich fällt mir jede Bewegung unheimlich schwer. Sogar das Atmen – als hätte ich Steine auf der Brust.

Endlich bin ich an der Treppe, die Starre löst sich und ich renne die Stufen hoch. Rutsche aus – aua, verdammt, mein Schienbein –, aber ich haste weiter. Raus aus dem Haus und weiter zum Auto.

Paola sitzt immer noch auf dem Fahrersitz. Als sie mich heranstürmen sieht, startet sie hektisch den Motor. Ich reiße die Tür auf und lasse mich auf den Beifahrersitz fallen.

»Doro! Um Himmels willen, was ist los? Man könnte meinen, ein Ungeheuer ist hinter dir her!«

»So fühle ich mich auch. Ich …«

»Sag schon! Ich habe gesehen, wie du zum Haus dieser Frau gegangen bist. Was ist da drin passiert?«

»Signora Melandri. Sie … sie ist tot.«

Paola schaltet den Motor ab. »Tot?«, fragt sie so leise, dass ich es fast nicht höre. Ich reiße mich zusammen. Atme. Kann plötzlich die Wärme wieder spüren, den Geruch nach Herbst riechen. Die eisige Klammer, die sich um mein Innerstes geschlungen hat, fällt von mir ab.

»Ja, sie ist tot«, wiederhole ich fest. »Ich wollte schauen, ob sie vielleicht doch daheim ist, und bin dann hintenrum ums Haus. Dort stand die Tür offen, die Katze ist rein und ich hinterher, drinnen habe ich nach der Signora gerufen. Ich hatte schon so ein ungutes Gefühl, hab es aber darauf geschoben, dass ich ihr Haus unerlaubt betreten habe. Und dann hab ich sie gefunden. Tot. Im Keller.«

»Was ist passiert? Ist sie gestürzt oder hatte sie vielleicht einen Herzinfarkt?«, fragt Paola und hat wieder diese hektischen roten Flecken am Hals und Dekolleté. »Bist du sicher, dass sie tot ist? Wir müssen auf jeden Fall einen Krankenwagen rufen!«

»Ja, sie ist tot. Absolut sicher, leider. Und wir müssen die Polizei rufen. In ihrer Brust steckt ein Messer.«

»Che dici? Ein Messer? Sie wurde ermordet?« Paola starrt mich aus weit aufgerissenen Augen an.

Am liebsten würde ich abhauen. Wäre im Grunde egal, die Frau ist tot und wir haben nichts damit zu tun … Meinen Wunsch behalte ich aber für mich, weil ich genau weiß, dass ich mich nicht einfach aus dem Staub mache, auch wenn die Versuchung noch so groß ist. Ich zerre mein Handy aus der Jeanstasche und wähle den Notruf der Polizei. Mir sitzt der Schreck noch in den Knochen, was mein Italienisch nicht unbedingt besser macht, deshalb übernimmt es Paola, dem Beamten die Adresse zu nennen und ihm zu sagen, dass jemand ermordet wurde.

»Hast du jemanden aus dem Haus kommen sehen, während du gewartet hast?«, frage ich, als sie aufgelegt hat.

Paola schüttelt den Kopf. »Da war niemand außer dir«, sagt sie.

»Was ist, wenn der Mörder von mir gestört wurde und sich versteckt hat?«

»Du meinst ...«

»Zentralverriegelung«, sage ich, im selben Moment klickt es. Paola hatte dieselbe Idee wie ich.

Ich fühle mich sofort viel wohler. Paola hingegen starrt düster vor sich hin.

»Die Polizei wird gleich hier sein. Uns kann nichts mehr passieren«, versuche ich sie zu trösten. »Wir müssen uns absprechen«, überlege ich dann. »Wir wollten zu Valgoni, ich bin Köchin aus München und arbeite zurzeit auf dem Weingut Buccelli. Du hast mir erzählt, dass Orlando Valgoni ein paar sehr hübsche Möbel hat, die mir vielleicht für mein Restaurant in München gefallen könnten. Aber Valgoni ist nicht da und deshalb wollten wir bei Signora Melandri nach ihm fragen. Ich muss auch erwähnen, dass ich am Vortag schon mal da war, weil meine Nummer irgendwo bei Signora Melandri auftauchen könnte ... Außerdem war ich unten im Ort bei seinem Laden und habe in dem Taschenladen nach ihm gefragt. Ich meine, es geht um Mord, da wird die Polizei alle möglichen Leute befragen und unter Umständen auf mich stoßen. Je weniger ich verschweige oder verdrehe, desto glaubwürdiger bleibe ich und sie werden nicht weiter in unsere Richtung bohren. Also: Ich wollte heute noch mal schauen, ob Valgoni da ist. Im Lager war niemand, deshalb wollte ich eine schriftliche Nachricht in den Briefkasten werfen. Da der aber nicht zugänglich ist, wollte ich die hilfsbereite Signora bitten, den Zettel bei Gelegenheit zu übergeben. Ich habe geklingelt, aber sie hat nicht geöffnet.

Dann ist die Katze vorbeigeschlichen, ich bin ihr hinters Haus gefolgt, weil ich dachte, dass ich die Signora vielleicht im Garten finde. Dass die Signora wegen Valgonis Verschwinden und dem Aufruf der Polizei in der Presse bei der Polizei anrufen wollte, erwähnen wir nicht. Denn wenn sie es schon getan hat, dann ist es eh nicht zu ändern, und wenn nicht, dann werden sie früher oder später selber auf die Idee kommen, nach Valgoni zu suchen. Sie werden die anderen Nachbarn befragen und die wissen mit Sicherheit auch, dass Valgoni sich schon länger nicht mehr hat blicken lassen ... Jedenfalls war die Tür bei Signora Melandri nur angelehnt, ich habe gerufen, die Katze ist reingeschlüpft, ich bin dann auch rein, weil es ja hätte sein können, dass die Frau Hilfe braucht. Dann habe ich die offene Kellertür gesehen und das Licht. Du hast im Auto gewartet.«

Paola nickt. »Das ist gut, wir sollten so nah wie möglich an der Wahrheit bleiben. Dann widersprechen wir uns nicht, schließlich haben wir in der Sache keinen Anlass zu lügen – dass wir unseren Verdacht gegen Valgoni für uns behalten, steht auf einem anderen Blatt. Und dass du in das Lager eingebrochen bist, erwähnen wir lieber auch nicht. D'accordo?«

»Va bene«, stimme ich zu. Dann schweigen wir und warten. Irgendwann hören wir in der Ferne die Sirenen. Die Polizei ist im Anmarsch.

Nachdem wir endlich unsere Aussagen gemacht haben, dürfen wir gehen, natürlich mit dem Hinweis, die Protokolle zu unseren Aussagen noch unterschreiben zu müssen.

Wortlos startet Paola den Wagen und fährt ein Stück die Straße entlang. Dann biegt sie plötzlich in einen kleinen Seitenweg ein und hält an. Erst mal ist Ruhe im Auto.

Ich starre vor mich hin. Soll ich Vinc anrufen? Aber wir sind ja gleich da. Ich erzähle ihm lieber alles persönlich. Ich kann ja nichts dafür, dass Signora Melandri ihrem Küchenmesser zum

Opfer gefallen ist. Ich habe nichts gemacht ... Außer unbefugt ihr Haus zu betreten vielleicht, aber es war ja offen, beruhige ich mich selber. Und die Polizisten haben die Geschichte auch geschluckt. Ich will gerade erleichtert aufatmen, als mir Milli, die verwaiste Katze, einfällt. Was soll aus ihr werden? Überhaupt schießen mir tausend Gedanken wie Blitze durch den Kopf, die Bilder laufen in Endlosschleife vor meinem geistigen Auge ab. Ich muss mit Vinc reden.

Ich schau rüber zu Paola. »Fahren wir weiter?«

Sie verbirgt ihr Gesicht in den Händen. »Gibt es denn überall nur Leid und Unglück?«, hadert sie. Dann fasst sie sich etwas. »Und du bist sicher, dass die Polizei uns nur als Zeugen vernommen hat?«

»Todsicher«, sage ich mit einem Rest Galgenhumor. Obwohl mir richtig übel ist. Das lange Messer in der Brust von Signora Melandri ... Ich schlucke ein paarmal, dann atme ich tief durch. Ich glaube, jetzt muss ich die Starke sein. »Die wissen doch nichts von der Erpressung und es gibt auch keine Verbindung. Da brauchst du dir keine Sorgen zu machen«, erkläre ich Paola. Die vibriert förmlich auf dem Sitz neben mir. Hoffentlich klappt sie nicht zusammen. »Immerhin tut sich endlich etwas. Das wollten wir doch. Nicht nur dieses ewige Warten auf die nächste Geldforderung. Actio und Reactio«, versuche ich weiter, ihr eine positive Perspektive zu geben.

Sie schaut mich verständnislos an. »Was heißt hier Actio? Die Frau ist tot! Und Valgoni ist nach wie vor verschwunden!«

Okay, dagegen komm ich nicht an. »Lass mich fahren«, sag ich deshalb nur und öffne die Beifahrertür.

»Es geht schon wieder«, winkt Paola ab und lenkt den Wagen langsam zurück Richtung Weingut.

KAPITEL 10

POSSIBILITÀ – MÖGLICHKEITEN

Venerdì (Freitag) – Tag 5

Als wir in den Hof einbiegen, sehe ich Vinc und Enzo auf den Stufen vor dem Haus sitzen. Sie springen auf und kommen uns eilig auf dem Parkplatz entgegen. Nach dem Aussteigen umarmen wir uns wortlos.

»Lasst uns in die Küche gehen, da sind wir ungestört«, schlägt Enzo vor. »Wollt ihr einen Grappa?«, fragt er.

»Ein Wasser wäre toll«, bitte ich und die anderen nicken.

Dann berichte ich von Anfang an. Von dem Einstieg ins Lager. Vinc massiert sich die Stirn, eine Geste weit entfernt von Entspannung. Zwischen erschüttert und resigniert, denke ich und er murmelt etwas wie: »Dich kann man nicht allein lassen.« Ich gehe nicht darauf ein und erzähle weiter: Vom unerlaubten Betreten von Signora Melandris Haus und wie ich die Leiche gefunden habe.

Als ich mit meinem Bericht fertig bin und alle Fragen der beiden Männer zu den Ereignissen beantwortet habe, bin ich erst mal platt. Ich sehne mich nach frischer Luft und Bewegung. »Momentan gibt es hier nichts zu tun, oder?«, frage ich in die Runde.

Paola und Enzo schütteln die Köpfe.

»Hast du Lust, an den See runterzuradeln?«, fragt Vinc und spricht mir damit aus der Seele.

»Genau das, was ich jetzt brauche«, sage ich. »Ich nehme den Badeanzug mit.«

»Tu das, mein Schatz.« Vinc streicht mir über die Wange und wirkt immer noch ziemlich erschüttert.

»Geht nur, ich muss noch einiges im Büro erledigen. Heute Abend um 20 Uhr skypen wir mit Claudia Romani. Wie gesagt – wenn ihr wollt, könnt ihr gerne dabei sein«, erinnert uns Paola.

Als hätten wir das vergessen!

»Allora ...« Enzo schaut etwas verloren aus der Wäsche. »Ich mache einen Kontrollgang bei den Weintanks«, sagt er dann, auch ihn drängt es offensichtlich nach anderen Themen als Erpressung und Mord.

Vinc und ich sind schon im Flur, als Enzo mir nachruft: »Doro, für Sonntag habe ich eine Weinprobe angesetzt. Es kommt eine Gruppe aus Sirmione. Luxushotel, Luxusreisegruppe. Ist eine besondere Ehre und Herausforderung. Hat Giuseppe mir vermittelt und ich würde ungern absagen.« Er kratzt sich mit einer verlegenen Geste am Kopf. »Ist das unpassend nach den Ereignissen heute?«

Ich gehe die paar Schritte zurück in die Küche. »Nein, überhaupt nicht. Ist zwar tragisch, aber Signora Melandri ist ja keine nahe Angehörige«, beruhige ich ihn. »Ich überlege mir ein paar ausgefallene Spezialitäten dafür. Wir machen ein ganz besonderes Event für deine Luxusgruppe«, verspreche ich und freue mich schon darauf.

Auf dem Hof ist keiner zu sehen, trotzdem stelle ich die Frage: »Getrennt oder zusammen?«

»Zusammen«, bestimmt Vinc, »außergewöhnliche Umstände erlauben außergewöhnliche Maßnahmen.«

Meine Meinung. »Dann treffen wir uns bei den Rädern, okay? Ich hol schnell mein Badezeug und zieh mir etwas anderes an.« Ich drehe ihm meine bessere Seite zu und deute auf den Triangel, den ich mir am Zaun in die Hose gerissen habe.

»Echt, Doro«, sagt er nur und zieht von dannen.

Es ist die ultimative Befreiung. Laue Herbstluft, das Gefühl der Fortbewegung ... Eine Schar Stare schreckt vom Knattern eines vorbeifahrenden Motorrads aus einem frisch eingesäten Feld hoch, um sich ein Stück entfernt wieder niederzulassen. Weiter vorne pickt eine Saatkrähe nach Körnern.

»Ich würde vorschlagen, wir fahren runter an die Promenade und dann Richtung Garda.«

»Keine Einwände«, stimmt Vinc zu.

Entspannt radeln wir dahin, es geht abwärts, aber auch der Rückweg wird mit dem E-Bike keine große sportliche Herausforderung werden.

»Hast du deine Badehose dabei?«, frage ich, als wir am See entlangfahren und mittlerweile Bardolino hinter uns gelassen haben.

»Bin ich ein Eisbrecher?«

»Ach, jetzt übertreib mal nicht«, tu ich seinen Spott ab und entscheide mich für ein sonniges Fleckchen Wiese direkt am See. »Decke oder Bank?«

»Bank ist gut«, sagt Vinc, stellt sein Rad daneben ab und macht es sich gemütlich.

Ich schlüpfe in meinen Badeanzug und teste vorsichtig mit dem großen Zeh die Wassertemperatur. Enzo könnte recht gehabt haben mit seiner Schätzung letztens. 17 oder 18 Grad. Ist schon frisch.

Vinc beobachtet mich. »Willst du kneifen?«

»Wie kommst du auf die Idee?«, empöre ich mich, könnte mich mit der Option allerdings durchaus anfreunden. Nur nicht mit diesem Spötter als Zeugen. Also habe ich keine Wahl. Ich beiße die Zähne zusammen und stürze mich in die Fluten. Gefühlt eher 16 oder 17 Grad. Frisch, aber befreiend. War alles ganz schön heavy heute. Das Wasser zieht kalt den Nacken hoch, ich strecke meinen Kopf nach oben, unterzutauchen reizt mich heute definitiv nicht. Ich schwimme ein paar kräftige Züge, bis meine Finger klamm werden, dann paddle ich zurück zum Ufer. Vinc empfängt mich mit meinem Badetuch, das ich bibbernd um mich schlinge. Raus aus dem nassen Badeanzug, dann ziehe ich mich an und kuschle mich mit angezogenen Beinen auf der sonnenwarmen Bank zusammen. Die Kälte hat für einen Moment die Bilder des Vormittags weggeknipst. Die Leiche, das Messer in der Brust – so etwas habe ich noch nie gesehen ... Jetzt ist das Bild wieder gegenwärtig. Ich habe die Frau gekannt, zwar nur flüchtig, aber dennoch. Außerdem verursacht mir die grausige Szene in diesem Keller jedes Mal aufs Neue eine Gänsehaut, sobald ich daran denke. Wie sie dalag, den Kopf halb auf dem Wäscheberg, der zum Teil noch aus der Waschmaschine hing ... Ich weiß nicht, ich habe ein ungutes Gefühl. So viele Zufälle, das stinkt zum Himmel. Sind wir Valgoni zu nahe gekommen? Ist er der Erpresser? Versteckt er sich womöglich die ganze Zeit im Haus?

»Signora Melandri hat ja mal Licht drüben gesehen«, sage ich laut.

Vinc schaut etwas irritiert. »Wo drüben?« Dann hat er meinen Gedankensprung offenbar verstanden. »Ach so, du meinst in Valgonis Haus. Du siehst Gespenster, Doro! Der versteckt sich doch nicht wochenlang im eigenen Haus. Er braucht ja auch etwas zu essen.«

»Die Nachbarin hat gemeint, sie hätte Valgonis Helfer mal bei ihm gesehen. Vielleicht hat der ihm etwas gebracht.«

»Also zwei Täter?« Vinc runzelt die Stirn. »Möglich. Die Polizei wird das klären. Auch ob Valgonis DNA mit der DNA der Wasserleiche übereinstimmt. Wenn ja, dann ist er als Erpresser raus, so weit waren wir uns ja schon einig.«

»Trotzdem, ich habe ein ganz blödes Gefühl. Und vielleicht sind sie ja wirklich zu zweit ...«

»Bauchgefühl?«

Ich nicke.

»Oft liegst du ja richtig damit«, sagt Vinc ganz gegen seine sonstige Einstellung zu meinen inneren Sensoren.

»Danke. Aber es ist sogar mehr als das. Ich glaube einfach nicht an so viele Zufälle.«

Ich schließe die Augen, akzeptiere die Bilder, die sich nicht vertreiben lassen, und schaffe es dennoch, die Wärme der Sonne zu genießen und dem Plätschern des Wassers zuzuhören.

»Wir sollten langsam weiter, was meinst du?«, schlägt Vinc vor.

»Einverstanden. Ich habe Durst. Du könntest mich glatt zu einem Aperitivo überreden.«

»Warum wundert mich das nicht?« Vinc küsst mich auf die Nasenspitze.

»Keine Ahnung, was du meinst«, spiele ich mit.

Wir packen zusammen und fahren weiter, kommen aber nicht sehr weit. Bald lacht uns nämlich eine Bar an, die direkt am See liegt und noch geöffnet hat. Die Sonnenschirme sind eingeklappt, die Herbstsonne kann man gut im vollen Umfang vertragen. Eine leichte Brise vom See her ist Ausgleich genug und im Gegensatz zum Sommer braucht man jetzt keinen Schatten. Ich entscheide mich für einen zitronengelben Limoncello Spritz, Vinc nimmt ein alkoholfreies Bier und für ein paar Augenblicke ist die Welt in Ordnung.

Weiter nördlich sieht man die Halbinsel von San Vigilio in den See ragen – da wollte ich unbedingt noch hin, aber jetzt habe ich andere Sorgen. War ja klar, dass die Illusion von heiler Welt nicht lange anhalten würde. Die Ereignisse beschäftigen mich einfach zu sehr und ich spekuliere für Vinc zum Mithören: »Hm ... unten im Keller war's ziemlich dunkel, aber ich hatte den Eindruck, dass die Blutlache um die Signora herum an den Rändern leicht angetrocknet war. Das würde heißen, dass sie schon länger tot war.« Ich vergegenwärtige mir die Szene, so gut es geht. »Der Deckel der Waschmaschine stand offen, am Boden lagen Handtücher. Eines hatte sich zum Teil mit Blut vollgesogen. Ist die Signora beim Wäschewaschen überrascht worden? Hat sich dann umgedreht und der Täter hat zugestochen?«

»Du hast auf das Handtuch geachtet? Ernsthaft?«, fragt Vinc und runzelt dabei die Stirn.

»Geachtet nicht unbedingt, aber ich hab es gesehen oder registriert, nenn es, wie du willst«, versuche ich es zu erklären.

»Mehr im Unterbewusstsein, das gibt es ja oft«, gibt Vinc zu.

»Wenn es ein Einbrecher gewesen wäre und der im Erdgeschoss oder im ersten Stock nach lohnendem Diebesgut gesucht hätte, dann wäre irgendwo Unordnung zu sehen gewesen. Und du hast zumindest unten nichts gesehen, oder?«

»Das stimmt, aber ich war ja nur in der Küche. Was hätte er dort oder im Flur groß suchen sollen? Und außerdem, nicht jeder Einbrecher reißt gleich alles aus den Schubladen und Schränken heraus und verteilt es im Raum. Vielleicht wusste er, wo er suchen musste. Vielleicht kannte er sich aus …«

»Plausible These, aber eigentlich egal, ob Bekannter oder Fremder. Signora Melandri war im Keller bei der Wäsche und wurde vom Täter überrascht.« Vinc nimmt einen großen Schluck von seinem Bier. »Oder könnte es sein, dass der Täter den Mord oben begangen und die Leiche dann im Keller versteckt hat, weil er nicht wollte, dass sie so schnell gefunden wird?«

»Möglich«, überlege ich, »aber es war nichts blutig im Erdgeschoss. Bei der Menge an Blut, die unten im Keller um die Leiche herum verteilt war, hätte man oben etwas sehen müssen. Und dann das ganze Szenario im Keller, mit der Wäsche und der Waschmaschine, also das hätte schon sehr bewusst so drapiert werden müssen. Irgendwie glaube ich nicht, dass Signora Melandri einem Einbrecher zum Opfer gefallen ist – also sozusagen versehentlich getötet wurde. Meiner Meinung nach ist da jemand mit der Absicht, die Signora umzubringen, ins Haus eingedrungen. Könnte sich auch um eine Familientragödie handeln. Was meinst du?«

»Vielleicht«, meint Vinc einsilbig.

»In diesem Fall wäre auch geklärt, wie der Mann ins Haus gekommen ist.«

Vinc steigt auf meine Theorie ein. »Oder die Frau. Zum Beispiel auch durch die hintere Tür. So wie du.«

»Wenn er – okay, oder sie – den Hausschlüssel hatte, was hat es dann mit der offenen Tür hinten auf sich?«

Wir werfen uns jetzt gegenseitig die Bälle zu.

»Vielleicht konnte der Täter vorne nicht raus, weil jemand geklingelt hat. Oder die Tür steht öfter offen.«

»Stimmt, vielleicht hat er die Tür einfach so gelassen, wie sie war.«

»Oder er war tatsächlich im Haus, hat die Tür offen gelassen, um schneller abhauen zu können, und dann – kam jemand und er musste überhastet aufbrechen.«

»Weißt du, was mich im Nachhinein beruhigt?«, frage ich.

»Du wirst es mir gleich sagen.«

»Dass der Einbrecher nicht mehr im Haus gewesen sein kann, als ich drinnen war. Wie gesagt, das Blut war nicht mehr frisch.«

»Stimmt. Besonders wenn man bedenkt, dass es sich deinen Schilderungen nach um eine gezielte Tötung gehandelt haben muss.«

»Mord«, spreche ich tonlos das Wort aus, das die Sache mit der Erpressung auf einmal fast schon harmlos erscheinen lässt. »Kein Mord im Affekt, sondern eine geplante Tat. Was kann die alte Frau für Feinde gehabt haben?«

Vinc zuckt mit den Schultern. »Keine Ahnung. Sehr oft ist der Täter ja innerhalb der Familie zu suchen und da haben wir keinen Einblick. Im Übrigen sollten wir uns raushalten.«

»Schatz, da bin ich ausnahmsweise voll und ganz deiner Meinung. Ernsthaft, ich finde, wir haben genug mit der Erpressung zu tun, und sollten wir von Claudia Romani heute Abend brauchbare Hinweise bezüglich Paolas leiblichem Vater bekommen, dann liegen die Nerven von Paola sowieso blank. Dann braucht sie unsere Unterstützung und nicht noch was obendrauf.«

»Doro, ich staune! Und bin ehrlich gesagt erleichtert.«

Wir prosten uns zu, ich nippe am Limoncello Spritz. Trotz allem – sehr lecker. Im lauen Herbstwind flattert meine hellblaue Bluse, draußen auf dem See bläht die Brise die weißen Segel der Boote.

»Schau mal da.« Trotz der ganzen Tragödien um mich herum amüsiere ich mich über ein paar krumme, ziemlich verkrampfte Gestalten auf ihren SUPs, die wohl um jeden Preis vermeiden wollen, ins Wasser zu fallen. Nett, wie sie sich gegenseitig Ermunterungen zurufen.

Beim Gedanken ans Wasser fröstelt es mich plötzlich. Ich ziehe meine Sweatjacke aus der Tasche und schlüpfe hinein.

»War doch ziemlich frisch, stimmt's?« Vinc nimmt meine kühlen Hände und reibt sie zwischen seinen.

»Ja, aber hat sich gelohnt.« Ich stelle meine Füße bequem auf die Fußstrebe des Barhockers. Weiter vorne plätschert im See eine Wasserfontäne in Ufernähe. Ist weithin sichtbar und sticht immer wieder aus verschiedenen Perspektiven ins Auge.

»Sieht aus wie der Blas eines Wals«, kommentiere ich, »habe ich in Australien öfter gesehen.«

»Darum beneide ich dich echt, da will ich unbedingt auch mal hin, und du bist dann meine persönliche Fremdenführerin«, macht Vinc Zukunftspläne.

»Wollten wir doch letztes Jahr schon, Schatz, und wir holen das nach«, verspreche ich. Wir sind so mit uns beschäftigt, dass ich erst spät aus den Augenwinkeln sehe, wie ein Typ im Flamingohemd heftig in die Pedale tritt. So ein Hemd hat nur einer …

»Jacko«, kommt's unisono aus unseren Mündern.

»Hat der uns gesehen?«, frage ich besorgt.

Vinc lacht. »Da brauchst du doch nicht so erschrocken zu

schauen. Du musst dich nicht vor Jacko rechtfertigen, wenn du mit mir in einer Bar sitzt.«

Hat Vinc ja recht, trotzdem wär's mir lieber, er hätte uns nicht entdeckt. Was ich eher für unwahrscheinlich halte. Ich habe den Eindruck, Frieder hat ähnlich gute Antennen wie ich.

»Sicher ist es egal, wenn Frieder uns sieht, aber solange wir uns offiziell erst hier kennengelernt haben, sollten wir ein bisschen vorsichtiger sein«, wende ich ein.

»Ach, Quatsch. Wir sind halt frisch verliebt, da darf man ruhig mal öffentlich knutschen. Muss man sogar.«

»Kindskopf.«

»Immer gerne«, flirtet Vinc und spielt wieder frisch verliebt.

Ich schiebe ihn zurück. »Es geht nicht nur um Frieder, wir wissen immer noch nicht, wer der Erpresser ist. Es könnte jemand sein, den Paola kennt, dann könnte sich unser Inkognito-Spielchen noch als sinnvoll erweisen.«

»Hast recht, Miss Marple«, zieht Vinc mich auf. Er weiß, dass ich diesen Vergleich immer sehr unpassend finde. Gar nicht wegen des Alters, sondern wegen ihrer schrulligen Art, irgendwie wäre mir ein Vergleich mit Sherlock Holmes lieber.

Ich nehm's gelassen und wechsle das Thema. »Langsam krieg ich Hunger. Paola hat uns doch ein Ristorante in Bardolino empfohlen, in der Via San Martino, die Spaghetti mit Meeresfrüchten müssen dort göttlich schmecken. Und dann wird es Zeit, zurückzufahren. Spätestens bis 19.30 Uhr sollten wir da sein, um acht ist skypen mit Claudia Romani angesagt. Da will ich nicht zu spät kommen.«

Vinc verdreht resigniert die Augen. »Dich wirft echt so schnell nichts aus der Bahn. Nach den Erlebnissen, die du heute hattest, wäre den meisten der Appetit längst vergangen. Und zwar sowohl aufs Essen als auch aufs Spionieren.«

»Ach, und dich interessiert diese Claudia gar nicht? Das kannst du deinem Gartenzwerg erzählen!«

»Hab ich so nicht gesagt«, stellt Vinc richtig. »Ich habe von dir gesprochen.«
»Red dich ruhig raus«, sage ich milde, denn natürlich hat er recht.

Nach den wirklich superköstlichen Spaghetti ai frutti di mare und einem Bardolino Classico Superiore dazu – leider nicht vom Weingut Buccelli, aber trotzdem ein feines Tröpfchen – rücken die Bilder von der toten Signora Melandri langsam ins richtige Licht. Was für mich heißt, dass ich allmählich mehr neugierig als ängstlich bin, und damit fühle ich mich eindeutig wohler. Ich kann es überhaupt nicht leiden, wenn ich mich einschränken muss, nur weil ich Angst habe. Signora Melandris Tod hat ja mit der Erpressergeschichte nichts zu tun, außer dass ich wieder mal zu neugierig war und deshalb eine Leiche gefunden habe. Oder hängt das eine mit dem anderen vielleicht doch zusammen? Ein Punkt, den ich jetzt lieber nicht mit Vinc diskutiere. Würde ihn höchstens beunruhigen.

»Weißt du, Schatz«, sinniert er, ebenfalls wein- und essensselig, »wenn ich deinen zufriedenen Gesichtsausdruck beobachte, dann sollte ich mir Sorgen machen.«

»Dafür gibt es keinen Anlass«, widerspreche ich.

»Soso.« Vinc nimmt den letzten Schluck aus seinem Glas, meins ist schon leer.

»Bin neugierig auf Claudia Romani«, sage ich und bewege mich damit auf ungefährlichem Terrain.

Vinc macht auch keine Anstalten, irgendwelche aufregenden Themen anzuschneiden, davon hatten wir heute aber auch mehr als genug.

Wir strampeln gemütlich und akkuunterstützt zum Weingut zurück und machen uns auf die Suche nach Paola und Enzo.

»Ich schicke Enzo 'ne WhatsApp«, sagt Vinc, als wir sie auf Anhieb nirgends entdecken.

Wir sind im Büro, schreibt der zurück und wir stoßen dazu. Dort sind wir ungestört, Fabrizio und Signora Brasi, die Sekretärin, sind längst zu Hause, und Pietro und Laura haben die strikte Anweisung, nicht zu stören.

Viertel vor acht. Die Spannung steigt.

Um Punkt acht loggen wir uns ein, Claudia Romani in Rom ebenso, und bald haben wir vergessen, dass wir nur übers Netz miteinander sprechen. Paola hat Enzo vorgestellt und Vinc und mich als gute Freunde eingeführt, die sie in dieser Sache sehr unterstützen. Claudia Romani ist eine taffe, moderne ältere Dame, sie ist attraktiv und wirkt sehr gebildet. Sie lässt keinerlei Verbitterung über ihre Gebrechlichkeit heraushören, die sie seit ein paar Jahren in den Rollstuhl zwingt. Sie erwähnt es, aber dann ist es auch gut. Paola hatte am Telefon bereits angedeutet, dass sie über die jährlichen Blumen zum Geburtstag ihrer Mutter auf sie aufmerksam geworden sei und dass sich bezüglich ihrer Eltern einige Fragen ergeben hätten. Claudia Romani ziert sich nicht, sie erzählt offen und ohne Umschweife von ihrer Freundschaft zu Elisabetta, Paolas Mutter. Wie sie sich in den 70er-Jahren kennengelernt haben, bei ihrer Sekretärinnenausbildung in Rom. Dass sie sich damals ein Zimmer im Mädchenwohnheim geteilt und sehr schnell gespürt hätten, dass sie eine besondere Freundschaft verbindet, zwei Seelenverwandte. Signora Romani nimmt einen Schluck Wasser, dann erzählt sie weiter.

»Nach der Ausbildung ging Elisabetta zurück nach Peschiera an den Gardasee zu ihrer Familie. Ihre Eltern waren für damalige Zeiten sehr locker, was das Verhalten junger Mädchen anging. Sie ließen ihrer Tochter viele Freiheiten, erlaubten ihr zum Beispiel die Ausbildung in Rom. Ich hatte nicht so viel Glück. Mein Elternhaus war streng katholisch, wobei die Betonung auf streng lag. Als ich schwanger wurde, ledig und nicht bereit, den Namen des Vaters preiszugeben, da begann für mich die Hölle auf Erden. Elisabetta hat mich gerettet. Ich war volljährig, insofern hatten meine Eltern keine gesetzliche Handhabe mehr, über mich zu bestimmen, aber wie gesagt, es war die Hölle zu Hause. Elisabetta hat mich da rausgeholt. Ihre Eltern waren auch katholisch und es war nicht so, dass sie die Situation als besonders angenehm empfunden hätten, trotzdem waren sie bereit, mich aufzunehmen, und sie waren sehr fürsorglich zu mir. Ich habe sogar wieder mit dem Vater meines Kindes zusammengefunden. Auch das verdanke ich Elisabetta, weil sie in dieser schwierigen Zeit für mich da war. Ich weiß nicht, was sonst aus mir geworden wäre, ich war damals wirklich sehr verzweifelt und wollte am liebsten nicht mehr leben. Das nur zur Erklärung, warum ich jedes Jahr Blumen auf Elisabettas Grab legen lasse.«

»Danke, dass Sie uns das alles erzählen«, sagt Paola tief berührt. Ich glaube, sie ist sehr erleichtert, etwas Gutes über ihre Mutter zu erfahren.

»Mi scusi, ich musste ein bisschen ausholen, damit Sie verstehen, wie ich zu Ihrer Mutter stand. Aber es geht Ihnen vermutlich um etwas anderes, habe ich recht?«, fragt Signora Romani und lächelt. Es ist eine Sache zwischen Paola und ihr. Wir anderen hören zu, aber das Band besteht zwischen Paola und Claudia.

»Ja, das stimmt. Mir ist vor einigen Wochen ein Dokument zugestellt worden, das darauf hinweist, dass Giovanni Buccelli nicht mein leiblicher Vater ist. Giovanni ist schon seit vielen Jahren tot und hat wohl selbst erst am Sterbebett meiner Mutter davon erfahren. Er hat nie etwas darüber zu mir gesagt und ich kann meine Eltern nicht mehr danach fragen. Deshalb sind wir alte Briefe durchgegangen, haben nach Verbindungen zu damals gesucht. Mir sind die Blumen eingefallen, die jedes Jahr am Geburtstag meiner Mutter auf ihrem Grab liegen. Irgendwie haben wir, also wir alle, mein Vater, mein Bruder und ich, nie herauszufinden versucht, von wem die Blumen sind. Vielleicht wusste mein Vater, woher die Blumen kamen, aber er hat nie ein Wort darüber verloren und wir haben nie nachgefragt. Kann sein, dass wir tief im Inneren befürchteten, dass sie von einem anderen Mann sein könnten ... Ich weiß es wirklich nicht.«

Claudia Romani lacht leise. »Dass ich solche Rätsel verursacht habe, war mir nicht bewusst. Ich wollte nie ein Geheimnis daraus machen, aber ich hielt es nicht für notwendig, eine Karte dazuzulegen.«

»Ehrlich gesagt hat uns das nicht so sehr beschäftigt.« Das schnelle Stakkato von Paolas Zeigefinger auf der Tischplatte verrät ihre Anspannung. »Signora Romani, ich hoffe, von Ihnen etwas über die Identität meines leiblichen Vaters zu erfahren. Als meine Eltern geheiratet haben, war mamma bereits schwanger, das weiß ich, aber es kam doch keiner auf die Idee, dass das Kind nicht von Giovanni sein könnte! Ich bin mir sicher, dass meine Eltern sich geliebt haben, also wie kann es sein, dass sie von einem anderen Mann schwanger war? Sie waren verliebt, da wäre sie doch nicht fremdgegangen. Oder?« Paola bittet förmlich um die Freisprechung ihrer Mutter. »Oder ist sie vielleicht ... ?«, flüstert sie und schlägt sich die Hand vor den Mund.

Wir anderen wissen sofort, welch unglaubliche Möglichkeit ihr in dieser Sekunde einfällt.

Signora Romani ahnt es ebenfalls. »Nein, Paola, ihr ist nichts Schlimmes widerfahren. Sie sind nicht das Ergebnis einer Gewalttat. Elisabetta hatte einen Freund, sie war so gut wie verlobt. Dieser Mann war Arzt und wollte nach Afrika, wo Hilfe dringender nötig war als hier in seiner Heimat. Elisabetta war hin- und hergerissen, ob sie mit ihm gehen sollte, denn ihr Lebenstraum war das nicht. Und dann ist Giovanni in ihr Leben getreten. Bei den beiden hat sofort der Blitz eingeschlagen. Ich habe Giovanni nur einmal getroffen, das war auf ihrer Hochzeit. Zu dieser Zeit habe ich bereits wieder in Rom gelebt und Elisabetta hat mich einmal im Jahr besucht. Wir haben auch telefoniert, aber ...« Sie fährt sich über die Augen. »Ich schweife ab. Der Mann, mit dem Elisabetta vor Giovanni zusammen war, hieß Battista Cosio.«

Als der Name fällt, krallt Paola sich an der Stuhllehne fest. Endlich hat sie einen Anhaltspunkt.

»Und dieser Mann war mit meiner Mutter zusammen? Aber doch nicht zeitgleich mit Giovanni?«, fragt Paola verwirrt.

»Wie gesagt, Ihre Mutter und Giovanni, das war Liebe auf den ersten Blick. Battista und Elisabetta haben sich getrennt, in Freundschaft, wie sie sagte. Er ging dann alleine nach Afrika. Er hat gemerkt, dass sie nicht mit der gleichen Begeisterung hinter den Afrikaplänen stand wie er selbst. Darüber hat Elisabetta einmal mit mir gesprochen. Dass ihr Kind nicht von Giovanni war, hat sie mir gegenüber nie gesagt. Nicht direkt zumindest, aber ich habe immer gespürt, dass irgendetwas geschehen sein muss, über das sie nicht reden wollte. Gleich nach der Geburt hat sie einmal eine Äußerung gemacht, die mir zu denken gab. Aber sie hat dann sofort wieder abgeblockt. Jetzt, im Nachhinein, vermute ich, dass Elisabetta es als doppelten Verrat angesehen hätte, wenn sie mit ihrer Freundin darüber gesprochen hätte und nicht mit Giovanni, ihrem Mann. Mit ihm konnte sie das Leben führen, das ihr entsprach, und vor allem haben die beiden sich wirklich geliebt, da bin ich mir hundertprozentig sicher.« Claudia Romani sagt das so eindringlich, als würde sie jeden Verdacht von Profitgier im Keim ersticken wollen. »Giovanni hatte das Familienweingut mit der Ölmühle. Er war bodenständig und Elisabetta wusste sofort, dass er der Mann war, mit dem sie glücklich werden konnte. Er hatte bereits einen Sohn aus erster Ehe, seine Frau war sehr früh bei einem Unfall ums Leben gekommen. Als Elisabetta merkte, dass sie schwanger war, muss sie mit aller Macht gewollt haben, dass das Kind von Giovanni ist, und hat ihm deshalb nichts gesagt. Das war gegenüber Giovanni sicher nicht fair. Und dir gegenüber auch nicht.« Sie ist ins emotionale Du gerutscht.

Paola seufzt. »Ja, sie hat ihm alles aufgebürdet, ohne Vorbereitung. So steht es in diesem Dokument. Es war so, wie Sie sagen, sie wollte diese Möglichkeit nicht zulassen. Irgendetwas muss sie dann mit der Wahrheit konfrontiert haben, und zwar so, dass sie keine Zweifel mehr haben konnte. Vielleicht hat sie ja sogar heimlich einen Vaterschaftstest machen lassen, das wissen wir nicht, dieses Geheimnis hat sie wohl mit ins Grab genommen. Aber nicht die Tatsache an sich, dass ich nicht Giovannis leibliche Tochter bin. Das hat sie Giovanni an ihrem Sterbebett gestanden. Und er hat sich seine erste Wut und Verletztheit von der Seele geschrieben, aber er hat mich nie damit belastet ... Signora Romani, ich danke Ihnen von Herzen, dass Sie mir alles gesagt haben. Jetzt kann ich überlegen, wie ich die Angelegenheit für mich zu Ende bringe.«

»Wie auch immer es ausgeht, ich wünsche Ihnen alles Gute. Ich würde mich auch sehr freuen, wenn wir ab und zu telefonieren würden.«

»Das machen wir, versprochen. Arrivederci, Signora Romani«, verabschiedet sich Paola und beendet die Sitzung.

Danach ist es erst mal still im Raum. Battista Cosio. Nur ein Name. Und doch so viel mehr.

KAPITEL 11

PADRI – VÄTER

Sabato (Samstag) – Tag 6

Elisabetta, Battista und Giovanni – was für eine Schicksalsgemeinschaft. Wenn Battista noch lebt und wenn er wieder zurück in Italien ist, ist es vielleicht nur ein kleiner Schritt für Paola, bis sie ihren leiblichen Vater gefunden hat. Aber plötzlich zögert sie.
»Was ist los?«, frage ich. »Du willst deinen Vater doch kennenlernen, oder nicht? Warum dann noch länger warten?« Ich will sie nicht drängen, aber die Gelegenheit ist günstig. Sie will ja sowieso mit Ihrem Bruder Ugo sprechen, ihm die Wahrheit sagen. Meiner Meinung nach sollte sie das so schnell wie möglich tun. Schluss mit Heimlichkeiten, Versteckspiel und Halbwahrheiten ... Schließlich ist der Umstand, dass Paolas gesetzlicher Vater nicht ihr leiblicher ist, der Ausgangspunkt allen Übels. Ohne das Geheimnis ihrer Mutter gäbe es keine Erpressung und ich würde gemütlich auf meiner Dachterrasse in München in der Hollywoodschaukel sitzen.

Paola gibt sich einen Ruck. »Hast recht, Doro.«

Ich nicke ihr aufmunternd zu. Tatsächlich ist die Suche nach ihrem Vater nach dem Gespräch mit Claudia Romani kein großes Problem mehr. Wir haben den Namen und sicher bald seine Adresse. Dazu müssen wir nicht einmal ein Amt bemühen, es genügt ein Blick ins Telefonbuch.

»Battista Cosio, Arzt in Peschiera«, sagt Paola und ihre Stimme zittert.

Keiner von uns glaubt an einen Zufall. Der Name stimmt und laut Claudia Romani war Elisabettas Battista ebenfalls aus

Peschiera. Er ist hier aufgewachsen und muss später zurückgekehrt sein. Es hat ihn zu seinen Wurzeln zurückgezogen.

Von Paolas sonst eher kontrollierter Art ist nicht viel übrig. Ich warte darauf, dass einer ihrer Blusenknöpfe abspringt, so wie sie daran herumdreht.

»Wird Zeit, dass wir fahren«, sage ich.

»Doro, Vincenzo, ihr kommt doch mit?« fragt Paola.

»Klar, ich hab ja gesagt, es wird Zeit, dass *wir* fahren«, antworte ich lapidar.

Paola besteht darauf, ohne Vorankündigung bei ihrem Vater auf der Matte zu stehen, und braucht Rückendeckung.

Ich kann sie verstehen, ihr Urvertrauen ist mehr als angekratzt. Zum Glück ist wenigstens die Befürchtung vom Tisch, sie könnte das Ergebnis eines Seitensprungs sein. Aber es nagt an ihr, dass ihre Mutter das Geheimnis nicht früher mit Giovanni geteilt hat, dass sie die ganze Zeit ihrer Ehe mit einer Lüge gelebt hat und ihren Mann erst zum Schluss mit der Wahrheit konfrontiert und ihn dann mit dem Scherbenhaufen alleine gelassen hat.

»Wenigstens bleibt dir die Gewissheit, dass die gegenseitige Liebe deiner Eltern keine Illusion war«, versuche ich sie zu trösten. Gleichzeitig kann ich mir nicht verkneifen, gewisse Zweifel bezüglich Paolas Spontanüberfall anzumelden. »Willst du nicht doch lieber vorher anrufen? Ich meine, ist es fair, den Mann so zu überrumpeln?«

»Was ist in diesem Spiel schon fair«, schnaubt sie, »fragt mich einer, wie es *mir* geht? Ich bin auch ohne Vorwarnung mit der Tatsache meiner Herkunft konfrontiert worden. Schön verpackt in diese widerliche Erpressung. Warum soll ausgerechnet ich Rücksicht nehmen? Außerdem, wenn – ich sage ausdrücklich wenn, weil ich nicht glaube, dass es so ist – dieser Mann der Erpresser ist, dann ist es die einmalige Chance, seine spontane Reaktion zu testen. Das ist auch ein Grund, warum ich euch dabeihaben will. Ich will mich absichern. Ihr seid neutral und könnt mir helfen, ihn und sein Verhalten einzuschätzen. Und ich kann mich auf ihn als Menschen konzentrieren. Enzo, mein Lieber, du hängst emotional viel zu tief drin, du bist meine seelische Unterstützung, aber viel zu aufgeregt, um eventuelle Schwingungen zwischen den Zeilen mitzubekommen. Ich kenne dich. Deshalb brauche ich Doro und Vinc als neutrale Beobachter.«

Ihr Mann nickt, er wirkt in der Tat sehr betroffen.

»Okay, wann geht's los?«, frage ich.

»Sofort?«, schlägt sie vor.

Vinc lacht. »So ein Schnellstart könnte glatt von Doro kommen. Aber du hast recht, nehmen wir es gleich in Angriff, dann hast du diesen Berg von der Seele.«

»Und wir können vielleicht eine Person von der Verdächtigenliste streichen«, füge ich an.

»Liste ist gut«, meint Enzo und fährt sich durch die Haare. »Wir haben eigentlich niemanden. An Ugo als Erpresser glauben wir nicht ernsthaft, Paolas Vater, das wird sich zeigen, glauben wir aber eigentlich auch nicht, und Orlando Valgoni ist quasi abgetaucht.«

Abgetaucht finde ich etwas makaber in Anbetracht der Leiche im See und der Tatsache, dass Valgoni zwar oben auf unserer Erpresserkandidatenliste steht, aber möglicherweise selbst Opfer eines Verbrechens geworden ist. Ich schaue zu Enzo, der die Hände hebt, als wollte er sich entschuldigen. Sein verbaler Ausrutscher ist ihm wohl selbst aufgestoßen.

»Andiamo«, rufe ich und unterbreche das betretene Schweigen.

»Darf ruhig mal jemand anderes ins Fettnäpfchen treten, stimmt's, Schatz?«, flüstert mir Vinc ins Ohr.

»Vielen Dank, dass du mich daran erinnerst«, empöre ich mich leise und kneife ihn in die Seite.

Enzo fährt. Wir sind alle megagespannt, den Blick auf die wunderschöne Landschaft nehmen wir höchstens im Unterbewusstsein wahr.

Bald parken wir vor einem alten Haus. Verputz und Fenster haben schon bessere Zeiten gesehen, was aber keinen von uns interessiert. Wir wollen endlich Battista Cosio gegenüberstehen.

Unser Läuten verhallt ohne Antwort. Es ist niemand zu Hause. Neben der Tür hängt ein Plastikpraxisschild, auf dem eine Telefonnummer steht. Als wir sie gewählt haben, vertröstet uns ein Anrufbeantworter auf Montag.

Frustriert ziehen wir wieder ab. Die Suche nach Paolas Vater – so einfach und doch so schwer. So einfach, weil das Testament und das Gespräch mit Claudia Romani schon ohne Vaterschaftstest eindeutig sind. Und so schwer, weil Paola ihr ganzes Leben infrage stellt und Mühe hat, ihre Mutter zu verstehen.

»Die Zwangspause tut vielleicht ganz gut, gönnt euch doch einen Spaziergang oder eine Fahrt mit dem Schiff«, versuche ich, der Situation etwas Positives abzugewinnen.

»Nett gemeint, Doro, aber im Büro stapelt sich eine Menge Papierkram. Ich habe in der letzten Zeit meine Buchführung vernachlässigt. Signora Brasi erledigt sehr viel, trotzdem prüfe ich manche Details gerne selber, ich will auf dem Laufenden sein. Seit der Sache mit dem Testament bin ich abgelenkt. Dass es heute nicht geklappt hat, liegt mir natürlich im Magen, aber was soll's.« Paola streicht sich eine Haarsträhne hinters Ohr.

»Soll ich dir helfen?«, fragt Enzo.

»Im Büro?« Allein die Frage erheitert Paola sichtlich. »Lieb von dir, Enzo, aber ich glaube, es ist besser, du kümmerst dich um die Weine. Was hältst du davon, wenn wir uns beeilen und dann am Nachmittag unsere Lieblingsstrecke laufen, zwischen den Weinbergen, und eine Flasche Bardolino, Weißbrot und ein paar Kleinigkeiten mitnehmen? Doro hat schon recht, ich glaube, so etwas würde uns guttun.«

Enzo lächelt. »Amore mio, genau so machen wir es. Allora, andiamo.«
Die beiden schauen richtig glücklich aus.
»Und was fangen *wir* mit dem Tag an?«, fragt Vinc.
»Ich hätte Lust auf eine Bootstour. Was meinst du?« Ich bin ganz euphorisch. »Paola und Enzo nehmen das Auto und wir könnten von hier aus mit dem Schiff zurückfahren.«
Vinc zückt sein Handy. »Ich schau mal nach den Abfahrtszeiten.«
»Enzo, würdet ihr uns zum Hafen fahren?«, frage ich, doch dann fällt mir ein: »Aber wie kommen wir vom Hafen in Bardolino zum Weingut?« Zu Fuß wäre das ein ganz Schönes Stück.
»Ruft einfach kurz an, einer von uns holt euch dann«, bietet Paola an und steigt ins Auto.
»Grazie«, bedanke ich mich erleichtert.
Enzo klemmt sich hinters Steuer und startet den Wagen.
»Kommst du, Schatz?«, rufe ich Vinc, der noch immer auf dem Smartphone die Fahrpläne studiert.
Er steigt zu mir auf die Rückbank. »Das Schiff fährt in 30 Minuten, das schaffen wir locker. Das nächste geht dann erst wieder in vier Stunden«, vermeldet er.
»Wunderbar. Hast du mitgekriegt? Wir werden später in Bardolino abgeholt. Persönlicher Taxiservice.«
Vinc hebt den Daumen. »Das ist natürlich premium, aber wir können auch ein stinknormales Taxi nehmen. Setzen wir dann auf die Spesenrechnung von Doros Vater.« Wir lachen.
Enzo wirft uns einen Blick über den Rückspiegel zu. »Das geht gar nicht!«, lehnt er ab. Ist ihm unangenehm, dass mein Vater dafür zahlen soll, dass Vinc und ich hier für seine Familie tätig sind.
»War nur Spaß, Enzo. Aber davon abgesehen, wir können uns ein Taxi leisten, da musst du kein schlechtes Gewissen haben. Wir schauen einfach, wie es am besten passt, okay?«

»D'accordo, Doro.« Enzo scheint beruhigt und widmet sich wieder der Straße.

Ich weihe Vinc in meine Pläne für den weiteren Tagesablauf ein: »Später würde ich gerne etwas vorbereiten für die Weinprobe morgen. Wenn du magst, kannst du mir helfen, dann geht es schneller.«

»Bist du sicher?« Vinc grinst.

»Es gibt immer ein paar niedere Tätigkeiten, die erledigt werden müssen«, stelle ich fest, was an Vinc eiskalt abprallt, weil wir in der Küche ein eingespieltes Team sind. Vinc übernimmt Hilfsjobs und ich bin der Profi. Wobei wir manchmal die Rollen auch tauschen, Vinc ist nämlich ein durchaus kreativer Koch. Er geht es halt eher gemütlich an, als schöpferischen Weg zum kulinarischen Ziel. Heute brauche ich allerdings gewisse Masse, das heißt, es darf ruhig flott gehen.

»Klaro, ich helf dir«, verspricht er.

Auf dem Schiff lassen wir uns im wahrsten Sinne des Wortes den Wind um die Nase wehen.

»Ist schön, Bardolino von der Seeseite aus zu sehen. Wir könnten noch weiter bis Garda, was meinst du? Und von da mit dem Bus zurück nach Bardolino«, schlage ich vor.

»Gute Idee. Zeit haben wir genug und die Fahrt dauert nicht allzu lang. Nur eine Dreiviertelstunde.«

Wir lehnen an der Rehling und schauen zurück auf Peschiera. Die bunten Häuser werden kleiner, das Wasser schimmert leuchtend grün, dort, wo der Mincio den See verlässt.

»Komm, gehen wir auf die andere Seite«, drängle ich. Ich will in die Weite blicken, davon träumen, ewig so weiterzufahren. »Schau, Sirmione«, ich richte meinen Zeigefinger auf die unübersehbare Halbinsel. Mit Scaligerburg. Erinnert mich an unseren »Einsatz« in Valeggio und Borghetto sul Mincio im Juni. Wo ebenfalls eine Festungsanlage der Scaliger die Skyline prägt, genau wie hier. »Ist eines der Motive, die du auf den ersten Blick erkennst«, schwärme ich, »obwohl ich normalerweise Orte liebe, die nicht so dermaßen berühmt und überbevölkert sind.«

»Du sprichst mir aus der Seele. Sirmione ist bestimmt kein billiges Pflaster«, mutmaßt Vinc.

»Die Reisegruppe, die morgen zur Weinprobe aufs Weingut kommt, logiert dort im Fünf-Sterne-Hotel und haben bestimmt einen verwöhnten Gaumen. Enzo hat schon angekündigt, dass wir uns ins Zeug legen, sprich ein paar besondere Schmankerl für die Gourmets kreieren müssen.«

Lazise liegt bereits hinter uns, viel zu schnell nähern wir uns Bardolino. Die Zeit ist schnell vergangen, gut, dass wir uns für die Weiterfahrt nach Garda entschieden haben. So können wir noch ein paar Minuten Seeluft schnuppern.

Am Ufer ducken sich ein paar einsame Boote ins Schilf, vereinzelt sind Spaziergänger unterwegs und wir sehen aufgeregte Enten, die von irgendetwas aus ihrer Ruhe aufgescheucht wurden. Wir wechseln wieder zur Seeseite. Der See wirft weiße Gischt, als das Schiff an Fahrt aufnimmt. Immer wieder landet ein kalter Tropfen auf meinem Gesicht. Einige Möwen umschwirren uns. Natürlich nicht umsonst, eine Frau opfert ein Stück ihres Paninos und reicht es ihrem Kind, das es mit Begeisterung zerbröselt und den Vögeln zuwirft. Das Geschrei der Möwen steigert sich für ein paar Augenblicke und verschwindet mit den Krümeln im Wind, kommt dann wieder zurück. Ich schließe die Augen und spüre die frische Brise um mein Gesicht streichen. *Kein Luxusboot, nur ein normaler Fischerkahn. Mit Außenbordmotor. Il suo ›gabbiano‹*, flüstert eine Stimme in mir. Das hat Signora Melandri erzählt, über Orlando Valgoni und seine »Möwe«, sein geliebtes Boot. Mein Blick wandert in die Tiefe des Sees.

»Ist dir kalt?«, fragt Vinc besorgt und legt seinen Arm um meine Schultern.

»Nein, mir ist nur gerade eingefallen, was im See so alles begraben liegt.«

»Ist manchmal besser, nicht alles zu wissen«, meint Vinc und drückt mich an sich. Ihm ist natürlich klar, worauf ich anspiele. Ein bisschen wehmütig schreite ich kurz darauf über die wackelige Gangway ans Ufer. »Ich hätte noch stundenlang weiterfahren können«, trauere ich dem kurzen Vergnügen nach.

»Das können wir jederzeit wiederholen. Heute willst du ja noch etwas für die Weinprobe vorbereiten. Komm, Schatz, macht doch auch Spaß, wir zwei in der Küche. Unser erstes Koch-Date«, malt Vinc nicht ganz ernst gemeint den restlichen Nachmittag in romantischen Farben aus.

Ich lache. »Das kann ich mir vorstellen, ich soll kreative Wunderwerke zaubern, während du deine Finger mit angenehmeren Dingen zu beschäftigen weißt.«

»Schatz, das hast du sehr schön zusammengefasst«, befindet Vinc zufrieden.

Wir bummeln durch die Gassen, es haben bereits einige Geschäfte geschlossen. Ich weiß nicht, ob sie nur für heute Feierabend gemacht haben oder bereits in Winterpause sind. Später nehmen wir den Bus von Garda nach Bardolino und rufen dann Enzo an, um zu fragen, ob er uns an der Haltestelle abholen kann.

Vinc zeigt auf einen Tabacchi-Laden mit Espressobar. »Ich geb einen aus, bis Enzo kommt.«

Wir setzen uns mit unseren Espressi to go auf eine Bank ein Stück von der Haltestelle entfernt, nippen schweigend an unseren Bechern und warten auf Enzo.

Zurück auf dem Weingut mache ich mich direkt auf in Richtung Haupthaus.

»Ich komm gleich nach, springe nur schnell in Klamotten für kleine Küchenhelfer«, ruft Vinc mir nach.

Mache ich auch – ich meine, mich umziehen – und mir schweben bereits einige pikante Kleinigkeiten für die Pause zwischen den Weinverkostungen vor. Ist ja schließlich eine Gourmetreisegruppe, da will ich glänzen. Obwohl ich inkognito hier bin und nicht den sonstigen Anforderungen gerecht werden muss, die der Schatten meines allseits bekannten Vaters normalerweise vorausschickt. Ich werde Käsecracker backen, mit Anis, Kümmel, Fenchel und Sesam. Ich freue mich richtig darauf, mich die nächsten Stunden nur in meinen Beruf und meine Leidenschaft fallen zu lassen, mit Vinc zusammen. Weg von alten Möbeln, Messern, die in toten Körpern stecken ... Das geplante Treffen mit Paolas Vater wäre zwar nicht unbedingt gefährlich gewesen, aber aufregend auf jeden Fall. Wie mag es Paola dabei erst ergangen sein? Okay, die Käsecracker holen meine Gedanken zurück in die Küche. Vinc steht auch schon auf der Matte.

»Was spricht der Speiseplan?«, fragt er.

»Bin gerade am Überlegen. Das meiste muss ich morgen frisch machen. Pikante Käsewürfel mit Oliven, Focaccia mit Kräutersalz, dazu regionales Olivenöl zum Dippen. Ach ja, das Kräutersalz könnten wir vorbereiten. Mal sehen, was an frischen Kräutern da ist. Davon können wir ein bisschen mehr machen, das ist ein gut haltbares Basic in der Küche.«

Vinc unterbricht mich nicht, er kennt mich. In der Planungsphase murmle ich vor mich hin, schaue, was da ist, und lege den Arbeitsplan fest. Dann kann es losgehen.

Enzo steckt seinen Kopf zur Küchentür rein. »Kommt ihr klar? Paola ist im Büro und ich bin für zwei Stunden unterwegs. Kannst du wieder diese Röllchen machen, Doro? Die waren hervorragend.«

Vinc lächelt in sich hinein. Er weiß ganz genau, dass es ein No-Go für mich ist, zweimal das Gleiche anzubieten. Nicht, dass ich die Röllchen nie mehr machen will, und klar, für diese Gruppe wäre es etwas Neues – trotzdem, meine Ehre als Spitzenköchin, Tochter von Sascha Ritter, dem berühmten Sterne- und Fernsehkoch, und dazu meine persönliche Eitelkeit verbieten es mir.

Vinc fasst die Lage für Enzo in wenigen Worten verständlich zusammen. Der winkt ab und meint, dass ihm das egal sei, ich solle machen, was ich wolle, Hauptsache, essbar.

»Essbar! Banause!«, rufe ich ihm hinterher, als er feixend die Küchentür schließt.

Vinc schlingt seine Arme um mich und gibt mir einen langen Kuss.

»Am liebsten würde ich die Inkognito-Farce langsam beenden«, sage ich in einer Atempause, »aber wir müssen noch aufpassen, denn erstens schleicht Frieder mir immer noch hinterher, zweitens wissen Laura und Pietro nicht Bescheid und drittens haben wir keine Ahnung, wer der Erpresser ist. Ein Weilchen müssen wir also noch durchhalten.«

»Hier sieht uns ja keiner«, entgegnet Vinc, aber das beruhigt mich nicht.

»Weißt du, Schatz, dass wir uns hier verliebt haben, ist ja kein Problem, das ist durchaus realistisch – aber für Frieder ist es ein Problem, deshalb sollten wir nicht noch mehr Öl ins Feuer gießen.«

Er nickt und wuschelt durch meine Haare. »Klaro. Der ist ja offensichtlich schwer in dich verschossen und würde mir am liebsten den Hals umdrehen. Wahrscheinlich bildet er sich ein, die älteren Rechte auf dich zu haben, weil er dich schon ein paar Tage länger kennt und dich zuerst entdeckt hat. Und jetzt sieht er seine Felle davonschwimmen.« Vinc grinst. »Wenn der wüsste!«

»Was für Felle? Da waren nie Felle! Nicht mal das kleinste Härchen! Also bitte, wo sind wir denn?«

»Du hast recht, wir sind im 21. Jahrhundert und der dümmste Mensch müsste inzwischen begriffen haben, dass es keine Besitzansprüche auf einen anderen Menschen gibt.«

»So drastisch hätte ich es nicht formuliert, aber in der Sache stimmt es natürlich.«

»Natürlich«, wiederholt Vinc trocken.

Wir lächeln uns etwas schuldbewusst an. Armer Frieder.

»Okay, konzentrieren wir uns aufs Kochen. Kräutersalz und Cracker. Was noch? Hm, ich brauch noch irgendeinen Wow-Effekt«, grüble ich.

»Wieso muss es immer was Besonderes sein? Manchmal schmeckt das Einfache am besten. Und bei einer Weinprobe steht schließlich der Wein im Mittelpunkt«, bremst Vinc meinen Ehrgeiz.

»Ja, du hast recht. Trotzdem, es macht mir halt Spaß, mir etwas einfallen zu lassen.«

»Focaccia klingt sehr gut. Und das Olivenöl dazu. Passt, finde ich, weil regional und schlicht. Der Wein bleibt der Hauptdarsteller.«

»Genau. Ich könnte das Weißbrot selber machen.«

Vinc reibt sich das Kinn. »Wie wären Grissini mit Parmaschinken umwickelt?«

»Na ja, der Burner ist das nicht«, überlege ich, »aber wenn ich die Grissini selber herstelle ...«

»Jetzt mach mal 'nen Punkt! Enzo soll uns welche beim Bäcker bestellen«, bestimmt Vinc.

»Am Sonntag?«

»Vielleicht hat Enzo ja welche vorrätig.«

Ich hebe eine Augenbraue.

»Okay, okay ... Machen die viel Arbeit?«, lenkt er ein.

»Das kriegen wir hin. Den Teig mach ich jetzt gleich, der muss eine Stunde gehen.«

»Mehl, Salz und Hefe haben wir, Malzmehl nicht, aber das ist nicht schlimm. Dazu noch ein Esslöffel Olivenöl ... Alles in die Küchenmaschine und gut bewachen«, weise ich an. »Das werden die schlichten zum Knabbern. Die rollen wir ganz dünn aus. Für den Parmaschinken brauchen wir dickere Stangen. Machen wir mit Sesam, Kümmel und Rosmarin. Das obere Drittel mit Parmaschinken umwickeln.«

»Agli ordini, capo«, salutiert Vinc.

Paps würde den Teig selbstverständlich mit den Händen kneten, ich auch, aber heute spare ich mir die Zeit.

»Ich schau mal draußen, was ich an frischen Kräutern für das Salz finde«, erkläre ich. Paola hat direkt vor dem Küchenfenster ein gemauertes Hochbeet mit Kräutern. Thymian, Basilikum, Pfefferminze, Majoran, Petersilie, Schnittlauch und Liebstöckel. Jedes Mal, wenn ich daran vorbeigehe, pflücke ich mir eins der Blättchen ab und schnuppere daran. Hinterm Haus stehen außerdem ein paar riesige Büsche Rosmarin. Genauso Salbei und Lavendel.

Als ich zurück bin, knete ich den Teig noch einmal abschließend mit den Händen, die Konsistenz ist perfekt. Dieser erste Teig wird mit Folie abgedeckt auf die Seite gestellt.

Für die dickeren Grissini verändere ich die Mischung ein wenig. Vinc und ich zerkleinern die Kräuter, legen sie in Häufchen separat auf einem Teller ab, um sie dann in einem Porzellanmörser mit grobem Meersalz anzustoßen. Ich trenne gerne die einzelnen Kräutersalze, dann kann ich geschmacklich mischen, wie es gerade passt, aber eine mediterrane Mischung mit fast allen Kräutern gibt es dann doch.

Ich telefoniere kurz ins Büro rüber. »Paola, hast du leere Einmachgläser?«

»Was hast du vor? Planst du einen Marmeladenverkauf, um mich zu unterstützen?«, klingt sie fast ein wenig zynisch.

»Nein, ich bin in die Kräutersalzproduktion eingestiegen«, kontere ich lachend.

»Auch gut! Leere Gläser stehen im Vorratsraum. Sonst alles in Ordnung?«

»Tutto a posto. Grazie.« Ich lege auf und hole die Gläser.

»Wollt ihr drinnen bleiben oder die Pause wieder so wie beim letzten Mal draußen planen?«, fragt Vinc, als ich zurück in der Küche bin.

»Muss ich mit Enzo besprechen. Ich tendiere zur Pause draußen. Drinnen könnten wir die Käsecracker und die Grissini dazustellen. Ach ja, und die Focaccia pur, mit dem Olivenöl zum Dippen.«

»Hör auf, ich krieg Hunger«, beschwert sich Vinc.

»Ich auch, aber wir haben noch einiges zu tun. Sollen wir später Essen gehen oder uns hier was machen?«, überlasse ich ihm die Wahl.

»Hierbleiben und raussetzen. Am liebsten hätte ich nur Pasta, Vino, Käse und Brot.«

»Also dann, ran an die Grissini, der Teig ist jetzt lange genug gegangen«, schlage ich vor und hebe die Folie vom ersten Teig.

Ich knete ihn noch mal auf der bemehlten Unterlage durch und steche dann mit dem Backspatel die dünnen Streifen für die Grissini ab. Vinc rollt sie dünn aus und zieht sie anschließend über das umgedrehte, geölte Backblech.

»Zieh die Enden über die Kante und drück sie ein bisschen am Blech fest, der Teig schnurrt gerne wieder zusammen, aber die Stangen sollen sehr dünn bleiben«, gebe ich ihm den Tipp.

Acht bis zehn Minuten bei 180 Grad. Sie sollen goldgelb sein. Schön knusprig. Ich mische inzwischen Butter, Bergkäse, Gorgonzola, Sahne, Gewürze, Mehl und eine Prise Backpulver für die Käsecracker, knete den entstandenen Teig durch und steche runde Kreise aus, die ich mit Eigelb bestreiche. Am Schluss kommen Kümmel und Sesam drüber.

»Bist du so weit mit den Grissini?«, frage ich Vinc, der gerade das zweite Blech aus dem Ofen holt. Er nickt.

Ich stelle die Temperatur höher und schiebe das Blech mit den Crackern in den Ofen, dann teilen wir uns eine Grissini-Stange.

»Perfetto«, befinde ich zufrieden.

KAPITEL 12

UN SACCO DI VINO – EINE MENGE WEIN

Domenica (Sonntag) – Tag 7

Ich glaub's ja nicht, schon 8 Uhr! Vinc schläft noch tief und fest neben mir. Moment – Vinc hier? Haha, so viel zu unseren guten Vorsätzen von gestern. Die haben wir am Abend eiskalt über Bord geworfen, aber immerhin haben wir uns alle Mühe gegeben, uns unbemerkt ins Haupthaus zu schleichen.

»Tja, Schatz, da musst du dich nachher anstrengen und darfst vor allem Frieder nicht in die Arme laufen«, flüstere ich in sein Ohr. Was allerdings keinerlei Reaktion hervorruft.

Ich verschränke die Arme im Nacken und überschlage, was der Tag heute alles an Aufgaben mit sich bringt. Pikante Würfel mit Schinken und Käse und Focaccia. Grissini mit Parmaschinken umwickeln. Okay. Das erledige ich dann am späten Nachmittag. So gern ich das mache, Paolas Problem drängt sich in den Vordergrund. Wird sich der Erpresser noch mal melden? Wir warten dringend auf eine weitere Forderung, damit wir das Problem ein für alle Mal vom Tisch haben. Bei der Übergabe müssen wir alle Möglichkeiten in Betracht ziehen. Sollen wir die Polizei einschalten? Enzo ist dafür, Paola dagegen. Vinc und ich enthalten uns der Stimme. Es gibt für beide Seiten Argumente.

Ich lasse Vinc schlafen und gehe schon mal runter in die Küche. Es ist Sonntag, die Familie sitzt gemeinsam am Frühstückstisch.

»Kommst du nachher zu den Katzen?«, fragt Laura und ich verspreche, nach dem Frühstück zu ihr rüberzukommen. Sie verzieht sich und Pietro hat ebenfalls Pläne für den Tag, die nichts mit der Familie zu tun haben. Ist mir im Moment ganz recht, dann können Paola, Enzo und ich ungestört reden. Ich greife meine Überlegung von heute Morgen noch mal auf.

»Wisst ihr schon, was ihr tun werdet, wenn der Erpresser sich meldet? Je länger ich darüber nachdenke, desto mehr tendiere ich dazu, die Polizei zu involvieren.«

»Ja, aber ...«

Ich würge Paolas Einwurf ab. »Bisher ging es nur um Geld, aber mittlerweile gibt es eine tote Frau. Und einen verschwundenen Möbelrestaurator. Natürlich wissen wir nicht, ob Orlando Valgoni etwas mit der Erpressung zu tun hat, aber die Möglichkeit besteht – wie ich das sehe, sogar mit hoher Wahrscheinlichkeit.«

Die anderen nicken und wir fangen an, eine Strategie auszuarbeiten. Wir werden es zu viert durchziehen, Enzo, Paola, Vinc und ich. Ugo wollen wir nichts davon sagen, denn auch wenn Paola ihn längst von ihrer Liste gestrichen hat, empfehle ich, die Karten nicht vorzeitig aus der Hand zu geben. Wahrscheinlich ist er ganz nett, andererseits hat er ein Motiv, das lasse ich mir nicht ausreden. Und er ist in meinen Augen nicht unbedingt der Typ, der sich selber die Finger schmutzig macht, aber durchaus fähig, seine Ziele vehement zu verfolgen. Zugegeben, da greife ich tief in die Vorurteilsschublade – nicht jeder Politiker ist machtgeil. Trotzdem bin ich bei Leuten mit zu vielen Ambitionen, was Führungspositionen, Macht und Geld angeht, generell schneller bereit, unlautere Motive für ihr Handeln in Betracht zu ziehen. Und eine alte Frau zum Umzug ins Altersheim bewegen zu wollen, gefällt mir sowieso ganz und gar nicht. Aber gut, ich lasse das vorerst mal so stehen.

Da wäre noch Paolas Vater. Ich meine den leiblichen, verschwundenen und wiederaufgetauchten. Auch hier winkt Paola ab. Ich verstehe sie. Sie ist persönlich betroffen. Ich bin familiär nicht involviert und will vor allem die Wahrheit herausfinden. Wenn es um Paps oder um Vinc ginge ... Gar keine Frage, da würde ich zur Löwin werden und mich schützend und fauchend vor meine Lieben stellen. Dagegen ist Paola harmlos!

Nach Kaffee und Brioche mache ich mich an die Arbeit. Als Erstes den Teig für die Focaccia kneten, der kann dann gehen, bis ich ihn brauche, den Rest mache ich am Nachmittag.

Ich schlendere über den Hof und blinzle in die Sonne. Warme, reine Herbstluft. Laura wird bei ihren Katzen sein, schätze ich, drüben in der Scheune, dort wollten wir uns ja treffen.

Und richtig, da sitzt sie am Boden, in Gesellschaft mehrerer Katzen, die um sie herumstreichen, sich putzen oder an einer der Futterschüsseln hängen, die Laura mit Katzenfutter gefüllt hat.

»Er hat sich verletzt. Ein Schnitt oder Riss«, sagt sie und untersucht die Pfote des kleinen Tigers, der geduldig auf ihrem Schoß liegt und sich verarzten lässt. Ich hocke mich daneben und will mir die Wunde anschauen, aber als ich ihn berühre, faucht der kleine Streuner und will sich aus Lauras Armen winden. Sie spricht beruhigend auf ihn ein.

»Er hat sich geschnitten«, bestätige ich Lauras Diagnose. »Ist aber nicht sehr tief. Was willst du tun?«

Laura nagt an ihrer Unterlippe, während sie die Pfote mit einem Wattebausch abtupft und den Kleinen dann an den Futternapf setzt. »Nichts weiter. Ich habe die Wunde desinfiziert, das muss reichen. Anfangs habe ich in solchen Fällen einen Verband angelegt, aber entweder haben die kleinen Rabauken den innerhalb kürzester Zeit abgestreift oder aber sie sind für ein paar Tage verschwunden und standen dann plötzlich mit dermaßen verdrecktem Verband wieder auf der Matte und haben ihr Futter eingefordert, dass ich seitdem lieber nur noch desinfiziere, den Rest erledigen die Katzen selber. Wenn die Wunde allerdings anfängt zu eitern, müssten sie eigentlich zum Tierarzt ...« Laura zuckt mit den Schultern und starrt düster zu dem verletzten Streuner rüber.

»Wäre zu teuer, oder?«, frage ich vorsichtig nach.

»Ja. Ab und zu würde mein Taschengeld sogar für das ein oder andere Medikament reichen, aber dann hat grade keiner Zeit, mich zu fahren. Es interessiert sie einfach alle nicht, was mit den Katzen passiert.«

»Falls sich bei dem Kleinen hier etwas entzündet, dann fahre ich dich zum Tierarzt, d'accordo? Und ich zahle auch die Behandlung.«

Laura lächelt kurz und streicht dem jungen Kater über den Rücken. »Hast du gehört, mein Süßer? Doro will uns helfen.« Der kleine Streuner lässt sich nicht stören und schlabbert eifrig weiter an einem Schälchen Milch.

Arm in Arm spazieren Vinc und ich später ohne konkretes Ziel zwischen den Weinbergen umher und an den Olivenhainen entlang, als wir Schüsse in der Ferne hören. Ein riesiger Schwarm Vögel fliegt hoch. Stare? Oder Krähen? Werden die mit dem Luftdruckgewehr aufgescheucht? Oder gar abgeschossen? Was ist hier los? Es ist doch eigentlich ein so paradiesisch schönes Fleckchen Erde hier …

Ich seufze. »Ist alles irgendwie paranoid, die Toten, die Erpressung, unser Inkognito-Auftritt. Hat das zum Beispiel irgendetwas gebracht? Vielleicht hat sich der Erpresser längst auf dem Gut hier eingeschlichen«, spekuliere ich und kicke unsanft einen Stein vom Weg. Als ob der was dafürkönnte.

Vinc geht nicht auf meine pessimistische Laune ein, auf das Thema schon. »Ja klar, das wäre möglich. Ich halte es zwar für unwahrscheinlich, aber trotzdem müssen wir vorsichtig sein. So jemand kann gefährlich werden. Wer vor Erpressung und vielleicht auch Mord nicht zurückschreckt, wenn wir annehmen, dass er die Nachbarin erstochen hat, besitzt eine Menge kriminelle Energie. Wenn so jemand sein Ziel in Gefahr sieht oder den Knast vor Augen hat, schreckt er wahrscheinlich vor nichts zurück.«

»Schon klar. Aber wir hängen mit drin. Und wir haben keine Ahnung, nach wem wir Ausschau halten müssen. Es könnte auch eine Frau sein oder mehrere Personen. Vielleicht sogar jemand, der hier ein und aus geht. Zum Beispiel jemand aus der Familie. Oder ein Mitarbeiter. Ich fühle mich direkt beobachtet – ist ein blödes Gefühl. An Paolas Stelle würde ich auch wissen wollen, wer dahintersteckt.«

»Absolut. Die ganze Situation ist bedrohlich. Für uns alle«, betont Vinc. »Wir müssen uns bei der Geldübergabe echt gut absprechen, wenn wir nicht wollen, dass der Schuss nach hinten losgeht.«

Ich drücke kurz seine Hand. »Was hältst du von Paolas Bruder?«, frage ich dann. »Von der Möglichkeit wollte Paola zwar von Anfang an nichts wissen, aber warum spricht sie nicht mit ihm? Misstraut sie ihm doch?«

»Das Ganze ist viel komplexer, fürchte ich. Für Paola steht wahnsinnig viel auf dem Spiel und sie hat Angst davor, den endgültigen Schritt zu tun. Wenn sie die Zweifel an ihrer Blutsverwandtschaft erst mal auf den Tisch gelegt hat, gibt es kein Zurück mehr«, gibt Vinc zu bedenken.

Genau das hat Paola immer gesagt.

»Außerdem will sie ihn nicht als Erpresser sehen, weil er ihr Bruder ist, dem sie immer vertraut hat, aber das ist noch mal eine andere Schiene«, setzt Vinc nach.

Ich gebe noch nicht auf. »Ich glaube ihr ja, dass sie ihren Bruder richtig einschätzen kann. Trotzdem lässt sich nicht leugnen, dass Ugo und sein Sohn von diesem Testament profitieren würden. Fabrizio hätte lieber das Weingut als die Ölmühle. Wer weiß, was Ugo alles für seinen Sohn tun würde. Ugo hat ebenfalls ein paar alte Möbelstücke geerbt und Paola weiß nicht, welche Möbel er letztendlich behalten hat und ob nicht in einem *seiner* Möbel das Testament versteckt war. Oder ob es überhaupt in einem Möbelstück versteckt war, das ist ja nur Paolas Vermutung. Er hätte das Testament also unter Umständen auch finden können. Aber warum sollte er seine Schwester erpressen und legt ihr nicht einfach das Testament vor? Weil die Unterschrift fehlt? Will er Paola ruinieren, damit sie das Gut nicht mehr halten kann und er als Gutmensch in die Bresche springt? Wäre schon sehr perfide. Da hätten wir dann wieder das berühmte Pferd, das vor der Apotheke kotzt – extrem unwahrscheinlich, aber eben nicht unmöglich, und Ausnahmen bestätigen die Regel.«

»Du und deine Metaphern.« Vinc schüttelt den Kopf.

»Lass uns zurückgehen«, schlage ich vor. »Ich muss alles für heute Abend vorbereiten. Enzo hat die Weinprobe für 18 Uhr angesetzt. Leistest du mir Gesellschaft oder hast du schon was anderes vor?«

»Ich komme mit. Wo kochen wir? Im Gästehaus?«

»Nee, drüben bei den Buccellis. Die Küche ist besser ausgestattet. Sie haben sogar zwei Öfen, da kann ich einiges parallel ins Rohr schieben.«

Ich mische die Zutaten für die pikanten Oliven-Käse-Würfel. Eigentlich eignet sich die Masse ja super für Muffinförmchen, aber heute streiche ich den Teig auf ein mit Backpapier ausgelegtes Blech und streue ordentlich geriebenen Käse darüber. Den flachen, gebackenen Kuchen kann ich dann prima in kleine Würfel schneiden – Fingerfood für die Weinprobe. Wie geht es dem Teig für die Focaccia? Ich linse unter das Tuch. Okay, ist gut aufgegangen, ich knete ihn noch mal kurz durch, ziehe fingerdicke Fladen auf einem bemehlten Blech aus und drücke mit den Fingerknöcheln Mulden in den Teig. Dann noch mit Olivenöl beträufeln. Ich koste von dem Öl. Ist natürlich von Buccellimühle und schmeckt traumhaft. Ich fülle damit ein Schälchen für später zum Eindippen. Perfetto. Wir haben schon genügend unterschiedliche Geschmacksrichtungen an den Grissini und den Crackern, deshalb streue ich hier nur einige Körner vom groben Meersalz darüber und lege Rosmarinzweige fürs Aroma mit aufs Blech. Und das zieht bald durch die Küche. Bis das Brot und die Käse-Oliven-Würfel fertig gebacken sind, überbrühen, schälen und würfeln wir einige Tomaten für frische Bruschetta mit Basilikum, Knoblauch und Balsamico. Dazu richten wir uns ein Tablett mit Weißbrot und einem Schälchen Bruschetta-Belag, einige Scheiben Weißbrot belegen wir mit Schinken und Mozzarella, bestreuen sie mit Kräutersalz und überbacken sie fünf Minuten im Rohr. Mit unseren Schätzen verziehen wir uns nach draußen, die Luft ist lau und angenehm. Wir hocken uns auf eine Holzbank vor die Verkostungshalle, essen und genießen die Ruhe, bevor wir den Hof für die Weinprobe rüsten wollen. Niemand stört uns, als wir die Tische und Bänke aufbauen, decken und themengerecht dekorieren. Mit Stroh, ein paar knorrigen Weinreben, Kräutertöpfen, leeren Weinflaschen als Kerzenhaltern – darin ist Vinc Meister, finde ich und küsse ihn mitten auf dem Hof.

»Soso. Enzo hat gesagt, dass ich dich hier finde. Er meinte, du würdest arbeiten. So nennt man das also.«

Schuldbewusst fahre ich herum. Fabrizio steht mit verschränkten Armen da und lächelt süffisant.

»Ich wollte dich fragen, ob du am Abend mit auf eine Party kommen willst, aber Enzo hat schon erwähnt, dass heute Weinprobe ist und du ja deswegen hier bist.«

»Schade, wäre toll gewesen. Kann man nix machen«, bedaure ich.

»Na ja, du hast ja angenehme Gesellschaft«, zwinkert Fabrizio und ich lasse ihn in dem Glauben, dass ich erschrocken bin, weil ich beim Knutschen ertappt wurde. Was ja stimmt, aber nicht so, wie Fabrizio denkt.

»Vielleicht könnten wir am nächsten Wochenende hier auf dem Hof grillen oder was auch immer. Ich habe ja versprochen, dass ich für alle koche«, sage ich und hoffe, dass sich bis dahin die Lage entspannt und Paola wieder ohne Sorge das Telefon abnehmen kann.

»Hab ich nicht vergessen«, sagt Fabrizio. »Allerdings klappt es am nächsten Wochenende nicht, aber wir reden noch, okay? Ciao, ich muss los, Imi abholen. Wir wollen vor der Party einen Abstecher nach Verona machen.«

»Viel Spaß euch!«, rufe ich ihm hinterher.

»Ich bin mir gerade vorgekommen, als hätte ich was verbrochen«, sage ich konsterniert, als er weg ist.

Vinc und ich schauen uns an und lachen los.

Punkt 18 Uhr biegt der Hotelbus mit den Gästen aus Sirmione in den Hof ein.

Vinc geht mit rein zu Enzos Verkostung, ich bleibe heute lieber draußen sitzen. Mir geht so vieles durch den Kopf ... Nicht nur die Erpressung und die Bilder der toten Signora Melandri, sondern auch die Fragwürdigkeit meiner Anwesenheit hier. So schlimm es war, die tote Frau aufzufinden, mir liegt es immer noch auf der Seele, dass ich mich auf die Spitzelgeschichte eingelassen habe. Zum Glück ist das jetzt vorbei, aber ich schwöre, künftig einen großen Bogen um solche Anfragen zu machen. Doch natürlich lasse ich Paola jetzt nicht hängen ...

Während Enzo kurz vor der Pause noch einen letzten Wein kredenzt, kommt Vinc zu mir heraus und bringt mich auf andere Gedanken.

Wir holen die Tabletts aus der Küche und verteilen sie auf der Tafel im Hof. Es ist mittlerweile dunkel und ein paar Fackeln verbreiten romantisches Ambiente. Vinc klaut sich ein paar von den gebackenen Käsewürfeln, ich probiere auch einen – die Oliven knacken salzig im Mund.

Bald tröpfelt die Gruppe unter Gelächter und lauten Gesprächen aus der Halle. Die einen strecken sich und genießen die kühle Abendluft, ein paar zünden sich eine Zigarette an und blasen den Rauch in die Dunkelheit. Abendstimmung im Herbst. Die Gäste bitten darum, die Weinprobe im Freien weiterzuführen, und Enzo hat nichts dagegen. Sogar Paola kommt später noch dazu. Uns allen tut dieser entspannte und weinselige Abend einfach gut, die Anwesenheit der Fremden verhindert, dass wir uns in unseren aktuellen Themen verlieren.

Es ist bereits nach Mitternacht, als der Bus nach Sirmione die lustige Gruppe einsammelt. Vinc und ich entlassen Paola und Enzo und übernehmen das Aufräumen. Die beiden sollen sich ein paar ruhige Momente gönnen. Denn trotz der widrigen Lage, in der Paola und ihre Familie stecken, und obwohl wir mit ganzem Herzen mitfühlen und helfen wollen, sind wir halt nicht direkt betroffen. Gut gelaunt und fast entspannt, bei einem angeregten Austausch über den Abend, schleppen wir die Bänke zur Halle, Vinc will sie morgen zusammen mit Fabrizio drinnen stapeln.

»Wie wär's mit einem Abschlusszigarettchen?«, schlage ich vor und Vinc schenkt dazu jedem ein Glas Bardolino ein.

»Direkt beim Erzeuger schmeckt er doppelt gut«, erklärt er den Nachschlag.

Ich nippe und nicke.

Langsam kommen wir runter, werden ruhiger, Vinc nimmt mir das Glas aus der Hand, stellt es auf den Boden neben seines und küsst mich. Wir versinken in einer intensiven und leidenschaftlichen Umarmung.

Neben uns räuspert sich jemand und wir fahren erschrocken auseinander. Ein Déjà-vu von heute Nachmittag. Nur dass es dieses Mal nicht Fabrizio ist, der uns ertappt, sondern Frieder. Ausgerechnet. Was will der so spät noch hier?

»Da läuft doch was zwischen euch«, stellt er jetzt auch noch fest.

»Was du nicht sagst«, kontere ich, woraufhin Frieder sich wieder vom Acker macht.

Shit! Jetzt wurden wir heute schon zum zweiten Mal erwischt. Aber macht nichts, ich habe ohnehin keine Lust mehr auf diese Scharade.

»Wo waren wir stehen geblieben?« Vinc runzelt die Stirn und grapscht nach mir.

»Hey, Fremder, was erlauben Sie sich!«

»Sie haben die Wahl. Jacko oder Orlando«, bietet er zwei Alternativen an.

Keine Frage, Orlando gefällt mir besser!

KAPITEL 13

PERICOLO – GEFAHR

Lunedì (Montag) – Tag 8

Jemand hämmert an die Tür. Vinc schläft tief und fest neben mir.

»Doro, Vinc, seid ihr schon wach? Ihr müsst runterkommen!« Paolas hektische Stimme überzeugt mich, dass es dringend ist.

»Buon giorno, Paola, ich zieh mir nur schnell was an und wecke Vinc.«

»Kommt in die Küche«, bittet Paola.

Hat sie geweint? Ich höre, wie sich ihre Schritte eilig entfernen.

»Guten Morgen, Schatz, aufwachen«, säusle ich Vinc ins Ohr und stupfe ihn an die Schulter.

Er dreht sich demonstrativ auf die andere Seite, aber das ist zwecklos. »Nützt nix, ich weiß, dass du wach bist. Paola braucht uns, es scheint echt wichtig zu sein.«

»Hm. Hab's so halbwegs mitbekommen«, brummt Vinc verschlafen. Dann rappelt er sich hoch. »Andiamo«, versucht er, sich selber Energie zuzusprechen, und schwingt die Beine aus dem Bett.

Ich husche ins Bad – kurz Zähne putzen und dann rein in Jeans und T-Shirt. Vinc legt wie ich den Turbogang ein und zehn Minuten später treten wir unten durch die Küchentür.

Auf dem Tisch stehen Caffè und Wasser für uns bereit und ein Körbchen mit frischen Cornetti.

Wir sitzen kaum, als es auch schon aus Paola heraussprudelt. »Der Erpresser hat sich gemeldet. 500.000 Euro! Er hat mir gedroht. ›Ich weiß, wo du wohnst, und ich kenne deine beiden hübschen Kinder‹, hat er gesagt.« Paola unterdrückt einen Schluchzer.

Ich schnelle hoch. »500.000 Euro? Eine halbe Million? Der spinnt!«

Enzo tätschelt die Hand seiner Frau und hebt hilflos die Schultern. »Ich war draußen und habe den Kindern ihre Brotzeit nachgetragen. Als ich zurückkam, war Paola völlig aufgelöst, dann hat sie mir alles erzählt und darauf bestanden, euch zu holen.«

»Bestimmt will er sich mit der Kohle absetzen!«, rutscht es mir lauter heraus, als ich das wollte. Aber ich bin echt empört. Völlig außer mir. So ein Schwein!

»Befürchte ich auch«, murmelt Vinc mit einem finsteren Gesichtsausdruck. »Das ist schlecht, weil wir dann nie erfahren werden, wer er ist. Und das ist gefährlich.«

Ich brauche einen Moment, bis mir aufgeht, was Vinc damit meint. Erschrocken schaue ich zu Enzo und dann zu Paola. Beide sind ganz blass geworden. »Wie viel Zeit lässt er dir?«, frage ich.

»Drei Tage. Bis Donnerstag. Er meldet sich. Das Testament ist mir ja ganz egal, aber dieser Erpresser ... dieser Mörder ...« Paolas Stimme bricht.

Enzo nimmt ihre Hand. »Er wird unserer Familie nichts antun. Das lasse ich nicht zu.«

»*Wir* lassen das nicht zu«, ergänzt Vinc beschwörend. Angesichts von so viel Gewalt haben wir uns endgültig auf die Schiene eines männlichen Täters eingefahren. Weder fair noch logisch, aber eben doch gefühlsmäßig für uns wahrscheinlicher.

Ich nicke. Mir ist schwindlig. Harmlos ist an diesem Fall gar nichts mehr. Aus einem Erpresser, wahrscheinlich Mörder, ist jetzt auch noch ein möglicher Entführer geworden. »Sollten wir nicht doch die Polizei ...?«

Paola unterbricht mich heftig. »Nein! Keine Polizei! Wenn er davon etwas bemerkt, haut er ab, ohne dass wir herausgefunden haben, wer er ist. Ich hätte den Rest meines Lebens keine ruhige Minute mehr aus Angst um die Kinder.«

Da ist was dran. Enzo stöhnt und starrt schweigend auf den Tisch. Er ist momentan wohl ein Totalausfall, aber nichts zu tun, können wir uns nicht leisten.

Vinc räuspert sich. »Vielleicht hat dieser Typ mitgekriegt, dass wir ihm auf den Fersen sind. Er will sich absetzen und wir haben nur diese eine letzte Chance, ihm auf die Schliche zu kommen. Je mehr wir wissen, desto besser können wir uns vorbereiten. Wenn wir uns auf diese Geldübergabe einlassen, darf nichts schiefgehen.«

Er bringt es wieder einmal auf den Punkt.

Ich wende mich an Paola: »Hast du mit deinem Bruder gesprochen? Hast du ihm etwas erzählt?«

»Ugo hat damit nichts zu tun. Da lege ich meine Hand ins Feuer. Außerdem habe ich ihm nichts erzählt. Noch nicht.«

»Dein Vertrauen in allen Ehren, aber solange wir nicht mehr wissen, können wir einfach nicht ausschließen, dass es jemand aus eurem engeren Umfeld ist.«

Paola unterbricht mich schon wieder. In ihr brodelt es, das lässt sich direkt an ihrem Gesicht ablesen. »Schluss, aus, basta! Ich rede mit Ugo«, platzt es aus ihr heraus.

Das wollte ich eigentlich vermeiden. Aber mit der Drohung gegen die Kinder hat der Erpresser eine Grenze überschritten. Und das passt nicht zu dem Bild, das ich mir von Paolas Bruder gemacht habe. »Du hast recht, Paola«, sage ich deshalb, »rede mit ihm. So oder so wissen wir hoffentlich bald mehr.«

»Ugo ist es nicht, das weiß ich. Ich kenne meinen Bruder.«

»Alles gut, Paola, ich glaube das mittlerweile auch nicht mehr«, besänftige ich sie.

Vinc klopft vehement mit dem Zeigefinger auf die Tischplatte. »Allein dass dir der Erpresser damit gedroht hat, den Kindern etwas anzutun, spricht gegen deinen Bruder als Täter.«

»Absolut.« Paola nickt vehement.

»Das ist es auch, was mich jetzt von seiner Unschuld überzeugt.« Was ich *nicht* sage, ist, dass es dann natürlich doch jemand von außen ist. Aber wer? Es ist wie verhext.

Paola schlägt die Hände vors Gesicht und endlich erwacht Enzo aus seiner Lethargie. Er legt die Arme um seine verzweifelte Frau und zieht sie an sich. Wird auch Zeit, verdammt noch mal! Mimosengetue können wir uns jetzt nicht leisten!

»Was ist das nur für ein Mensch«, weint Paola an Enzos Schulter.

»Ein charakterloses, gieriges Schwein«, sage ich dumpf. »Aber wir können jetzt über seinen miesen Charakter jammern oder wir reißen uns zusammen und gewinnen.«

»Genau!« Vinc schlägt mit beiden Händen auf den Tisch. »Der Typ ist gierig und genau diese Gier spielt uns in die Hände. Egal, ob es ein Fremder ist oder jemand, der euch tagtäglich über den Weg läuft. Die 500.000 werden ihm sein skrupelloses Hirn vernebeln.«

»Und was sollen wir jetzt tun?«, fragt Enzo.

»Keine Ahnung.« Vinc zuckt mit den Schultern und schaut mich an. »Hast du eine Idee?«

»Wir brauchen auf jeden Fall einen gut überlegten Plan. Einen perfekten, lückenlosen Plan, Fehler können wir uns nicht erlauben.« Ich bin ziemlich aufgeregt. Wir alle sind plötzlich Mitspieler in einem gefährlichen Spiel mit ungewissem Ausgang. Das gefällt mir überhaupt nicht, setzt aber Adrenalin frei und treibt mich an.

»Doch die Polizei?« Vinc blickt fragend in die Runde.

»Nein!«, ruft Paola. »Bitte nicht. Ich muss vorher wissen, ob es jemand ist, den ich kenne. Das würde alles verändern, versteht ihr?«

Ich glaube, dass sie – obwohl viel dagegenspricht – Angst hat, ihr Bruder könnte doch etwas mit der Sache zu tun haben.

»Und noch etwas«, sagt Enzo und reibt sich über das Gesicht. »Was ist, wenn die Polizei unsere Spekulationen von wegen Erpressung und wahrscheinlich Mord nicht ernst nimmt? Wenn sie es deshalb verbocken und der Erpresser unerkannt entkommt? Was gibt uns dann die Sicherheit, dass er nicht zurückkommt und unseren Kindern etwas antut?«

»Wollte nur noch mal fragen. Sicherheitshalber«, beschwichtigt Vinc. »Allora, dann legen wir mal los.«

»Wir müssen dem Erpresser eine Falle stellen, doch wie soll die ausschauen?«, überlege ich laut.

»Und wie sollen wir das anstellen?«, fragt Enzo.

Der Arme. Er steht total neben sich. Ich glaube, der kann sich so viel Bosheit und kriminelle Energie nicht vorstellen. Nur trifft er natürlich den Nagel auf den Kopf. Eine Falle stellen – das ist leichter gesagt als getan.

»Also, ich versuch es mal: Wir gehen davon aus, dass es kein Profi ist, also keiner, der eine Organisation hinter sich hat oder eine spezielle Ausbildung. Es ist Zufall, dass das Testament aufgetaucht ist und dass es jemand für seine Zwecke benutzt. Jemand, der irgendwie mit eurer Familie, also den Buccellis, zu tun hat.«

»Und woher willst du das wissen? Ich meine, dass er etwas mit unserer Familie zu tun hat?«, wirft Enzo ein und wirkt nicht mehr ganz so abwesend wie eben noch.

»Hauptsächlich, weil er die Unterschrift fälschen konnte und einiges über die Familie und das Weingut und die Besitzverhältnisse weiß.« Ich runzle die Stirn. Also ein Fremder, der doch nicht ganz fremd ist. Muss ich mit Vinc drüber reden. Später.

»Du bist die Hauptperson, Paola«, sagt Vinc. »Du gehst auf die Forderung ein und übergibst das Geld. Bis jetzt wurde die Übergabe immer nach demselben Muster abgewickelt. Wenn es ein Einzeltäter ist, kann er seine Augen und Ohren nicht überall haben und wir haben einen entscheidenden Vorteil: Wir kennen seine Vorgehensweise. Ob er dabei bleibt – immerhin hat er Doro ja das letzte Mal wahrscheinlich gesehen –, das wird sich zeigen. Wir müssen jedenfalls bereit sein, um flexibel reagieren zu können.«

»Kommt auch darauf an, welchen Treffpunkt er wählt«, spinne ich den Faden weiter.

»Wir sind zu viert. Paola überbringt das Geld und wir bleiben vorerst im Hintergrund. Natürlich werden wir mit Paola in Verbindung stehen. Per Handy oder Sichtkontakt. Außerdem sollten wir an unserem Outfit arbeiten, denn wahrscheinlich weiß er, wie Enzo aussieht, und mich hat er auch schon gesehen.«

»Mich kennt er nicht«, wirft Vinc ein.

»Selbst da können wir uns nicht sicher sein«, widerspreche ich. »Aber denken wir positiv. Wir tun alles, damit wir unentdeckt bleiben, denn wenn er uns erst gar nicht sieht, kann er uns auch nicht erkennen. Dann müssen wir nur noch die Tasche im Auge behalten und warten.«

»Nur noch ist gut, und dann?«, will Vinc wissen.

Völlig zu Recht, denn das ist der Knackpunkt. Was machen wir, wenn der Erpresser die Tasche nimmt?

»Genau«, sage ich nur, »das ist die Frage. Was machen wir mit dem Erpresser? Pfefferspray? Elektroschocker? Mitleid hätte ich nicht mit ihm ... Aber am Ende machen wir uns noch strafbar. Wegen dieses Verbrechers! Nee, danke.«

»Meine liebe Doro, dein Engagement in allen Ehren, aber wo willst du einen Elektroschocker herkriegen? Du bist echt manchmal ... Egal, uns wird schon noch was einfallen«, sagt Vinc. »Auf jeden Fall müssen wir ihn daran hindern zu fliehen, wie auch immer, und rufen dann die Polizei.«

Ich stütze mein Kinn auf die Hände. »Wenn wir wie geplant vorgehen, kann eigentlich nichts schiefgehen. Obwohl ›eigentlich‹ hier die falsche Option ist, es muss ganz sicher glattlaufen. Oberste Priorität ist deine Sicherheit, Paola. Wir dürfen nicht leichtsinnig werden.«

Es läutet an der Haustür.

»Ich geh schon«, sagt Enzo, bevor Paola aufstehen kann, und eilt aus der Küche.

Zwei Minuten später kommt er zurück. Mit zwei Polizeibeamten.

Wir sitzen da wie zu Salzsäulen erstarrt. Klar, dass die nicht wegen der Erpressung kommen, aber dass sie gerade jetzt, in diesem Moment, auftauchen, das ist schon irgendwie verstörend.

»Paola, Doro, die beiden Herren wollen mit euch sprechen«, erklärt Enzo das Erscheinen der beiden Uniformierten.

»Commissario Bruzzi, und das ist mein Kollege, Commissario Albano. Wir haben ein paar Fragen«, stellt der eine sich und seinen Kollegen vor.

»Fragen? Wegen Signora Melandri?«, vergewissere ich mich.

»Sì. Die Untersuchungen zu diesem Fall haben uns zu den Nachbarn der Verstorbenen geführt und dabei sind wir auf den verschwundenen Möbelrestaurator Orlando Valgoni gestoßen. Er wurde seit Längerem nicht mehr gesehen, dazu die übel zugerichtete Leiche im See – da mussten wir die Möglichkeit in Betracht ziehen, dass es sich bei dem Toten um Valgoni handelt. Das hat sich leider bestätigt.«

Valgoni ist tot!

»Ein Unfall oder wurde er getötet?«, bringe ich mit Mühe hervor und traue mich gar nicht, zu den anderen zu schauen.

Commissario Bruzzi runzelt die Stirn und überlegt kurz, bevor er antwortet. »Die gerichtsmedizinische Untersuchung deutet auf ein Gewaltverbrechen hin, aber wir stehen erst am Anfang unserer Ermittlungen.«

»Und wie können wir Ihnen weiterhelfen?«, schaltet sich Paola ein.

»Die Signorina«, er zeigt auf mich, »wollte doch zu Signor Valgoni, vero?«

»Ja, das stimmt«, antworte ich einsilbig. Lieber erst abwarten, wie sich das Gespräch entwickelt.

»Was genau wollten Sie dort?«

»Ich habe Signora Buccelli von meinen Plänen für mein neues Business in München erzählt und sie hat erwähnt, dass Signor Valgoni sehr hübsche alte Möbel in seinem Möbellager hier in der Nähe stehen hat. Ich wollte mich deshalb dort umsehen.«

»Es war aber geschlossen?«

»Ja genau. Deshalb wollte ich bei der Nachbarin fragen, ob sie weiß, wann ich hier eventuell die Möbel besichtigen beziehungsweise etwas kaufen kann.«

»Sie haben ausgesagt, dass Sie bereits vorher mit Signora Melandri gesprochen haben.«

»Das stimmt. Das war einen Tag zuvor. Aber sie hat nichts über Signor Valgoni gewusst. Am nächsten Tag wollte ich sie eigentlich nur bitten, mich zu benachrichtigen, wenn Signor Valgoni wieder auftaucht, und ich wollte ihr eine Nachricht für ihn dalassen. Sie hat erwähnt, dass sie sich um seine Katze kümmert, wenn er unterwegs ist, und ich dachte ... Aber Signora Melandri war tot.«

»Hat die Signora erwähnt, dass Signor Valgoni Angestellte hatte? Freunde? Irgendjemanden, der Kontakt zu ihm hatte? Ehefrau? Kinder? Exfrau?«

»Nein, tut mir leid, davon hat sie nichts gesagt. Oder doch, sie hat erwähnt, dass ab und zu ein Angestellter drüben auftauchte, sie hat ihn einmal gesehen, aber bevor sie mit ihm sprechen konnte, war er schon wieder weg. Telefonnummer hatte sie aber keine von ihm und ich habe auch nicht weiter nachgefragt, schließlich wollte ich nur Möbel kaufen, ich kenne den Signore ja gar nicht. Und die anderen Nachbarn? Wissen die nichts?«, will ich die Aufmerksamkeit der Polizei in eine andere

Richtung lenken. Denn das ist wohl naheliegender, als dass ich als Fremde vertrauliche Infos haben könnte. Ich schlucke und bemühe mich krampfhaft, meine Skrupel in den Hintergrund zu schieben, mir meine Besorgnis nicht ansehen zu lassen, denn immerhin belüge ich gerade die Polizei oder unterschlage zumindest einige Wahrheiten. Mir wird richtig warm, ich spüre den Schweißfilm auf meiner Stirn, weil ich das Gefühl habe, die Polizisten müssten uns unsere betretenen Mienen ansehen, aber das bilde ich mir wahrscheinlich nur ein. Wie sollten sie auch, schließlich wissen sie ja nichts von meiner Mission in Sachen Valgoni. Dass er jetzt einem Mord zum Opfer gefallen sein könnte, liegt mir zusätzlich wie ein Stein auf der Seele.

»Nein, leider konnte uns keiner weiterhelfen.« Die Stimme des Beamten reißt mich aus meiner Angstblase und holt mich in die Gegenwart zurück. »Signor Valgoni hatte offenbar keine Familie, sagen die Leute. Es hätte ja sein können, dass Ihnen irgendetwas aufgefallen ist. Aber nichts für ungut, Signorina, ist schlimm genug, dass Sie hier in Ihrem Urlaub so etwas erleben mussten.« Er nickt mir zu und lächelt entschuldigend. »Wenn Ihnen noch etwas einfällt, dann melden Sie sich bitte, ansonsten wünschen wir Ihnen noch einen schönen Aufenthalt. Arrivederci, signorina.«

»Arrivederci, commissario, tut mir leid, dass ich nicht helfen konnte.«

Ich schau kurz zu Paola, die verneint mit einer kaum wahrnehmbaren Geste.

Als die beiden weg sind, fasst Paola mich am Arm. »Ich wusste, was du dachtest. Es wäre die Gelegenheit gewesen, die Polizei zu informieren, ja, das stimmt. Aber ich will erst mit Ugo reden. Jetzt.« Energisch steht sie auf und geht zum Telefon.

Klar, es ist ihre Sache. Ihre Familie, ihr Geld, ihr Risiko. Enzo sagt nichts dazu. Wir hören, wie Paola ihren Bruder bittet, zum Weingut zu kommen. Sie sagt nicht, warum, nur, dass es sehr dringend sei. Dann legt sie auf.

»Er fährt gleich los«, teilt sie uns mit. »Das heißt, er ist in ungefähr 15 Minuten da. Ich möchte aber erst mal mit Enzo und Ugo alleine reden.«

»Ja natürlich, Paola. Du kannst uns anschließend alles erzählen, was du für nötig hältst. Unsere Daumen sind gedrückt.« Ich umarme sie kurz. »Wir warten draußen auf der Bank hinter dem Haus.«

Damit lassen wir die beiden allein. Ist jetzt ein großer Schritt für Paola. Keine Ahnung, wie es rein rechtlich aussieht, aber zumindest moralisch begibt sie sich in die Hände ihres Bruders.

Ich lehne mich an Vinc. Schweigend sitzen wir hinter dem Haus, hören, wie Ugo vorfährt und sein Auto direkt vor dem Eingang parkt.

Vinc hält es nicht auf der Bank, er tigert hin und her. »Es ist zu groß, zu gefährlich. Wir wissen nicht, wer der Erpresser ist. Wir vermuten, dass der Mord an Signora Melandri kein Zufall ist. Kurz nachdem du mit ihr gesprochen hast, ist sie tot. Und jetzt auch noch Valgoni. Die Spuren an seiner Leiche deuten ebenfalls auf Mord hin, wie dieser Commissario Bruzzi gesagt hat. Wenn wir einen Zusammenhang erwägen, dann wissen wir, dass wir es nicht nur mit einem Erpresser zu tun haben, sondern mit einem Mörder, der keine Skrupel kennt. Wenn er tatsächlich bereits zwei Menschen umgebracht hat, wird ihm auch ein weiteres Opfer keinen großen Gewissenskonflikt bereiten.«

Was soll ich sagen, er hat ja recht.

Nach einer Weile ruft Enzo uns herein.

Drinnen stehen Paola und Ugo nebeneinander an den Tisch gelehnt. Sie sind mittlerweile bei dem Prozedere der Geldübergabe, wie wir vorgehen wollen, was zu tun ist. Ugo wirkt gelassen, zumindest merkt man ihm nicht an, was für eine Hammerstory Paola ihm gerade eben eröffnet hat. Die Polizei muss involviert werden, das steht für Ugo ganz außer Frage.

»Ich kenne jemanden bei der Polizei, dem ich voll und ganz vertraue«, sagt er. Dann legt er seinen Arm um Paolas Schultern und drückt sie an sich. »Schwesterherz, das Ganze ändert für mich nichts. Wir sind und bleiben Geschwister. Vater hat schon alles richtig gemacht. Klar, in der ersten Wut und Enttäuschung hat er sich alles von der Seele geschrieben. Er hätte den Zettel vernichten sollen. Aber es ist, wie es ist. Es ist wirklich nur ein alter Zettel für mich, nichts weiter.«

Paola lächelt. So locker habe ich sie nicht gesehen, seit ich hier bin.

»Wegen des Hofs von Signora Donati kannst du dich im Übrigen auch entspannen. Der Stadtrat hat umdisponiert. Wir haben ein anderes Grundstück aufgetan, das sogar viel geeigneter für das Projekt ist. Die Erben von Francesco Rossi haben verkauft. Ortsnah und mit einer besseren Infrastruktur.« Er lächelt bis über beide Ohren. Und Paola auch.

»Ugo ist super«, flüstere ich Vinc ins Ohr. »Da habe ich mich wohl in eine falsche Richtung verrannt.«

»Und jetzt schnapp dir Enzo und fahr nach Peschiera. Du musst diesen Battista Cosio unbedingt kennenlernen. Immerhin ist er dein Erzeuger. Ich rede inzwischen mit der Polizei, die werden auf dich zukommen. Allora, andate!«, sagt er jetzt.

Scusami, Ugo, leiste ich innerlich Abbitte. Dieser Mann ist einfach genial!

»Ihr müsst mitkommen«, bittet Paola Vinc und mich. »Dann erzähle ich euch unterwegs alles ganz genau. Ich bin so froh …«

Ugo ruft derweil schon seinen Freund bei der Polizei an und macht sich dann auf den Weg. Ich glaube, ich spreche allen aus der Seele, wenn ich sage, wir sind heilfroh, dass jemand das Kommando übernommen hat. Vinc und ich trinken noch einen schnellen Caffè und verdrücken jeder zwei Cornetti, dann steigen wir alle ins Auto und düsen Richtung Peschiera.

»Was sagt Ugo zu unserem Plan, den Erpresser zu identifizieren?«, frage ich.

»So weit okay. Nur eben mit Polizeischutz. Er befürchtet auch, dass der Typ gemein werden wird, wenn er das große Geld nicht bekommt. Aber mit Unterstützung der Polizei könnte unser Plan klappen und die Frage, was wir mit dem Typen dann machen sollen, ist damit vom Tisch.«

KAPITEL 14

ANNUNCI – ANSAGEN

Lunedì (Montag) – Tag 8

Im Auto erzählt Paola, wie liebevoll ihr Bruder reagiert hat. »Das Einzige, was er mir vorgeworfen hat, ist, dass ich kein Vertrauen zu ihm hatte und ihn nicht sofort eingeweiht habe. Und Enzo natürlich. Ugo meint, dann wäre die Angelegenheit längst vorbei, Enzo hätte sich die Sache mit der Hinterherschnüffelei und ich mir viel Geld und Sorgen sparen können. Aber er hat mich schon auch verstanden.«

Paola lehnt sich im Sitz zurück und schweigt. Die ersten Häuser von Peschiera tauchen auf und im Auto breitet sich eine fühlbare Anspannung aus.

Enzo parkt den Wagen direkt vor dem alten Haus. Die hellgrünen Blätter der Glyzine und eine einzelne zartlila Blütenrispe, die wohl vergessen hat, dass sie ein Frühjahrsblüher ist, umranken die dunkelgrün gestrichene Holztür mit dem Löwenkopf als Türklopfer. Es gibt auch eine ganz normale Klingel mit Gegensprechanlage. Aber ich kann nicht widerstehen und betätige den Klopfer.

Der Türöffner summt. Zur Praxis geht es einen schmalen Gang entlang, vorbei an einer steilen Holztreppe. In dem Haus ist offensichtlich nie etwas verändert worden, alles ist alt und knarzt, hat aber etwas Uriges. Die Tür zur Praxis steht einladend offen.

Vinc klopft an den Türrahmen. »Buon giorno!«, ruft er.

»Buon giorno«, kommt es von irgendwoher aus der Wohnung. »Kommen Sie einfach herein. Ich bin gleich bei Ihnen.«

Wir treten ein und schauen uns um. Je mehr ich sehe, desto deutlicher wird der skurrile Touch. Viele Mitbringsel aus Afrika zieren die Wände, stehen auf Kommoden und in Regalen. Skulpturen, Bilder, Schmuck. Und jede Menge Fotos. Von Tieren, aber vor allem von Menschen jeden Alters. Oft zusammen mit ein und demselben Mann – vermutlich Battista. Paolas Vater. Er wirkt glücklich auf den Fotografien. Paola klebt mit ihren Blicken an einem Bild, auf dem er ein kleines Kind auf dem Arm hält, das ihn anlächelt.

»Gehen Sie doch schon ins Büro, hinten rechts«, ruft es aus einem der Zimmer.

Besagtes Büro toppt dann den Eindruck der restlichen Wohnung noch einmal. Hier tummeln sich getrocknete Pflanzen, Blätter, Samenkapseln und Flaschen mit geheimnisvollen Elixieren sowie altertümlich anmutende Gerätschaften, vermutlich zur Behandlung von Patienten oder auch zur Herstellung von Pulvern, Teemischungen und wer weiß was noch alles.

»Eine Buschpraxis«, sage ich leise. »Sieht aus wie bei ›African Queen‹, dem alten Schinken mit Humphrey Bogart und Katherine Hepburn.«

»Gut getroffen. Manche Patienten sehen das durchaus mit Sorge und gehen dann doch lieber zu einem Kollegen mit moderner Praxis.«

Wir drehen uns überrascht um. Da steht er und lacht. Battista Cosio. Ein schlanker, mittelgroßer Mann mit dunklem Teint und weißen, sanft gewellten Haaren, um die ihn sicher viele in seinem Alter beneiden. Er müsste um die 65 sein, schätze ich.

»Dabei behandle ich durchaus nach den gängigen ärztlichen Leitlinien, ohne die Naturmedizin meiner Kollegen und Freunde aus Afrika außer Acht zu lassen. Für fremde Methoden offen sein, sage ich gerne zu meinen Skeptikern. Zum Glück bin ich auf das Geld nicht angewiesen, meine Familie hat schon immer unverschämt viel davon besessen, und so ist es heute noch. Also kann ich ganz entspannt arbeiten und muss mich keinen Zwängen unterwerfen. Ich kann behandeln, wen ich will. Ich bin bei meinen Patienten nicht wählerisch, in Afrika hatte der eine oder andere schon mal die kostbare Hausziege dabei.« Er lacht wieder. Ein freundliches, offenes Lächeln. So sieht kein Erpresser aus! Um Paolas Lippen zuckt ein Lächeln. Sie hat wohl gerade das Gleiche gedacht. Und noch etwas fasziniert uns am Gesicht von Battista Cosio. Das Grübchen am Kinn, wenn er lacht. Genauso wie bei Paola. Kein Wunder, dass Elisabetta sofort erkannt hat, wer der Vater ihres Kindes ist.

»Aber was kann ich für Sie tun?«, fragt der Mann mit dem Grübchen jetzt jovial. »Eine Ziege ist ja schon mal nicht Ihr Anliegen!«

Paola sagt nichts, reicht ihm nur das Testament.

Battista liest es aufmerksam und schaut Paola dann ernst in die Augen.

»Sie sind also Elisabettas Tochter?« Er schweigt eine kleine Weile. »Das sieht man. Sie haben ihre Augen«, seine Stimme ist jetzt ganz weich und jeglicher Schalk ist aus seinen Augen verschwunden. Was sind das für Emotionen, die sich auf seinem Gesicht widerspiegeln? Rührung? Skepsis? Freude? Eine ganze Palette an Gefühlen liegt in seinem tiefen, offenen Blick. »Komme ich auf meine alten Tage doch noch zu einer Familie? Bekomme ich eine Tochter und Enkel?«, fragt er sehnsuchtsvoll.

Paola schaut unsicher zu Enzo, dann wieder zu Battista Cosio. »Ich weiß es nicht, um ehrlich zu sein. Lassen wir es langsam angehen. Ich habe noch nicht mit den Kindern gesprochen. Sie sollen auf jeden Fall die Wahrheit erfahren, aber zuerst wollte ich Sie kennenlernen. Dich?«

Battista nickt. »Natürlich *Du*. Heute ist ein guter Tag. Weißt du, deine Mutter, Elisabetta – wir kannten uns seit der Schule. Wir waren Freunde, Vertraute, Liebende ... Aber sie war keine Reisende. Ich schon. Ich habe gebrannt für meinen Lebensplan.

Sie konnte sich nicht entscheiden. Dann hat sie Giovanni kennengelernt. Es war Liebe auf den ersten Blick. Sie hat mir alles gestanden und ich war zwar traurig, aber ich habe es ihr auch gegönnt, dass auch sie sich ihren Lebenstraum erfüllen konnte. Es war alles gut. Dass sie schwanger war, als ich wegging, habe ich nicht gewusst. Nach unserem letzten Zusammensein hielten wir es für besser, es als Abschied zu sehen und uns nicht mehr zu treffen, bis ich abreise.« Battista schaut Paola an, als wollte er sich dafür im Nachhinein entschuldigen. »An diesem letzten Abend musst du entstanden sein, denn wir haben uns direkt getrennt, als sie Giovanni kennenlernte. Es war ein letzter Abend, voller Wehmut und voller Liebe. Voller Vorfreude – auf Afrika bei mir, auf Giovanni bei ihr. Auch wenn ich mir wünsche, dich und deine Kinder als meine Familie bezeichnen zu dürfen, weiß ich, dass er im Herzen dein Vater ist. Und das ist gut so.«

Paola sagt nichts, sie tastet an ihr Kinn, lächelt. Das reicht, um das Grübchen zu zeigen.

Battista sieht es sofort. Dieses Grübchen, das Elisabetta nach der Geburt bei Paola entdeckt haben muss und das ihr vermutlich die schockierende Gewissheit eröffnet hat, wer der Vater ihrer Tochter ist.

Wir wollen die beiden in diesem intimen Moment nicht stören und widmen uns den exotischen Ingredienzien und Gerätschaften in der Praxis.

Mir kommt eine Idee, wie man den Dottore mit seiner Enkelin bekannt machen könnte. Dazu greife ich die Bemerkung des Arztes auf, dass er in Afrika alles behandelt hat, was ihm unter die Finger kam und krank war. »Behandeln Sie auch Katzen?«, frage ich spontan.

Die anderen schauen mich verwirrt an. Dann leuchtet Paolas Gesicht auf. »Laura?«

Ich nicke. »Exakt. Damit kann er sie für sich gewinnen, da

bin ich mir sicher.« Bleibt noch Pietro. Aber der orientiert sich an Fabrizio, seinem Cousin, und an seinem Onkel Ugo. Bin ich froh, dass wir sein Idol nicht zerstören mussten.

Vinc und Enzo können uns mittlerweile gedanklich folgen, Battista dagegen tappt völlig im Dunkeln. Diese Familieninterna muss er erst noch kennenlernen. Wenn er will. Und wenn er darf.

»Ich melde mich bei dir, d'accordo?«, sagt Paola und reicht ihm zum Abschied die Hand. Für eine Umarmung ist es noch zu früh.

Auf der Fahrt zurück zum Weingut sagt Paola nach einer Weile: »Es war richtig, dass ich zu ihm gefahren bin. Er ist ein netter Mensch.«

»Ist ja auch dein Vater«, stelle ich augenzwinkernd fest.

Enzo schaut kurz von der Straße zu seiner Frau. »Liebling, ich glaube, die Kinder werden ihn mögen. Vielleicht war es einfach Schicksal, dass Giovanni dieses vermaledeite Testament in dem alten Schreibtisch vergessen hat.«

»Schicksal, das klingt schön in diesem Zusammenhang«, stimmt Paola zu.

Ihr Handy läutet. Es ist Ugo, der wissen will, wie es gelaufen ist, und vor allem, wann wir zurück sein werden. Commissario capo Larghi, sein Freund von der Polizei, wolle Paola sprechen. Und am besten auch die junge Frau aus Deutschland. Damit bin wohl ich gemeint. Warum, überlege ich. Weil ich die Leiche gefunden habe? Oder weil ich Paola anfangs ausspioniert habe? Oder weil ich gelogen habe …?

»Schau nicht so sorgenvoll, das kommt dir doch entgegen«, Vinc streichelt meine Hand.

»Logisch. Vielleicht kann ich dem Commissario capo ja unter die Arme greifen«, nehme ich mich selber ein bisschen auf den Arm.

Keine fünf Minuten nachdem wir zurück sind, biegt Ugo auf den Hof ein. Im Schlepptau Commissario capo Larghi, ein vollschlanker Mann in zerknittertem Leinenanzug und ohne Krawatte. Der klopft gleich mal Enzo beruhigend auf die Schulter, intuitiv hat er sich aus unserem Quartett das schwächste Glied ausgewählt. Der arme Enzo wirkt immer etwas verloren, wenn es um diese ganze Geschichte geht. Da scheint er die Welt nicht mehr zu verstehen. Ich weiß ja, wie er sein kann, lustig, kompetent und anpackend – in seinem Bereich, der Welt der Reben und Weine. »Zu gut für die Welt«, hat Paola ihn mal sehr treffend beschrieben.

»Das kriegen wir hin. Ist auf jeden Fall richtig, dass Sie zu uns gekommen sind, den erwischen wir. Allora, lassen Sie mich zunächst einen Überblick gewinnen«, erklärt Larghi.

Paola bittet uns alle in die Küche. Larghi legt sein Smartphone auf den Tisch, informiert uns, dass er das Gespräch aufnehmen wird, und wir sind alle erleichtert, in diesem Spiel endlich die Verantwortung abgeben zu können.

»In erster Linie geht es um die Erpressung, und dazu bitte ich Sie, Signora Buccelli, alles von Anfang an, sprich vom ersten Kontakt an genau zu berichten. Dann kommen wir zu Ihrer Rolle, Signorina, warum Sie hier sind, was Sie gesehen und beobachtet haben. D'accordo? Wenn mir etwas unklar ist, grätsche ich dazwischen, ansonsten schlage ich vor, Sie erzählen einfach.«

Ohne Absprache ist uns klar, dass wir alle Karten auf den Tisch legen werden. Macht sonst keinen Sinn. Paola berichtet auch von den Vermutungen bezüglich Valgoni und räumt ein, aus diesem Grund auf der Suche nach ihm gewesen zu sein.

Der Commissario hört zu, macht sich immer wieder mal eine Notiz. Als Paola ihren Bericht beendet hat, gibt er uns einen Ausblick, wie er weiter vorgehen wird. Er will mit den Kollegen, die den Mordfall Valgoni bearbeiten, Rücksprache halten, denn sollten die Fälle zusammenhängen, müssten alle an einem Strang ziehen. Er sagt außerdem, dass die Spurensicherung mittlerweile Blutspuren in der Werkstatt gefunden habe – das Blut stamme von Valgoni, jede Menge Fingerabdrücke, Spuren, die auf einen Kampf schließen lassen. Die Fingerabdrücke müssten erst zugeordnet werden, es gingen ja viele Kunden in der Werkstatt aus und ein.

Das ist jetzt mein Stichwort. Ich beichte mein unerlaubtes Eindringen in die Werkstatt, erkläre Paolas Verdacht bezüglich des alten Schreibtisches ihres Vaters und dass ich mich angeboten hätte, nachzusehen, ob dieses Möbelstück noch im Lager von Valgoni stehe. Danach sei ich rüber zu Signora Melandri gegangen, aber die sei bereits tot gewesen. Und ich berichte, dass ich den Eindruck hatte, das Blut am Rand der Lache sei bereits etwas angetrocknet gewesen. »Ich bin zwar Laie und weiß nicht, wie lange so etwas dauert, aber für mich sah es so aus, als ob die Signora schon eine Weile dort gelegen hätte. Trotzdem hatte ich Angst davor, dass der Mörder vielleicht noch im Haus sein könnte …«

»Falls es notwendig wird, kommen die Kollegen wegen der Fingerabdrücke auf Sie zu. Aber nicht mehr heute. Momentan habe ich erst mal alles Material, das ich brauche. Sollte mir noch etwas einfallen, melde ich mich telefonisch. Ich bespreche mich sofort mit den Kollegen, wie wir dann am Donnerstag vorgehen. Falls der Erpresser sich noch mal meldet und sich am Übergabetermin etwas ändert, geben Sie uns bitte schnellstens Bescheid. Auch nachts. Meine Nummer haben Sie, ich bin in diesem Fall rund um die Uhr für Sie erreichbar. Allora, dann mache ich mich an die Arbeit. Seien Sie vorsichtig, am besten bringen Sie die Kinder bis Donnerstag zur Schule und holen sie wieder ab.«

»Und wie sollen wir das bitte erklären?«, fragt Paola entgeistert. »Sie wissen von nichts und ich will sie auch nicht beunruhigen.«

Enzo räuspert sich. »Wir lassen uns etwas einfallen, Liebling. Den Kindern darf auf keinen Fall etwas passieren. Kein Risiko!«

»Polizeischutz bekomme ich nicht durch, dazu ist die Bedrohung der Kinder nicht eindeutig genug. Eigentlich handelt es sich ja nur um einen Warnschuss«, sagt der Commissario.

»Nur ein Warnschuss?«, empört sich Paola. »Dieser Mensch hat offen gedroht!«

»Signora, ich bin auf Ihrer Seite. Notfalls lassen Sie die Kinder die Tage zu Hause. Reden Sie mit Ihnen, die Wahrheit ist meistens die beste Option.«

Ugo meldet sich zu Wort. »Vorschlag: Wir holen Fabrizio mit ins Boot. Ich kann mit ihm reden, ihr redet mit euren Kindern. Fabrizio könnte die Begleitung und den Fahrdienst für Laura und Pietro für die paar Tage übernehmen. Es ist wichtig, dass Laura und Pietro wissen, dass es kein Spiel ist und sie nicht mal nur kurz zur Freundin huschen dürfen oder sonst wohin. Sie sind alt genug dafür, auch Laura.«

Paola und Enzo nicken. »Danke, Ugo. Wir werden ehrlich sein und alles mit den Kindern besprechen«, versichert Enzo.

Ich finde auch, dass sich Ugos Vorschlag sehr vernünftig anhört.

»Ich kümmere mich um die Ermittlungen, regeln Sie das Private«, weist Larghi an. Er steht auf, steckt sein Smartphone in die Jackentasche und verabschiedet sich.

Ugo umarmt seine Schwester kurz und folgt dann dem Commissario capo nach draußen.

»Pietro und Laura haben in einer halben Stunde Schulschluss. Ich hole sie ab.« Enzo schnappt sich den Autoschlüssel vom Telefontischchen. »Danach werden wir gleich mit den beiden reden.«

Er ist wie ausgewechselt. Keine Lethargie mehr. Es geht um seine Kinder, die müssen beschützt werden, das ist seine Aufgabe, für die er alles geben würde.

»Ihr Lieben, wie sieht's aus, habt ihr Hunger?«, frage ich, als Enzo verschwunden ist. »Ich brauche jedenfalls etwas. Außer den beiden Cornetti habe ich heute noch nichts gegessen.«

»Ich bin dabei«, schließt Vinc sich an.

»Du kochst?«, erkundigt sich Paola vorsorglich bei mir und signalisiert damit, dass sie zwar Hunger hat, aber keine Lust, sich für die ganze Mannschaft in die Küche zu stellen.

Verstehe, sind ja nicht alle so wie ich und empfinden Kochen als Entspannung. »Darf ich mich aus dem Gefrierschrank bedienen? Ich habe Fisch gesehen«, stelle ich die Gegenfrage.

»Nimm dir, was du möchtest, ich lasse mich gerne überraschen. Falls du etwas brauchst, ich bin im Büro, bis Enzo mit den Kindern zurückkommt.«

»Alles klar, Paola, du kannst uns beruhigt alleine lassen.«

Sie nickt dankbar und verlässt die Küche.

»Und was steht auf dem Speiseplan?«, fragt Vinc neugierig, als wir alleine sind.

»Fischpfanne. Ich habe im Gefrierfach verschiedene Fischfilets liegen sehen, die sich dafür eignen, und Gemüse ist auch ausreichend da. Dazu würde ich Reis servieren oder Weißbrot.«

»Reis wäre super«, findet Vinc.

»Und eine große Schüssel Salat«, sage ich, während ich schon im Gemüsefach des Kühlschranks wühle. Paprika, Lauch, Zucchini, im Gefrierfach finde ich Dill. Ein paar Cocktailtomaten habe ich oben in einer Schale auf der Arbeitsplatte gesehen, der Fisch lagert im großen Gefrierschrank in der angrenzenden Speisekammer. Ich suche mir zwei Lachsfilets, zwei Thunfischsteaks und ein Stück Kabeljau aus und trage meine Schätze in die Küche. Die Fische lege ich zum Auftauen in die Mikrowelle, dauert sonst zu lange. »Was meinst du, nehmen wir ein Fläschchen Custoza? Zum Ablöschen und dann auch zum Essen? Steht im Getränkekühlschrank in der Speisekammer. Kannst du die Flasche holen?«, bitte ich Vinc.

»Mach ich. Ist echt ein richtiger Weinhaushalt hier. Überall wohltemperierte Weine.« Er schnalzt genüsslich mit der Zunge. »Willst du auch gleich ein Schlückchen?«

»Sì, certo, muss ja wissen, was ich verkoche.«

»Eben.« Vinc stellt schon mal zwei Gläser bereit, dann holt er den Wein.

Einfach schön, hier mit Vinc zu kochen und nicht an Erpressung und Mord zu denken.

Was noch, überlege ich. Im Kühlschrank liegen drei Knollen Rote Bete. Mag ich total gerne, passt aber nicht in die Fischpfanne. Hm, was könnte ich …? Eine Suppe, ja genau. Ich hole die drei Knollen und zwei Schalotten, am Spülbecken hängt ein Paar Haushaltshandschuhe, kein Fehler bei Roter Bete. Ich fange an zu schnippeln. Kurz tauchen beim Anblick der Farbe die Blutlache und die Leiche von Signora Melandri vor meinem geistigen Auge auf. Ich vertreibe die ungewollten Bilder. Im Turbogang schneide ich auch die anderen Zutaten klein, das lenkt mich ab, und bald bin ich mittendrin zwischen Roter Bete und Kabeljau.

Wunderbar, der riesige Wok, den ich im Schrank finde, eignet sich hervorragend für die Fischpfanne, den hohen Edelstahltopf nehme ich für die Suppe. Ein Stück Butter in den Topf und das kleingeschnippelte Gemüse darin angeschwitzt, dann gieße ich mit Gemüsebrühe auf. Fehlen noch ein Stück Ingwer und eine Knoblauchzehe. So, das müsste reichen. Das kann köcheln, während ich mich um den Fisch kümmere. Vinc übernimmt den Reis und Salat.

»Die Fischpfanne mache ich erst fertig, wenn Enzo zurück ist. Ich will sie nicht zu lange warm halten. Wird sonst zu weich. Kannst du mir bitte die große Schüssel rüberreichen? Darin kann ich schon alle Zutaten für die Fischpfanne mischen, dann muss ich nachher das Ganze nur noch ein paar Minuten dünsten, würzen und mit Sahne aufgießen.« Wir drängeln uns friedlich am Waschbecken, putzen Salat, Fisch und Gemüse.

Ich werfe einen Blick in den Suppentopf. »Die ist auch so weit«, murmle ich und füge dem dunkelroten Suppengemüse noch eine filetierte, in Stücke geteilte Orange zu, dann wird alles püriert, mit Sahne aufgegossen und mit Salz und Pfeffer abgeschmeckt – fertig.

Ist der Reis schon fertig?«, erkundige ich mich.

Vinc schaut auf die Uhr, dann in den Topf. »Sieht gut aus«, sagt er und gießt ihn ab.

Wir lehnen zufrieden an der Arbeitsplatte und knabbern Grissini zum Wein. Sind noch welche übrig von der Weinprobe. Wir sind ein eingespieltes Team und kochen einfach gerne zusammen. Bin echt froh, dass Vinc kulinarisch auf meiner Wellenlänge liegt. Entweder man hat Spaß daran oder eben nicht.

»Nachspeise?«, frage ich, hab aber eigentlich keine Lust auf großartige Kreationen im Bereich dolce.

Vinc winkt ab. »Das reicht, Doro. Wer unbedingt was Süßes braucht, kann sich ja ein paar von den Datteln nehmen.«

»Stimmt, zwar keine Nachspeise, aber 'ne Alternative.« Paola hat ein großes Gefäß mit den Früchten auf der Küchenablage stehen, ich hab schon eine probiert, die Teile sind echt fein.

Wir hören Stimmen von draußen.

»Enzo ist mit den Kindern zurück. Dann mal ran an die Fischpfanne.«

Die simmert bald duftend vor sich hin.

»Dauert noch ein paar Minuten, in der Zeit können wir die Suppe essen«, erkläre ich, als die vier Buccellis in der Küche einfallen. Obwohl es heute eher ruhig zugeht, ohne das übliche Hickhack zwischen den Geschwistern.

Laura und Pietro sind ziemlich geflasht, als Paola ihnen von den aktuellen Ereignissen erzählt, wobei es Laura wohl eher noch als Abenteuer und nicht als Bedrohung sieht. Sie ist aufgedreht und stellt tausend Fragen. Wann sie den nonno kennenlernen darf, wie er aussieht, ob er nett ist. Paola vertröstet sie und verspricht, dass sie ihn bald treffen wird. Pietro sagt nichts zu dem Ganzen, seine roten Ohren lassen aber doch auf einen erhöhten Adrenalinspiegel schließen.

Nach dem Essen sind wir alle platt. Paola und Enzo haben sich zurückgezogen. Vinc und ich legen uns oben im Zimmer aufs Bett und dösen ein wenig. Erst am späten Nachmittag zieht es uns wieder nach unten. Wir haben jetzt doch Lust auf was Süßes, machen uns Eiskaffee und setzen uns auf die Bank hinter dem Haus. Und hoffen darauf, ungestört zu bleiben.
»Heute ist mehr passiert als sonst in einer ganzen Woche«, sinniere ich.
Ich lehne mich an Vinc' Schulter, wir nippen am Kaffee, löffeln Vanilleeis und genießen die Ruhe. Es wird bereits dämmrig, die Geräusche des ausklingenden Tages holen uns vom Stress herunter und langsam merke ich, wie ich mich entspanne.
»Hoffentlich kommt jetzt keiner«, seufze ich wohlig. Ich will nicht reden, nur mit Vinc hier sitzen und auf den Abend warten.

KAPITEL 15

QUALCOSA STA SUCCEDENDO – ES PASSIERT ETWAS

Martedì (Dienstag) – Tag 9

Ich sitze in der Küche des Haupthauses – für den Moment ein guter Ort, um ungestört zu sein. Laura und Pietro sind in der Schule, Paola arbeitet im Büro und Vinc ist mit Enzo losgezogen. Trotz des ganzen Chaos will sich Enzo die allmonatliche Männerrunde nicht entgehen lassen und er hat Vinc eingeladen, mitzukommen. Ich drehe ein wenig planlos Däumchen. In den letzten Tagen war so viel los, dass ich heute in ein energetisches Loch falle.

Paola schwelgt wahrscheinlich auf ihrer Familienwolke, von der Erpressung will sie heute nichts hören, wie ihre Ansage am Morgen lautete. Sie hat ja recht. Die ganzen Spekulationen machen uns nur alle verrückt und führen letztendlich zu nichts. Wir müssen uns wohl oder übel bis Donnerstag gedulden. Und Paola hat heute anderes vor.

Alle haben Programm, nur ich hänge in den Seilen. Vorhin habe ich mich noch auf Ruhe und Alleinsein gefreut, hatte keine Lust auf Small Talk und dergleichen, aber jetzt … Mir jagt so vieles durch den Kopf und es ist niemand da, mit dem ich darüber reden könnte. Und da ist einiges, was mich beschäftigt. Allen voran die Geldübergabe, von der wir uns so viel versprechen. Die Aktion soll am Donnerstag über die Bühne gehen. Immerhin scheint dem Typen klar zu sein, dass eine halbe Million Euro nicht auf der Straße liegen und Paola für die Beschaffung Zeit braucht. Allerdings muss ihm auch klar sein, dass sie diese Summe enorm unter Druck setzt und sie eventuell aussteigt. Oder ihren Mann einweiht. Oder – was sie ja auch getan hat – die Polizei ins Spiel bringt.

Warum geht der Typ so ein Risiko ein? Weiß er, dass die Wasserleiche identifiziert ist? Dass es sich um Orlando Valgoni handelt? Ist oder, besser gesagt, war er der Komplize von Valgoni? Oder ist er sogar sein Mörder? Es gibt mehrere Varianten, keine darf außer Acht gelassen werden. Ich bin froh, dass wir jetzt Commissario capo Larghi an unserer Seite haben, dieser Erpresser ist wirklich gefährlich. Und er ist schlau. Die Frage ist, wie viel er weiß und was er vorhat. Wenn er vermutet, dass die Polizei involviert ist, wird er vielleicht versuchen, sie auf eine falsche Fährte zu locken. Plötzlich bin ich mir nicht mehr sicher, ob das Einschalten der Beamten das Ganze nicht noch gefährlicher gemacht hat. Ich seufze. Vinc würde mir vorhalten, dass ich gestern noch sehr froh darüber war, dass sich Paola doch noch dazu durchgerungen hat. Vielleicht war es tatsächlich ein Zeichen, dass wir die Leiche von Signora Melandri gefunden haben und die Polizei deshalb gestern noch mal aufs Weingut gekommen ist. Kurz nachdem diese irre Geldforderung eingegangen ist. Destino – Schicksal. Hat Paola gesagt. Sie hat nachdrücklich um Diskretion gebeten, will keinen öffentlichen Skandal. Ich verstehe ihre Sorge zwar nicht, weil es ja nichts gibt, wofür sie sich schämen müsste, aber na ja, der wunde Punkt ist halt noch sehr präsent.

Ich hole mir die caffettiera vom Büfettschrank, befülle sie mit gemahlenen Kaffeebohnen und Wasser. Bald brodelt es und dieser unvergleichliche Duft zieht durch die Küche. Noch ein Löffelchen Zucker, umrühren, nippen. Meine Gedanken schweifen ab. »Il suo gabbiano«, höre ich Signora Melandris Stimme wieder. Ein alter Fischerkahn mit Außenbordmotor. So hat die Signora gesagt. Irgendetwas prickelt in mir. Vielleicht sollte ich mich ein bisschen umschauen. Unten am See.

Im Ort habe ich eine alte Werft gesehen, aber Bootshütten? Kann ich mich nicht dran erinnern. Obwohl, etwas außerhalb des Ortes in nördlicher Richtung, da habe ich vom Schiff aus am Ufer etwas gesehen, das könnten kleine Hütten gewesen sein. Ich habe nur nicht explizit darauf geachtet und war auch mehr auf der Seeseite.

Auf einmal weiß ich, was ich machen werde. »Keine Alleingänge«, klingt mir Vinc' Warnung in den Ohren. Aber bitte, das, was ich vorhabe, ist kein Alleingang. Ich radle nur am helllichten Tag an der Promenade entlang. Und Vinc per WhatsApp darüber zu informieren, würde ja so aussehen, als könnte ich nicht mal ein paar Stunden allein verbringen oder als müsste ich mich bei ihm abmelden.

Ich schlürfe den letzten Schluck Espresso aus der kleinen Tasse und nehme dann den Weg über den Bürotrakt, um Paola Bescheid zu sagen, dass ich mit dem E-Bike unterwegs bin. Durch die Scheibe sehe ich, dass sie telefoniert, also mache ich entsprechende Handzeichen und sie nickt.

Dieses Mal radle ich in die nördliche Richtung. Aber nicht bis zu Valgonis Anwesen, sondern schon früher runter zum See. Ich komme am Infocenter im Ort raus, fahre noch ein Stück die Gardesana entlang, weiter Richtung Garda, dann links runter zur Seepromenade, dem Lungolago. Bald liegen die letzten Häuser hinter mir, kurz führt die Straße in einer Schleife weg vom See in den Ort rein, dann verläuft sie wieder weiter direkt am Wasser. Wo soll hier bitte schön ein Bootshaus sein? Ich sehe nur Campingplätze und Hotelanlagen, dazwischen Villengrundstücke, bei denen höchstens kleine Lücken im Baumbestand den Eindruck von Prunk und Reichtum erahnen lassen. Irgendwo hier müsste die Villa von Ugo liegen beziehungsweise die seiner Frau. Vergeblich suche ich nach einem Namensschild. Schade, hätte mich interessiert.

Ich beschließe, meine »Aktion Möwe« abzubrechen. Wenn schon kein Bootshaus, dann wenigstens ein Eis, tröste ich mich und nehme mir vor, Enzo auf die Spur anzusetzen. Wahrscheinlich hat die Polizei längst alles durchsucht, aber vielleicht wissen sie noch gar nichts von dem Bootshaus. Andererseits werden sie in den nächsten Tagen alle möglichen Leute befragen und einer wird es bestimmt erwähnen. Genau diesen Job will ich Enzo zuschieben. Sich nach Valgonis »gabbiano« umzuhören.

Ups, schnell lenke ich mein Rad zwischen ein paar Büsche am Uferstreifen. Dieses leuchtend türkise Flamingohemd, das mir gerade entgegenkommt, kann nur einem gehören: Frieder. Nicht gerade die Person, mit der ich jetzt Small Talk betreiben möchte.

Puh! Er ist gemütlich vorbeigeradelt, für einen Moment dachte ich, er will hier absteigen. Ich warte, bis er weit genug weg ist, dann schiebe ich mein Rad zurück auf den Weg. Das Eis lockt. Ich gebe Frieder noch eine Minute Vorsprung, dann steige ich auf und radle los, immer wachsam nach Flamingos Ausschau haltend. Schon ein bisschen fies, aber Jacko-Frieder ist nur was für Nerven wie Drahtseile und die habe ich heute nicht.

Draußen auf dem See pfeift ein Mann lautstark vor sich hin, während er das Deck seines Motorbootes wienert, das er an einer der Bojen festgemacht hat, die im Wasser dümpeln. Er schaut rüber, ich winke.

»Ciao, ragazza«, ruft er gut gelaunt und wedelt mit dem Lappen. »Escrementi di gabbiano!«

»Ciao!«, grüße ich lachend zurück, »È la natura.« Haha, ist echt scheiße, das mit der Möwenscheiße ...

Ich schiebe mein Rad zurück auf den Weg und steige wieder auf. Keine hundert Meter weiter dreht es mir das Hinterrad weg, so heftig ziehe ich an der Bremse. Ein Stück voraus ragt ein Steg in den See, an dessen Ende ein kleines hölzernes Bootshaus auf Stehlen im Wasser steht. Das kann doch kein

Zufall sein! Ich starre zu der Hütte rüber. Klar, von der anderen Seite aus konnte ich sie nicht sehen, geschweige denn die Möwe, die fein säuberlich und sehr naturgetreu gemalt an ihrer Holzwand prangt, denn das Bootshäuschen liegt hinter einem Schilfbereich. Von meinem jetzigen Standpunkt aus zieht sich zwar der Schilfgürtel in Ausläufern um den Steg, aber man erkennt den eher unauffälligen Schuppen samt der Malerei. Wenn meine Blicke nicht darauf getrimmt gewesen wären, dann wäre mir der etwa 30 Zentimeter große, auf die Außenwand gepinselte Vogel wahrscheinlich gar nicht aufgefallen. Mein Herz klopft, als hätte ich einen Hundertmetersprint hinter mir. Okay, ganz ruhig. In erster Linie ist das nur ein Bootshaus. Na gut, vielleicht das von Valgoni. Aber das heißt noch lange nichts. Selbst wenn sein Boot da drin ist, was sollte das beweisen? Orlando Valgoni ist ermordet und im See versenkt worden. Aber warum sollte er mit seinem eigenen Boot transportiert worden sein? Kannte er den Mörder? Und der Mörder wusste von dem Boot? Dann könnte es ihm als günstige Möglichkeit erschienen sein, sein Opfer für immer in den Tiefen des Gardasees verschwinden zu lassen. Und vielleicht ist Valgoni sogar auf seinem eigenen Boot ermordet worden.

Meine Fantasie läuft auf Hochtouren. Verrenn dich nicht, warne ich mich. Eigentlich ist das Vinc' Part, aber der ist nicht da, also muss ich mich selber bremsen. Ob das klappt? Ich grinse und widme mich wieder meinen Überlegungen. Das Boot, die Hütte, Valgonis Leiche ... Wer ist der Mörder? Hat er wirklich Valgoni in dessen eigenem Boot auf den See hinausgebracht und dann versenkt? Hat er den toten Valgoni am Ende auch noch in dessen Auto zum See gefahren? Das wäre schon sehr dreist, aber das hat die Polizei mit Sicherheit längst untersucht. Würde mich brennend interessieren, was für Erkenntnisse die Beamten bereits haben.

Also: Valgonis eigenes Boot oder Auto zu benutzen, wäre

schlau gewesen, dann befänden sich sämtliche Spuren an seinen eigenen Fahrzeugen. Andererseits würde das den Kreis der Täter auf Personen einschränken, die Orlando Valgoni kannten. Und hat Valgoni mit der Erpressung zu tun?

»Sorry, ist ja gut! Mi scusi«, rufe ich ein wenig gereizt einem Radler hinterher, der mich angeklingelt hat. Er ist nicht der Erste. Ich stehe auch wirklich saudumm mitten im Weg.

Einsichtig schiebe ich mein Fahrrad auf die Seite und ziehe mein Handy aus der Tasche. Ich werde mir den Schuppen mal vorsichtig ansehen. Zur Sicherheit will ich doch Vinc anrufen, damit er weiß, wo ich bin. Geh ran, Schatz, fiebere ich ungeduldig seiner Stimme entgegen und rastere derweil das Gitter am Steg mit Blicken. Mist, er nimmt nicht ab. Okay, dann muss eine WhatsApp reichen. Vielleicht gar nicht schlecht, denn bis er die Nachricht liest, bin ich wahrscheinlich längst beim Eisessen. *Bin gerade Jacko entwischt und habe vermutlich Valgonis Bootshaus gefunden, mit einer Möwe drauf*, tippe ich in mein Handy. Dann schalte ich es auf stumm und stecke es ein, den Rest werde ich Vinc später live erzählen.

Allmählich klopft mein Herz wieder im Normaltakt, ich weiß gar nicht, warum ich eben derart erschrocken bin. Egal, ich schiebe das Rad direkt bis zum Steg. Absperren brauche ich nicht, ich bin ja in Sichtweite. Will nur auf dem Steg bis zur Hütte gehen und durchs Fenster schauen. Sollte die Tür wider Erwarten offen sein, kann ich ja auch einen Blick reinwerfen, um zu sehen, ob ein Boot darin vertäut ist oder nicht. Vorerst will ich die Lage nur vorsondieren und dann Enzo darauf ansetzen, herauszufinden, ob die Hütte überhaupt etwas mit Valgoni zu tun hat. Immerhin ist das Motiv einer Möwe am Gardasee nicht so exotisch, dass es nicht auch jemand anderes als Valgoni benutzt haben könnte.

»Privato« und »Ingresso vietato« steht auf dem Schild am Absperrgitter, das unerwünschte Personen und Badegäste vom

Steg fernhält. Das Tor ist mit einer Kette gesichert. Hm, wie ist Signora Melandri bloß zur Hütte gekommen? Sie kann unmöglich über das Tor geklettert sein, und seitlich vorbeizukommen, ist auch nicht möglich, die Gitterstäbe enden strahlenförmig und ziemlich spitz rund um das ganze Tor. Rostig ist das ganze Konstrukt zudem. Unüberwindbar, behaupte ich, oder zumindest eine große Herausforderung. Shit. Ich schau an mir runter. Hätte ich nur meine kaputte Jeans angezogen. Noch eine Hose mit Loch wäre blöd, andererseits heißt es halt dann kreativ umschneidern. Ich muss grinsen, meine Nähkünste reichen gerade mal fürs Knopfannähen. Also gebe ich mir Mühe, nicht hängen zu bleiben und nicht ins Wasser zu fallen, als ich mich seitlich um die überstehenden Spitzen herumhangle. Hoffentlich sieht mich niemand.

Als ich es endlich geschafft habe, reibe ich Rost und abgeblätterte Farbe von meinen Händen. Und wenn es gar nicht Valgonis Hütte ist? Egal. Ausschlussverfahren. Am besten erkundige ich mich einfach bei jemandem, wem das kleine Bootshaus gehört. Die Frage ist allerdings, bei wem, es gibt nämlich keine direkten Nachbarn – außer Herrn Erpel und Frau Ente.

Die Stegdielen knarzen, die Schwanenfamilie, die eben auf dem Wasser haltgemacht hat, zieht weiter, interessiert sich nicht für eine Frau, die auf einem Steg herumturnt. Das Häuslein ist winzig, trotzdem ist es wohl ein Luxus, hier am See einen Unterstand für sein Boot zu haben. Ich fahre mit den Händen übers Holz, schnuppere, der Geruch nach frischer Holzlasur liegt in der Luft. Das würde passen, schließlich war Valgoni Möbelrestaurator und hatte ein Händchen für Holz und Farbe. Neben der Tür auf Schulterhöhe befindet sich das Fenster. Ich schirme meine Augen mit der Hand ab und spähe durch die staubigen Scheiben. Ist ziemlich düster da drinnen. Ohne das Licht, das durchs Fenster ins Innere fällt, würde ich gar nichts erkennen. So sehe ich das Boot im Wasser dümpeln, über einem Teil des

Schuppengrundrisses bilden Holzbohlen eine Art Boden, alles steht auf dicken Holzstelen. Interessant. Auf der überbauten Seite hängt einiges an der Wand. Netze, Angelruten, Fischereizubehör, Öljacken. In der hinteren Ecke stapeln sich ein paar Eimer. Davor baumelt eine Hängematte, die an ihren Schlaufen an zwei Haken zwischen der Außenwand und einem Stützbalken in der Mitte des eingezogenen Bodens befestigt ist. Okay, nicht wirklich etwas Weltbewegendes, trotzdem will ich das kurz näher inspizieren.

Ich schau mich um, keiner da. Der Typ mit dem Motorboot ist zu weit weg, um auf mich zu achten, außerdem ist der mit seiner Möwenkacke beschäftigt und kann mich auf dieser Seite der Hütte gar nicht sehen. Gut so. Und noch besser: Die Schiebetür ist nicht abgesperrt. Der Riegel hängt nach unten, Schloss sehe ich keines. Das heißt für mich so viel wie: Bitte eintreten. Ich schiebe das wackelige Tor ein Stück zur Seite und schlüpfe hinein. Die warme Luft von draußen weicht einer feuchten Kühle. Mich schaudert es ein bisschen. Romantisch und ein bisschen gruselig finde ich es hier. Es riecht nach Motoröl, feuchten Lumpen und nach ...

Aua, was zur Hölle ...?

Langsam verzieht sich der schwarze Nebel aus meinem Kopf. Ich öffne die Augen. Kalte blaue Fischaugen starren mich an. »Du bist schlimmer als ein Holzwurm in den Bootsplanken. Ein lästiges Insekt.« Muffiger Atem schlägt mir entgegen, die Fischaugen mustern mich interessiert. »Schade eigentlich, was mache ich jetzt mit dir?«

Etwas hindert mich daran, zu antworten. Mein Gehirn ist wie leer gefegt, langsam orientiere ich mich und dann strömt alles auf einmal auf mich ein: die Fischaugen, das diffuse Licht, das Wasser, das leise plätschernd verrät, wo ich bin. In dem Bootsschuppen. Unversehens sind die Bilder, die ich vor Augen hatte, als ich die Tür zur Seite schob, wieder präsent. Dieselben Bilder sehe ich jetzt auch, nur aus einer anderen Perspektive. Die Erkenntnis trifft mich wie ein Schlag. Das war's! Ich habe einen Schlag versetzt bekommen. Etwa vom Fischauge? Ich starre zurück. Eher panisch, befürchte ich. Ich räuspere mich. Will mich aus meiner Rückenlage aufrichten, aber ich kann meine Arme nicht bewegen. Der Mann schubst mich zurück, ich lande wieder auf dem Rücken wie ein Maikäfer. Bin ich hier in den Unterschlupf eines Obdachlosen eingedrungen? Die Hängematte! Klar, der Mann muss sich hier häuslich eingerichtet haben!

»Signore«, krächze ich, räuspere mich und versuch's noch mal: »Signore, mi scusi, ich wollte Sie nicht stören, ich bin mit dem Fahrrad die Promenade entlanggefahren und habe die Hütte gesehen. Da war ich einfach neugierig ...« Dürftiges Gestammel, das merke ich selber, aber eine neugierige Touristin ist meistens nur lästig, nicht gefährlich, da sie bald wieder verschwindet und bestimmt keinen Ärger mit der Polizei will. Das denke ich mir zumindest.

»Und das gibt dir das Recht, hier herumzuschnüffeln?«

»Nein, natürlich nicht, Signore. Dafür entschuldige ich mich und bin schon wieder weg.« Während ich das sage, versuche ich einzuschätzen, wie der Typ drauf ist. Habe ich eine Chance, wenn ich hochschnelle und ihn dabei überrumple und wegstoße? Wenn ich Glück habe, fällt er sogar ins Wasser. Ich versuche unauffällig, meine Arme unter meinem Rücken hervorzuziehen, aber es geht nicht. Ich glaub's nicht, ich bin gefesselt!

Der Mann packt mich roh und ohne Rücksicht am Oberarm und zerrt mich hoch.

»Au!«, protestiere ich.

Was will dieser Penner von mir? Und warum bin ich gefesselt? Noch einmal zerrt der Typ an meinem Arm und meine Schultern und Handgelenke durchzuckt ein rasender Schmerz.

In meinem Kopf hämmert ein imaginärer Schlagbohrer. Keine Frage, dieser Mann hat mich niedergeschlagen und dann gefesselt. Warum? Nur weil ich mich ins Bootshaus geschlichen habe? Wer ist dieser widerliche Fischaugen-Typ überhaupt? Ich will lieber nicht an meine Fantasien denken, die ich um Valgonis Verschwinden gesponnen habe. Besser vorerst Valgoni nicht erwähnen.

Mein Handy vibriert. Vinc! Das Vibrieren ist schlimmer als alles andere, weil ich ihn gerade so dringend bräuchte und die Rettung in meiner Hosentasche steckt, aber für mich nicht erreichbar ist. Da ich von dieser Seite keine Hilfe erwarten kann, muss ich mir etwas einfallen lassen.

Okay, bleib ruhig und überlege, zwinge ich mich zur Konzentration und versuche, die pochenden Kopfschmerzen zu ignorieren. Das Handy vibriert schon wieder. Ich schließe die Augen. Blende die Gedanken an Hilfe, die nicht kommen wird, aus. Mein Fahrrad! Hoffnung brandet in mir auf. Es steht direkt vorne am Steg. Vinc wird mich irgendwann suchen, es dabei entdecken und dann ...

»Jetzt kümmere ich mich erst mal um dein Fahrrad, bis dahin habe ich mir vielleicht überlegt, was ich mit dir mache. Du bringst mich wirklich in eine unangenehme Situation«, murmelt der Mann, als hätte er meine Gedanken erraten. Er steht auf und geht zur Tür, dann dreht er sich um, überlegt. Was hat er vor? Er nimmt einen Lappen aus dem Holzregal neben sich, kommt damit zurück zu mir und macht Anstalten, mir einen Knebel in den Mund zu stecken. Ich weiche so weit wie möglich an den Rand des Bodens zurück, er folgt mir unerbittlich. Wenn ich ins Wasser falle, habe ich ein Problem, mit zusammengebundenen Armen gehe ich hoffnungslos unter. Der Blick aus den Fischaugen durchbohrt mich. Der weiß genau, was ich abwäge, wird mir in diesem Moment klar und mir schießen Tränen in die Augen. »Was wollen Sie von mir? Lassen Sie mich gehen! Ich habe doch überhaupt nichts getan!«, versuche ich, den Fremden von seinen Plänen abzubringen. Was auch immer diese sind. Er scheint verrückt zu sein. Er wird mich doch nicht umbringen, nur weil ich in dieses Bootshaus schauen wollte? Ich weiche weiter zurück, und als ich schließlich am Rand des Steges stehe und um mein Gleichgewicht kämpfe, packt er mich an den Haaren am Hinterkopf und schiebt mir mit der anderen Hand den Lumpen in den Mund. Dann lässt er mich stehen und geht raus.

Das ist meine Chance. Wenn ich draußen auf dem Steg bin und mich jemand sieht, dann könnte ich notfalls ins Wasser springen ... Ich haste ihm hinterher, quetsche meinen Fuß in den Türspalt und schiebe mit aller Kraft. Die Hebelwirkung unten ist ungünstig, aber ich schaffe es, die Tür so weit zu öffnen, dass ich hindurchschlüpfen könnte. Doch Schritte und das Holpern meines Fahrrades auf dem Holzsteg verraten, dass der Typ zurückkommt. Wortlos drängt er mich ins Innere, schiebt mein Rad in die Hütte und lehnt es an eine freie Wand. Dann macht er sich daran, meine Beine an den Knöcheln zusammenzubinden, nimmt anschließend ein dickes Tau von einem Haken an der Wand und verfrachtet mich ins Boot. Dort fixiert er mich mit dem Seil vorne am Bug an dem Eisenring, an dem das Boot mittels eines weiteren Taus mit dem Steg verbunden ist. Halb sitzend, halb liegend spüre ich sofort kaltes Wasser durch den Stoff meiner Hose dringen. Ist das Boot leck? Eher nicht, analysiere ich, denn sonst würden sich nicht nur ein paar Zentimeter Wasser am Boden angesammelt haben. Hier, in dem schaukelnden Kahn, schwindet meine Hoffnung auf Flucht. Vielleicht bringt er mich nicht um, überlege ich hoffnungsvoll. Fesselt mich nur und lässt mich hier liegen, um ungestört verschwinden zu können. Außerdem steht mein Rad nicht mehr draußen, jetzt bin ich für meine Sucher quasi unsichtbar. Ich schlucke angestrengt, der Knebel behindert mich beim Atmen, aber viel schlimmer ist, dass der Kerl mir damit die Möglichkeit genommen hat, mit ihm zu reden. Ihm irgendetwas Überzeugendes zu sagen, das ihn dazu veranlassen könnte ... Ich seufze mutlos. Wo ist er hin? Das Boot hat sich so gedreht, dass ich mit dem Kopf fast unter der Bodenkante liege. Ich versuche, meinen Kopf etwas anzuheben, um über den Rand des Bodens spähen zu können. Mein Handy vibriert schon wieder. Tränen schießen mir in die Augen. Schluss mit der Heulerei, befehle ich mir. Wenn der mich aus dem Weg räumen will, dann habe ich keine Chance, das ist mir klar. Aber heulend untergehen? Niemals!

Das Boot bewegt sich noch mal ein gutes Stück und ich habe plötzlich einen anderen Blickwinkel. Ich sehe jetzt von hier aus das hintere Drittel des begehbaren Teils der Hütte. Dort schaukelt der Typ in der Hängematte und dreht sich in aller Seelenruhe eine Zigarette. Da oben im Regal liegt etwas, das meine Aufmerksamkeit auf sich zieht ... Also, das haut mich jetzt um. Es ist die grottenhässliche Brille, die ich schon einmal in Verona gesehen habe, und außerdem ein haariges orangeblondes Teil. Eine Perücke. Und ein Mantel und Kissen.

Der Typ ist auf meinen Blick aufmerksam geworden. Ich schließe schnell die Augen, damit er mein Entsetzen nicht bemerkt. Aber ich bin nicht schnell genug. Er wendet sich um und weiß sofort, was ich gesehen habe.

Mit einem Schwung ist er aus der Hängematte gesprungen und kommt auf mich zu. »Jetzt reicht es mir, Signorina. Ich weiß nicht genau, wer du bist, aber du hast hier schon viel zu viel Staub aufgewirbelt! Ich habe dich ein paarmal gesehen, immer dort, wo du nicht sein solltest.« Er streicht sich übers Kinn. »Wegen dir hause ich hier in diesem lausigen, feuchten Schuppen. Weil du im Haus herumgeschnüffelt hast. Du und die Alte von gegenüber. Die ist dauernd am Zaun entlanggelaufen und hat nach dem Katzenvieh gerufen. Weiber.« Er spukt dieses Wort aus wie einen alten Kaugummi. »Was blieb mir da anderes übrig?« Der Typ hockt sich jetzt an den Rand des Steges und lässt die Beine baumeln.

Ich schlucke. Verdammt, warum habe ich Vinc nicht genauer gesagt, wo ich hingehe?

»Willst du wissen, wie es mir dabei geht?«, fragt er jetzt. »Meinst du, ich mache das gerne?«

Ich glaube, der meint das wirklich ernst. Der muss komplett verrückt sein.

Mit jeder Welle schwappt mir das Wasser hinten den Rücken hoch, läuft in meine Schuhe. Mir ist eiskalt. Auch innerlich. Weil ich keine Ahnung habe, nicht den Ansatz einer Idee, wie ich hier rauskommen könnte. Und weil ich nicht glaube, dass mich hier jemand findet. Selbst wenn der Typ abhaut und mich hier lebend zurücklässt, wie soll ich das kurze Stück an Land schaffen? Bis mir hier jemand zu Hilfe kommt, bin ich längst nur noch ... Ich schlucke schwer. Ich würde dem Irren hier vor mir ohne zu zögern die Faust ins Gesicht rammen. Aber die Option habe ich leider nicht.

»Willst du auch eine?« Er hebt die Hand mit der Zigarette.

Ich nicke, will ihn nicht verärgern. Jede Veränderung kann eine neue Gelegenheit eröffnen, eine Möglichkeit, mich zu wehren, oder aber die Stimmung kippt auf die falsche Seite. Das Risiko muss ich eingehen. Wenn ich nur mit ihm sprechen könnte!

Das Boot schaukelt bedenklich, als der Mann hereinspringt. Ich kann ihn nur anstarren.

Er beugt sich über mich und nimmt mir den Knebel aus dem Mund. Endlich! Und er löst die Handfesseln hinter meinem Rücken. Stattdessen fixiert er die Handgelenke jetzt vorne, aber das ist immerhin eine Verbesserung.

»Wenn du dich benimmst, können wir es so lassen, klar?« Er lässt sich auf dem Sitzbrett im Boot nieder und dreht auch mir eine Zigarette. »Ein paar Punkte sind mir nicht klar über dich.« Seine Fischaugen suchen meinen Blick. »Sag Roberto zu mir«, schlägt er vor, »ist vertraulicher, wenn man sich mit Namen anspricht, findest du nicht? Wie soll ich dich nennen?«

Die Situation ist makaber. Aber ich hoffe, dass ich eine Chance habe. Eine klitzekleine zwar, aber immerhin. Beschissener kann's eh nicht werden. Ich muss vorsichtig sein, darf ihn nicht reizen und nicht für dumm verkaufen. Und muss ihn irgendwie davon überzeugen, dass ich keine Gefahr für ihn bin.

»Ich heiße Doro«, sage ich höflich, kann aber nicht verhindern, dass ich zwei Anläufe brauche, um das verständlich zwischen meinen klappernden Zähnen herauszubringen. Mittlerweile ist mir so kalt, dass ich am ganzen Körper zittere.

»Mi dispiace, Doro, das Frieren kann ich dir nicht ersparen«, sagt er mit gespieltem Bedauern. »Mich würde interessieren, was du eigentlich hier machst. Was willst du bei den Buccellis?«

Blitzschnell überlege ich mir eine Strategie. »Ich arbeite auf dem Weingut. Meine Eltern sind mit der Familie gut bekannt und haben mir ein Praktikum dort besorgt.«

»Ein Praktikum? Bist du dafür nicht schon ein bisschen zu alt?«

Mist. Der ist nicht blöd. »Praktikum ist vielleicht nicht das richtige Wort. Ich will hier Erfahrungen sammeln, in der Küche vor allem und in puncto Catering und Weinproben. In ein paar Monaten eröffne ich ein kleines Unternehmen in München, da kann ich das gut gebrauchen. Und Enzo hat sich bereit erklärt, mich in die Welt der Weine einzuführen.« Ich will möglichst nah an meiner offiziellen Version bleiben, um mich nicht in Widersprüche zu verwickeln. Das Wasser schwappt gegen die Holzbohlen – eigentlich liebe ich den Gardasee, aber jetzt macht er mir Angst!

»Und was wolltest du bei Valgoni?«

Wie ein glühender Spieß fährt die Frage in mein Innerstes. Er hat mich gesehen, an Valgonis Haus ... Außerdem ist da die Perücke aus Verona ... Wie um alles in der Welt hängt der

Typ bloß mit Valgoni zusammen? Denn dass er ihn kannte, ist klar, sonst würde er nicht hier in diesem Bootshaus sitzen. Er weiß, dass ich bei Valgonis Haus war. Valgoni ist tot. Und seine Nachbarin auch. Hat Roberto sie umgebracht?

»Ich wollte in Signor Valgonis Lager nach Stühlen schauen«, sage ich lahm.

»Nach Stühlen? Und was hast du am Privathaus gesucht?«, fragt er überfreundlich.

»Das Haus liegt gleich neben dem Möbellager, da dachte ich, dass ich Signor Valgoni vielleicht dort finde. Ich wollte nur fragen, ob ich mir die Möbel mal anschauen darf.«

»Und als er nicht da war, hast du dir gedacht, dann schaust du dir die Möbel eben alleine an, oder was?« Sein Tonfall wird schärfer.

»Woher wissen Sie das?«, frage ich zurück. Ich ziehe an der Zigarette, meine Hand zittert so stark, dass mir der Rest aus der Hand fällt und zischend in der kalten Brühe im Boot erlischt. Die Mischung aus Kälte und Angst löst etwas aus in mir: Wut. Die Erkenntnis, dass dieser Roberto vermutlich ein eiskalter Mörder ist, dem ich hilflos ausgeliefert bin, macht mich unendlich wütend. Und am allerschlimmsten ist, dass ich mich selber in diese Lage manövriert habe. Verdammt noch mal. Ich hätte …

Nein! Selbstvorwürfe bringen nichts, der Mann ist vermutlich ein Killer und ich muss meine Energie darauf verwenden, nicht sein nächstes Opfer zu werden.

Roberto beugt sich noch ein wenig weiter vor. Eine Ader pocht am Unterlid seines rechten Auges, das aussieht, als würde es gleich herausspringen. »Du und diese alte Schachtel habt immer wieder herumgeschnüffelt. An Valgonis Haus, dem Lager und dann sogar hier unten am See. Als die Leiche aufgetaucht ist, war mir klar, dass die Polizei irgendwann auf Valgonis Verschwinden stoßen und eins und eins zusammenzählen würde.« Er richtet sich auf, die Hände zu Fäusten geballt.

»Ich habe nicht mit der Polizei gesprochen«, werfe ich schnell ein. Wenigstens den Verdacht, ihn an die Polizei verraten zu haben, will ich entkräften.

»Du nicht, aber wahrscheinlich die Alte. Ich habe doch beobachtet, wie sie hier am Bootshaus herumspioniert hat, und dich habe ich ja auch nicht das erste Mal gesehen. Ist mir zu heiß geworden, die Alte war die Einzige, die mich mit Valgoni in Verbindung bringen konnte. Was sollte ich tun?«

Schon wieder die Schiene, dass er ja keine Wahl hatte. Dieses Schwein! Soll ich jetzt etwa noch Mitleid mit ihm haben?

»Sie kannten Signor Valgoni?«, frage ich bemüht ruhig. Ich will wenigstens wissen, welche Rolle er in dem Szenario spielt.

»Wir waren doch beim Du, Doro. Ist persönlicher.« Er wirkt richtig entspannt, hat die Unterarme locker auf den Oberschenkeln abgestützt, seine Hände baumeln zwischen den Beinen. Ich glaube, er genießt das Gefühl, dass ich ihm ausgeliefert bin, seine Macht über mich.

Innerlich zerreißt es mich. Ich will dieses Schwein nicht duzen! Trotzdem nicke ich.

»Noch 'ne Zigarette, Doro?«, fragt er.

»Nein danke, Roberto«, lehne ich höflich ab.

Ein fieses Lächeln zuckt um seine Mundwinkel. Ich ignoriere es.

»Du kanntest Signor Valgoni?«, stelle ich die Frage noch einmal.

»Kann man so sagen, ja. Wir waren Geschäftspartner. Wir haben uns im letzten Jahr in Süditalien kennengelernt, als er auf Einkaufstour war. Ich habe ihm mit dem alten Geraffel geholfen und bin dann mit ihm nach Bardolino gefahren. Er könne gut jemanden brauchen, der ihm hilft, hat er gesagt.«

»Und wo ist Signor Valgoni jetzt?«, frage ich und stelle mich unwissend.

»Hältst du mich für blöde? Du weißt doch, dass seine Leiche im See aufgetaucht ist. Versuch nicht, mich zu verarschen!«

»Scusami, das wollte ich nicht. Was weißt du über seinen Tod?« Dann halt direkt. Ich glaube, der will jetzt reden, allerdings ist mir auch klar, dass er mir das alles nur erzählt, weil er nicht vorhat, mich laufen zu lassen. Ich bewege meine eisigen Hände, so gut es mit den Fesseln geht.

»Schon besser. Du hast die Perücke gesehen, dein Blick hat dich verraten. Du hast dich erinnert und eins und eins zusammengezählt.«

»Ich habe keine Ahnung, was du meinst ...«

»Attenzione, signorina, du willst mich schon wieder verarschen!«, warnt er mich. Er sitzt breitbeinig vor mir, im Gegensatz zu mir allerdings im Trockenen. Jetzt beugt er sich vor. »Das ist ein Punkt, den du mir erklären solltest. Was hast du in Verona gemacht? Ich habe gesehen, dass du Paola Buccelli verfolgt hast. Warum? Und jetzt auf einmal seid ihr ganz dicke? Migliori amiche?«

»Wir sind nicht beste Freundinnen. Paolas Mann dachte, seine Frau habe was mit einem anderen. Sie hat sich verändert und er hatte diesen Vermutung. Er hat mir ein bisschen Geld dafür gegeben, dass ich ihm sage, wo seine Frau hingeht und mit wem sie sich trifft«, schramme ich knapp an der Wahrheit vorbei. Vielleicht hält Roberto mich für bestechlich und er gibt mir lieber Geld, als noch einen Mord zu begehen.

»Ist auch egal«, sagt Roberto, als hätte er plötzlich das Interesse an mir verloren.

Das ist nicht gut. »Du hast sie erpresst«, sage ich schnell. »Ich bin mittlerweile eingeweiht, wir wussten nur nicht, wer hinter den Forderungen steckt. Wie bist du zu dem Testament gekommen?«

»Das war in dem Schreibtisch, den Orlando der Buccelli abgekauft hat.«

Also doch! Wir waren bereits auf der richtigen Spur.

»Das habt ihr doch vermutet, giusto? Deshalb habt ihr bei

den Möbeln herumgeschnüffelt. Ich bin nicht blöd. Natürlich kam mir sofort der Verdacht, dass ihr mir auf den Fersen sein könntet. Und dann ist auch noch die verdammte Leiche von Orlando aufgetaucht. Also war es nur noch eine Frage der Zeit, bis die Polizei auf ihn stößt und damit auch auf mich.«

»Die Leiche führt zum Mörder, meinst du?«

Meine Frage kommt nicht gut an. »Ich bin kein Mörder! Er ist unglücklich gestürzt«, zischt mein Entführer.

»Und hat sich dabei tödlich verletzt? Der Klassiker? Tischkante und so?«, frage ich.

Sein Gesicht wird plötzlich rot vor Wut. Nicht gut. Gar nicht gut. Ein Unfall! Ich muss ihm klarmachen, dass ... »Aber das wird bei der Obduktion herauskommen«, versuche ich ihn zu beruhigen. »Es war ein Versehen. Der Gerichtsmediziner wird feststellen, dass Valgoni durch einen Sturz zu Tode gekommen ist.«

Roberto starrt mich an. Sein Gesicht ist noch röter geworden. Warum? Was habe ich gesagt? Mich beschleicht ein böser Verdacht und mir ist plötzlich übel. Doch nichts zu sagen, wäre jetzt das Schlimmste. Also weiterreden. »Wenn er zum Beispiel gegen eine Tischkante gefallen ist, kann man das feststellen.«

Roberto starrt mich immer noch an, allerdings scheint er mich gar nicht mehr wahrzunehmen. Woran denkt er? Ich ahne es und mein Herz pocht dumpf und schwer. Verdammter Mist! Dieses Mal würde ich alles geben, einmal nicht recht zu haben, sondern voll und ganz danebenzuliegen.

»Oder gibt es andere Spuren?«, frage ich, um irgendetwas zu sagen.

Robertos Blick kehrt in die Gegenwart und zu mir zurück. Seine Gesichtsfarbe normalisiert sich und ich frage mich, was das für mich bedeutet. Eine winzige Hoffnung keimt in mir auf.

»Es gab einen Kampf. Orlando wollte von der Erpressung nichts wissen, wollte der Buccelli das Testament zurückgeben.«

Roberto versucht nicht mehr, einen Unfall aus Orlandos Tod zu machen. »Das konnte ich nicht zulassen. Ich wollte es ihm entreißen, er ist gestürzt und da lag der Hammer ... Was hätte ich tun sollen? Orlando hätte mich rausgeschmissen oder noch schlimmer angezeigt, nur weil er keine Eier in der Hose hatte. Hatte Skrupel wegen der Erpressung. Ich wollte nur ein bisschen was rausholen, aber nein, der Herr war sich ja zu gut dafür. Ich hatte keine Wahl!« Er hebt die Hände, um die Unausweichlichkeit dieser Handlungskette zu unterstreichen.

Von wegen keine Wahl. Hätte er Valgoni nicht erschlagen, hätte er auch die Nachbarin nicht erstechen müssen. Und mich hier nicht festhalten ...

Er steht auf. Das Boot bekommt Schlagseite. Verzweifelt versuche ich, mein Gewicht auf die andere Seite zu verlagern. Roberto schaut auf mich herunter und seine Lippen verziehen sich zu einem diabolischen Lächeln. Für einen Moment packt mich erneut eine unheimliche Wut und ich zerre wie verrückt an meinen Fesseln. Nützt natürlich gar nichts, das Seil schneidet mir nur noch mehr ins Fleisch.

Roberto springt auf den Holzsteg. Das Boot schwankt heftig hin und her, trotzdem bin ich ein kleines bisschen erleichtert. Noch bleibt mir Zeit. Doch viel sicher nicht mehr. Wie kann ich ihn hinhalten? Was soll ich sagen? Oder was darf ich auf keinen Fall sagen, damit er mich nicht sofort umbringt? Mir ist zum Heulen. Vinc! Warum kommst du nicht? Sicher sucht er mich bereits. Oder? Reiß dich zusammen, Doro, ermahne ich mich.

Fest steht, dass ich Roberto am Erzählen halten muss, denn wenn wir aufhören zu reden, kann es konsequenterweise nur zum nächsten Schritt kommen, und der heißt, mich loszuwerden.

Nach einem Räuspern zwinge ich mich, ihn weiter auszufragen. »Und dann? War er tot?«

»Vermutlich«, murmelt Roberto aus einer Ecke oben im Schuppen, die ich vom Boot aus nicht sehen kann. Dann nuschelt er weiter: »Sicherheitshalber habe ich einen Strick um ihn gewickelt und ihn in einen alten Teppich gerollt. Das war praktisch, denn selbst wenn mich jemand gesehen hätte, wäre ein eingerollter Teppich über der Schulter eines Mitarbeiters von Signor Valgoni niemandem verdächtig erschienen. Nachts bin ich mit dem Auto runter zur Promenade gefahren, die paar Schritte bis zum Bootshaus waren kein Problem. Das Tor war zum Glück nie abgesperrt.«

»Heute war das Schloss aber zu«, sage ich und im gleichen Moment ist mir klar, wie Signora Melandri auf den Steg gelangen konnte. Klar, da war das Gitter noch offen.

»Sì, certo! Seit ich im Schuppen schlafe und die meiste Zeit des Tages hier rumhängen muss, sperre ich natürlich ab. Aber es gibt halt Leute, die vor gar nichts haltmachen.« Er neigt den Kopf zur Seite und schaut mich fast mitleidig an.

»Ich habe mir nichts dabei gedacht«, meine Stimme kippt weg.

»Ist nicht mehr wichtig. Sobald ich das Geld habe, verschwinde ich von hier.«

»Und ich? Sie werden nach mir suchen. Mein Freund weiß, dass ich das Bootshaus von Valgoni gefunden habe.«

»Das glaube ich kaum. Die Hütte gehört ja gar nicht Valgoni, sondern so einem alten Sonderling. Kein Mensch weiß davon«, sagt er im Brustton der Überzeugung.

»Du willst also am Donnerstag das Geld kassieren und dann verschwinden?«

»Genau so. Es wird keine Spuren von mir geben. Und die müssen erst mal darauf kommen, dass Valgoni in seinem eigenen Boot seebestattet wurde.« Er lacht über seinen vermeintlichen Witz. »Das war ganz einfach, er hätte nur nicht wieder auftauchen dürfen. Natürlich werden die irgendwann eine Verbindung zu seinem Boot finden. Vielleicht auch Spuren am Boot. Auch Spuren von dem Kajak, aber das spielt dann keine Rolle mehr, denn bis dahin bin ich längst weg. Ich bin nirgends registriert und hier kennt mich keiner. Ich wollte das alles nicht, es war nicht geplant, auch das mit Orlando war nicht geplant, aber es ist, wie es ist.«

Kajak? Wovon spricht er?

»Welches Kajak?«, frage ich.

Er mustert mich mit seinen Fischaugen, offensichtlich hat er gemerkt, dass er sich gerade verplappert hat. Dann macht er eine wegwerfende Handbewegung. »Irgend so ein Idiot hat gemeint, er müsse nachts auf dem See filmen. Ich wusste nicht, was er gesehen oder gar auf Kamera festgehalten hat. Was hätte ich also tun sollen?«

Schon wieder diese Leier. Mir stellt es die Nackenhaare auf. »Was hast du mit dem Zeugen gemacht?«, frage ich. Ich will nicht glauben, was ich ahne.

»Was denkst du wohl, was ich mit ihm gemacht habe? Der wäre zur Polizei gegangen. Hätte ein Phantombild erstellen lassen und so weiter. Hundertprozentig.«

»Du hast ihn ...? Ihn auch?« Die Panik schlägt sich auf meine Stimmbänder und ich kann nur mehr flüstern. Drei Menschen hat dieser Mann auf dem Gewissen. Da macht ein vierter für ihn keinen Unterschied. Vinc! Hoffentlich sucht er mich schon. Und hoffentlich findet er mich rechtzeitig! Wieder zerre ich an meinen Fesseln, doch ich habe keine Chance, sie zu lösen. Mit bleibt nur eines: Ich muss Roberto am Reden halten.

»Was ist mit ihm passiert, mit diesem Kajakfahrer?«, frage ich noch mal und bemühe mich mit aller Kraft, mein Entsetzen und meine Angst nicht herauszuschreien.

»Tja, er wollte abhauen und ich bin ihm mit dem Boot hinterher. Ein ungleicher Wettkampf.« Roberto schaut zu mir runter. »Am Donnerstag hol ich mir das Geld und dann arrivederci und ciao.«

»Und ich?«, quetsche ich die Frage heraus, die ich bis jetzt nicht stellen wollte. Weil ich die Antwort nicht hören will.

»Fischfutter?«, schlägt er emotionslos vor.

»Die werden niemals zahlen, wenn ich weg bin. Vinc geht zur Polizei.«

»Das glaube ich nicht, weil sie wissen werden, dass ich dich noch habe. Und sie wollen dich lebend zurück.«

»Du lässt mich gehen, wenn du das Geld hast?«, frage ich, einfach um die Möglichkeit wenigstens auszusprechen.

»Natürlich nicht.« Er schnaubt verächtlich.

»Es nützt dir nichts, wenn ich tot bin. Sie werden ein Lebenszeichen von mir wollen!«

»Du lebst ja noch. Und du hast zehn Finger ...« Er stiert mich an. Anscheinend findet er das amüsant.

Ich nicht. Ich nehme ihn ernst. Nicht aufgeben, befehle ich mir. Um mein Leben für ihn wertvoller zu machen, erfinde ich einen Verwandtschaftsgrad zu Enzo: »Eine halbe Million ist eine Menge Geld, aber Enzo wird zahlen, ist schließlich mein Cousin«, werfe ich den Köder aus, »aber dazu muss ich leben. Sie werden mich sehen wollen. Die sind ja nicht dumm, sie werden mittlerweile auf der richtigen Spur sein und wissen, dass du für den Tod von Signora Melandri verantwortlich bist. Und die Spuren von Gewalt an Valgonis Leiche sind auch allgemein bekannt, da gehen sie kein Risiko ein, glaub mir. Sie wissen, dass du skrupellos bist.«

»Ganz schön gewagt in deiner Lage«, spottet Roberto, doch ich merke, wie er abwägt. »Aber deine Logik hat was«, gibt er zu. »Allerdings will ich von dem Geld noch was haben. Und du weißt, wer ich bin. Die anderen nicht.«

»Ich kenne nur deinen Vornamen und das wird kaum dein richtiger Name sein.«

»Zumindest weißt du, wie ich aussehe. Da bin ich nirgends mehr sicher.«

Shit, er hat natürlich recht. Aber eine Frist habe ich herausgeschunden. Immerhin. Denn er ist gierig, und das ist meine Chance.

Er studiert eingehend seine Fingernägel. »Und da sind ja noch die Kinder ...«

Ich schlucke hart. So ein Schwein! Laura und Pietro – ein überzeugendes Druckmittel für Roberto, ein entkräftendes Element für meine Argumentation, mich als wichtigen Joker zu verschonen. Ich schließe kurz meine Augen.

»Kannst du mich aus dem Boot holen?«, bitte ich ihn dann. »Mir ist so verdammt kalt.«

»Das wirst du schon aushalten. Ich hocke wegen dir in diesem Loch, da hat auch keiner Mitleid«, schnauzt er mich an.

Was für ein widerlicher Kerl, denke ich voller Abscheu. Bringt Menschen um, nur um an Geld zu kommen, schafft es aber nicht, die Verantwortung dafür zu übernehmen. Wäscht seine Hände sozusagen in Unschuld. Es kann nicht sein, dass so ein Schwein damit durchkommt! Ich bin froh über die immer wiederkehrende Wut in meinem Bauch. Aber dann gewinnt sie wieder Oberhand, die Angst. Überdeckt alle anderen Emotionen. Ich schließe kurz die Augen. Nicht aufgeben, fordere ich von mir. Wer aufgibt, hat verloren.

»Ist das Testament eigentlich echt?«, heuchle ich Unwissen und bin froh, dass meine Stimme dabei nicht zu sehr zittert.

»Natürlich ist es echt, nur die Unterschrift ist gefälscht. Habt ihr das nicht bemerkt?« Er legt eine selbstgefällige Miene an den Tag. »Na ja, hab mich auch ganz schön angestrengt.«

»Nein«, gebe ich Verblüffung vor, »wie hast du das hingekriegt?«

»In der Schreibtischschublade lagen noch ein paar uralte Rechnungen von Giovanni. War ein Kinderspiel.«

»Ach so«, sage ich lahm, denn mir gehen die Fragen aus. Ich bin so müde und mir ist so kalt. Ich lasse meinen Kopf auf den Bootsrand sinken. Es ist hoffnungslos.

Roberto kommt zu mir und stopft mir wieder den Knebel zwischen die Zähne. Ich habe keine Kraft, mich zu wehren. »Ich geh pissen.« Er verschwindet aus meinem Blickfeld.

Danke für die Info, denke ich bitter. Das nächste entwürdigende Schauspiel, denn ich muss ebenfalls ganz dringend – und pinkle mir in diesem Moment in die Hose. Tiefer sinken geht kaum. Wenigstens war die Hose vorher schon nass, denke ich, und dieser Zynismus belebt mich wieder. Ich habe zwar immer noch keine Idee, aber ein Rest an Kampfgeist erwacht in mir. Noch gebe ich nicht auf. Ich bin noch da, du miese Ratte, drohe ich ihm lautlos. Mit nichts in der Waagschale als diesem kleinen Quäntchen an Entschlossenheit.

Roberto kommt zurück und flucht. Er schnappt sich meine Handtasche und wühlt darin herum. Dann schleudert er sie zur Tür.

Was sucht er? Ich rühre mich nicht, will ihn nicht reizen. *Was ist passiert*, will ich schreien, aber der Knebel erstickt meine Stimme. Er tastet mich grob ab, findet das Handy in meiner Hosentasche. Es lag die ganze Zeit im Wasser und ist wahrscheinlich hinüber, auf jeden Fall hat es schon länger nicht vibriert. Ich bin wie gelähmt von dieser plötzlichen Hektik, von der Wut, die er jetzt an mir auslässt. Seine Froschaugen scheinen ihm fast aus dem Gesicht zu springen. Jetzt zittert auch er. Es ist so weit! Er wird mich umbringen und ich kann nicht einmal schreien.

»Mach es an«, schnauzt er und hält mir das Handy entgegen. Er befreit mich vom Knebel. »Gib mir den Code.«

Ich versuche erst gar nicht zu lügen, warum auch. Er kann nichts mit dem Smartphone anfangen.

Überraschenderweise funktioniert das Teil sogar trotz Wasserkontakt. Roberto checkt die WhatsApps, ist aber nicht so gutgläubig, mich um eine Übersetzung zu bitten. Die Nachricht an Vinc und die Uhrzeit sprechen für sich, er muss damit rechnen, dass jemand meinen Aufenthaltsort kennt und wahrscheinlich schon unterwegs hierher ist. Er reißt unter Gefluche die SIM-Karte aus dem Handy und schmeißt sie zusammen mit dem Gerät ins Wasser.

Dann steckt er mir den Knebel wieder in den Mund, fixiert

ihn dieses Mal mit einem Strick, den er in meinem Nacken verknotet. Er klettert wieder hoch und wirft eine Kette ins Boot.

Das war es, was er vorhin von der Wand genommen hat, fährt es mir in grausamer Erkenntnis durch und durch.

Ich beobachte ihn bei seinen plötzlichen Aktivitäten. Er sagt nichts, rennt nur durchs Bootshaus und stopft dabei alles Mögliche in einen Seesack, den er schließlich mit einem Schwung ins Boot befördert. Dann packt er das Rad und legt es im Heck ab. Was will er damit?

Er verschwindet wieder aus meinem Sichtbereich. Ich verrenke mir fast den Hals, um einen Blick auf ihn zu erhaschen. Was geht hier ab?

Er schiebt das Holztor zur Seite, das sich dank Valgonis Wartung fast geräuschlos in der Eisenschiene zur Seite bewegt. Ich schlucke. Mein Hals fühlt sich trocken und rau an. Das war's dann. Wir fahren raus. Er wird mich doch wohl nicht einfach so im See versenken, mitten am helllichten Tag?

Roberto schnappt sich die Kette und wickelt sie ein paarmal um meinen Körper, ich fühle mich wie in einem eisernen Kokon. Am Ende der Kette hängt der Anker. Klein, aber er wird mich effektiv auf den Grund ziehen. Ich bettle mit den Augen, doch er vermeidet jeden Blickkontakt.

Vinc! Paps, schreit es in mir. Aber alles, was ich von mir geben kann, ist nur ein Wimmern.

Roberto stößt mich flach auf den Boden, wirft eine schwere Plane über mich, dann löst er offenbar das Tau vom Steg. Ich hebe den Kopf ein wenig an, sodass die Plane verrutscht und sich mir ein kleines Guckloch bietet.

Roberto dreht den Bug in Fahrtrichtung, hängt die Ruder ein und setzt das Boot in Bewegung. Ich liege gegen die Fahrtrichtung und sehe kaum etwas außer den Himmel und die Spitzen der raschelnden Halme des Schilfs. Jetzt startet er den Motor und wir nehmen Fahrt auf.

KAPITEL 16

CONOSCENZE AMARE – BITTERE ERKENNTNISSE

Martedì (Dienstag) – Tag 9

Je weiter wir uns vom Ufer entfernen, desto mehr scheint Roberto sich zu entspannen. Er spricht wieder mit mir.
»Das hätte schiefgehen können. Auf jeden Fall ist es sicherer, abzuhauen. Wenn sie auf der Suche nach dir sind, haben sie vielleicht versucht, dein Handy zu orten.«
Ich schlucke. Stimmt. Aber dazu wäre es sowieso noch zu früh. Die starten keine Handyortung, nur weil eine erwachsene Frau ein paar Stunden abgängig ist. – Oder? Andererseits geht es immerhin um zwei Morde ... den Paddler nicht mitgerechnet, von dem die Polizei ja noch gar nichts weiß. Zum Glück habe ich Vinc eine WhatsApp geschickt, daran kann auch Roberto nichts mehr ändern. Hoffnung keimt in mir auf, dass Vinc schon nach mir sucht und vielleicht auch die Polizei verständigt hat. Möglicherweise ist auch dem Typen, der sein Motorboot geschrubbt hat, was aufgefallen. Der war in Sichtweite.
Plötzlich überfällt mich ein eisiger Zweifel: Was, wenn sich Vinc überhaupt nichts dabei gedacht hat? Sich nur kurz Gedanken über meine Neugier gemacht hat, aber überhaupt nicht auf die Idee gekommen ist, dass ich in Gefahr sein könnte? Was dann?
Meine Gedanken driften weiter. Was will Roberto mit dem Fahrrad im Boot? Ich bin verwirrt, und hätte ich nicht diesen Knebel im Mund, würde ich ihn zu gerne danach fragen. Ich schiebe mich mit den Füßen ein Stück hoch, kann mich am Bug ein wenig anlehnen.

»Mit deinem dämlichen Herumgelabere hast du alles verzögert. Aber glaub nicht, dass dir das etwas nützen wird. Wir drehen jetzt eine schöne Runde auf dem See, dann gehst du tauchen und ich düse weiter. Danke für das Fahrrad übrigens, das kann ich gut gebrauchen. Fährt ja auch ohne Akku. Und am Donnerstag bin ich weg, ciao und arrivederci.«

Tauchen gehen! Dieser Kranke macht auch noch Witze darüber!

Der Bug hebt sich im Wellenspiel und für einen Moment sehe ich ... Flamingos! Ich will schreien: Frieder! Das Hemd ... Und da war noch jemand. Vinc? War Vinc auch dabei? Plötzlich ist der Himmel wieder blau. Heiße Tränen laufen mir aus den Augenwinkeln. Frieder kann mich gar nicht gesehen haben, denke ich resigniert. Und selbst wenn, wird er kaum hinter dem Boot herschwimmen. Trotzdem klammere ich mich an diesen letzten Strohhalm: Bitte, bitte, bitte, lass ihn mich entdeckt haben!

Das Wasser schlägt immer heftiger gegen den Bug. Das Boot hebt und senkt sich in schnellerem Takt. Wir erhöhen unser Tempo und entfernen uns immer weiter vom Ufer.

Ich lasse meinen Kopf zurücksinken, das Wasser im Boot schwappt um mich herum und durchnässt mich allmählich überall. Das T-Shirt klebt kalt an meiner Haut. Fast bin ich dankbar für die Plane, weil sie mir ein bisschen Schutz bietet. Der Puls pocht in meinen Schläfen. Eine merkwürdige Empfindung, ein Kribbeln im Bauch ... Ich spüre förmlich, wie der See unter mir tiefer wird. Roberto schaut sich immer wieder hektisch um, kann aber die kleiner werdenden Menschen am Ufer nicht zuordnen.

Nach einer gefühlten Ewigkeit würgt er den Motor ab. Es ist plötzlich still um uns herum, das Boot dümpelt fast schon friedlich auf dem Wasser. Wortlos steht Roberto auf, greift unter die Sitzbank und kommt zu mir. Er entfernt die Plane und sofort umweht mich eine kühle Brise. Ich merke erst gar nicht, was er in der Hand hält und was er vorhat, bis er mich hochzerrt und mir eine nasse Stofftasche über den Kopf stülpt.

»Scusami, ragazza«, murmelt er. »Das Boot hat zu viel Tiefgang und wir sind zu langsam. Wieso hast du auch rumschnüffeln müssen, verdammt noch mal! Das bringt meine ganzen Pläne durcheinander, ist ein Riesenmist. Wenn die dahinterkommen, ist's Essig mit der Kohle.«

Ich kann nicht mal um mein Leben schreien und statt blauen Himmel sehe ich nur den beigen Stoff der Tasche vor meinen Augen. Ich will nicht sterben, und so erbärmlich schon gar nicht!

Ich versuche, mich zu wehren, aber Robertos Hand umklammert eisern meinen Oberarm. Mit der anderen versucht er, die Kette mit dem Anker fester um mich herumzuwinden. Verzweifelt werfe ich mich hin und her und schlage mit meinen gefesselten Beinen um mich. Plötzlich lässt Roberto mich los und ich plumpse wie ein nasser Sack ins Boot zurück. Er schmeißt die Plane über mich.

»Verflucht!«, er hechtet zum Heck und wirft den Motor an. »Verfluchte Scheiße, was will dieses verdammte Segelschiff hier«, presst er zwischen den Zähnen heraus.

Ich sehe nichts, aber ich höre, dass jemand etwas zu uns herüberruft.

Die Leute vom Segelschiff! Es muss ganz nah sein. Wahrscheinlich wünschen sie Roberto eine gute Fahrt, denke ich bitter und versuche, mich bemerkbar zu machen, zapple unter der Plane, so stark es geht, will mit meinen tauben Fingern an dem Plastik zupfen, aber die Ankerkette lässt mir kaum Spielraum.

Lass den Leuten auffallen, dass da etwas nicht in Ordnung ist, bete ich und hoffe aus ganzem Herzen, dass der Segler kehrtmacht. Endlich rutscht die Abdeckung ein Stück nach unten. Ich schüttle den Kopf hin und her und kann mich so wenigstens von dem Stoffsack befreien. Roberto würdigt mich keines Blickes, seine Augen und seine Lippen sind nur noch schmale, verkrampfte Striche. Der Segler ist vorüber und meine Hoffnung auf Rettung fällt in sich zusammen.

Roberto schaut immer wieder hektisch hinter sich, springt auf einmal hoch wie von der Tarantel gestochen und arretiert das Ruder. Dann packt er das Fahrrad und schmeißt es bei voller Fahrt in den See. »Porca puttana! Wir sind zu langsam«, schreit er dabei.

Er stolpert zu mir, reißt die Plane von mir weg und wirft sie seitlich von Bord. Sie wabert wie ein riesiger Rochen auf der Wasseroberfläche, verschwindet dann aus meinem eingeschränkten Sichtbereich. Was ist plötzlich in ihn gefahren? Jetzt zerrt er mich hoch und hievt mich grob über den Bootsrand. Als ich auf dem Wasser aufklatsche, schießt das Boot schon an mir vorbei und sprüht mir kalte Gischt ins Gesicht. Die Kette und der Anker ziehen mich nach unten, doch durch meinen Sturz ins Wasser hat sich die Kette gelockert, rutscht von mir ab und versinkt in der Tiefe. Ich bewege meine gefesselten Beine, so gut es geht, meine Arme sind immer noch gefesselt und nützen mir wenig. Mein Kopf durchbricht die Wasseroberfläche. Luft! Ist aber nur eine kurze Atempause, denn er gerät immer wieder unter Wasser und ich habe immer größere Mühe, wieder nach oben zu gelangen. Ich muss atmen!

Ein weiteres Mal zieht es mich hinunter in die Fluten. Über mir sehe ich die Wasseroberfläche, sie entfernt sich immer weiter von mir. Verzweifelt kämpfe ich mich wieder hoch – ohne das Gewicht der Kette und des Ankers habe ich eine Chance. Und dann habe ich es geschafft. Ich atme gierig. Wasser schwappt mir in die Nase, ich verschlucke mich, der Knebel ... Meine Hände sind zwar zusammengebunden, aber die Kette ist weg und ich schaffe es, unter Husten und Würgen den Strick herunterzuziehen und das Tuch aus meinem Mund zu bekommen. Ich versuche, ruhiger zu werden. Kann jetzt besser atmen und zwinge mich, mit meinen Beinen leichte Bewegungen zu machen, die mir etwas Auftrieb geben sollen. Aber die Wellen sind hoch und meine Kraft schwindet. Lange halte ich das nicht durch, ich merke, wie sich meine Beinmuskeln verkrampfen. Die Kälte durchdringt mich. Meine Arme werden immer schwerer. Immer wieder gewinnt der Sog nach unten die Überhand. Ich kann nicht mehr. Auf einmal werde ich ganz still. Ich sehe meine Situation glasklar vor Augen: Sie haben mich nicht bemerkt, der Segler ist vorbeigefahren.

Nein! Wer aufgibt, hat verloren! Noch ein paar Beinbewegungen, nicht aufgeben, kämpfen! Ich höre Paps und Vinc, wie sie mich anfeuern, und kämpfe mit aller Kraft, bewege meine verschnürten Beine wie eine Meerjungfrau. Ich schlucke Wasser, gehe unter, kann nur noch mit äußerster Willenskraft verhindern, dass ich Wasser in die Lungen ziehe. Meine Muskeln streiken, ich kann sie nicht mehr steuern. Wer verloren hat, muss irgendwann aufgeben ... Luft ... Ich atme Wasser ... Ein stechender Schmerz fährt mir ins Gehirn. Ist das das Ende? Alles um mich herum wird schwarz.

Jemand umfasst mich von hinten und drückt mir mit den Armen kräftig gegen den Leib, presst Wasser aus meinen Lungen. Ich falle auf die Knie und gebe gefühlt den gesamten Gardasee von mir. Irgendwann kann ich wieder atmen und bin fähig, andere Gedanken als den Drang nach Luft zuzulassen. Ich richte mich ein wenig auf. Vinc kniet vor mir.

»Das war knapp«, krächze ich und bekomme einen Hustenanfall.

»Knapp?« Vinc' Stimme kippt. Dann nimmt er mich in die Arme.

»Halt mich fest«, flüstere ich heiser. Meine Augen brennen und ich kann nicht verhindern, dass die Tränen überlaufen. Es werden richtige Sturzbäche. Vinc zieht die Decke fester um mich und streichelt mir über den Rücken. Ich schlinge meine Arme um ihn und spüre, wie sein Körper zuckt. Vorsichtig löse ich mich von ihm und schaue ihm in die Augen. Ich habe mich nicht getäuscht, auch er weint. Erschöpft lege ich meinen Kopf an seine Schulter. Langsam beruhige ich mich.

Erst dann bemerke ich die anderen im Boot.

Enzo und ein unbekannter Mann, der am Steuer steht. Ich bin nicht mehr bei Roberto.

Mit Wucht kommt die Erinnerung zurück. Er hat mich über Bord geworfen, ins Wasser, das mich erbarmungslos umschlungen hat und bis in meine Lungen gedrungen ist. Ich kann nur mühsam die Panik in Schach halten, die mir durch den Körper schießt.

»Was ...?« Fragend schaue ich zu Vinc.

»Ich konnte dich gerade noch an den Haaren packen. Du warst schon unter der Oberfläche und bist ziemlich schnell abgesunken.«

»Der Anker ... hat sich gelöst.«

Vinc schaut mich verwirrt an. »Welcher Anker? Egal, wir haben das Boot wegfahren sehen und beobachtet, dass etwas über Bord geworfen worden ist, und immer wieder kam ein Kopf nach oben. Wir hatten die schlimme Ahnung, dass du das bist. Kurz bevor wir an der Stelle angelangt sind, warst du auf einmal weg. Ich bin getaucht und da hab ich dich gesehen. Und dann konnte ich dich fassen. Schatz, ich hätte dich nie losgelassen, das schwöre ich dir. Und weil ich das gewusst habe und weil ich nicht mit dir auf dem Grund des Gardasees landen wollte, habe ich meine ganze Kraft mobilisiert und uns Zentimeter für Zentimeter nach oben gebracht. Ich sag's dir, das wird der Muskelkater meines Lebens. Und wenn Enzos Freund hier nicht so schnell reagiert hätte, dann hätten wir es niemals rechtzeitig geschafft.«

»Ciao, signorina. Hätte nicht gedacht, dass wir uns auf diese Weise wiedersehen«, er lächelt über beide Ohren. »La divina provvidenza.« Er bekreuzigt sich. Göttliche Vorsehung, da hat dieser Mann recht!

Ich kann nicht klar denken. Aber ja, das ist … »Der Möwenmann! Escrementi di gabbiano! Grazie mille!«

Alles schwirrt durcheinander in mir. Allem voran dieser letzte Moment, als ich aufgegeben habe. Ich zittere am ganzen Körper, lasse meine Tränen laufen, ich kann gar nicht anders und will auch nicht.

Ich schaue mich um. »Wo ist Frieder? Ich habe sein Hemd erkannt, am Ufer, als wir rausgefahren sind. Aber ich wusste nicht, ob er mich gesehen hat …«

»Schatz, das ist eine längere Geschichte. Du hast auf jeden Fall einige Schutzengel gehabt, und einer davon heißt Frieder. Ohne ihn hätten wir dich nicht so schnell gefunden. Und ohne Guido hätten wir dich nicht rechtzeitig aus dem Wasser fischen können. Frieder und Paola halten die Stellung am Ufer. Sie warten auf die Polizei und den Krankenwagen und sollten das Boot nicht aus den Augen lassen.«

»Wo ist Roberto?«, frage ich angstvoll.

»Roberto heißt der Kerl also? Die Polizei wird ihn schnappen«, beruhigt mich Enzo. »Ich habe unsere Koordinaten durchgegeben und ihnen gesagt, dass der Kahn Richtung Salò unterwegs ist.«

»Roberto ist der Mörder von Orlando Valgoni. Er hat auch Signora Melandri umgebracht und er erpresst Paola!«, sprudelt es aus mir heraus.

»Verdammt! Lagen wir also nicht so falsch mit unseren Vermutungen! Und dieser Verbrecher hatte dich in seinen Händen. Mir wird schlecht, wenn ich daran denke. Aber jetzt ist Schluss damit. Dieser Roberto tut keinem mehr was! Wir kriegen ihn und dann wird alles bis zum letzten Punkt aufgeklärt.« Vinc'

Stimme ist eine ganze Lage höher als sonst. Er hält mich so fest, als müsste er mich noch immer vor Roberto beschützen.

»Was für eine Erleichterung, Paola wird ein Felsmassiv vom Herzen fallen«, entfährt es Enzo aus seinem tiefsten Inneren.

Wir nähern uns dem Ufer, die Sirenen des Krankenwagens verklingen gerade und das Blaulicht zuckt über die Promenade, auf der sich bereits einige Schaulustige versammelt haben.

KAPITEL 17

FENICOTTERI E ALTRI UCCELLI – FLAMINGOS UND ANDERE VÖGEL

Martedì (Dienstag) – Tag 9

»Ich brauche keinen Arzt, es reicht, wenn du bei mir bist.« Ich klammere mich an Vinc fest. »Ich will nicht ins Krankenhaus, ich will unter Menschen sein, bei dir und bei meinen Freunden. Lass mich nicht allein …«

Vinc streicht mir die Haare aus dem Gesicht. »Beruhige dich, Schatz, der Arzt hat gesagt, dass dir körperlich nichts fehlt. Du bist unterkühlt, wir sollen dich in Decken wickeln und du sollst schlafen.«

Als hätte jemand den Stecker gezogen, löst sich die Spannung in mir.

»Ruh dich erst mal aus«, sagt Paola. Sie ist blass um die Nase, der Schock und die Sorge sind ihr deutlich anzusehen.

Guido hat sich längst verabschiedet und sein Boot wieder an der Boje vertäut, Frieder wartet am Auto auf uns. Endlich brechen wir auf, ich will nichts als meine Ruhe.

Auf dem Weingut wird das Doro-Verwöhn-Programm gestartet, das heißt, ab aufs Zimmer und ins Bett. Vinc bringt Tee und ein paar Kleinigkeiten zu essen und schiebt eine Wärmflasche unter meine Decke, die Paola ihm für mich mitgegeben hat. Er legt sich zu mir, ich schmiege mich in seine Armbeuge und drücke die Wärmflasche auf meinen Bauch. Richtig schlafen kann ich nicht, tief in mir ist es dunkel und kalt, aber ich nicke immer wieder weg. Die Angst lässt sich nicht so leicht vertreiben, sie ist da, wenn ich wach bin, und sobald ich eindöse, schwirren unruhige Träume von Möwen und verkoteten Bootsplanen durch mein Gehirn. Ich schrubbe und schrubbe, und kaum bin ich am Ende angelangt, ist vorne wieder alles verdreckt. Aber eigentlich sind das ja positive Gedanken an den Möwenmann ... Danke, Guido, für die Rettung und für dieses Bild, das ich wahrscheinlich nie mehr loswerde.

Ich bin wieder wach, höre in mich rein. Wie geht es mir? Hm, ich kuschle mich an Vinc, der auch eingenickt ist. Ich kann mir gut vorstellen, wie fertig er war, als er meine WhatsApp gelesen hat und seine böse Ahnung schnell zur Gewissheit geworden ist. Ein dicker Knoten schnürt sich in mir zusammen, wenn ich daran denke, wie vielen glücklichen Umständen ich meine Rettung zu verdanken habe. Ich stöhne innerlich. Obwohl ich mir nicht direkt Unvorsichtigkeit vorwerfe, so war ich doch blauäugig und naiv – oder einfach der Abgründigkeit dieses Menschen nicht gewachsen. Es ist nicht das erste Mal, dass ich mit Mord zu tun habe, und manchmal gab es Motive, die ich zumindest im Ansatz sogar nachvollziehen konnte, aber das hier ist einfach nur bösartig und sonst nichts. Es gibt keinen Grund, der rechtfertigt, dass ein Mensch einen anderen umbringt, aber ich glaube, dass zuweilen der Verstand einfach abschaltet und nur noch das Gefühl die Kontrolle übernimmt – Hass, Wut, verletzter Stolz, Angst ... Aber nichts davon kann Roberto für sich in Anspruch nehmen. Für sein Handeln gibt es keine Rechtfertigung. Niemals, unter keinen Umständen!

»Was schaust du so grimmig?«, fragt Vinc, der wieder aufgewacht ist und mich beobachtet.

»Ich denke über Motive nach.«

»Und? Zu welchem Ergebnis bist du gekommen?«

»Es gibt kein Ergebnis, aber eins ist sicher: Roberto hatte als Motiv nur Geld. Und das macht mich traurig. Drei Menschen sind seinetwegen gestorben, und das alles nur aus Habgier.

Was er selber nicht geschafft hat, sollten andere für ihn bezahlen. Den Traum vom sorglosen Leben, ohne Einsatz bringen zu müssen. In Roberto hat dieses Testament diverse Vorstellungen ausgelöst und er hat beschlossen, dass er auch mal an der Reihe sei, ein bisschen Glück zu haben. Als Valgoni nicht mitmachen wollte – weg mit ihm. Als der Paddler ihn dabei beobachtet hat, wie er Valgoni beseitigte – weg mit ihm. Und weil Signora Melandri wusste, dass er bei Valgoni aushalf, und ihn hätte beschreiben können – weg mit ihr. Und ich«, jetzt muss ich mich gewaltig zusammenreißen, um nicht loszuheulen, »ich wäre fast sein viertes Opfer geworden.«

Vinc rückt ein bisschen näher. »Wahrscheinlich war er immer nur Handlanger für andere, einer, der nie was zu melden hatte, und auf einmal spielt ihm der Zufall diese Möglichkeit zu. Da hat er gehandelt. Und es durchgezogen. Nur ist ihm die Situation über den Kopf gewachsen. Es ist zu viel schiefgelaufen, anders, als er es geplant hatte. Bestimmt ist ihm bewusst geworden, dass seine einzige Chance, ungeschoren davonzukommen, darin besteht, unterzutauchen. Es war ihm klar, dass die Morde irgendwann aufgeklärt werden würden, er sah sein Projekt gefährdet – also wollte er noch einen letzten großen Schlag unternehmen und dann das Land verlassen. Mit dem nötigen Startkapital. Und weil er befürchtete, dass das Testament allein als Druckmittel für so viel Geld nicht ausreichen würde, drohte er Paola, ihren Kindern etwas anzutun, wenn sie nicht zahlt.«

Ich bugsiere die Wärmflasche zu meinen Füßen und wickle die Decke enger um mich. Dann drehe ich mich zu Vinc und schaue ihm ins Gesicht. »War für dich bestimmt auch nicht leicht.«

»Hölle, sag ich nur.«

Ich nicke. »Es tut mir so leid. Aber als ich die Möwe an der Hütte gesehen habe, konnte ich nicht anders. Dass der Typ sich da drin in diesem kalten, nassen Bootsschuppen versteckt, konnte ich nicht ahnen!«

»Mir ist im Nachhinein schon klar, wie das abgelaufen ist, und ehrlich gesagt wär's mir genauso gegangen.«

»Ich war eher besorgt, dass mich jemand beobachtet, wie ich mich an der Absperrung vorbeihangle, und dass ich mir die nächste Hose ruiniere.«

Vinc lacht leise. »Kann ich mir vorstellen.«

Wir schweigen eine Weile.

»Was zappelst du denn so herum?« Vinc zieht seinen Arm unter meinem Nacken hervor und richtet sich auf.

»Puh, ich weiß auch nicht. Irgendwie hab ich mich genug ausgeruht. Mir ist wieder warm, ich muss unter Menschen. Wo ist eigentlich Frieder?« Mir steigt die Hitze ins Gesicht, als ich daran denke, wie ich über ihn gelästert habe. Vinc hat gesagt, ohne Frieder hätten sie mich nicht rechtzeitig gefunden.

»Guido hat ihn zurückgefahren. In unserem Auto war nicht genug Platz ...«

»Guido? Der Möwenmann?«

»Genau der. Deine Schutzengelbrigade.«

»O Gott, wenn ich daran denke, wie viel Glück ich hatte!«

»Da will ich lieber nicht drüber nachdenken.« Vinc zieht mich wieder zu sich her.

Nach einer Weile befreie ich mich endgültig aus den Armen meines Oberschutzengels. »Avanti, gehen wir Frieder suchen. Ehre, wem Ehre gebührt, und er hat sich eine fette Dankesumarmung verdient, würde ich sagen. Das muss sein.«

»Unbedingt. Außerdem treibt dich das schlechte Gewissen, stimmt's?«

»Gut erkannt«, gebe ich zu. Kaum zu glauben, aber mir geht es plötzlich wieder ziemlich gut.

Im gemütlichen Jeans-Schlabberlook schlendern wir Hand in Hand nach unten. Keiner da, alles liegt in tiefstem Frieden, als wäre heute nichts Weltbewegendes passiert. Na ja, weltbewegend war es auch nicht, aber meine persönliche Welt ist gewaltig in Schieflage geraten.

Draußen läuft uns Laura über den Weg und knetet ein wenig verlegen ihre Hände. Sie wird nicht alles mitbekommen haben, aber sie kennt zumindest ihre erweiterte Familiengeschichte und weiß, dass ich irgendwie meine Finger im Spiel habe. Wie viel ihre Eltern ihr von der dramatischen Situation heute erzählt haben, weiß ich nicht, bestimmt jedoch so viel, dass die Lage sich verändert hat und der Erpresser bald gefasst werden kann. Hoffentlich erwischen sie die Ratte endlich!

»Ciao, Laura, hast du zufällig Frieder gesehen? Du weißt schon, der aus dem Gästehaus.«

»Sì, certo, den kennt jetzt jeder in der Familie«, sagt Laura und lacht dabei.

Soso, dann hat die Geschichte also bereits die Runde unter den Buccellis gemacht.

»Ich glaube, der ist drüben auf seinem Zimmer. Zumindest ist er ins Gästehaus rübergelaufen, als Papas Freund ihn hier abgeliefert hat.«

»Okay, dann gehe ich ihn mal suchen. Ach, Laura, kannst du deine Eltern fragen, ob ihr später mitessen wollt? Nur was ganz Schlichtes. Ich habe einen Bärenhunger und träume von Spaghetti mit Tomatensoße.«

Vinc drückt mir einen Kuss auf die Wange. »Schön, dass du wieder Appetit hast.«

Laura klatscht in die Hände. »Ich helfe dir.«

»Pass bloß auf«, warnt Vinc, »Doro wird dich gewaltig einspannen. Ich spreche aus Erfahrung.«

Ich knuffe ihn für diese freche Bemerkung in die Seite und Laura kichert. »Ich rede mit mamma«, sagt sie und verschwindet im Haus.

Wir gehen rüber zum Gästehaus. Frieder ist nicht auf seinem

Zimmer, wir finden ihn hinterm Haus, er hat sich einen Liegestuhl in eine versteckte Ecke getragen. Offensichtlich wollte er keine Gesellschaft. Das Buch liegt aufgeschlagen auf seinem Bauch, sein Kopf ist leicht zur Seite gerutscht, der Mund steht etwas offen. Dazu lässt er ein leichtes Schnarchen hören ... irgendwie süß.

Ich tippe ihm sanft an die Schulter. Er fährt so erschrocken hoch, dass ich auch gleich einen Satz nach hinten mache.

»Sorry, Frieder, ich wollte dich nicht erschrecken.«

Er strubbelt sich verlegen durch die Haare. »Hey, Doro«, sagt er bloß und steht auf.

»Danke, Frieder. Grazie mille!« Ich umarme ihn fest.

Als ich ihn wieder loslasse, steckt er die Hände in die Hosentaschen und starrt auf den Boden. »Ich hätte es beinahe verbockt«, sagt er leise.

»Was meinst du?«, frage ich verwirrt.

Er malträtiert mit dem Fuß ein paar Kiesel auf dem Boden. »Na ja, ich habe gesehen, wie du dich auf der Promenade schnell vor mir versteckt hast.« Er schaut mir nicht in die Augen dabei. »Ich war sauer auf dich und auf Vinc. Ich war beleidigt und hab mich zurückgesetzt gefühlt und deshalb habe ich Vinc nicht sofort gesagt, wo ich dich gesehen habe, sondern ihn in eine falsche Richtung gelockt. Ich hab gesagt, ich hätte dich auf dem Weg nach Lazise gesehen.«

Ich spüre, wie ich rot werde. »Frieder, es tut mir leid, echt. Ich wollte einfach meine Ruhe, musste nachdenken.« Ich merke selber, wie lahm das klingt, aber ich kann ihm unmöglich die volle Wahrheit sagen. Wie sehr ich über ihn hergezogen habe, will ich ihm nie beichten, das hat er nicht verdient. Aber er soll erfahren, dass Vinc und ich eigentlich ein Paar sind.

Frieder schaut hoch. »Aber weißt du, dann hatte Vinc Tränen in den Augen und ich hab gewusst, dass ich keine Chance bei dir habe. Er hat was gefaselt von Bootshaus und Richtung

Garda und Doro ist in Gefahr ... in Lebensgefahr. Da war mir klar, dass es nicht die Zeit ist fürs Beleidigtsein.«

»Du konntest überhaupt nicht ahnen, worum es ging«, mischt Vinc sich ein. »Ich habe mir selber nicht viel dabei gedacht, als ich die WhatsApp gelesen habe, erst als ich Doro dann nicht mehr erreichen konnte, war ich alarmiert. Wir wussten ja mittlerweile, dass ein Mörder frei herumläuft und es sich bei ihm unter Umständen auch um den Erpresser handelt. Da dachte ich mir, wenn das so ist und dieses Bootshaus wirklich Valgoni gehört, dann könnte es richtig gefährlich werden.«

»Du hast so ernst gewirkt, dass ich Angst bekommen habe, obwohl ich keine Ahnung hatte, was das mit Lebensgefahr und so bedeuten sollte. Das ist mir erst im Nachhinein klar geworden, als du mir die Zusammenhänge erklärt hast. Mann, das ist vielleicht ein Knaller!«

»Jedenfalls wäre ich ohne deine Hilfe jetzt nicht hier«, fasse ich schnell zusammen. Vinc und Tränen, da darf ich gar nicht drüber nachdenken.

»Und wie ging es dann weiter? Als ich wieder an Land war, war ja schon das volle Aufgebot vor Ort – Notarzt, Krankenwagen, Paola, die Polizei war mit dem Boot hinter Roberto her ... Ihr habt alle Register gezogen.«

»Du hast geschrieben, dass du das Bootshaus gesehen hast. Ich war mit Enzo unterwegs und habe ihm deine Nachricht gezeigt, er fand sie auch beunruhigend, zumal du nicht mehr ans Handy gegangen bist. Er kennt die Promenade und hat gesagt, dass ihm zwar die Möwe nie aufgefallen sei, es aber eigentlich nur zwei Möglichkeiten gebe.«

Ich schicke innerlich ein Stoßgebet zum Himmel und bitte darum, dass Vinc den vollen Wortlaut der WhatsApp nicht erwähnt. Ich habe nämlich geschrieben, dass ich gerade Jacko entkommen bin, und diesen gemeinen Spitznamen will ich Frieder ersparen. Aber meine Sorge ist überflüssig, Vinc hat genug Fingerspitzengefühl, dieses Detail nicht zu erwähnen.

»Auf dem Hof habe ich Frieder getroffen und gefragt, ob er dich zufällig gesehen hat, den Rest kennst du ja. Damit mussten wir nicht lange nach dir suchen. Wir haben uns in Enzos Cinquecento gequetscht und sind zur Promenade runtergerast. Das Auto ist wendig genug für den engen Weg. Ob das erlaubt ist, war uns egal. Paola hat unterwegs den Commissario informiert und ich habe Frieder die groben Zusammenhänge geschildert. Ja und dank Frieders Beschreibung haben wir die Hütte schnell gefunden. Das Tor zum See stand sperrangelweit offen, da ist endgültig Panik bei uns ausgebrochen. Enzo ist richtig in Fahrt gekommen. Er hat Guido an seinem Boot hantieren sehen, ist zu ihm rübergerannt und hat ihn gefragt, ob er dich gesehen oder etwas hier am Bootshaus beobachtet hat. Guido konnte sich an eine junge Frau erinnern, die ihr Fahrrad zwischen die Büsche geschoben hat, dann aber weitergefahren ist. Erst vor ein paar Minuten hatte er allerdings das Boot aus dem Schuppen fahren sehen – seines Wissens mit nur einer Person an Bord. Er meinte, es habe sich definitiv um einen Mann gehandelt. Er hat raus auf den See gezeigt, wo der Kahn schon ein gutes Stück weit draußen Richtung Westufer unterwegs war. Es war der einzige Anhaltspunkt, den wir hatten. Guido hat sofort sein Boot startklar gemacht und uns versichert, dass wir schnell genug seien, um den Kahn auf dem See einzuholen. Enzo hat die Polizei informiert, die Koordinaten durchgegeben und die Richtung, in der das Fischerboot unterwegs war. Paola und Frieder haben sich am Ende des Stegs positioniert und hatten den Auftrag, das Boot nicht aus den Augen zu lassen. Frieder hat später noch mal den Schuppen genau untersucht, ist sogar ins Wasser gestiegen.«

»Ja, als sie dich aus dem Wasser gezogen hatten, bin ich in den Schuppen gegangen und habe deine Handtasche da drin gefunden, die lag neben der Tür«, vervollständigt Frieder das Geschehen. »Obwohl ja alles vorbei war ...«

»Mein Held«, sage ich gerührt und streiche ihm über den Arm.

Frieder fährt sich verlegen durch die Haare, seine Ohren glühen, seine Wangen auch. »Wir wollten nichts übersehen, und etwas zu tun, war leichter, als nur auf das Boot zu starren, das schon so weit weg war.«

»Ich konnte mich kurz hochstemmen und dabei habe ich dich erkannt«, sage ich. »An deinem Hemd. Das hat meine letzten Kräfte mobilisiert. Ohne deine Flamingos hätte ich aufgegeben.« Ich zupfe liebevoll an seinem Ärmel. Keine Flamingos mehr, aber trotzdem bunt.

»Dann war es keine Einbildung! Ich war mir nämlich sicher, dass noch eine zweite Person auf dem Boot war – ich habe einen Kopf gesehen«, sagt Vinc und blinzelt. Keine Tränen, aber wohl nachträgliche Anspannung, die auch mich immer wieder einfängt.

Ich seufze. »Den Rest kennen wir ja und ... Ach, lassen wir das Thema. Lasst uns lieber was Feines kochen. Frieder, kommst du auch mit?«

Er schüttelt den Kopf. Schätze, so viel Freundlichkeit von mir überfordert ihn. Aber daran wird er sich gewöhnen müssen, denn ich habe ihn in mein Herz geschlossen und da bleibt er drin!

Paola eilt wild gestikulierend zu uns rüber. »Sie haben ihn! Sie haben Roberto Garrone geschnappt!«, schreit sie bereits von Weitem. Dann ist sie bei uns und weiht uns außer Atem ein. »Er war schon fast in Salò, die Polizei hier hat nach meinem Anruf die Kollegen drüben um Unterstützung gebeten und die sind sofort gestartet. Sie haben nach seinem Boot Ausschau gehalten und ihn letztendlich erwischt.« Sie lacht glücklich.

Logisch, es geht ja nicht nur darum, was *mir* heute widerfahren ist, sondern für sie ist genauso wichtig, dass ihre Kinder nicht in Gefahr sind. Und dass diese ganze Erpressergeschichte endlich aufgelöst ist.

»Sie haben ihn verhaftet und jetzt wird alles untersucht. Du wirst auch noch mal befragt, aber nicht mehr heute, hat der Commissario gesagt. Dieser Garrone hat dir ja alles gestanden und außerdem gibt es bestimmt eine Menge Spuren am Boot, im Schuppen und überall.« Paola sieht auf einmal zehn Jahre jünger aus. So habe ich sie noch nie gesehen.

»Und die Perücke liegt auch noch im Bootshaus, dazu mein Handybild von ihm in Verona, zwar nur von hinten, aber ich glaube, das sind so viele Beweise, da kann ihn der beste Anwalt nicht retten. Ich freue mich für euch, Paola«, ich schließe sie in die Arme. Das tue ich auch, aber so richtig froh bin ich trotzdem nicht. »Andiamo! Spaghetti!«, rufe ich deshalb energisch, denn ich weiß, kochen und essen wird meine Welt wieder ein Stück geraderücken.

Laura wartet schon in der Küche auf uns. Süß, wie eifrig sie bei der Sache ist.

»Ich sehe, ihr braucht keine Hilfe.« Vinc schenkt sich ein Glas Wein ein, fläzt sich auf einen Stuhl und knabbert Grissini.

Während wir kochen, erzählt Laura von ihrem neuen nonno. Aufgeregt und neugierig.

Klar, wäre ich auch, wenn ich auf einmal einen neuen Opa bekäme.

Ich habe schon wieder Tränen in den Augen, aber dieses Mal nicht vor Rührung oder Angst, sondern schlicht von den Zwiebeln, die ich gerade für den Salat in feine Scheibchen schneide. Das tut gut. Okay, was brauche ich noch? Tomaten und Schnittlauch und einen großen Kopf Lollo rosso. Die Tomatensoße köchelt vor sich hin. »Wir können schon mal den Tisch decken«, schlage ich vor, »wenn alle da sind, werfe ich die Pasta ins Wasser.«

Beim Essen sind alle ungewöhnlich schweigsam. Es ist eine entspannte Stille. Laura wirft immer wieder prüfende Blicke in die Runde, aber auch sie sagt nicht viel.

Ich trinke genüsslich den letzten Schluck Wein aus meinem Glas, dann stehe ich auf. »Ihr Lieben, ich muss ins Bett, sonst schlafe ich am Tisch ein. Buona notte allerseits.«

»Ich komm gleich mit«, verkündet Vinc.

»Morgen holen wir deine Sachen hier rüber, die Farce mit dem eigenen Zimmer ist jetzt ja hinfällig. Paola, ist das okay, wenn Vinc sich hier bei mir im Zimmer mit einquartiert?«

»Was für eine Frage!« Sie schaut richtiggehend empört. »Certo, Doro, und jetzt schlaf dich aus«, schickt sie mich dann mit weicher Stimme ins Bett.

KAPITEL 18

BUGIE E VERITÀ – LÜGEN UND WAHRHEITEN

Mercoledì (Mittwoch) – Tag 10

Die ganze Familie hat sich zum Frühstück versammelt – Vinc und ich sind mittendrin.

»Wie hast du geschlafen?« Enzo sitzt neben mir und tätschelt meine Hand.

»Wunderbar, wie ein Stein. Bin wieder topfit!«

Das mit dem Schlafen stimmt, topfit ist allerdings übertrieben. Meine Schultern tun mir weh, meine Beine fühlen sich an wie Blei, aber mental kann ich nicht meckern. Keine Albträume, keine Panikattacken, allerdings auch keine Energie für irgendwelche Aktionen.

Paola strahlt. »Ich bin einfach nur glücklich.«

Die Türglocke schlägt an. Enzo steht auf, ich habe den Verdacht, dass er ganz froh ist, diesem rührseligen Ort für einen Moment den Rücken kehren zu können.

Er kommt zurück und hält die Küchentür einladend auf.

Das glaub ich jetzt nicht!

»Paps!« Ich springe auf und falle meinem Vater um den Hals.

»Meine Prinzessin«, flüstert er mir ins Ohr. »Ich bin schuld, dass du so in Gefahr geraten bist. Das verzeihe ich mir nie.« Er drückt mich fest an sich.

Nach einer Weile winde ich mich aus seinen Armen. »Wie kommst du so schnell hierher?«

»Vinc hat mich angerufen, da hat mich nichts mehr gehalten. Ein guter Freund hat mich mit seinem Privatflugzeug geflogen.«

»Vitamin B.« Ich schüttle lachend den Kopf. Die Welt hat uns wieder.

»Setzen Sie sich zu uns«, lädt Enzo ihn ein. »Caffè? Oder lieber etwas anderes? Haben Sie schon gefrühstückt?« Er überschlägt sich vor Gastfreundschaft. Man merkt, wie die Anspannung von uns allen immer mehr abfällt, das zeigt sich am besten in den kleinen Alltäglichkeiten.

Paps sitzt bei uns, isst aber nur wenig und lässt meine Hand nicht los. Es tut mir leid, dass er sich Vorwürfe macht. Er kann nichts für das, was Roberto Garrone verbrochen hat, und dass auch ich fast sein Opfer geworden wäre, ist noch weniger seine Schuld. Aber ich verstehe, was in ihm vorgeht. Er hat mich mit diesem »kleinen Detektiv-Auftrag« hierhergeschickt und dann hat sich die Sache zugespitzt. Das konnte keiner ahnen, trotzdem würde ich mir an seiner Stelle wohl die gleichen Gedanken machen.

»Wie wär's, Jungs, gehen wir spazieren? Ich bin total steif und dagegen hilft am besten Bewegung«, frage ich Vinc und Paps mit dem Ziel, die beiden eine Weile für mich allein zu haben.

Meine beiden Männer erklären sich einverstanden und stehen auf.

»Haben Sie noch ein Zimmer frei?«, erkundigt sich Paps bei Enzo.

»Sì, certo. Für den Papa von Doro immer.«

Ich muss lächeln, denn normalerweise ist es umgekehrt, da bekomme ich seinen Sascha-Ritter-Bonus ab.

»Enzo kann dir dein Zimmer zeigen, wir warten draußen auf dich, okay?«, sage ich zu Paps.

»Geht ruhig, ich finde euch dann schon.«

Enzo verschwindet mit Paps und Vinc und ich verziehen uns nach draußen.

Nach einer Viertelstunde stößt Paps zu uns und wir laufen durch die Reihen der immer kahler werdenden Reben. Dabei bekommt mein Vater so ziemlich alles erklärt und geschildert, was in den letzten Tagen passiert ist. Ich hake mich bei ihm unter. »Keine Angst, ich falle nicht um«, versucht er, forsch zu verbergen, wie aufgewühlt er ist. »Obwohl das alles den stärksten Baum umhauen könnte«, tröste ich ihn und drücke seinen Arm.

Nach einer Weile drehen wir um. Ganz so fit, wie ich dachte, bin ich wohl doch noch nicht. Ich will Paola um ein Buch bitten und mich damit noch mal ins Bett legen. Italienisch lesen macht langsam richtig Spaß. Paps will sich von Vinc nach Valeggio kutschieren lassen, zu Valeria, Enzos Cousine und Paps' Lebensabschnittsgefährtin. »Wenn ich schon mal hier bin«, erklärt er entschuldigend.

Paola ist daheim und hat Besuch von ihrem Bruder.

»Wir haben gerade von dir gesprochen«, gesteht sie. »Scusami, Doro, ich habe Ugo erzählt, dass du ihn nicht von der Liste streichen wolltest.«

»Macht nix, Paola, und ja, das stimmt, Signore, aber ich kenne Sie ja nicht. Und wir konnten niemanden ausschließen, nur weil uns das Ergebnis nicht gefallen hätte«, stelle ich zu meiner Verteidigung klar. Ist mir jetzt ein bisschen unangenehm.

»Ich bin Ihnen nicht böse, Doro. Woher sollten Sie wissen, dass Geld für mich nicht wichtig ist? Sie haben die Verstimmung zwischen meiner Schwester und mir wahrscheinlich in den falschen Hals bekommen. Das war eine Meinungsverschiedenheit unter Geschwistern, aber nie bösartig oder hinterlistig. Wir haben eben eine unterschiedliche Sichtweise auf die Dinge. Ich will Fortschritt und Wohlstand für die Region – das verlangt mein Beruf. Paola ist eine Bewahrerin. Sie will keine Veränderungen. Es war schon schwer genug, sie damals zu überzeugen, dass ein neues Gästehaus sinnvoll wäre. Jetzt ist sie glücklich damit. Und es ist gut, dass Fabrizio den beiden unter die Arme greift. Sie haben Vertrauen zu ihm, obwohl er noch so jung ist, und er respektiert den Hang der beiden, nicht allzu viel Altbewährtes aufzugeben. Sei es im Weinanbau, bei den Rebsorten oder auch bei der Renovierung des Büros.«

Zwischen den Geschwistern herrscht offenbar wieder volle Harmonie. Paola verspricht mir, drüben im Haus ein Buch für mich zu holen.

Ugo begleitet mich inzwischen nach draußen. Er wollte gerade nach Hause fahren, möchte jetzt aber Vinc und meinen Vater kennenlernen. Wir müssen nicht lange suchen, die beiden sind noch nicht aufgebrochen, sie stehen im Hof und unterhalten sich mit Fabrizio. Ugo legt stolz den Arm um die Schultern seines Sohnes, der verschwindet bald im Büro, weil die beiden älteren Herren sich in ein kulinarisches Gespräch vertiefen. Vinc und ich unterhalten uns leise etwas abseits.

»Dieses Mal hat meine Menschenkenntnis ganz schön versagt«, seufze ich. »Erst Frieder, dann Ugo ... Dieses Misstrauen, das ich ihm gegenüber hatte, war nicht okay. Weißt du, die Voraussetzung, unter der ich hier aufgetaucht bin, war verkorkst, und das hat wiederum mich verkorkst, so will ich gar nicht sein. Manchmal habe ich Angst, durch diese ganzen Abgründe, die ich mitkriege, meine Menschenliebe zu verlieren. Was Roberto Garrone gemacht hat, diese Morde ... und mich hätte er auch fast ...« Ich schlucke.

Mit einem Buch in der Hand kommt Paola über den Hof auf uns zu und verhindert, dass ich mich in trüben Gedanken verliere.

»Weil ihr gerade alle so nett beieinandersteht, ich möchte euch morgen ins Ristorante einladen. Als Danke für eure Hilfe, euren Einsatz und euer Vertrauen.«

»Kommt gar nicht infrage«, widerspricht Paps sofort. »Wir kochen hier. Doro und ich planen das Menü, das lenkt dich ein bisschen ab, Spatz. Mach dir schon mal Gedanken, morgen besprechen wir dann die Feinheiten und ich gehe einkaufen, heute mache ich noch einen Abstecher nach Valeggio zu Valeria.«

»Jaja, weiß ich doch, woher der Wind weht. Du lässt dich zum Rendezvous einfliegen und tarnst es als Krankenbesuch. Das merke ich mir.« Ich knuffe ihn in die Seite. »Dann fahrt schon endlich los. Ich will jetzt mein Buch lesen. Und, Paps: Denk an das versprochene Tortellini-Rezept, per favore!«

»Dir scheint es wirklich wieder gut zu gehen, frech wie du bist. Davon abgesehen – das Rezept hast du dir mehr als verdient«, bemerkt er trocken.

Ich lächle und entgegne nichts.

Frieder kommt drüben aus dem Gästehaus, ich winke ihn her.

»Paps, darf ich vorstellen – das ist Frieder, mein Lebensretter. Einer meiner persönlichen Schutzengel!«

Frieder wird schon wieder rot, ist ihm sichtlich peinlich, vor einem Fremden so gelobt zu werden.

»Frieder, das ist mein Vater. Er will morgen mit mir zusammen ein feudales Familienmenü auf die Beine zu stellen. Hier auf dem Weingut. Ich finde die Idee richtig gut und du musst auf jeden Fall dabei sein! Wir rücken ein bisschen zusammen, dann haben wir alle Platz.« Frieder schaut skeptisch.

»Ist das nicht viel zu anstrengend nach dem ganzen Desaster?«

Natürlich! Dass mein Vater ein ziemlich bekannter Koch ist, habe ich noch gar nicht erwähnt, und er kennt auch meine Fertigkeiten als Köchin noch nicht.

»Quatsch! Das entspannt mich. Frag Vinc, der kennt mich.« Ich zwinkere Frieder zu.

Der weiß offensichtlich nicht, ob er nicht doch noch ein bisschen beleidigt ist. Aber er fasst sich schnell und zwinkert zurück. »Also gut, ich komme«, verspricht er und staunt dann nicht schlecht, als ich ihm vom »Macis«, von Sternen in der Küche und Kochshows erzähle und ihm die volle Wahrheit über Vinc und meinen Beziehungsstatus kredenze.

»Ich schaue zwar keine Kochshows und lese wenig gelbe Presse, aber natürlich habe ich vom ›Macis‹ gehört. Ich wäre nur nie auf die Idee gekommen, dass ihr ...« Frieder kratzt sich verlegen am Kinn. Er hat jetzt was zu verdauen, ich ziehe mich aufs Zimmer zurück und Paps und Vinc machen sich auf den Weg.

»Sag Valeria einen lieben Gruß von mir, ich schau auf jeden Fall noch bei ihr vorbei, bevor wir nach Hause fahren. Mit dem Fahrrad vielleicht. Ist von hier aus zwar ganz schön weit, aber wir nehmen die E-Bikes. Die Strecke von Peschiera nach Valeggio muss der Hit sein, die wollten Vinc und ich im Sommer schon abfahren, aber da kam was dazwischen.«

»So kann man es auch nennen«, seufzt mein Vater ergeben.

Ich fasse ein paar Vorsätze, die ich den anderen zur beruhigenden Kenntnisnahme mitteile: »Ich werde künftig Bootshäuser, alte Schuppen und verlassene Orte ganz allgemein meiden, das verspreche ich. Außerdem: Keine überhasteten Vorverurteilungen, siehe Ugo und Frieder.« Ich halte zum Schwur drei Finger hoch und verkreuze ausnahmsweise nix hinterm Rücken.

»Konfuzius sagt: ›Am Baum der guten Vorsätze gibt es viele Blüten, aber wenig Früchte.‹« Paps lächelt wissend.

»Wo hast den schlauen Spruch her? Vom Küchenkalender?«

»Könnte sein. Hab ich mir wahrscheinlich gemerkt, als wieder ein guter Vorsatz im Nirwana verschwunden ist.«

»Ich dachte schon, du meinst mich. Dabei ist es ein Fall von Selbsterkenntnis! Den Tag muss ich mir merken.«

»Selbsterkenntnis ist morgen, der Spruch war für dich höchstpersönlich, liebes Töchterlein ...«

KAPITEL 19

LA FINE DELLA STRADA – DAS ENDE DES WEGES

Giovedì (Donnerstag) – Tag 11

Gestern war Paps noch bei Valeria und hatte im Gepäck für mich das Tortellini-Rezept mit allen Geheimzutaten für ihre persönliche Version dieser speziellen Pasti, der Nodi d'amore, doch der heutige Tag steht bei ihm ganz im Zeichen des großen Familienmenüs. Er ist voll im Thema, ich sitze nur daneben, fange aber allmählich Feuer und beginne mich dafür zu interessieren, was der Maestro plant. Mein Energielevel steigt, und als wir zum Vorschlag fürs Hauptgericht des herbstlichen Menüs kommen, stemme ich mich leidenschaftlich gegen Paps' Idee vom deutsch-italienischen Gansessen. Viel zu aufwendig, argumentiere ich, und dass das Essen heute nicht an erster Stelle stehe.

Dazu kann Vinc nicht schweigen. »Wer's glaubt! Doro Ritter – Sascha Ritter – Küche ... das ist eine kausale Kette, an deren Ende nur etwas Feudales stehen kann.«

Paps und ich widersprechen nicht.

»Es ist so schön lau draußen, ich organisiere uns Block und Stift, dann können wir das Menü planen und die Einkaufsliste schreiben«, schlage ich vor. »Holt ihr vielleicht den kleinen Tisch und drei Stühle aus dem Verkostungsraum?«, bitte ich, bevor ich mich auf die Suche nach Papier und Bleistift mache, weil ich weiß, dass Paps seine Liste nicht ins Handy tippen will.

»Hähnchen mit Zitronen-Oliven-Gemüse«, sage ich und lege den Block vor Paps auf den Tisch.

Er überlegt kurz. »Hast du ein Rezept im Kopf?«

Ich nicke. »Wir teilen die Hähnchen je in vier Stücke, würzen mit Salz und Pfeffer und braten das Fleisch in neutralem Öl an. Dazu legen wir zwei oder drei Knoblauchzehen, Schalotten, Zitronenschnitze, Oliven und Kartoffelschnitze und ein paar frische Kräuter – Rosmarin, Majoran, zwei oder drei Blättchen Liebstöckel, Thymian und was wir sonst noch so finden. Mit reichlich Olivenöl beträufeln, alles noch mal kurz anbraten und mit ordentlich Weißwein ablöschen, dann ab ins Rohr mit dem Bräter. Das Ganze wird in einem Nest aus grünen Tagliatelle serviert.«

Paps schreibt fleißig mit. »Aperitif?«, fragt er dann und fügt gnädig an: »Du darfst bestimmen.«

»In dubbio Prosecco. Rosato«, bestimme ich.

Ich weiß, dass Paps nicht der große Proseccofan ist, aber ich liebe die spritzigen Schaumweine aus dieser Gegend oder auch einen Chiaretto Spumante.

»Maronensüppchen mit Trüffelchen?«, kreiere ich weiter, obwohl ich bisher keine Liebhaberin der schwarzen Knolle war, habe aber festgestellt, dass ich langsam auf den Geschmack komme.

Paps schreibt. Er liebt Trüffel.

Am frühen Nachmittag fangen wir mit den Vorbereitungen an. Wir werden zwei Bräter für die vier Hähnchen benötigen – das ist zum Glück kein Problem, Paola ist bestens ausgestattet.

Ein Hauch von schlechtem Gewissen streift mich, als ich die nackten Hühnchen vor mir liegen sehe. Aber ich bin Vollblutköchin und weder vegetarisch noch vegan, höchstens ab und zu ein bisschen sentimental. Resolut packe ich das erste Huhn, teile es in vier handliche Stücke und reibe diese kräftig mit Salz und Pfeffer ein. Bald stapeln sich die Teile auf einem großen Teller und es hat mich wieder, das Gefühl, etwas Wunderbares zuzubereiten, die Leidenschaft, zu kochen.

Paps brät die Fleischstücke in einer separaten Pfanne an, verteilt in der Zwischenzeit das Gemüse und die Zitronen auf die beiden Bräter und beträufelt alles mit Olivenöl, darauf legen wir die leicht angebräunten Hähnchenstücke.

Laura kommt hereingeflattert. »Ich bin sooo gespannt, wie unser nonno ist!«

Ja, der Opa wirkt Wunder. So muffig sie anfangs war, ihre momentane Hoch-Phase reicht von kleinem aufgeregtem Mädchen bis zur glücklichen jungen Frau. Einmal hüpft sie herum wie ein Gummiball, dann haut sie wieder Weisheiten heraus, die alles andere als kindlich klingen. Ein klassischer Teenager halt.

»Du könntest das Willkommensschild malen und an die Haustür heften. So was wie: ›Benvenuti alla grande cena di famiglia – Herzlich willkommen zum Familienessen‹.«

Laura verzieht das Gesicht, mein Vorschlag scheint sie wenig zu begeistern. Malen, das klingt in ihren Ohren wahrscheinlich nach einer Aufgabe für ein Schulkind.

»Kein Problem, Doro, wir sorgen für die Deko, nicht wahr, Laura? Ich habe das mal gelernt. Tisch decken, Servietten falten, Platzkärtchen verteilen ... Hast du sonst noch ein paar gute Ideen?«, unternimmt Vinc einen anderen Versuch.

Tja, wenn ein junger, gut aussehender Mann etwas vorschlägt, wirkt das natürlich Wunder.

Ich schiebe die Bräter in die beiden Backrohre und bald vermengen sich Knoblauch, Rosmarin, Zwiebeln und Fleisch zu einem vielversprechenden Aromencocktail.

»Zeit für ein Glas Wein«, schlägt der Maestro vor. »Rosso o bianco?«

»Rosato«, entscheide ich mich für die Mitte.

Für Laura gibt es einen Fruchtsaftcocktail. »Vielleicht werde ich mal Köchin«, überlegt sie und schlürft an ihrem Saft.

Alle sind in der Küche des Weinguts versammelt. Heute werden wir diesen steinigen Weg der vergangenen Tage und Wochen mit einem glänzenden Abendessen beschließen. Die ganze Familie ist beisammen, samt Ugo, seiner Frau Michelle und seinem Sohn Fabrizio. Und natürlich ist Frieder dabei, mein Schutzengel, der unruhig auf dem Stuhl hin und her rutscht.

Verführerische Düfte ziehen durch die große Küche, wir freuen uns aufs Essen, aber der eigentliche Höhepunkt ist heute ausnahmsweise mal nicht, vom berühmten Starkoch Sascha Ritter bekocht zu werden, sondern die Ankunft des neuen Familienmitglieds der Buccellis. Wir alle warten auf ihn, Laura platzt schier vor Aufregung und Pietros rote Ohren sprechen für sich.

Und dann kommt er endlich. Battista Cosio. Laura ist auf einmal ganz schüchtern, als Paola ihren Kindern den neuen nonno vorstellt. Um die erste Befangenheit zu durchbrechen, bittet sie alle zu Tisch. Einige sitzen eh schon, die anderen suchen sich einen freien Platz. Die Runde ist komplett und wir prosten uns zu.

Paola steht auf, lässt mit der Gabel das Glas klingen. »Salute, und jetzt Schluss mit den Förmlichkeiten, wir haben so viel miteinander durchgemacht in den letzten Tagen, dass wir uns wirklich alle duzen sollten, d'accordo?«, schlägt sie vor.

Ist einhellig in unser aller Sinne.

Ich proste Frieder zu und will gerade eine spöttische Bemerkung über sein Hemd machen, als mich wieder das schlechte Gewissen überkommt, weil ich daran denke, wie froh ich über das türkisfarbene Exemplar mit den pinkfarbenen Flamingos war. Sofort spüre ich den Druck des Ankers, die harten, kalten Glieder der Kette, die meinen Körper umschlingt, aber auch die Hoffnung, die dieses Hemd in mir ausgelöst hat – und mir einen wesentlichen Hoffnungsschimmer und Kraft gegeben hat … Frieder ist der Ehrengast. Hätte ich vor zwei Wochen nie für möglich gehalten.

Ich stehe auf, gehe zu ihm rüber und drücke ihm einen dicken Schmatzer auf die Wange. Die Runde klatscht. Einschließlich Vinc.

Frieder läuft rot an, seine Mundwinkel ziehen sich breit übers ganze Gesicht. Hat ihn schon ein bisschen mitgenommen, als er mitgekriegt hat, dass Vinc mein Freund ist. Ich habe ihn wirklich in mein Herz geschlossen, und wenn jemand vor ein paar Tagen gesagt hätte, dass ich mich freuen würde, ihn in München öfter mal zu treffen, dann hätte ich diese Person für völlig verrückt erklärt.

Ich setze mich wieder, spieße ein Stück Huhn, eine Olive und eine Schalotte auf meine Gabel und schiebe sie in den Mund.

Vinc drückt mich, und Frieder windet sich zwischen Verlegenheit und Freude. Paps legt seine Hand auf meine. Sind schon knuffig, meine Männer, wie sie mich von beiden Seiten festhalten, als könnte ich immer noch in den Tiefen des Gardasees verschwinden.

»Tutto a posto, Paps. Ich bin hier und mir geht es gut.«

Er wuschelt mir liebevoll durch meine Haare, dann erhebt er sich, setzt eine feierliche Miene auf, hebt sein Sektglas und prostet Richtung Frieder. »Mein lieber Frieder, du bist hiermit in mein väterliches Familienherz eingezogen. Du bist jederzeit willkommen, kannst immer zu uns ins ›Macis‹ kommen, es wird immer ein Platz für dich frei sein. Und wenn du jemals Hilfe brauchst, dann sind wir für dich da!«

So ist er, mein Paps. Spontan, herzlich und großzügig. Und momentan sehr ergriffen.

Genauso wie Frieder. Und eigentlich irgendwie alle.

Ein paar Minuten genießen wir schweigend unser Essen. Die Maronensuppe mit den Trüffelraspeln war schon der Hit und das Zitronenhuhn war heute definitiv die richtige Wahl. Die Idee mit dem deutsch-italienischen Gänseduett werde ich im Auge behalten.

»Auf die Buccellis!« Ugo hebt sein Glas.

Wir tun es ihm nach.

Jetzt steht Paola auf. »Auf meine wunderbare Familie! Ich hatte so viele Ängste in mir, hatte Panik, das Gut zu verlieren, Enzo zu enttäuschen, vor allem war es aber dieser fürchterliche Gedanke, keine echte Buccelli zu sein. Das hat mir das Gefühl gegeben, nicht mehr dazuzugehören, wertlos zu sein – die gesamte Definition meines Lebens, meiner Persönlichkeit war infrage gestellt. Es hat mir den Boden unter den Füßen weggezogen. Solange es keiner weiß, ist es auch nicht wahr, an diesem Irrglauben habe ich mich viel zu lange festgehalten und euch daher belogen.« Paola seufzt und schaut in die Runde. Ihr Blick bleibt an Ugo hängen, versinkt dann in Enzos Augen.

»Alles gut, Schwesterherz, wir haben gesagt, wir ziehen einen Schlussstrich unter diese unselige Geschichte und so soll es auch sein. Zum Glück ist alles gut ausgegangen. Fabrizio bleibt bei euch, und wenn er sich selbstständig machen will, dann bekommt er von uns auf jeden Fall finanzielle Unterstützung, und von euch hat er bis dahin das Know-how. Also zieht euch warm an, wenn Buccelli junior an den Start geht! Das gibt harte Konkurrenz.« Ugo hebt das Glas und ein Lachen der Erleichterung flutet den Raum.

Aus den Augenwinkeln beobachte ich Laura. Sie konzentriert sich auf ihren nonno, nimmt ihn in Beschlag, von Schüchternheit keine Spur mehr. Sie hat ihm offensichtlich von ihren Katzen erzählt, denn soweit ich es durch das ganze Geplauder am Tisch verstehen kann, fachsimpeln sie über entzündete Wunden, infizierte Ohren und Katzenschnupfen. Wieder bewundere ich Battistas unglaublich weiße, wellige Haare und seine Gelassenheit. Und ich bemerke seine Augen. Es sind die von Laura und Pietro. Und Lauras Kinn ziert das Familiengrübchen.

»Ich könnte Tierärztin werden und alle Tiere, für die niemand zahlen will, umsonst behandeln, so wie du viele deiner Patienten, stimmt's, nonno?«

»Das musst du dir aber auch leisten können, dann ist es eine schöne Sache«, schränkt Battista lachend ein. »Machen wir doch eine Win-win-Situation für uns beide daraus: Du hilfst mir mit meinen alten und einsamen Patienten, kümmerst dich ein bisschen um sie, und ich behandle deine Katzen umsonst. Ich habe in Afrika nicht nur Menschen, sondern auch alle möglichen Tiere behandelt, da war man nicht zimperlich. Also her mit den Viechern.«

»Da haben sich zwei gefunden«, sage ich leise zu Vinc, der die Abmachung zwischen Enkelin und Großvater ebenfalls mitbekommen hat.

»Battista, warum hast du dich eigentlich nie gemeldet, als du wieder aus Afrika zurück warst?«, will jetzt Paola wissen. Sie nennt ihn beim Vornamen – ihr »papà« war Giovanni.

»Das wollte ich, aber dann habe ich erfahren, dass Elisabetta tot ist, und damit war für mich dieses Kapitel abgeschlossen. Dass ich eine Tochter habe, wusste ich ja nicht.«

»Gut, dass du es jetzt doch weißt«, antwortet Paola liebevoll und Battista quittiert diese Bemerkung sichtlich erfreut.

Wir läuten das Ende des Menüs mit einem besonderen Stück Käse ein, einem Gorgonzola, der von der Gabel läuft. Hat Paps heute Vormittag in einem kleinen Spezialitätenladen ergattert und serviert ihn jetzt auf Desserttellern mit einem Klecks Sommerblütenhonig. Teil zwei vom Menüabschluss ist das Orangentiramisu, das genauso gut aussieht, wie es dann schmeckt. Die leuchtend orangefarbenen Früchte auf der weißen Mascarpone-Sahnecreme passen zum Herbst – ich spüre dem fruchtig-herben Geschmack auf meiner Zunge nach und bin sehr zufrieden mit unserer Speisenauswahl. Nicht nur ich, das Lob kommt von allen Seiten.

Ich lehne mich entspannt zurück. »Gehst du mit raus, eine Zigarette rauchen?«, locke ich Vinc zum Laster.

»Ich dachte schon, du fragst gar nicht mehr«, gibt er zurück und erhebt sich bereits.

Wir verziehen uns unauffällig nach draußen, weil ich mir Paps allergische Reaktion ersparen möchte, wenn es um die Verträglichkeit von Geschmackspapillen und Rauchen geht. Obwohl er heute vielleicht sogar auf einen Kommentar verzichten würde.

Battista gesellt sich zu uns. Er zündet sich einen Zigarillo an und bald liegt ein schwacher Duft von Vanille in der Luft. Rauchen und Kochen verhält sich wie Gestank und Duft, rezitiere ich gedanklich meinen Vater.

Mir fallen die Kalendersprüche ein, die ich vor meiner Reise in der Küche vom »Macis« gelesen habe: »Zufall ist ein Wort ohne Sinn; nichts kann ohne Ursache existieren« von Voltaire, und von Peter Hebel: »Merke: Es gibt Untaten, über welche kein Gras wächst.«

Okay, das Testament existiert, weil Elisabetta ihrem Mann etwas gestanden hat. Das war letztendlich die Ursache für alles. Oder war es das Verhältnis zwischen Elisabetta und ihrem damaligen Freund? Oder ... Die Kette könnte ich endlos weiterführen. Ist wie mit dem Ei und der Henne – wer war zuerst da? Aber eines stimmt definitiv: Es gibt Untaten, über die kein Gras wächst. So wie diese Erpressung.

Der Eisenanker liegt mir auf der Seele. Drückt mir die Luft zum Atmen ab. Ich darf einfach nicht dran denken ... Eine Träne löst sich aus meinem Augenwinkel.

Vinc nimmt mich wortlos in die Arme. Der Schock sitzt uns immer noch in den Knochen und das wird wohl noch eine Weile so bleiben.

EPILOG

Kalendarisch ist der Sommer schon seit Ende September vorbei, wir setzen jetzt einen endgültigen Schlussstrich darunter. Ein Abschnitt ist zur Neige gegangen, eine Jahreszeit, eine Phase der Angst und Bedrohung, eine Lüge wurde beendet, die Wahrheit entdeckt ...

Wir sitzen auf der Bank unter dem Olivenbaum, daneben beginnt der Weinberg. Mein persönlicher Lieblingsplatz hier auf dem Weingut Buccelli. In der Ferne erahne ich den See, die Zweige des filigranen Baums über uns werfen geheimnisvolle Schatten im funzeligen Licht der Öllampe.

»Tierärztin oder Köchin ... Ich glaube, die Köchin war ganz schnell wieder vom Tisch, als Laura ihren neuen Opa kennengelernt hat. Ihr nonno ist jetzt schon ihr großes Vorbild und er ist ja auch ein feiner Kerl. Leicht verschroben halt.«

»Das sind eben Menschen mit besonderer Energie und Power. So wie du.«

Ich nehm's als Kompliment und küsse Vinc' warme Lippen, die heute einfach nach mehr schmecken.

Etwas raschelt im Laub der welken Weinblätter. Eine Maus, die Wintervorräte sammelt?

Die silbrig-grünen Blätter der Olivenbäume flüstern uns eine persönliche Melodie im kühlen Abendwind. Wieder ein ganz besonderer Moment in unserem Leben. Wenn ich ein Poesiealbum für besondere Momente hätte, käme der da rein.

ENDE

Menù per la grande cena di famiglia

Aperitivo
Chiaretto Spumante
Gingerino soda

*

Zuppa di castagne con tartufo grattugiato
Maronensuppe mit Trüffelraspeln

*

Insalata mista
Bunter Salat

*

**Pollo al limone in salsa di vino bianco
con olive e erbe fresche
Servito in un nido di tagliatelle verdi**
Zitronenhuhn in Weißweinsoße
an Oliven und frischen Kräutern
Im grünen Tagliatellenest serviert

*

Gorgonzola con miele millefiori
Gorgonzola an Sommerblütenhonig

*

Tiramisù all'arancia
Orangentiramisu

*

Bardolino Chiaretto
Bardolino Superiore

Buon appetito!

Rezepte zum Menü

Maronensuppe mit Trüffelraspeln

Zutaten:
3 Schalotten
Ein kleines Stück Butter
400 g geschälte Maronen, am besten schon vorgekocht
½ Liter Gemüsebrühe
¼ Liter Sahne
⅛ Liter Crème fraîche
Salz
Cayennepfeffer
1 Spritzer Trüffelöl, wenn vorhanden
1 schwarzer Trüffel zum Garnieren

Zubereitung:
Die Schalotten schälen und fein schneiden, in Butter anschwitzen. Grob gehackte Maronen zugeben und anschwitzen. Mit Gemüsebrühe ablöschen und die Maronen weich kochen. Mit Sahne und Crème fraîche auffüllen und mit Salz, Muskat und Cayennepfeffer abschmecken. Im Mixer glatt pürieren. Sollte die Suppe noch zu dünnflüssig sein, ein wenig nachköcheln lassen. In tiefen Tellern anrichten. Abschließend dezent mit Trüffelöl verfeinern und mit einigen Trüffelscheibchen garnieren.

Zitronenhuhn in Weißweinsoße an Oliven und frischen Kräutern im grünen Tagliatellenest serviert

Zutaten (für 4 Portionen):

1 Hähnchen, frisch und aus guter Haltung oder alternativ
4 Hähnchenschenkel
2 kleine festkochende Kartoffeln
3-4 Schalotten
1 ungespritzte Zitrone
1 Knoblauchzehe
10-15 schwarze und grüne Oliven, mit oder ohne Stein
Salz, Pfeffer aus der Mühle, 3-4 EL Olivenöl, frische Kräuter, wenn vorhanden (1-2 Blättchen Liebstöckel, 1-2 Zweige Rosmarin, etwas Majoran und/oder Thymian)
1/4 Liter Brühe (egal ob Gemüsebrühe oder Geflügelbrühe)
1/8 Liter trockener Weißwein zum Ablöschen
400 g grüne Tagliatelle

Zubereitung:

Das Hähnchen in vier Stücke teilen, mit Salz und Pfeffer würzen und in einer separaten Pfanne in etwas neutralem Speiseöl von allen Seiten gut anbraten.
In der Zwischenzeit den Bräter mit Olivenöl einpinseln und auf die heiße Platte stellen. Knoblauch, Schalotten, Zitronenschnitze, Oliven und Kartoffelschnitze hineingeben, die frischen Kräuter dazwischenlegen und alles direkt im Bräter leicht anbraten. Mit ordentlich Weißwein ablöschen. Jetzt die Fleischstücke darauf verteilen. Bei 200°C (Umluft 180°C) ins vorgeheizte Backrohr geben.
Garzeit ca. 40 Minuten, Hähnchenteile ab und zu wenden. Eventuell mit Alufolie abdecken, falls das Fleisch zu schnell bräunt.

Das Ganze wird in einem Nest aus grünen Tagliatelle serviert. Dazu pro Portion eine entsprechende Menge der Pasta auf eine große Serviergabel drehen und als Nest in die Mitte des vorgewärmten Tellers drapieren. Im Nest liegt dann das Stück Huhn, die Gemüsezutaten ansprechend auf dem Teller verteilen und mit etwas Sud beträufeln.

Orangentiramisu
Zutaten:
300 g Löffelbiskuit
50 ml Grand Manier oder Cointreau
3 Bio-Orangen
Für den Sirup:
3 EL Zucker
6 EL Wasser
3 Bio-Zitronen
Für die Creme:
60 g brauner Zucker
200 g Sahne
400 g Mascarpone
2 Päckchen Vanillezucker
3 Bio-Orangen

Zubereitung:
Für den Sirup den Zucker im Wasser erhitzen und auflösen. Zitronenzesten abziehen und ein paar Minuten mitköcheln. Für die Creme die Zutaten mit dem Mixer gut mischen, den Saft der 3 Orangen unterrühren.
Die Zitronenzesten aus dem Sirup nehmen und zur Seite legen, den Cointreau (Limoncello würde auch gut schmecken) mit der Hälfte des Sirups mischen.

Die vorbereitete Form mit Löffelbiskuits auslegen und mit der Hälfte der Flüssigkeit beträufeln.
Darauf eine Schicht der Crememasse verstreichen. Dann eine zweite Schicht Biskuit auslegen, mit der restlichen Flüssigkeit beträufeln. Die restliche Creme darauf verteilen.
Im Kühlschrank einige Stunden kühlen.
3 Orangen werden jetzt in dünne Scheiben geschnitten (quer) und im verbliebenen Zuckersirup ca. 10 Minuten geköchelt. Gut abtropfen lassen und das Tiramisu mit den Orangenscheiben und den Zitronenzesten belegen.

Tipp: Die Orangenscheiben schmecken mit Schale aromatisch bitter und wirken optisch sehr gut, deshalb am besten ungeschält verwenden. Aber: Die Schale vor dem Teilen fein mit dem Messer anritzen, bewährt sich zum besseren Verzehr.

Getränke zum Menü:
Chiaretto Spumante – ein spritziger, auf 8 Grad gekühlter Rosé-Sekt
Gingerino soda – mit einer Orangenscheibe und einem Spritzer frisch gepresstem Orangensaft – alkoholfrei
Bardolino Chiaretto frizzante oder wahlweise ein kühler Bianco di Custoza zum Zitronenhuhn
Bardolino Superione, der klassische Rote zum Käse

Weitere Rezepte:

Kleinigkeiten zur Weinprobe – Fingerfood

Käsekräcker
Zutaten:
150 g Butter, 180 g Greyerzer, 50–100 g Gorgonzola, ½ Becher Sahne, ½ TL Salz, 1 TL Paprikapulver edelsüß, ½ TL Backpulver, 250 g Mehl oder etwas mehr

Zubereitung:
Knetteig herstellen, Formen ausstechen, mit Eigelb bestreichen und mit Kümmel, Sesam, Mohn etc. bestreuen.
Bei 200–210 °C 10–15 Minuten backen.

Grissini mit Parmaschinken umwickelt
Dazu verwendet man am besten die dicken, geschmacklich neutralen Grissini, aber das ist Geschmackssache, Kräuter wie zum Beispiel Rosmarin oder Kümmel passen sehr gut. Die oberen Drittel der Grissini mit dünn geschnittenem Parmaschinken umwickeln und im Glas oder auf einer Servierplatte anbieten.

Feige und Ziegenkäse mit Speck
Feige und/oder ein Stück Ziegenkäse mit Speck umwickeln und in der Pfanne oder auf dem Grill kross anbraten
Gewürze: Honig, Thymian, Salz, 1 Prise schwarzer Pfeffer

Alternative Zubereitung in der Form:
Feigen kreuzweise einschneiden, etwas auseinanderdrücken, den Käse zerbröseln und in die Feigen geben, die Feigen in eine ofenfeste Form setzen und im vorgeheizten Grill ca. 5 Minuten überbacken. Zerdrückten grünen Pfeffer und die rosa Pfefferbeeren dazugeben, etwas Honig über den Käse träufeln und heiß servieren.
Variationen der Zutaten sind natürlich immer möglich. Statt Ziegenkäse schmeckt auch Schafskäse, ein junger Bergkäse oder Taleggio-Käse, ob grüner oder schwarzer Pfeffer, rosa Pfefferbeeren oder bunter Pfeffer aus der Mühle, das ist Geschmackssache. Eine feine Alternative zum Akazienhonig ist ein milder, qualitativ guter Balsamico-Essig (hier schmeckt man echte Unterschiede).

Verschiedene Bruschette
Klassisch mit Tomatenwürfeln, hochwertigem Olivenöl, frischem Basilikum, Knoblauch bzw. Zwiebelchen oder nur mit ungeschälten Tomatenwürfeln, Salz, Pfeffer, frischem Basilikum, Olivenöl. (Dazu kann man gut das Basiskräutersalz verwenden – s. u.)

Bruschetta mit Schinken, Mozzarella, Tomaten, Salz, Pfeffer und Kräutern.

Bruschetta mit salzigen Sardellenfilets und Kapern. Nur wenig Olivenöl aufs Weißbrot träufeln. Vorsicht: wenig Belag, da sehr salzig.

Bruschetta mit Olivenpaste, hell oder grün.
Für die Bruschetta sollte das Weißbrot immer leicht angeröstet oder getoastet werden.

Basis-Kräutersalz: ein Basisrezept aus »Doros Küche«

Frische Kräuter zerkleinern, mit Salz vermengen, in ein Glas abfüllen. Hält sich einige Wochen bis Monate. Gut verschließen, kühl lagern. Eignet sich sehr gut für die klassische Tomaten-Bruschetta oder Tomatensoße … Je nach aktuellem Bestand im Kräutergarten schmeckt die Mischung immer etwas anders.

Informationen zu Oliven und Olivenöl aus Bardolino gibt es jede Menge im Olivenölmuseum in Cisano bei Bardolino.

Tipp: einfach mal Olivenöl pur als Dipp mit Weißbrot zum Wein.

Pikante Käse-Würfel/pikante Muffins

Zutaten:
1 rote Paprika (ca. 120 g)
2 EL frische Kräuter, hier Schnittlauch
100 g gekochter Schinken
210 g Mehl
40 g zarte Haferflocken
3 gestrichene TL Backpulver, 1/2 TL Salz, Pfeffer aus der Mühle nach Geschmack, 1/2 TL Paprikapulver mild
1 Ei

50 ml neutrales Speiseöl (kein Olivenöl, das hat zu viel Eigengeschmack)
250 g Milch
250 g geriebener Emmentaler (davon 120 g für die Masse, der Rest zum Bestreuen)
Oliven ohne Stein, grün und/oder schwarz, je nach Geschmack halbiert

Zubereitung:
Gemüse fein schneiden, Kräuter fein schneiden, Schinken klein schneiden.
Mehl, Haferflocken, Backpulver und Gewürze in eine Schüssel geben und vermischen. Gemüse, Schinken und Oliven dazugeben und ebenfalls gut mischen. (Alternativ kann man die Oliven auch mit einem kleinen Spieß nach dem Backen als Deko draufsetzen.)
In einer zweiten Schüssel das Ei mit dem Schneebesen leicht verquirlen, Öl und Milch hinzufügen und gut vermischen. 120 g Emmentaler unterheben. Die Mehlmischung unterheben, bis die trockenen Zutaten angefeuchtet sind.
Die Masse jetzt 2–3 cm dick auf das vorbereitete Backblech streichen, mit dem restlichen Käse bestreuen und bei 180°C (Heißluft 160°C) auf der mittleren Schiene 20–25 Minuten backen. Anschließend etwas auskühlen lassen und in handliche Würfel schneiden.
Kann gut als Fingerfood zum Wein angeboten werden.

Tipp: Alternativ kann man die Masse auch in Muffinformen backen.
Schmecken warm und kalt.

Fischpfanne à la Doro:

Die Fischpfanne ist ein schnelles Gericht, das in immer neuen Variationen auf den Tisch gebracht werden kann – je nachdem, welcher Fisch zur Verfügung steht (Hauptsache festfleischig). Hier die Variante mit Lachsfilet, Kabeljau und Thunfischfilet in einer leichten Weißwein-Sahne-Soße mit diversem Gemüse.

Zutaten für 4 Portionen:
200 g Lachsfilet
200 g Kabeljaufilet
200 g Thunfisch
1 Lauchstange
2 Stangen Frühlingszwiebel
Dillkraut
2 kleine Zucchini
1 roter Paprika
Cocktailtomaten nach Bedarf
Salz, Pfeffer
Weißwein
Fettarme Sahne, Crème fraîche oder Sauerrahm

Zubereitung:
Gelingt perfekt in einer beschichteten Pfanne oder einem Wok. Fisch in etwa gleichgroße Würfel (2-5 cm) schneiden. Gemüse ebenfalls nach Geschmack klein schneiden (je gröber die Fischstücke, desto gröber auch das Gemüse schneiden). Alles zusammen in einer großen Schüssel vermengen, Dill dazu und in wenig neutralem Öl andünsten. Mit Weißwein ablöschen und mit fettarmer Sahne aufgießen. Mit Salz und Pfeffer abschmecken und zugedeckt bis zur gewünschten Bissfestigkeit köcheln lassen.
Mit Reis oder Weißbrot servieren.

Rote-Bete-Suppe:

Zutaten für 4 Portionen:

4 Rote Bete

3 Schalotten

1 Knoblauchzehe

1 EL Butter

Ingwer

500 ml Gemüsebrühe

250 ml Orangensaft (alternativ kocht Doro eine frische, filetierte Orange in der Suppe mit)

1/4 Liter Sahne

Zubereitung:

Die Rote-Bete-Knollen schälen und würfeln. Schalotten und Knoblauch schälen und fein würfeln. Alles in Butter anschwitzen.

Sahne, Gemüsebrühe und Orangensaft dazugeben. 20 Minuten kochen. Danach mit dem Mixer glatt pürieren und mit Salz und Pfeffer und einer Prise Muskat abschmecken.

Tipp: Gerne mit Handschuhen arbeiten, Rote Bete färbt nicht nur die Suppe, sondern auch die Finger!

QUELLENANGABEN:

»Abendländische Weisheiten«, Verlag Albatros, Lizenzausgabe 1990 für Manfred Pawlak Verlagsgesellschaft mbH, Herrsching

Donhauser, Rose Marie: Koch mit Zitrone, EMF-Verlag 2017

Hoffmann, Heike: Genuss vom Gardasee, Wißner Verlag 2018

Goethe, Johann Wolfgang von: Italienische Reise 1786–1788, Nikol Verlag 2017

»Der Silberlöffel«, ZS Verlag GmbH Deutschland, als Lizenzausgabe von Phaidon Press Limited, 4. Auflage 2019

HINWEISE:

Das Weingut Buccelli und das Geschäft von Orlando Valgoni sind fiktive Orte.

Das kleine Bootshaus ist ebenfalls fiktiv. Es gibt an der Promenade von Bardolino einige Stege, aber keine Bootshäuser.

So weit wie möglich entspricht die Beschreibung der Örtlichkeiten der Realität, lediglich einige spezielle und sehr persönliche Bereiche wurden der schriftstellerischen Freiheit unterworfen und angepasst.

DANKSAGUNG

Danke an meine Familie, die immer für mich da ist und mich mit Rat und Tat unterstützt.

Besonderer Dank geht an meinen Mann, für seine Unterstützung rund ums Buch, seine kreativen Einbringungen beim Plotten, für den Plan vorne im Buch, der wieder sehr schön entworfen und gezeichnet ist – wie schon in »Limoncellolügen« und in »Pasta Criminale«.

Meinem Sohn Flo möchte ich hier ein liebevolles Dankeschön aussprechen, für seine technische Unterstützung und seine Ruhe, wenn mich die Untiefen der Computertechnik mal wieder an den Rand der Verzweiflung treiben.

Vielen lieben Dank an meine Schwester Brigitte Diefenthaler, selbst Autorin und damit bestens bekannt mit den Nöten und Sorgen einer solchen. Danke fürs gemeinsame Plotten, für kreative Überarbeitungs- und Verbesserungsvorschläge und überhaupt für die gemeinsame Zeit mit vielen Gesprächen rund ums Buch.

Danke an meine Freundin Uli – fürs Zuhören, für die moralische Unterstützung und Rechtschreibtipps und dafür, dass sie immer für mich da ist.

Danke an meine Freundin Ursula, Fan der ersten Stunde, für die langjährige Freundschaft und ihr nicht nachlassendes Interesse an meiner schriftstellerischen Karriere.

Danke an meine Freundin Geli, die meinen chronischen Zeitmangel verständnisvoll toleriert – das Gleiche gilt für alle, für die zwischen Job und Schriftstellerei oft nicht genügend Zeit übrig bleibt –, aber das ist, glaube ich, allgemein ein Phänomen unserer Zeit.

Danke an Frau Hildegard Häfele, Leiterin der Stadtbücherei Königsbrunn, und ihre Mitarbeiter, an Frau Rebecca Ribarek mit ihrem Team des Kulturbüros Königsbrunn und an alle, die mich bei meinen Premierenlesungen immer so liebevoll und engagiert unterstützen. Danke auch an Frau Kathrin Jörg, ehemalige Leiterin der Stadtbücherei Königsbrunn, für ihr stetes Interesse und Engagement für meine Autorenlaufbahn.

Und wie immer gilt mein großer Dank dem Gmeiner-Verlag:

Frau Claudia Senghaas, die dem Plot ihr Okay gab und damit den Startschuss, Doro Ritter in ihrem vierten Fall ermitteln zu lassen.

Lieben Dank an Frau Susanne Tachlinski für ihr wieder mal tolles, professionelles und kreatives Lektorat und eine immer sehr freundliche Zusammenarbeit.

Danke an Frau Worczewsky, Frau Asprion, Frau Oberndorff, Frau Gerstner für ihre unermüdliche Öffentlichkeitsarbeit und ihre schnelle Hilfe, wenn's mal brennt, und danke an Herrn Schulz für seinen »Cover-Einsatz«.

In meinen Dank eingeschlossen sind alle anderen vom Gmeiner-Team, die mich und meine Bücher unterstützen und mir immer hilfsbereit zur Seite stehen – ohne euch alle gäbe es meine Bücher nicht!

Und last, but not least natürlich ein ganz herzliches Dankeschön an meine Leserinnen und Leser, von denen einige Doro Ritter schon von Buch eins an begleiten, die mich bestärken, weiterzumachen. Danke für die vielen tollen Rezensionen und persönlichen Worte, auch über Facebook und Instagram.

Denn man kann es nicht oft genug sagen: Was wäre ein Buch ohne Menschen, die es lesen! Also, ihr Lieben, bleibt lesehungrig und folgt Doro und Vinc weiterhin nach Italien an den wunderbaren Gardasee!

*Weitere Titel finden Sie auf den
folgenden Seiten und im Internet:*

WWW.GMEINER-SPANNUNG.DE

Köchin Doro Ritter ermittelt:

1. Fall: Proseccolügen
ISBN 978-3-8392-2378-9

2. Fall: Limoncellolügen
ISBN 978-3-8392-2840-1

3. Fall: Pasta Criminale
ISBN 978-3-8392-0185-5

4. Fall: Bardolino Criminale
ISBN 978-3-8392-0328-6

WWW.GMEINER-VERLAG.DE
Wir machen's spannend

DIE NEUEN Lieblingsplätze

ISBN 978-3-8392-0154-1 — AM INN
ISBN 978-3-8392-2730-5 — AUGSBURG UND BAYERISCH-SCHWABEN

ISBN 978-3-8392-0155-8 — FÜNFSEENLAND

ISBN 978-3-8392-0158-9 — HARZ

ISBN 978-3-8392-0160-2 — mit Hund NORDSEEKÜSTE NIEDERSACHSEN
ISBN 978-3-8392-0159-6 — LÜNEBURGER HEIDE

ISBN 978-3-8392-0161-9 — NIEDERRHEIN

ISBN 978-3-8392-0163-3 — OSTSEE MECKLENBURG-VORPOMMERN

ISBN 978-3-8392-0164-0 — OSTSEE SCHLESWIG-HOLSTEIN

ISBN 978-3-8392-2626-1 — SACHSEN

ISBN 978-3-8392-0156-5 — Für Senioren BODENSEE

ISBN 978-3-8392-0157-2 — Für Senioren NORDSEE SCHLESWIG-HOLSTEIN

ISBN 978-3-8392-0166-4 — SÜDLICHE WEINSTRASSE UND PFÄLZERWALD

ISBN 978-3-8392-0166-4 — SÜDTIROL

ISBN 978-3-8392-2838-8 — USEDOM

ISBN 978-3-8392-0168-8 — WIESBADEN RHEIN-TAUNUS RHEINGAU

GMEINER KULTUR

WWW.GMEINER-VERLAG.DE
Mensch, Kultur, Region